W0318567

Im leichten Sitz

Matthias Gronemeyer

Im leichten Sitz

mit Illustrationen von Isabelle Hannemann

Denn wenn jemand sich wünschen würde, fliegen zu können, so gibt es nichts unter den menschlichen Dingen, das diesem näher käme als das Reiten.

Xenophon

Erster Teil: Der Flügel

1

Der Flügel schwebte. Schwang noch ein wenig hin und her, schwebte, wie ein großes, lebloses Tier nur schweben kann, war dunkel und still und ein Innehalten. Ächzte ein wenig. Für einen Moment hörten die Arbeiten auf, Leute blieben stehen, man stupste sich am Arm, man schaute hinauf. Das Bild würde ihm bleiben, auch wenn er sich später nicht mehr so genau daran erinnerte. Über eine Rampe aus Brettern hatten die Männer das schwere Instrument aus dem Fenster im ersten Stock geschoben, Vorsicht! gerufen und: Zieh an!, nun hing der Flügel an dem Kran, den man eigens dafür herangeschafft hatte, kein richtiger Kran eigentlich, sondern ein Förderband, mit dem Stroh und Säcke voll irgendwas auf den Scheunenboden befördert wurden, auf dem Gut konnte man sich so ein Gerät leisten. Man hatte oben einen Flaschenzug montiert, und daran hing nun der Flügel und verdeckte dem dreijährigen Albin Kortmeyer ein Stück des Himmels, der an diesem Tag im März vierundvierzig bedeckt über der Stadt Lage im Lippischen lag. Seit im Februar Bomben gefallen waren, bei der Zuckerfabrik und dem Güterbahnhof (und den Focke-Wulf-Außenwerken, aber sag das nicht), und zweiundsechzig Tote gefordert hatten, war der Himmel auch hier mit Argwohn zu betrachten. Man hatte es sonst immer nur im Westen leuchten sehen, wenn auf Bielefeld die Bomben fielen. Jeden Abend die Kinder in den Schlaf gesungen: Die Sternlein sind die Lämmerlein, der Mond, der ist das Schäferlein. Und dann doch aufgewacht.

An diesem Tag war es ruhig. Vatis Flügel. Das ist Vatis Flügel, hatte die Mutter immer gesagt zu dem holzbraunen reglosen Etwas, das da auf grünem Teppich im Zimmer stand, das man das Herrenzimmer nannte. Stolz und Bewunderung lagen in der Stimme der Mutter, wenn sie das sagte: Vatis Flügel. Wer mochte das sein, der dieses große Tier zum Leben erwecken konnte? Der Junge kannte seinen Vater nicht. Dass er einmal auf seinem Schoß gesessen hatte, war zu einer Zeit, als er noch zu klein gewesen war, um sich je daran erinnern zu können. Es gab ein winziges Foto davon: Ein Mann in einer Marineuniform. Maikäfer flieg. Es musste ein großer Mann sein, der den Flügel beherrschte, ein mächtiger Mann, der noch aus der Ferne das Tier zu reglosem Schweigen zwang, das nun gefesselt zwischen Erde und Himmel hing und sich nicht wehrte. Dem Flügel waren die Beine abgenommen worden zwecks des Transports. Er hätte mit seinen Beinen auch gar nicht gehen können, dachte der Junge, weil sie keine Knie hatten. Die größeren Kinder gingen manchmal auf Stelzen, aber dafür brauchte man Arme. Der Flügel hätte auch durch gar keine Tür gepasst, so breit wie er war. Er war dafür gemacht zu stehen und sich nicht zu bewegen. Oben in der Wohnung waren die Mutter und die Schwester noch mit Packen beschäftigt, die meisten Möbel hatte man bereits heruntergetragen. Albin stand auf der Straße, den Kopf im Nacken, die Hände in den Taschen der kurzen Lederhose, die Fingernägel drückten in die Handballen, der Mund halb geöffnet. Dass das Ding da fliegen konnte? Auf der Straße roch es nach Pferd und nach Wohnung, das Innere wurde nach außen gekehrt. Frauen liefen herum und manchmal kam jemand mit dem Fahrrad vorbei, das auf dem Kopfsteinpflaster klapperte. Noch kein Auto heute. Die Pferde standen ruhig vor den Wagen, warfen nur manchmal den Kopf, scharrten nur manchmal mit einem Vorderhuf, sie wären bereit zur Abfahrt, winkelten ein Hinterbein an, mussten noch warten. Heute schon geäpfelt?

Auf den Wagen das Wohnzimmer mit dem großen Büffet aus Nussholz, sehr modern und sehr schwer, das Schlafzimmer, weißer Schleiflack, der Kleiderschrank mit vier Türen, Polstermöbel, Vitrinen, die Glastüren extra, alles in Decken und Planen verpackt. Ob es heute noch regnen würde? Besser nicht. Es war noch kalt. Hände in die Taschen.

Minsch Junge, komm da wech! Wenn das Ding dauseilt, bis du doot! Albin brauchte einen Moment um zu kapieren, dass das Gebrüll des Mannes ihm galt. Die heikle Aufgabe, den Flügel aus dem Fenster zu kranen, hatte die Aufmerksamkeit der Männer gebündelt; jetzt, da das Schwierigste geschafft war und der Kran die Last hielt, war ihr Blick wieder frei für Umliegendes. Der Junge tat ein paar Schritte von der Hauswand weg.

Mit einem kleinen Koffer in der Hand kam Margarete Kortmeyer aus dem Haus. Eine zarte Person von dreiunddreißig Jahren im schwarzen Mantel mit Silberfuchskragen. Links den Koffer, rechts einen Gehstock. Kurz nach der Geburt ihres Sohnes war ihr das linke Bein amputiert worden. Eine Thrombose hatte sich gebildet, von der Hebamme nicht bemerkt, die der Mutter stilles Liegen verordnet hatte, sie war ja auch eine so zarte Person. Als später der Arzt nach ihr sah, konnte nur noch der radikale Schnitt eine tödliche Embolie verhindern. Und so, als wollte sie unbewusst ein aufkeimendes Schuldgefühl im Kind ertränken, schossen ihre Brüste über vor Milch. Der Junge vertrug die Muttermilch aber nicht, hieß es, man musste sie einem anderen Kind geben. Und den Jungen hatte man in Pflege geben müssen, das erst halbe Jahr. Was sich so Pflege nannte.

Die Amputation, die vom linken Bein nur den halben Oberschenkel übriggelassen hatte, hatte letztlich dazu geführt, dass der Flügel jetzt am Kran vorm Haus Nummer 50 in der Langen Straße hing. Die Mutter war mit den beiden Kindern, ihrer achtjährigen Tochter Romy und eben Albin, allein nicht mehr zurechtgekommen. Beine fehlten, Väter fehlten.

Man würde die Vierzimmerwohnung, die der gefragte Pianist und Saxophonist Heinrich Kortmeyer fünfunddreißig für sich und seine junge Frau angemietet hatte, verlassen und zurück ins Elternhaus ziehen. Es half ja nichts. Noch vor dem Krieg war der Vater zum Marinemusikkorps nach Wilhelmshaven gegangen – und jetzt irgendwo im Osten, wo so viele fielen. Hatte man das nicht wissen können? Vor der Hochzeit hatte er ein Engagement in der Schweiz gehabt, Bad Ragaz, wäre das nicht besser gewesen? Nun war es nicht mehr zu ändern. Den Flügel würde man bei Braun in Detmold in Zahlung geben, gegen ein günstigeres Klavier und etwas Bares. Die Mutter hatte den Vater per Feldpost informiert, nur gingen die Briefe nicht mehr so leicht nach Osten und kamen noch viel weniger zurück. Man konnte nicht warten. Nun also alles auf Pferdewagen, wer hätte das gedacht. Man hatte ja Fuhrunternehmer Göke beauftragen wollen, aber der hatte seine Laster dem Krieg zur Verfügung stellen müssen, und so hatte Margaretes Vater Fritz Krone, Bäckereibesitzer und Gastwirt zu Paulskirchen, zwei Gespanne beim Gut Sierdissen ausgeliehen. Die Männer ließen den Flügel vom Himmel herab auf den Bürgersteig, der Lieferwagen des Klavierhauses Braun war eingetroffen, das eingetauschte Klavier würde in zwei Wochen ins Hause Krone geliefert werden. Der gute Herr Braun; wer kauft in diesen Zeiten schon Klaviere? Romy, kuckst du noch mal, ob wir alles haben? Nichts vergessen? Die Großeltern kamen noch zum Winken (Ludwig Kortmeyer, Tabak- und Zigarrenhandlung, im weißen Kittel, und Oma Louise im knöchellangen Rock): Ihr kommt uns doch mal wieder besuchen? Und eine Tüte Beulchen, wie sie zu den Bonbons sagten, für die Kinder. Damit war die Sache abgeschlossen.

Albin setzte sich zum Gespannführer Heinemann, den das Gut entsandt hatte, auf den Bock des ersten Wagens. Lassen Se den man, hatte der zur Mutter gesagt. Vielleicht ist es auch besser so, dachte sie, dann ist er abgelenkt, es ist für Kinder ja nicht gut, wenn sie aus dem Gewohnten so herausgerissen werden. Romy, wie ernsthaft die war. Man hatte das Angebot von Herrn Weege angenommen, sie mit dem Auto zu fahren, man gehörte ja nicht zu den einfachen Leuten, es reichte, wenn die guten Möbel auf Pferdewagen wie im Herbst die Zuckerrüben durch die Landschaft gefahren wurden. Herr Weege besaß einen Autohandel und wusste den Vergaser seines Fords so einzustellen, dass er das knappe Benzin mit Ethanol aus der Lageschen Zuckerfabrik strecken konnte (die Bomben hatten nur mäßig Schaden angerichtet). Er hatte dort seine Kontingente: Irgendwie muss es ja doch weitergehen? Vor dem Krieg hatte man bei Krones auch überlegt, einen Wagen zu kaufen, aber dann war Theo, der ihn hätte fahren können, gleich eingezogen worden. Na, so wichtig war es jetzt auch nicht. Romy fuhr im Auto mit. Sie wusste, dass man gerade ein Zuhause verloren hatte und hielt die Mutter die ganze Fahrt über an der Hand. Auch der Möbeltransport setzte sich in Bewegung, man würde für die zehn Kilometer bis Paulskirchen knapp drei Stunden brauchen und musste vor Einbruch der Dunkelheit auch noch abladen. Denn man tau.

Onkel Heinemann (der natürlich nicht wirklich Albins Onkel war) schnalzte mit der Zunge und die Pferde zogen an. Der Wagen ruckte kurz, die Möbel hintendrauf stießen aneinander, aber nur leicht. Alles war gut verstaut. Ebenso setzte sich der zweite Wagen in Bewegung, der von einem Menschen namens Harken gelenkt wurde. Haaken, wie man hier sagte. Wegen einer Verletzung nicht an der Front. Er hatte noch zwei junge Männer mit runden Gesichtern bei sich, die beim Möbelverladen in einer Sprache miteinander gesprochen hatten, die Albin nicht verstand. Ketten klirrten, das Leder der Kummete knarzte ein wenig und die Hufeisen klackerten auf dem Kopfsteinpflaster; das Surren der Gummireifen hörte man kaum. Die Händler in der Langen Straße hatten die gestreiften Markisen vor ihren Schaufenstern zur

Hälfte heruntergelassen, so dass noch genügend Licht in ihre Geschäfte fiel; sehr hell war es nicht. Viele Leute waren auch nicht auf der Straße, es ging auf Mittag zu. Der Junge sah sich noch einmal um: Vorm Rathaus wehten Fahnen, beim Hotel Freytag hatten sie schon einige Stühle vor die Tür gestellt, auf denen aber niemand saß, es war noch zu kalt. Aber vielleicht half das beim Wärmerwerden, Stühle rausstellen. Das grüne Haus, die Nummer 50. Wie weit konnte man schon zählen? Es war in jeder Hinsicht ruhig in dieser Stadt Lage im Westen des Landes Lippe: Als wenn hier immer Vorsaison wäre, hatte Margarete Kortmeyer einmal gesagt.

Über eine Brücke querte die Lange Straße die Werre, es war wirklich eine lange Straße, wohl die längste, die die Stadt hatte, von Detmold kommend und dann hinter dem Fluss weiter nach Bielefeld. Jenseits der Brücke standen nur wenige Häuser. War er hier schon einmal gewesen? Vielleicht mit dem Opa. Mit der linken Hand zog Onkel Heinemann kurz die Bremse an, die Leinen hielt er in der rechten und die Pferde wussten, dass sie nun nach rechts zu treten hatten und so bog der Wagen in die Straße Richtung Pottenhausen ein. Albin drehte sich um und sah den zweiten Wagen folgen. Nun ging es geradeaus, rechts floss die Werre, die Großvater Ludwig Kortmeyer, der ein Tabakgeschäft betrieb, jeden Morgen durchschwamm, auch im März. Man wird ja sonst so schluffig (der große lange Kopf, riesiges Kinn, Bürstenhaarschnitt, immer einen Stumpen zwischen den Zähnen). Linkerhand war man auf dem Feld mit der Aussaat zugange. Was machen die da?, fragte der Junge. Ein Pferd zog einen komischen Kasten mit zwei Rädern hinter sich her. Hafer säen, vielleicht auch Roggen. Und der Kasten? Sagt man Drillmaschine zu. Einige Vögel flatterten aufgeregt da hinterher. Onkel Heinemann nahm die Leinen in die linke Hand, hob sein Gesäß und zog darunter eine Decke hervor: Hier Junge, tu dir das mal über die Knie, sonst wird das auf die Dauer zu kalt. Albin wickelte sich so gut es ging die steife

Decke um die Beine, war dazu vom Sitz aufgestanden und konnte sich nun, da er zu klein und in der Decke zu unbeweglich war, nicht mehr richtig auf die hohe Bank des Bocks setzen. Onkel Heinemann umfasste ihn mit seiner großen Hand und zog ihn zu sich hinauf. Brauchst du keine Decke? – Nee, ich hab lange Unterbüx drunter, da kommt nichts durch; und solange das nich regnet.

Er ließ den zweiten Teil des Satzes weg, man konnte ihn sich genauso gut denken. Die Menschen waren sparsam hier, auch mit der Sprache.

Sie fuhren jetzt unter der Eisenbahnbrücke durch. Beim Hinfahren sei just in dem Moment ein Zug gekommen und über sie hinweggedonnert, da habe er die Pferde ordentlich halten müssen, die würden das ja man nich kennen. Und jetzt musste er sie mit der Peitsche antreiben, dass sie unter der Brücke hindurch gingen. Siehst du wohl, die haben sich das gleich gemerkt. Pferde merken sich alles, glaub das wohl. Der Junge merkte sich, dass die Eisenbahnen gegen die Pferde waren. Jetzt kam kein Zug. Die Decke kratzte auf seinen bloßen Knien, mit den Händen konnte er aber nicht richtig hinfassen, also hielt er es aus. Die Pferde zogen mit gesenkten Köpfen, die Möbel waren schwer. Nicht immer ließen sich die Huckel und Schlaglöcher umfahren, die der Winter im Asphalt hinterlassen hatte, dann sackte der Wagen nach einer Ecke ab und ächzte und hintendrauf stießen die Schränke wieder aneinander, und dann stellten die Pferde ihre Ohren nach hinten, aber sie kannten das schon. Ob die mit ihren Ohren kucken können? Alles war gut verstaut. Onkel Heinemann zog aus einer seiner Taschen eine halbe Zigarre und eine Packung Streichhölzer. Haushaltsware, die mit den braunen Köpfen, die gab es auch beim Opa zu kaufen. Die mit den roten auch, wie hießen die noch? Welthölzer. Musste das nicht Waldhölzer heißen? Weil er nun beide Hände brauchte, um die Zigarre anzustecken, wickelte Onkel Heinemann die Leinen um einen Knauf, der vorne am Scherbrett angeschraubt war, deckte Schachtel und Streichholz mit seinen großen Händen ab und bald dampfte es. Die Pferde gingen von alleine. Die kennen den Weg? Jau.

Er band die Leinen vom Knauf los und drückte sie dem Jungen in die Hand: Hier. Und: So – und richtete die breiten Lederriemen in den zwei Kinderhänden ordnungsgemäß ein. Nich ziehen und nich durchhängen lassen, einfach halten. Albin hielt die Leinen, die Pferde zogen weiter, und Onkel Heinemann rauchte.

Sie kamen in den Ohrsener Wald hinein. Eigentlich nur ein Wäldchen, das sich da nicht einmal einen Kilometer beiderseits der Straße erstreckte, oder durch das die Straße hindurchführte, je nachdem. Diese kleinen Wälder, die zwischen den Feldern lagen, gaben der Landschaft hier ihr typisches Bild. Eingebettet zwischen Teutoburger Wald im Südwesten und dem Weserbergland und Wiehengebirge im Norden, die man nur aus der Perspektive des norddeutschen Flachlandes als Gebirge bezeichnen mochte, lag das Land Lippe mit seinen sanften Hügeln und formte zwischen niedersächsischer Tiefebene und nordhessischem Bergland eine Art von Mittellandschaft. Man war hier überwiegend evangelisch-reformiert, also strenger als die Lutherischen, in einem gewissen Sinne, wenn man die Strenge als Zurückhaltung versteht. Der evangelische Mensch hat nur Gott und sich selbst, das Leutselige geht ihm ab. Sich täglich selbst zu prüfen bestimmt sein Wesen und als ob das nicht schon genügte, verlangt er sich ab, bei aller Selbstzucht auch noch heiter zu sein. Im Märzen der Bauer und: Im Frühtau zu Berge. Wem das nicht gelingt, der greift zur Flasche. Das Land Lippe kennt sehr disziplinierte Trinker.

Während Wiesen und auch manches Feld langsam grün wurden, hatte der Wald noch das Braunschwarz des Winters, das ihn abweisend erscheinen ließ. Wollte man da hinein? Der Wald schwieg und ebenso schweigend zogen die beiden

Gespanne hindurch; wäre nicht das Klackern der Hufeisen gewesen, das in unterschiedlichen Rhythmen mal zusammen- mal auseinanderlief, man hätte sich in einem Stummfilm glauben können. Nur gut, dass es nicht regnete.

So, nu jib die Leinen mal wieder her. Onkel Heinemann hatte die ganze Zeit nichts gesagt und nur seine Zigarre gepafft. Hatte die vom Opa nicht immer anders gerochen? Hinter dem Wald führte die Straße durch eine Senke und über einen Bach, kaum eine Brücke, schon gar kein Geländer, da konnte vielleicht plötzlich ein Vogel auffliegen, eine Bisamratte durchs Kraut huschen, besser man gab acht. Onkel Heinemann hatte bei ähnlicher Gelegenheit schon manchen im Graben landen gesehen. Das freie Feld vor Augen, drehten die Pferde ihre Ohren in alle Richtungen und mussten sich nach Pottenhausen hoch nun ins Zeug legen. Rechts ging ein Weg ab, auf einen großen Hof zu; das Bauernhaus und links davon die Wirtschaftsgebäude alle in schwarzweißem Fachwerk mit roten Dachziegeln. Onkel Heinemann bemerkte, wie Albin dort hinüber schaute: Das is Kracht. Und: Zwei Gespanne mussten die dem Adolf abliefern; nun könn'se den Acker mit der Hand umgraben. 'N Schlepper ham'se gekauft, gibt es aber keinen Sprit für. Er sprach das G wie J aus: umjraben, jekauft, jibt. Wer ist Adolf? Lass man, Junge, kannst froh sein, wenn du das nicht weißt. Kommen die Pferde wieder? Vielleicht mussten die auch irgendwo Tische und Schränke herumfahren, aber abends mussten die doch wieder da sein? Er würde mal hingehen und den Menschen beim Umgraben helfen.

Die Straße zog in weitem Bogen jetzt leicht bergan, die Pferde verlangsamten ihren Schritt. Rechter Hand kam noch einmal ein kleines Stück Wald, dahinter ging eine Allee von der Straße ab auf ein großes gelbes Gebäude zu, das durch die unbelaubten Bäume leuchtete: Gut Iggenhausen. Ein Schloss? Ja, kann man sagen. Die haben sogar einen Wassergraben; wenn der Russe kommt, ziehen die einfach die

Zugbrücke hoch. Ob die wohl reich sind? Na, hungern müssen 'se nich. Nein, hungern musste er auch nicht, dachte der Junge, vielleicht waren sie ja auch reich; er würde die Mutter fragen. Die Fuhrwerke kamen jetzt durch Pottenhausen, einen Ort mit zwei Dutzend Häusern vielleicht. Links ging es nach Greste runter, in der Ferne konnte man den Teutoburger Wald erkennen. Ob er schon mal beim Hermannsdenkmal gewesen sei? Nein. Es ging wieder durch eine Senke, rechts ein Hof, links ein Hof, dann wieder leicht hinauf und in eine gedehnte Rechtskurve auf Harkenheide zu. Bäume hatte man hier beiderseits der Straße gepflanzt, die aber noch ganz jung und dünn waren und daher von Holzpfosten gestützt werden mussten. Wie lange das wohl dauert, bis die groß sind? Vielleicht Ostern mal nachschauen. Ringsum Felder; auf einigen in akkuraten Reihen die grünen Schösslinge der Wintergerste. In den Feldern Strommasten. Sie kamen nach Krentruperhagen, der große Hof da links, das sei Drexhage, sagte Onkel Heinemann. Ein Name ist erst dann etwas wert, wenn er mit einem großen Haus verbunden ist. Längst war der Paulskirchener Kirchturm in Sicht.

2

Im Jahre 1848, so würde es Albin später in der Schule lernen, hatten sich zusammengefunden der Schulmeister Lüdeking aus Evenhausen, Pastor Zeiß aus Schötmar, der Herr von Spiess aus Eckendorf sowie der Rentmeister Gronemeyer und noch einige andere, um hier in der Gegend eine Kirche zu errichten. Die Menschen mussten sonntags weite Wege in Kauf nehmen, um ihrer Christenpflicht nachzukommen; die Eckendorfer gingen nach Heepen, die Evenhausener nach Oerlinghausen, die Krentruper nach Lage und die Heipker nach Schötmar. So konnte ja nun keine Gemeinschaft entstehen. Besonders um das Seelenheil der Kinder sei zu fürchten, wie sollten die im Glauben an den Herrn Jesus Christus erzogen werden, wenn keine Kirche in der Nähe sei? Fünfhundertdreißig Schäflein seien da betroffen, hatte man gezählt. Um Eitelkeiten und Eifersüchteleien gar nicht erst aufkommen zu lassen, beschloss man, den Standort der neuen Kirche mathematisch zu bestimmen. Wozu hatte Gott den Menschen den Verstand gegeben? Pastor Zeiß ging also, mit Karte und Kompass ausgestattet, von Heepen im Westen nach Lage im Osten, was auf gerader Strecke eine Entfernung von sechzehn Kilometern ergab. Und ebenso ging der Pastor von Schötmar im Norden nach Oerlinghausen im Süden und kam hier ebenfalls auf eine Strecke von sage und schreibe sechzehn Kilometern Länge. Einige sprachen von einem Fingerzeig Gottes. Wo sich die beiden Linien kreuzten, da also sollte die neue Kirche gebaut werden; von den vier nächsten Kirchen jeweils genau acht Kilometer entfernt. War es nicht weitsichtig gewesen, noch vor den Preußen die alte Landmeile durch den französischen Meter zu ersetzen? Und weil man für so ein irdisches Bauwerk auch die Zustimmung der weltlichen Herrscher benötigte, sollte der neue Ort zu Ehren des dazumal regierenden Fürsten zu Lippe, Paul Friedrich III, Paulskirchen heißen. Es wurden Gelder gesammelt, und die Höfe stellten Maurer und Zimmerleute, und drei Jahre darauf konnte die Kirche eingeweiht werden. Siehe, etwas Neues ist entstanden. Und zur selben Zeit wurde gleich neben der Kirche, gegenüber dem Pfarrhause, von August Milse ein großes Haus gebaut und darin eine Wirtschaft eröffnet, die seitdem der Alte Krug heißt. Im Jahre neunzehnhundertundvier hatte Fritz Krone sen., Albins Großvater, dann den Krug vom zweiten Krüger Wilhelm Bohle gekauft.

Die Pferde bogen links auf die Schötmarsche Straße ein, Albin hatte das wieder genau beobachtet, wie Onkel Heinemann kurz die Bremse zog und dann die rechte Leine etwas aus der Hand gab, schon schwenkten die Pferde die Köpfe nach links und traten mit den rechten Hufen über die linken. Es ging noch an einem Fabrikgebäude vorbei: Bünemann. Das Wort Textilfabrik, das da in goldenen Buchstaben auf dem weißen Gebäude stand, konnte Albin nicht lesen. Ein großes Haus und ein Name. Sie erreichten den Marktplatz, ein dreieckiger Platz, dort wo die Herforder auf die Schötmarsche Straße traf, einfach eine Ecke abgeschnitten. Aber ganz mit Bäumen umstanden. Gleich rechter Hand war der Alte Krug, dessen Eingang von zwei Lindenbäumen eingefasst war. So, da wären wir. Es war Nachmittag geworden und Albin spürte jetzt, dass er Hunger hatte und Durst. Vor allen Dingen Durst. Vorm Haus war niemand zu sehen. Sie fuhren herum, zwischen dem Alten Krug und dem Pfarrhaus führte eine kleine Straße hinein, ein zweites Haus lag dicht hinter dem Krug, eingeschossig, aus Bruchstein, mit einem mächtigen Satteldach, das Backhaus, dahinter ein kleiner Hof, auf den Onkel Heinemann jetzt den Wagen lenkte. Aus der weit geöffneten Tür des Bruchsteinhauses hörte man Schweine grunzen. Ein alter Mann in ausgebeulten Hosen und einer Bäckerjacke kam aus dem Dunkel des Hauses; Albin erkannte seinen Großvater.

So, da seid ihr ja. Alles glatt gegangen, Herr Heinemann? Ist ja keine Weltreise. Onkel Heinemann kurbelte die Bremse des Wagens fest, stieg herunter und band die Pferde mit einem Riemen an einen eisernen Ring an der Hauswand. Der Großvater hob seinen Enkel vom Bock. Harken Böhmer hatte den zweiten Wagen unter der riesigen Linde abgestellt, die den Hof dominierte. Wenn die voller Blätter ist, dann sieht man den Himmel nicht mehr. So, nun kommt erst mal rein, gibt Kaffee und Kuchen. Und weil die beiden rundgesichtigen Männer vom zweiten Wagen keine Anstalten machten, seinem Aufruf zu folgen, winkte der Großvater sie mit der Hand her: Ihr man auch! Man ging um das Backhaus herum und durch den Hintereingang in den Krug. Ein langer, schmaler Gang, der nach vorne auf den Haupteingang zuführte; aus der Küche rechts duftete es nach Kaffee. Paula, wir setzen uns vorne in die Gaststube! Und seine Tochter Paula, Albins Tante, die älteste der vier Kron'schen Geschwister, schon weit in den Vierzigern (ich stamm noch aus dem neunzehnten Jahrhundert), aber unverheiratet, rief zurück: Tut das denn Not? Die Männer machen da alles dreckig! Onkel Heinemann und die anderen blieben zögernd im Gang stehen: Wir wollen keine Umstände machen, Herr Krone. Den Großvater focht das nicht an. Nichts da, wir können den Kuchen doch nicht im Stehen essen, nun kommt man rein. Und aus der Küche: Aber ordentlich die Schuhe abtreten! Inzwischen waren auch Albins Mutter und seine Schwester von oben herunter gekommen, das hatte etwas gedauert, denn vor allem treppab ging es für Margarete Kortmeyer mit dem Holzbein recht schwer. Man müsste mal künstliche Knie erfinden, man erfindet doch sonst alles.

Alle setzten sich in der vorderen Gaststube um einen großen Tisch, der an zwei Seiten von einer gepolsterten Eckbank eingefasst wurde. Der Geruch von kaltem Tabakrauch mischte sich mit dem Duft des frisch gebackenen Platenkuchens und des Bohnenkaffees, der von Paula hereingetragen wurde. Margarete wollte sich auch nützlich machen und holte hinter dem Tresen aus einem Wandschrank Kaffeegeschirr hervor; da sie zum Gehen aber den Stock benutzen musste, konnte sie immer nur soviel tragen, wie sie mit einer Hand halten konnte. Komm, Romy, hilf deiner Mutter mal. Es wäre ihr sichtlich lieber gewesen, wenn sie auch so agil hätte hin- und herlaufen können wie ihre ältere Schwester. Mühsam ernährt sich das Eichhörnchen. Ob Albin nicht noch seinen Onkel Fritz holen wolle? Fritz Krone jun., genau zu Beginn des Jahrhunderts geboren, betrieb im vorderen linken Teil des Hauses einen kleinen Kolonialwarenladen. Auf eine Tasse? Ja, das ginge wohl. Der jüngere Bruder, Theo, stand an der Westfront: Da ist es ja noch ruhig. Als alle saßen und jeder eine Tasse Kaffee und ein Stück von dem Platenkuchen vor sich hatte, der so saftig war, dass sich der darübergestreute Zucker auflöste, sprach Fritz Krone sen. ein Willkommen seiner jüngsten Tochter und seinen beiden Enkelkindern aus und dankte Onkel Heinemann, Harken Böhmer und den beiden jungen Männern, die stumm auf der Bank saßen, für ihre Dienste.

Ich hoffe nur, es ist nicht für lang, sagte Margarete. Sie machte eine Pause. Wenn Vati nur bald zurückkäme. Die anderen am Tisch schwiegen und versuchten, sich nicht anzuschauen. Man schob den vielgelobten Kuchen in den Mund und trank Kaffee hinterher. Für die Kinder gab es Limonade. Nach einer Weile sagte Harken Böhmer: Nu, lange wird's nich mehr dauern.

Albin war noch zu jung, um mit seinem Bewusstsein größere Zeiträume überspannen zu können: Was meinte die Mutter? Würde man nächste Woche wieder zurück nach

Lage fahren? Jetzt kannte er ja den Weg und wusste, wo man mit den Pferden aufpassen musste: am Bach und unter der Eisenbahnbrücke. Aber vorher würde er noch zu den Schweinen müssen, die er vorhin gehört hatte. Romy fragte: Ist dem noch zu helfen?

Nachdem man sich mit Kaffee und Kuchen gut gestärkt hatte, luden die Männer die Möbel von den Wagen. Fast alles wurde auf den Dachboden des Backhauses geschafft, denn für die drei Kortmeyers gab es im Haupthaus nur ein Zimmer im ersten Stock. Eigentlich wäre das Haus groß genug gewesen, um auch diese Drei noch bequem unterzubringen, aber die Hälfte des Stockwerks wurde von einem Saal eingenommen, der zu früheren Zeiten für größere Gesellschaften diente, Hochzeiten und Todesfälle, immerhin lag der Alte Krug direkt neben der Kirche, nun aber schon seit etlichen Jahren unbenutzt war, denn Fritz Krone sen. hatte in den Dreißigerjahren, als es mit der Wirtschaft gut lief, rechts an das Haus angebaut, einen größeren Saal zu ebener Erde, an den sich nach hinten raus, als besondere Attraktion, eine Schießbahn anschloss. Krones Gesellschaftsräume prangte auf dem Schild über dem Eingang des modernen Baus. Die Männer konnten vorne am Tresen Bier trinken und dann einfach durch eine Tür zum Schießstand gehen und dort, vor Wind und Wetter geschützt, auf Scheiben schießen. Als die Kortmeyers im Alten Krug eintrafen, fanden aber keine Schützenwettbewerbe mehr statt, denn alle, die schießen konnten, waren zu der Zeit anderwärts in Verwendung. Den vorderen Teil der Schießbahn, bis zum Ende des Backhauses, hatte man abgezäunt und hielt dort jetzt Enten. Dahinter waren Blumenrabatten und Gemüsebeete angelegt. Die hölzernen Schallschutzwände, die die Bahn alle vier, fünf Meter querten, standen noch. Ärgerlich, dass man den alten Saal nicht nutzen konnte; ob man da nicht drei Zimmer draus machen könnte? Wenn der Krieg vorbei ist.

In das Zimmer der Kortmeyers, gleich links, wenn man die Treppe hochkam, passten zwei schmale Betten für Mutter und Tochter, Albins Kinderbett, ein zweitüriger Kleiderschrank und ein Waschtisch. Es war sehr eng: Gut, dass der Winter vorbei ist, da können die Kinder ja auch raus. In den folgenden Tagen versuchte man sich einzuleben. Alle waren immerzu beschäftigt: Im Laden bediente Onkel Fritz im weißen Kittel die Kundschaft, meistens die Frauen der Handwerker, die rund um den Marktplatz wohnten und gegen Marken Mehl, Salz, Margarine und Brühwürfel kauften. Jeder hier hatte einen Garten hinterm Haus, im Keller lagerten Kartoffeln und Äpfel, Sauerkraut hielt sich in kühlen Tontöpfen und Kompott und Schweinemett in Einmachgläsern. Wenn eine der Fabrikantengattinnen vorbeikam, Frau Bünemann oder Frau Brakensiek (von Brakensiek Maschinenbau), dann wurde der Lehrling mit irgendeinem Auftrag vor die Tür geschickt und Bohnenkaffee und Butter wechselten gegen Geld schnell den Besitzer. Wenn keine Kundschaft da war, dann hatte der Lehrling den Boden zu fegen, die Regale feucht abzuwischen und die Waren akkurat auszurichten: Nur nich rumstehen – und wer keine Arbeit hat, sucht sich welche. Fritz Krone jun., der gelernte Buchhalter, saß derweil über dem Kassenbuch, in dem zwei plus zwei immer vier ergab, und einer karierten Kladde, in der die Zahlen einer anderen Arithmetik gehorchten und zwei plus zwei auch schon mal fünf ergaben oder wenigstens viereinhalb. Die Differenz nannte man dann Inventurverlust. Die Kontrolleure mit den Abzeichen am Revers konnten nicht so gut rechnen. Man hatte es bei Krones zu einem gewissen Wohlstand gebracht: Die Kasse stimmte, in dieser Hinsicht.

In der Küche regierte Tante Paula. Man muss diesen Satz so knapp wie möglich formulieren, denn wenn sonst jedem Koch und jeder Köchin eine gewisse Großzügigkeit nachgesagt wird, so war hier das Gegenteil der Fall. Bis auf sonntags gab es jeden Tag Eintopf. Nicht nur, weil man an Fleisch sparen und hier und da verlängern konnte, es gab vor allen Dingen auch weniger abzuwaschen. Bloß nichts braten, das Fett sitzt dann ja überall. Falschen Hasen für sonntags, den konnte man ja im Ofen machen. Neben der Küchentür hing eine gerahmte Stickerei: Reinlichkeit ist der Stolz der Hausfrau. Von morgens bis abends trug die Tante einen geblümten Kittel: Es ist ja immer was zu tun. Montags gab es die Reste vom Sonntag und von Dienstag bis Donnerstag Bohneneintopf mit Graupen, einmal gekocht und dann zweimal wieder aufgewärmt. Statt Suppenfleisch schwamm knorpeliger Schweinebauch im Topf. Freitags Lappenpickert, zäh wie Leder. Besonders die Kinder mochten das nicht essen, Paula Krone war es nicht gewohnt, Kinder zu versorgen. Es gibt, was es gibt, fertig. Margarete hätte gerne einmal Pfannkuchen gemacht oder einen Grießpudding, wagte es aber nicht, in den Speiseplan zu intervenieren. Man war auf eine Art fremd im eigenen Haus. Für Gäste des Alten Kruges wurde etwas besser gekocht, aber immer so, dass es sich rechnete: Wir sind doch kein Hotel in Baden-Baden. Was an der Küche fehlte, musste Großvater Krones Butter- und Streuselkuchen wettmachen. Maria, eine junge Frau aus Polen, die als Fremdarbeiterin, so sagte man dazu, bei Krones angestellt war, verdrehte bei Gelegenheit die Augen und blickte gen Himmel zu ihrer Heiligenmuttergottes: Mein Gott, in Polen hatten wir nix nicht und haben gegessen besser, hier man hat alles und isst so schlecht. Weil Maria noch eher Zugang zur Küche hatte als Margarete, sorgte sie dafür, dass die Kinder zwischendurch was Besseres bekamen, insbesondere der kleine Albin, den sie gleich in ihr katholisches Herz geschlossen hatte. Fritz Krone sen. sah die Kniepigkeit seiner ältesten Tochter mit Missfallen. Nach dem frühen Tod seiner Frau, die im letzten Jahr des letzten Krieges einer Tuberkulose erlegen war, hatte Paula den Haushalt übernommen, zu einer Zeit also, als alles knapp war und die Wirtschaft auf Jahre nicht mehr richtig in Fahrt kommen sollte. Paula, schwarzhaarig und fast schon kleinwüchsig, füllte im Haushalt die Lücke, die Margarete Elisabeth Krone, geborene Höner zu Ohlsen, hinterlassen hatte – in ihre Fußstapfen trat sie nicht. Paula Krone vertrat die Meinung, dass man nach dem Tod der Mutter irgendetwas vom Hofe Ohlsen zu erwarten gehabt habe und als dieses ausblieb, unterstellte sie jenen Habgier und Unehrlichkeit, ein Ressentiment, das sich in der Folgezeit auf den gesamten westlippischen Bauernadel ausweiten sollte: Die gönnen einem das Schwarze unterm Fingernagel nicht. Ihr Vater glich das mit viel guter Butter in seinem Platenkuchen aus, für den die Kundschaft selbst aus Bielefeld kam. Den janzen Verdeunst tust du wech. Bloß den anderen nicht zu viel geben. Den Vater und Großvater hatte das Leben anderes gelehrt: Der Einzelne kann da doch nicht für – in diesem Satz fasste er gerne seine Sicht der Dinge zusammen. Von seinen drei Brüdern war einer, Erich, Anfang des Jahrhunderts nach Amerika gegangen: Wird uns das wohl noch mal nützen?

Albin trieb es bald aus dem Haus. Hier durfte man nicht hin und da durfte man nicht hin: Ich habe grade gewischt! In immer weiteren Kreisen erkundete er die Gegend um den Alten Krug und das Backhaus. Mal über die Schötmarsche Straße und an Bünemanns Textilfabrik vorbei? Da war Hühner-Behr. Weil er nicht viel Land besaß, hatte sich Bauer Behrmann auf das Halten von Hühnern verlegt; Eier, Brathähnchen, Suppenhühner. Albin fand freundliche Aufnahme. Behrmanns hatten ihren achtzehnjährigen Sohn im Felde, wie man so sagte, weitere Kinder gab es nicht und so hatte Frau Behrmann jemanden, um den sie sich kümmern konnte: Es ist ja sonst so still im Haus und dann muss ich immer an unseren Jungen denken und man weiß ja nichts. Behrmann hatte zwei Ponys, ähnlich Islandpferden, die er abwechselnd vor seinen kleinen Wagen spannte, mit dem er die Eier ausfuhr oder Hühnerfutter holte. Lotte und Luchs. Kannst ihnen mal 'ne halbe Möhre hinhalten, aber immer mit der flachen Hand, manchmal wollen die nämlich zwicken. Der Junge schaute genau zu, wie das Anspannen vonstatten ging, ganz schön viele Riemen, da musste man wissen, was wo hingehört. Und wenn man die Pferde aus dem Stall geholt hat, die Hufe auskratzen. Onkel Behrmann hob Lottes rechten Vorderlauf an und stützte den Huf auf seinem Oberschenkel ab: Kuck, so. Nachdem er einige Male zugeschaut hatte, hatte sich Albin alles gemerkt. Am wohlsten fühlte er sich, wenn er neben dem Bauern auf dem Bock des kleinen Wagens saß und ab und an mal die Leinen halten durfte. So war die Beziehung zu beiderseitigem Vorteil, Albin konnte bei Pferden sein und Behrmanns hatten zumindest ein Stück weit Ersatz für ihren Sohn. Lotte, hüh! Und: Brrr, Luchs.

Margarete Kortmeyer konnte sich nicht so um ihren Jüngsten kümmern, wie sie es vielleicht gewollt hätte. Ihren beiden ledigen Geschwistern im Hause war Kindererziehung etwas völlig Fremdes und schon gar nichts, was für sie unter den Begriff Arbeit fiel. Hin- und hergerissen zwischen ihrer Vorstellung vom Muttersein und dem Regiment ihrer Schwester Paula, dem sich zu widersetzen sie nicht die Kraft fand, war sie irgendwie froh, wenn auch zuweilen besorgt, dass ihr Sohn tagsüber außer Haus war. Bei Hühner-Behr wusste sie ihn in guten Händen und sicher ist es besser für seine Entwicklung, sagte sie sich, wenn er Bewegung hat und nicht dauernd seine verkrüppelte Mutter sieht. Es kam ihr nicht in den Sinn, dass sie seinetwegen ihr Bein verloren hätte: Der liebe Gott hatte es halt so gewollt, daran war nun nichts mehr zu ändern. Sich anpassen und nicht groß auffallen, was konnte man sonst tun? Nur auf ihre Garderobe legte sie außerordentlich viel Wert. Hier wusste sie sich der Schwester überlegen, die auch nach Feierabend selten die Kittelschürze ablegte und an besseren Stücken eigentlich nur ein dunkles Plisseekleid besaß, das nur bei sogenannten Anlässen zum Einsatz kam: Sich schick machen? Da ist ja wohl heute kein Anlass für. Margarete putzte und wischte, spülte Geschirr in der Küche und Gläser in der Gaststube, um ihrer Schwester keine Gelegenheit zu einer spitzen Bemerkung zu geben, die trotzdem zuweilen nicht ausblieb – oder hinter ihrem Rücken fiel: In Lage ein großes Haus geführt und so weiter. Nicht, dass der junge Albin die Spannungen im Hause Krone schon in einem tieferen Sinne verstanden hätte (konnten denn Erwachsene auch eifersüchtig sein?), aber seinem Gefühl folgend nahm er gleich morgens Reißaus, kaum dass Maria ihn mit Frühstück versorgt hatte, und kehrte selten vor Einbruch der Dunkelheit zurück: Bist wieder jewesen bei Pferdchen? Seine Schwester Romy tauchte irgendwie im Alltag unter, ging morgens zur Schule, fand dort Freundinnen.

Nachts hörte man die Flugabwehrgeschütze aus Bielefeld und die Detonationen der Bomben: Die haben sich jetzt den Viadukt vorgenommen, die hören nicht eher auf, als bis das Ding in Trümmern liegt. Die schönen Kinos, Palast, Gloria, Capitol und Universum: schon alles inne Dutten. Man gut, dass wir hier so ab vom Schuss sind. Die mathematische Ortsbestimmung von Pastor Zeiß hatte dazu geführt, dass Paulskirchen nicht nur von den nächsten Kirchen, sondern auch von allem anderen gleich weit weg lag. Die ungünstige Verkehrslage war schon öfter Thema gewesen, alle Straßen von und nach Bielefeld führten weit am Ort vorbei, der nächste Bahnhof war in Allermissen: Stell dir mal vor, du willst nach Berlin fahren und musst dann ab Potsdam laufen, wer hat sich so was ausgedacht?

Die älteren Jungen, wenn sie aus der Schule kamen, beobachteten den Himmel und stritten über die Typbezeichnungen dessen, was da flog, von West nach Ost und wieder zurück. Es war eine Art Quartettspiel, wobei sich das Behauptete nicht wirklich an Sachverhalten überprüfen ließ: Eine B-17? Das glaubste doch selber nich. Doch eines Tages geschah es wirklich, dass einer dieser stählernen Vögel brennend vom Himmel fiel. Wer rechtzeitig auf Posten war, sah sogar, wie sich noch Fünfe mit Fallschirmen aus dem taumelnd stürzenden Wrack retteten. Wer sich auskannte, wusste, dass also weitere fünf noch drin sein mussten. Am Evenhausener Berg ist einer abgestürzt!, machte es schnell die Runde und alle Jungs liefen die Straße nach Oerlinghausen erst hinunter und dann zu besagtem Berg wieder hinauf; was man hier einen Berg nennt, hatten wir schon gesagt. Albin lief mit, oder hätte er doch besser bei Hühner-Behr bleiben sollen? Ob man die Toten sieht?, fragte einer der Jungen und ein anderer, der sich erfahrener gab: Nee, da is nix von übrig. Deswegen haben die ja auch die Blechmarken um den Hals, sonst wüsste man gar nicht, wer das mal war. Als sie nach einer knappen halben Stunde an der Absturzstelle ankamen, war das Wrack von Militär gesichert (oder war das doch Polizei?), näher als fünfzig Meter kamen sie nicht heran, aber die Wissbegierigen ließen sich von einem Mann mit einem Stahlhelm auf dem Kopf alles erklären: Wie deutsche Jagdflieger den Bomberverband angegriffen hatten, Treffer erzielten und die Flak in Bielefeld den weidwund geschossenen Vogel dann nur noch vom Himmel pflücken musste. Die suchen noch Freiwillige; wer über fünfzehn ist, mal melden. Die Jungen waren beeindruckt, und man wendete die Dinge, wer mit wem und wie und gegen wen, so lange hin und her, dass darüber langsam die Abenddämmerung fiel.

Albin stand die ganze Zeit dabei. Seine Mutter hatte schon zu Hühner-Behr geschickt, aber auch dort wusste man nicht, wo der Junge steckte: Eben noch gesehen, Frau Kortmeyer. Man konnte nur vermuten und sich ansonsten Sorgen machen. Zwar hatte man bei Krones Telefon, aber außer den Arzt Doktor Wittmann, Pastor Meinert, die Fabrikanten und Gut Sierdissen hätte man niemanden anrufen können. Das wäre aber auch sehr unangenehm gewesen: Was sollten die Leute denken?

Die Anziehungskraft des ausgebrannten Bomberwracks verlor schließlich gegen den Hunger, der sich jetzt deutlich meldete, und so schloss sich Albin einigen Jungen an, die sich auf den Weg zurück nach Paulskirchen machten. Die notwendige Bestrafung musste dann Großvater Krone übernehmen, der sich der Sache mit fünf Stockhieben auf den Hintern des Jungen entledigte: Hatte das denn jetzt sein gemusst?

Die fünf gefallenen Amerikaner wurden von Pastor Meinert tags drauf auf dem Paulskirchener Friedhof beigesetzt. Am Sonntag schloss er die Söhne von Freund und Feind in sein Fürbittengebet ein. Polizeimeister Buschmeier sagte, das müsse er eigentlich melden: Ist das nicht Feindbegünstigung? Aber einer der anwesenden Bauern brachte ihn zur Räson: Die Wurst in deiner Speisekammer, Buschmeier, die fällt ja wohl nicht vom Himmel. Pastor Meinert hatte die Drohung ohnehin nicht beeindruckt; sein Vorgänger Johannsen war in Stalingrad umgekommen, Meinert wusste, woran er glauben konnte und woran nicht. Margarete Kortmeyer glaubte und hoffte. Während des Gottesdienstes bewegte sie zu den Worten des Pastors die Lippen. Wenn von Vati doch bloß eine Nachricht käme. Hoff, o du arme Seele, hoff und sei unverzagt. Albin und seine Schwester gingen in den Kindergottesdienst. Es wurden Lieder gesungen, die Fräulein Bruhne auf der Gitarre begleitete. Albin sang mit einem Mädchen mit blondem Engelshaar um die Wette. Sie hieß Sieglinde Koch und war etwa in seinem Alter. Christen sollen leuchten in der dunkeln Welt, jedes an dem Plätzchen, wohin Gott es stellt. Nach dem Gottesdienst gingen einige Männer noch in den Alten Krug auf eine lüttje Lage, also ein kleines Bier und einen Korn. Wenn darunter einer der Bauern war, die ihre Kutschen auf Krones Hof abgestellt hatten, dann nutzte Albin die Zeit, eine gute Viertelstunde vielleicht, setzte sich auf den Bock, wenn es ein Jagdwagen war oder auf die hintere Bank bei einem Vis-à-vis, nahm die

Leinen in die Hände und tat so, als lenkte er die Gespanne im flotten Trab über die Chaussee. Die Pferde machten das Spiel bereitwillig mit, sie wussten, wann es ernst war und wann nicht. Und zu essen? Mal wieder falschen Hasen, die Soße schmeckte nach nichts.

3

Romy ging in die Paulskirchener Volksschule, nach Ostern war sie in die vierte Klasse gekommen. Margarete Kortmeyer bestand darauf, das Pausenbrot für ihre Tochter selbst zu richten, was wiederum Anlass für erneute Eifersüchteleien zwischen ihr und ihrer Schwester Paula war: Wegen zwei Schnitten stellst du dich hier in die Küche, das kann Maria doch genauso gut mitmachen. Immer dieser Eigensinn. Margarete war ratlos: Sollte das nun immer so weitergehen? Der Großvater befeuerte den Streit, wenn auch ohne Absicht, indem er das eine oder andere Stück verunglückten Kuchens regelmäßig zum Schulfrühstück beisteuerte. Dieses Gutmeinen führte bei Romy zu rascher Gewichtszunahme, so dass sie mit der Schleife, die ihr die Mutter jeden Morgen ins Haar band, bald aussah wie ein Osterei.

Albin wollte die Leute kennenlernen, die seine Schwester jeden Vormittag besuchte (er kannte außerhalb des Hauses ja sonst niemanden). Einfach mal mitgehen? Romy schickte ihn umgehend nachhause: Bei dir piept es wohl. Zur Schule zu gehen bedeutete den Aufstieg in eine höhere Liga und kein Aufgestiegener wollte durch die Anwesenheit jüngerer Geschwister daran erinnert werden, dass er einmal noch selbst zu den Kleinen zählte. Dann also später gehen. Am besten war es zu warten, bis die zweite Stunde begonnen hatte, wenn Romy in der Klasse saß, konnte sie sich nicht wehren. Was die auch immer hatte! Dann klopfte Albin artig an der Tür, wartete auf das Herein!, betrat selbstbewusst das Klassenzimmer, blickte die Lehrerin freundlich an:

Ich möchte gerne mitmachen. Die Augen der Schüler wanderten von dem kleinen Jungen zur Lehrerin, von da zu Romy, der die Zornesröte ins Gesicht stieg. Sagen durfte man aber nichts. Die ersten paar Male hatte Frau Schelpmeise, die Lehrerin, ihn wieder weggeschickt. Nach dem Unterricht zitierte sie Romy zu sich und trug ihr auf, der Mutter auszurichten, dass das nicht ginge und so weiter, was Romy noch mehr erboste, weil sie nun nicht nur die Peinlichkeit der brüderlichen Schulbesuche zu ertragen hatte, sondern ihr auch noch die Verantwortung dafür auferlegt wurde. Kann die dumme Kuh das meiner Mutter nicht selber sagen? Allein, es war zwecklos, und beim soundsovielten Mal strich Frau Schelpmeise, die sonst keine Nachgiebigkeit kannte (zeig deine Hände her!), die Segel und drückte Albin ein Heft und einen Wachsstift in die Hand: Setz dich da hinten hin, da kannst du was malen. Ist ja an sich nicht schlecht, wenn die Kinder was lernen wollen, aber so unreglementiert? Man müsste sich mal nach den häuslichen Verhältnissen erkundigen. Das ging so einige Tage, bis es Romy gelang, auf dem Nachhauseweg dergestalt Rache zu nehmen, dass sie ihrem Bruder den bücherschweren Ranzen ins Gesicht schlug, was zu einer ordentlichen Platzwunde über dem rechten Auge führte, von der eine Narbe zurückblieb. Schmerz und Verletzung hatten in diesem Falle Überzeugungskraft, wenn sie auch sonst eher geeignet waren, den Ehrgeiz anzustacheln. Die Mutter erleichterte Albin den Rückzug, indem sie mit ihm ein wenig Rechnen und Schreiben übte. Die Sache war von mäßigem Erfolg: Eins und Eins? Drei. Albin bestand intuitiv darauf, dass die Addition zweier ungerader Zahlen wieder eine ungerade ergeben musste. Die Mutter versuchte es anschaulich: Ein Pferd und noch ein Pferd? Zwei Pferde. Ein Pferd und noch ein Pferd wurden vor den Wagen gespannt und ergaben einen Zweispänner. Das war klar. – Und Eins und Eins? Drei. Der Junge sah in den Zahlen etwas anderes als gewöhnliche Menschen. Nach ein paar Tagen gab es die Mutter auf. Ist vielleicht doch noch zu früh. Ebenso die Schreibübungen, weil ihr Sohn den Stift partout nicht in die rechte Hand nehmen wollte. Margarete Kortmeyer machte sich mütterliche Sorgen: Der Junge lief jeden Tag von zuhause weg, konnte nicht Eins und Eins zusammenzählen und war obendrein Linkshänder. Als wenn man nicht schon genug zu bedenken hatte.

Und dann Paula. Ach, man soll ja nichts Schlechtes denken, aber sie mochte sich einfach nicht an die zweite Frau in ihrem Haushalt gewöhnen. Acht Jahre war es her, dass Margarete nach Lage geheiratet hatte; Paulas Stellung war schon davor unangefochten gewesen, man musste sich nur mal die alten Fotos ankucken: Immer wollte die in der Mitte stehen. Aber aus der kleinen Schwester, die dagegen immer nur am Rande gestanden hatte und die sonntags in Krones Gesellschaftsräumen die Musiker bewundert hatte, war eine Mutter von zwei Kindern geworden, sie war von einem Mann genommen worden – und was für einem! Paula wusste, dass ihre Schwester einerseits schon viel mehr gewonnen und andererseits viel mehr verloren hatte, als sie, die Ältere, jemals würde aufsparen können. Aber es war für sie zu spät, sie war sechsundvierzig Jahre alt, es blieb ihr nur das Weiter-so.

Bei Böckmanns nebenan wurde eine kleine Zweizimmerwohnung frei. Ein junger Mann würde nicht wiederkommen und eine junge Frau kehrte zu ihren Eltern zurück. Fritz Krone sen. verhandelte mit seinem Nachbarn (August, zwei Frauen unter einem Dach, das geht nicht) und im Juni zogen die drei Kortmeyers abermals um, aber diesmal nur ein paar Meter. Zwei Zimmer, die einen Teil der Möbel aus der Lagenser Wohnung aufnahmen und vor allen Dingen: eine eigene Küche! Als Margarete Kortmeyer dort das erste Mal für sich und die beiden Kinder das Mittagessen gekocht hatte (weiß man noch, was es gab? Pfannkuchen?), als nur die drei um den Küchentisch saßen, als man das Tischgebet gesprochen hatte: Komm Herr Jesus, sei du unser Gast; da sagte Albin mit glücklichem Ernst: Jetzt sind wir eine richtige Familie. Der Junge fühlte, wie die Dinge zu sein hatten und er folgte seinem Gefühl. Aus diesem Grund war ihm auch jede Schüchternheit fremd. Die Mutter weinte heimlich; nein, eine richtige Familie, das waren sie nicht, und doch empfand sie nach, was ihr Jüngster fühlte. Im Haupthaus wurde schon wieder geredet, man habe doch genug Platz und: In diesen Zeiten das Geld so zum Fenster rauswerfen. Im Nebeneinander wurde der Riss sichtbar, er war der Preis, den Margarete für ihr Stück Familie zu zahlen hatte. Und es wäre ihr leichter gefallen, diesen Riss auszuhalten, diesen Streit zu bestreiten, wenn wenigstens ihr eigener Körper ganz gewesen wäre. Sie wusste, dass sie die Dinge nicht heilen konnte, aber wenigstens sollten die Risse nicht sichtbar sein. Jeden Tag zog sie ein hübsches Kleid an, wadenlang, um die Versehrtheit zu verdecken. Für Albin kaufte sie Trachtensachen, einen Strickjanker, einen Filzhut. Alles sollte hübsch sein.

Der hübsche blonde Junge gefiel sich und anderen, insbesondere den Erwachsenen. Ob er nicht Lust habe, fragte ihn einmal die Mutter, bei der Hochzeit von Hagemanns Blumen zu streuen, zusammen mit Sieglinde Koch: Mit der verstehst du dich doch gut und im Kindergottesdienst singt ihr zwei so schön; sie habe mit Fräulein Bruhne gesprochen. Und ob er Lust hatte! Einen Anzug würde er tragen, ein weißes Hemd und eine Krawatte, und sie würden nicht nur einfach die Blumen streuen, wenn von der Orgel der Hochzeitsmarsch erklang, der das Brautpaar aus der Kirche geleitete, nein, sie würden sich noch etwas überlegen, befanden die beiden Kinder, wie sie auftraten, er von rechts und sie von links, und dann etwas aufsagen, bevor die Orgel spielte, und vorm Tor dann einen Reigen tanzen und ein Dreimalhoch anstimmen, alles einstudiert und geprobt. Und der Vater des Bräutigams, der von solchen Dingen etwas verstand, weil er nach

Bielefeld ins Theater ging, lobte die beiden und sagte etwas von Choreografie. Aufs nächste Jahr wurden andere Kinder gar nicht mehr gefragt. So führte Albin, kaum vier Jahre alt, schon ein öffentliches Leben, war bei allen Paulskirchenern rund um den Marktplatz bekannt und selten zuhause.

Im Mai wurden die Gartenstühle und -tische unter die Linden vor den Alten Krug gestellt. Sie hatten gusseiserne Gestelle, dass man sie zusammenklappen konnte, und mussten mehrmals am Tag abgewischt werden, weil der klebrige Saft der Linden auf sie herabregnete und man sonst mit dem Hosenboden auf den Stühlen klebengeblieben wäre. Fritz Krone sen. hatte die Stühle und Tische schon vor dem letzten Krieg angeschafft, die Leute wollten bei schönem Wetter draußen sitzen, gerade die Frauen, die dann ganz froh waren, dass der Zigarrenrauch ihrer Männer in die Baumkronen entschwand. Über Nacht wurden die Sachen zusammengeklappt und an die Hauswand gestellt, damit man am nächsten Morgen nicht so viel wischen musste. Es waren meist die Handwerker, die hier ihr Bier tranken, nach Feierabend. Die Bauern, die sonntags nach der Kirche einkehrten, gingen unter der Woche in den Gasthof August Dehler in Speckenbaum.

Der Sommer wurde heiß. Mit Onkel Behrmann fuhr Albin zum Kleeholen, den bekamen die Kaninchen. Während der Bauer mit der Sense den Klee mähte und anschließend zusammenrechte, saß Albin auf dem Pony vor dem Wagen, hielt die Leinen in der Hand, sagte Hü!, wenn es ein paar Schritte weitergehen sollte und Brr!, wenn es wieder stehen bleiben sollte. Das Tier tat willig mit. Zuhause sagte die Schwester dann: Du stinkst nach Pferd. Im Juli fing die Getreideernte an. Erst die Wintergerste, später der Hafer, dann Weizen und Roggen. Albin ging auf die Felder, wo gerade die Pferdegespanne die Mähwerke zogen. Die kleineren Bauern schnitten das Korn mit dem Grasmäher, da mussten dann die Frauen hinterherlaufen und die Garben von Hand binden;

die größeren Höfe hatten Mähbinder: Eine große Haspel legte die Halme über den Mähbalken, ein Förderband aus gummiertem Leinen schob den Schnitt in eine Ablage und eine Vorrichtung aus eisernen Armen und Hebeln warf alle paar Sekunden eine gebundene Garbe heraus. Drei schwere Pferde waren nötig, um die ganze Maschinerie zu ziehen und anzutreiben. Die Sierdissener waren die einzigen, die für diese Arbeit einen Dieselschlepper hatten. Aber Albin interessierte sich nur für die Pferde, seit dem frühen Morgen lief er neben den Gespannen her. Wehe, es verklemmte sich etwas im Messerbalken, eine dicke Distel oder ein Placken trocken-steinige Erde, dann mussten die Pferde, die gerade noch aus voller Kraft zogen, von einer auf die andere Sekunde stehen bleiben. Stumpfe Messer und ausgeleierte Führungen konnte man während der Ernte nun gar nicht gebrauchen. Wenn die Maschine schlecht lief, vergeudeten die Pferde mehr Kraft für einen geringeren Ertrag: Man machte das hier ja nicht zum Spaß, man wollte fertig werden. Nach so einer Vollbremsung mussten die drei Pferde mit dem ganzen Gerät auch noch gut einen Meter rückwärtsrichten, damit man den Messerbalken reinigen und die Schnittfläche davor freiharken konnte. Wehe dem, der in der Hektik oder der Hitze den Messerantrieb nicht richtig ausschaltete: Da reichte ein halber Schritt der Pferde nach vorne und die Finger waren ab. War aber lange nicht mehr vorgekommen. Ein Schnalzen mit der Zunge, das linke Pferd mit der Peitsche leicht auf die Kruppe tippen, dann zogen alle drei wieder an und das Messer ratterte weiter. Die Garben wurden zu Hocken aufgestellt, das Korn war noch nicht ganz dreschreif und würde noch ein paar Tage auf dem Feld bleiben. Wo Mahd und Drusch getrennt sind, kommt es beim Mähen nicht auf den Tag an. In Amerika, hieß es, hätten sie ja schon die kombinierten Erntemaschinen, wenn man da zu früh dran war, konnte das Korn nicht ausgedroschen werden, wartete man zu lange, fiel es von allein aus den Ähren und nutzte nur noch den Krähen. Da darfst du zur Erntezeit kein schlechtes Wetter haben, sagte Harken Böhmer, der eines der Gespanne führte, sonst geht dir alles inne Dutten. Und weil hier also kein Zeitdruck war, gönnte man sich und den Pferden eine ausgedehnte Mittagspause.

Es musste etwas Tiefsitzendes gewesen sein, das den Jungen davon abgehalten hatte, zum Essen nachhause zu gehen. Jetzt, wo man doch eine Familie war. Das Feld war vielleicht zur Hälfte abgemäht, und da, wo das Korn noch stand, zog es den Jungen hinein. Es war wie ein Schwimmen, da hindurch zu gehen, den Kopf knapp über den Ähren, die von den blanken Armen geteilt wurden und mit ihren Grannen die Haut kitzelten. Niemand nahm Notiz. Wenn man sich hinhockte, umschlossen einen die ockergelben Halme und die Welt verschwand. Noch besser war es, auf dem Rücken zu liegen, er sah den Himmel, den einzigen Komplizen, der um dieses Drinnen wusste. Es war ein Zustand des Seins, reinen Seins, das den Jungen bei geschlossenen Augen befiel. Die abgeknickten Halme drückten hier und da in die nackten Beine oder stachen durchs Hemd in den Rücken, aber das war gar nicht so unangenehm, wie man dachte. Er war der einzige Mensch in dieser Welt, niemand war zu sehen, auch nicht in seinem Kopf. Er war nicht verloren, er war ganz da. Und dann war die Welt unter ihm, die Felder, die Weiden mit Kühen und Pferden, die Häuser und Höfe, es war alles ganz einfach. Manchmal bedurfte es ein wenig Anstrengung, um nicht in die Welt zurückzufallen, über einen Hügel hinwegzukommen, über einen Wald. Es gab keine Zeit mehr, jede Bewegung war reine Vorstellung.

Die Pferde zogen wieder an und das Rattern, Klappern und Klicken der Mähbinder setzte sich fort. Man mähte das Feld rund, wie es hieß, rechts wurde gemäht, nach links die Garben ausgeworfen, die Maschinen konnten nur in eine Richtung arbeiten. Albin schreckte auf, als ein Mann ihn wachrüttelte. Die drei Gespannpferde waren neben ihm zum Stehen gekommen, die Haspel war knapp über ihm. Die Pferde hatten aufgepasst und noch rechtzeitig angehalten, bevor ihn der Messerbalken erfasst hätte. Ein Trecker hätte das nicht bemerkt. Mensch Junge, bist du denn völlig meschugge?, rief der Mann und zog ihn aus dem Getreide: Sach bloß deiner Mutter nichts davon. Etwas verdattert und noch halb in seinem Traum taumelte er über das Feld. Aber zuhause wollte man davon ohnehin nichts wissen: Immer läufste wech, Albin, was soll aus dir nur werden? Nur Maria hatte einen Blick für die Sache: Bist wieder bei die Pferde jewesen, nich? Der Junge nickte. Und, hast erlebt Abenteuer? Ja. Maria machte ihm ein Butterbrot. Am nächsten Tag war er wieder auf den Feldern.

So ging es den ganzen heißen Sommer durch und in den Herbst hinein, als erst die Kartoffeln in den Gärten und dann die Rüben, Runkelrüben für die Tiere und Zuckerrüben für die Menschen, auf den Feldern zu ernten waren. Alle gute Gabe kommt oben her von Gott: Das sang man jetzt im Kindergottesdienst. Es schien nun überhaupt nichts anderes mehr zu geben als Rüben. Hier im Westlippischen und bis hinauf ins Calenberger Land wuchsen sie am besten. Etwas weiter südlich, wo der Boden sandiger war und deshalb das Wasser nicht so gut hielt, ging in Sachen Rüben nichts mehr. Nur noch Kartoffeln. Erfunden hatte die Rübe der Freiherr von Borries, der die Samen in alle Welt verkaufte und damit so reich geworden war, dass er sich neben seinen Gutshof ein Barockschloss mit Wassergraben und künstlichem See hatte bauen können. Das Gut Sierdissen hatte er dann noch so nebenbei gekauft. Dort wohnte jetzt eine Ururenkelin des ersten Freiherrn namens Ida Marie, die einen echten Grafen geheiratet hatte, wovon später noch zu berichten sein wird. In diesem Jahr, mit dem heißen Sommer und dem milden Herbst, konnte man die Rüben bis Anfang November in der Erde lassen. Jetzt wurden sie überall herausgezogen. Oder vielmehr ausgegraben, denn erst fuhr man mit einem Köpfschlitten, der von einem Pferd gezogen wurde, durch die Reihen und schnitt das Blattwerk ab, dann wurden die Rüben mit einem kleinen Pflug aus dem Boden gehebelt, manchmal auch mit dem Spaten. Mit großen Gabeln warfen die Männer die Rüben dann auf die Kastenwagen, die von zwei Pferden langsam übers Feld gezogen wurden. Manchmal saß Albin auf einem der Pferde. Die Futterrüben wurden dann am Feldrand zu großen Mieten aufgeschichtet und mit Stroh und Erde bedeckt, damit sie im Winter nicht gefroren. Die Zuckerrüben wurden nach Lage gefahren. Die Höfe nahe Schötmar und Oerlinghausen verluden auf die Bahn, für die Paulskirchener Bauern lohnte sich das nicht, sie fuhren mit den Gespannen direkt zur Zuckerfabrik. Manchmal gab es dafür jetzt auch wieder Laster. Auf einem dieser Wagen, oben auf den Rüben, in kurzer Lederhose und Wollpullover, fuhr Albin mit. Harken Böhmer sagte zu dem Mann neben ihm auf dem Bock: Nächst' Jahr fahrn wir nich mehr so, so viel is sicher. Aber Albin verstand nicht, was damit gemeint war. Es ging durch Krentruperhagen, nach Pottenhausen hoch, durch die kahlen Bäume leuchtete wieder das Wasserschloss Iggenhausen, durch die Senke, über den Bach und durch den Ohrsener Wald. Hatte das vor gut einem halben Jahr nicht alles ganz anders ausgesehen? Unter der Eisenbahnbrücke durch, ob wohl ein Zug kommt?, und über die Werre. Dahinter gleich rechts, die Zuckerfabrik lag hinterm Bahnhof. An der alten Wohnung kamen sie nicht vorbei. Vor der Fabrik standen die Wagen Schlange und warteten auf Abfertigung. Erst wurden die Rüben abgespritzt: Den Dreck vom Felde wollen die uns ja nicht bezahlen. Dann wurde der Wagen gewogen, eine Probe genommen, abgeladen, wieder gewogen, ein Mann im weißen Kittel mit einer runden Brille auf der Nase händigte Papiere aus und dann ging es wieder zurück. Den Dreck vom Rübenacker trug Albin an den Schuhen und ins Haus. Das musst du nicht machen, das muss ich ja alles wieder putzen. So viel Dreck. Wo er denn gewesen sei? Mit Onkel Böhmer in der Zuckerfabrik. Ach, herjeh!

Der November verging, bald war auch der letzte Rübenacker leer und mit dem Dezember kamen erste gelegentliche Nachtfröste und die Plätzchenzeit. Großvater Krone buk Spekulatius und Lebkuchen mit Rübensirup und weil er um die Vorliebe seines Enkels wusste, bekam Albin zum Nikolaustag ein Lebkuchenpferd. Ob er das nun gleich essen sollte? Es wäre dann ja tot, das Pferd. Vielleicht hinten anfangen und den Kopf zum Schluss. Ob es was merkte?

Am Sonntag zuvor hatte Pastor Meinert über das Gleichnis von den anvertrauten Pfunden gepredigt, das war ganz in Fritz Krones sen. Sinne gewesen: Ich kann das Mehl und das Schmalz ja nicht einbuddeln; nun nehmt mal Kinder, solange es noch was gibt. Als Weinhändler Tehrmann aus Bielefeld anfragte, ob man nicht hinten im Garten einige Kisten vergraben könnte (es wird mir ja sonst alles zerbombt), war er aber auch einverstanden: Für uns interessieren die sich nicht. Kurz vor Weihnachten war dann noch mal große Aufregung bei Böckmanns nebenan, weil Tochter Liesel, die über das Jahr immer dicker geworden war, nun ihr Kind bekommen sollte und das geschah direkt neben der Wohnung, die die drei Kortmeyers im Juni bezogen hatten, die Wände waren ja nicht so dick, man bekam alles mit. Ob man mal kucken ginge? Nichts da, das hilft auch nichts, wenn da zwanzig Leute rumstehen und für kleine Jungens ist das schon dreimal nichts. Die Männer kriegten doch einen Schock fürs Leben, hatte die Hebamme gesagt – andererseits: Vielleicht würden die dann mal friedlicher. Als sie mit ihrer Arbeit fertig war und das kleine Kind im Arm der Mutter lag (es ist ein Junge!), ging Albin zu Tante Liesel ans Bett und sagte Herzlichen Glückwunsch.

Und die Männer im Felde? Man hörte ja gar nichts mehr oder nur Widersprüchliches. Dann kam im Januar ein Brief von Theo: Er sei in amerikanischer Gefangenschaft, in einem

Lager bei Aachen. Da wo die guten Lambertz-Printen herkommen. Euch geht es gut? Bei Krones war man erleichtert: Die Amerikaner, das sind doch anständige Menschen, oder? Da sind ja auch viele ehemalige Deutsche bei. Margarete freute sich, dass ihr Bruder durchgekommen war, wie man sagte, aber Vati? Bei den Russen soll es ja ganz schlimm sein, wie die Tiere. Wenn man doch bloß etwas wüsste.

Die Felder lagen jetzt wie schlafend unter einer dünnen weißen Schneedecke, mal taute es ein wenig, dann fiel wieder Schnee; es war ein eher feuchter Winter. Die Pferde hatten jetzt wenig zu tun, ab und an wurde ein Baum gefällt, den mussten sie dann aus dem Wald ziehen. Albin ging wieder fast täglich zu Hühner-Behr, saß dort in der Küche und erzählte oder ließ sich erzählen. Die hatten von ihrem Sohn auch nichts gehört. Reden half gegen Nachdenken. Ach, der Winter könnte jetzt ja auch mal langsam wieder aufhören. Heller wurde es ja schon, jeden Tag ein bisschen.

Anfang Februar waren Flüchtlinge bei Krones einquartiert worden, Frau Klinke mit ihren drei Töchtern, aus dem Ruhrgebiet (da steht nichts mehr) und Frau Kotzediel mit ihrem Sohn, irgendwo aus dem Osten, die Namen kannte man ja nicht so. Die Frauen waren sehr bescheiden: Wir wollen keine Umstände machen. Und ihre Kinder hielten sie dazu an, ganz leise die Treppe zum Dachboden hochzusteigen, wo man ihnen mit Bretterwänden ein paar Zimmer abgeteilt hatte. Ein Kohleofen war schwer zu bekommen gewesen, alles Eisen ging ja in den Krieg, und dann war das Dach nicht richtig dicht und es zog an allen Ecken und Enden. Na, leicht haben die es nicht. Hauptsache, die Leute sind sauber. Andere waren da nicht so, gerade bei denen, die aus dem Osten kamen: Da will doch jeder ein Direktor oder Gutsbesitzer gewesen sein, hieß es. Und was die für Ansprüche hätten. So Sachen halt.

Der Winter zog sich dann doch noch in die Länge. Anfang März hatte es noch einmal ordentlich Frost gegeben, nachdem der Schnee Ende Februar schon völlig weggetaut war. Der Boden gefror und ein Gutteil des Wintergetreides ging dabei kaputt. Als es Mitte März endlich über einige Tage wärmer wurde, konnte es nicht schnell genug gehen. Alles, was Hufe hatte, wurde vor die Eggen und Drillmaschinen gespannt und die Felder wurden binnen weniger Tage bestellt: Was im Boden is, das könnse uns nich mehr nehmen. An einem dieser Tage war auch ein Brief gekommen: Post von Vati!: Ich hoffe, bald wieder bei Euch zu sein, grüße die Kinder ganz lieb von mir. Margarete nahm ihre Kinder in den Arm: Jetzt kann es ja nicht mehr lange dauern mit dem Kriege.

Es dauerte dann auch nicht mehr lange. Am Mittwoch nach Ostern rückten die Amerikaner über Speckenbaum in Paulskirchen ein. August Dehler, Enkel des ersten Speckenbäumer Gastwirts Dehler, Major und Standortoffizier, hatte zuvor die Panzersperren auf der Eckendorfer Straße räumen lassen: Wenn wir se ärgern, dann schießen die mir nur das Haus kaputt. Der Graf von Eckhartstein, aus dem Brandenburgischen eingeheiratet in die Familie derer von Borries, sprach von Wehrkraftzersetzung und dass das Folgen haben würde, es dächte hier ja jeder nur an sich. Major Dehler befahl ihm, nachhause zu gehen: Wenn ich dich in der nächsten halben Stunde hier noch rumlaufen sehe, erschieße ich dich. Es war das, was man im Lippischen einen freundschaftlichen Rat nennt. Der Graf gehorchte. Mit lautem Gedröhne hielten gegen Mittag die Panzer auf dem Marktplatz vorm Alten Krug. Fritz Krone sen. hatte zu seinen Kindern gesagt, wenn die Amerikaner kämen, dann würde er ihnen die Postkarte von seinem Bruder Erich aus Chicago zeigen: Dann tun die uns nichts. Vereinzelt hingen weiße Tücher aus den Fenstern. Ein Offizier stieg aus einem Jeep, sprang lockeren Schrittes die paar Stufen zur Gaststube hoch, begleitet von zwei Soldaten mit Stahlhelmen und Maschinenpistolen. Im Flur wurden sie von Paula Krone abgefangen:

Machen Sie mir hier bloß keinen Dreck! Zum Glück wurde das nicht verstanden. Fritz Krone sen. stellte sich vor seine Tochter und gab sich als der Hausbesitzer zu erkennen. Der Offizier sprach zu ihm auf englisch und übergab ihm ein Papier. Es war auf deutsch verfasst, read!, sagte der Offizier und Fritz Krone las. Als er fertig war, faltete er das Papier zusammen, steckte es in seine Jackett und sagte knapp: Wir müssen raus. Und bevor seine Tochter Paula Widerständiges formulieren konnte, fügte er leise hinzu: Da kannste nichts machen, jetzt haben die das Sagen. Er zeigte die Postkarte seines Bruders Erich dem Amerikaner und versuchte, ihm die Familienverhältnisse irgendwie verständlich zu machen. Der Offizier klopfte ihm auf die Schulter: good man. Er war sichtlich verblüfft, hier auf Menschen zu treffen, denen der Krieg offenbar fremder war als ihm selbst. Die amerikanische Verwandtschaft nutzte indes nichts, vielleicht bewahrte sie aber auch vor Schlimmerem. Sie hatten bis abends Zeit, das Wesentliche zusammenzupacken: Ist das wirklich rechtens?

Die drei Krones bezogen die Waschküche im Backhaus, Frau Klinke musste sich mit ihren drei Töchtern im Schießstand einrichten und die beiden Kotzediels kamen irgendwo noch in der Nachbarschaft unter. Wenige Tage später übergaben die Amerikaner den Alten Krug an die Engländer. Die beiden Gaststuben wurden Offizierskasino, der Saal Mannschafts- und Unteroffiziersheim. Im Gasthof Zur Post auf der anderen Seite des Marktplatzes ging es genauso. Den Engländern waren die verwandtschaftlichen Beziehungen der Krones nach Amerika egal, die Postkarte löste nur Gelächter aus und hatte zur Folge, dass die Soldaten die beiden Häuser von oben bis unten durchsuchten, ob nicht irgendwo irgendetwas versteckt sei. Die im Garten vergrabenen Weinvorräte von Tehrmann fanden sie nicht. Bier und Whisky waren ihnen ohnehin lieber und die hatten sie selbst. Am Eingang zur Gastwirtschaft wurde ein Schild angebracht:

Für Deutsche kein Zutritt. Es begann das, was man später die schlimme Zeit nennen würde. Nun hockte man also da: Koopmann in Allermissen ham se das janze Haus zusammenjeschlagen; das war ja auch ein Hundertfuffzichprozentiger. Aber wir? Die Engländer machten sich daran, das Land neu zu ordnen: Rheinländer und Westfalen zusammen, kann das gutgehen? Wir Lipper waren doch schon immer eigenständig, selbst unter den Preußen. Vielleicht werden wir ja jetzt Sachsen. Gott bewahre!

Margarete und die beiden Kinder blieben in der Wohnung bei Böckmanns. Dass es denen nun besser ging, fand Paula nicht gerecht: Wir hier unten, die da oben. Wo man jetzt auch gar keine Hilfe mehr hatte; Maria hatte sich wenige Tage nach dem Einmarsch der Amerikaner tränenreich von den Kindern verabschiedet: Herz ruft nach Heimat. Und Leszek, der in der Backstube gearbeitet hatte, war einfach über Nacht verschwunden gewesen. Fritz Krone sen., der im nächsten Jahr seinen siebzigsten Geburtstag feiern würde, musste nun selbst wieder morgens um vier aufstehen. Die Engländer waren sehr dahinter her, alles zu kontrollieren: Die Brote waren erst halb fertiggebacken, da standen schon zwei Soldaten mit Gewehren hinter ihm, dass er bloß nichts abzweigte. Sie hätten sich die Mühe sparen können, Fritz Krone sen. war es schon seit langem müde, Geschäfte zu machen. Wenn einer der armen Flüchtlinge sein Brot nicht bezahlen konnte, dann gab er es auch schon mal so weg: Der einzelne kann da doch nich für. Mit Paula lag er deswegen dauerhaft in Streit, die hörte (wenn auch nicht sah), wie anderswo beiseitegeschafft wurde: Wir müssen auch an uns denken, Vater. Fritz Krone jun. schlug in einem alten Wörterbuch nach, was Inventurverlust auf englisch heißt, wurde aber nicht fündig. Die Engländer hatten das Grammophon konfisziert und seine Schallplatten von Richard Wagner zerbrochen: Wagner was a Nazi. Das bedrückte ihn sehr. Was hatten denn die Engländer zu bieten? Britten und

Elgar, das war doch nichts im Vergleich zur deutschen Musik. Ob wieder andere Zeiten kämen?

Erst einmal kam der Sommer und Albin war wieder ständig auf Jütt, wie man hier sagte. Die Bauern hatten alle Hände voll zu tun, denn es fehlten die erfahrenen Arbeitskräfte. Die Flüchtlinge aus den ausgebombten Städten, die brauchten doch Arbeit? Ein Pole ist besser als fünf von denen, hieß es. Abends machten die Engländer Radau, wie Paula Krone es nannte, das hieß, sie spielten Jazz. Nicht den harmlosen Swing, den man hier auch kannte aus der Zeit vor dem Krieg, sondern den neuen Bebop, der fast nur aus Rhythmus bestand und das Schlagzeug zum Soloinstrument machte: Hatte man so was schon mal gehört? Der reinste Lärm! Wenn einer der Soldaten in Krones Saal auf die Trommeln und Becken einhieb, fürchteten die Hühner und Enten hinterm Haus um ihr Leben. Als sich Paula einmal über das Getöse beschwerte, wurde sie von einem Sergeant abgewiesen: Nomore links-zwo-drei-vier, understand? Neben der eigenen Unterhaltung verfolgten die Engländer mit dem Bebop also auch noch ein erzieherisches Programm: Sie wollten den Deutschen das Marschieren austreiben. Unmittelbaren und durchschlagenden Erfolg hatten sie damit beim nun fast fünfjährigen Albin. Nach dem Abendbrot stahl er sich regelmäßig aus den unübersichtlichen Wohnverhältnissen, huschte durch den schmalen Gang, der die Waschküche mit dem Lagerraum hinterm Saal verband und war dann plötzlich mitten im Gewühl. Zum Wummern, Pochen und Scheppern des Schlagzeugs, den stakkatohaften Tönen des Klaviers, auf das einer wie von Sinnen einhämmerte, und dem Heulen von Trompete und Saxophon vollführte er selbstausgedachte Tanzschritte und ließ die Hüften kreisen. Die Soldaten waren entzückt: good boy! Je später der Abend und je betrunkener die Engländer wurden, um so öfter kippten sie von Charlie Parker oder Dizzy Gillespie in die britische Hymne und sangen God save the King; am Ende schrien sie es. Die arme Frau Klinke mit ihren drei Töchtern im Schießstand, da konnte doch kein Mensch bei schlafen! Albin lernte auf diese Weise etwas Englisch. O Lord our God arise, Scatter his enemies, And make them fall: Confound their politics, Frustrate their knavish tricks, On Thee our hopes we fix: God save us all. Die Hymne konnte er bald mitsingen, im Auswendiglernen war er gut: good boy.

August Dehler hatte es verhindern können, dass auch der Gasthof in Speckenbaum besetzt wurde. Die Leute müssten doch auch mal irgendwo hingehen können, ob man das nicht einsehe? Es hieß, er hätte noch ein anderes Argument gehabt, genau gewusst hat man es aber nicht. Tanzveranstaltungen hatten die Engländer aber verboten: Krieg verloren, no dancing. Alfred Dehler, sein Bruder, der den Gasthof bewirtschaftete, machte kaum Geschäft, es gab ja auch alles nur auf Marken, die Bauern brannten schwarz, da hatte er nichts von. Seine, Alfreds, Frau, die schöne Asta (ganz dunkle Haare, die so üppig über die Schultern fielen und Lippenstift, wo hatte sie den her?), wollte aber tanzen: Man wird doch sonst ganz depressiv. Das fanden die Engländer auch. Also kam Asta Dehler zum Tanzen abends in den Alten Krug nach Paulskirchen und lag tags drauf hinten bei Krones im Garten in einer Hängematte und poussierte, so sagte man, mit einem jungen Offizier oder auch mit einem Sergeant: Wenn schon untreu, dann richtig. Pastor Meinert konnte von seinem Arbeitszimmer im Pfarrhaus gegenüber alles sehen: Herr Krone, passt das denn zu einem christlichen Hause? Fritz Krone sen. blickte ihn ratlos an: Die Macht haben jetzt ja wohl andere, Herr Pastor. Von seinen Töchtern wollte kein Engländer etwas wissen, die konnten nicht tanzen. Als Albin sich einmal von dem jungen Offizier dafür bezahlen ließ, nicht im Garten zu spielen, bekam er dafür von seinem Großvater abends ordentlich den Hintern versohlt: Was Tante Asta da macht, ist nicht richtig. Er verstand es nicht: Warum wurde er für etwas bestraft, was andere falsch machten? Besser, man war gar nicht so oft zuhause. Mit Hühner-Behr konnte er zum Kleeholen fahren oder irgendwo auf einem Feld bei der Ernte zukucken. Wenn er abends zurückkam, sagte seine Schwester wieder: Ih, du riechst nach Pferd, und rümpfte die Nase.

Um die Zeit der Rübenernte kam wieder ein Brief von Theo: Man munkelte, das Lager würde bald aufgelöst. Vielleicht wäre er Weihnachten schon zuhause: Ein heißes Bad und ein guter Kognak, das wär' was! Ob man etwas von Josef Eickmeier gehört habe? Liebe Grüße, Euer Theo. Eickmeier, der Freund. In der Zeitung konnte man lesen, dass die Amerikaner die letzten noch intakten Industrieanlagen im Ruhgebiet demontierten oder gleich in die Luft sprengten. Die werden sich in Bälde in den Allerwertesten beißen, dass die das gemacht haben, hieß es. Bei Krones wurde ein Schwein geschlachtet, dafür brauchte man jetzt die Genehmigung der Engländer, die waren ja direkt im Haus; es hatte alles so seine Vor- und Nachteile. Im Oktober schon hatte es die ersten Nachtfröste gegeben. Die Erwachsenen erinnerten sich an das Jahr nach dem letzten Krieg: Das kann ja heiter werden! Die Waschküche ließ sich mit dem Herd gut heizen, zur Not schlief man eben in der Backstube, aber Frau Klinke mit den drei Mädchen im Schießstand? Der war ja zur Bahn hin offen gewesen, jetzt notdürftig mit einer Bretterwand verschlossen, in die Fritz Krone sen. zwei kleine Scheiben hatte einsetzen lassen, man hätte sonst ganz im Dunklen gesessen. Es zog wie Hechtsuppe. Frau Klinke: So eine bescheidene Frau. Zum Advent gab es Schmalzgebäck: Junge, das ist nicht zum Sattwerden. Woanders hatten die Kinder gar nichts. Paula erinnerte an den Steckrübenwinter, so schlimm wird es wohl nicht wieder kommen? Und immer noch keine Nachricht von Vati? Die Russen lassen niemanden raus, aber wenigstens zu Weihnachten schreiben, das müssten die doch erlauben. Sind das denn keine Christenmenschen? Die Bolschewisten nicht, das glaub man; das merkt der Ami jetzt auch langsam, uns hat ja keiner gefragt. Fritz Krones Bruder aus Ehrsen bei Schötmar sagte, der Schwiegersohn in der Altmark habe Glück gehabt, dass sie diesseits der Elbe sind, da waren auch erst die Amerikaner. Auf der anderen Seite der Russe, da muss es ganz schlimm zugegangen sein: Mag man sich gar nicht vorstellen. Wie schlimm?, fragte Albin. Nimm dir noch ein Plätzchen. Man sagte: Jetzt kommen erst mal ruhigere Tage, und: Zu tun gibt es immer was.

Seit Mitte Dezember war Dauerfrost, alles lag unter einer dicken Schneedecke. Wenn mit einem Fuhrwerk Mehl für die Bäckerei angeliefert wurde, dann wurden den Pferden, solange sie standen, schwere Decken übergeworfen. Ihr Atem dampfte und um die Nüstern bildete sich Raureif. Man gut, dass wir hier nicht solche Steigungen haben. Man hatte den Pferden trotzdem Stollen unter die Hufeisen geschraubt. Die musste man immer kontrollieren: Wenn das Pferd nicht mit dem ganzen Huf gleichmäßig auftrat, dann wurde es lahm. Schneller, als du kucken kannst. Das dauerte dann Wochen. Albin stand trotz Kälte die ganze Zeit bei den Tieren, bis das Mehl abgeladen war. Die Hufe sind das Empfindlichste beim Pferd: immer kontrollieren. Innen sind sie weich, wenn sich da was festsetzt, ein Stein oder ein Stück Eis; man muss immer kucken, ob das Pferd gleichmäßig auftritt; das machen auch die wenigsten, und die kriegen dann Probleme. So'n Pferd, das ist schon viel Arbeit, glaub das wohl. Albin besah sich einen Huf und entdeckte die Enden der Nägel, mit denen das Eisen angeschlagen war: Das tut denen nicht weh? Der Mann erklärte ihm, was bei den Menschen die Fingernägel, das seien beim Pferd die Hufe. Nicht zu viele Rübenschnitze füttern, da sei zu viel Zucker drin, das macht denen auch die Hufe kaputt. Wie bei den Menschen die Zähne. Fressen täten sie es ja gern, aber sie wüssten's nicht besser. Pferde hätten eine sensible Verdauung, nicht so wie Kühe. Also lieber etwas mager halten.

Dann kam Weihnachten. Die Paulskirchener Kirche, exakt acht Kilometer von allen anderen Kirchen entfernt, war an Heiligabend voll bis auf den letzten Platz, hinten standen sie sogar. Bei den vielen Menschen wurde es richtig warm. Hinter den hohen Kirchenfenstern das letzte Tageslicht, so richtig heimelig. Eine riesige Tanne hatten sie neben die Kanzel gestellt, die reichte bis zur Empore hoch, mit Strohsternen geschmückt, ganz schlicht und doch: so schön. Wo man die wohl weggeholt hatte? Weiße Kerzen brannten am Baum. Man hörte die Glocken noch, da fing auch schon die Orgel an: Gelobet seist du, Jesu Christ – und dann sangen alle, ganz von allein. Krones und Margarete mit den Kindern saßen links im vorderen Drittel, nicht ganz vorne, so vierte oder fünfte Reihe, man wollte sich ja nicht vordrängen, aber immerhin: War der Alte Krug neben dem Pfarrhaus nicht das älteste Haus am Platze? Pastor Meinert sprach sehr schön, vom Abend, der zugleich ein Morgen sei; wie sich das bei ihm immer zusammenfügte. Dann noch mal singen (wie tat das gut!); Oh du fröhliche, da wollte man immer seliche singen statt selige, das machte im Lippischen aber kaum einen Unterschied. Welt ging verloren: wie wahr. Dabei musste Margarete immer an ihren Mann denken, er galt jetzt ja offiziell als vermisst, ob er überhaupt noch am Leben war? Theo würde nun doch erst im kommenden Jahr entlassen werden, aber immerhin. Zum Schluss dann noch Stille Nacht, da setzten viele immer zu hoch an, und wenn es dann die Tonleiter rauf ging bei schlaf in seliger Ruh, da konnten sie dann nicht mehr. In Summe ging's aber. Als man aus der Kirche kam, war es schon dunkel, man wünschte sich Frohe Weihnachten oder Gesegnete Festtage und strebte nachhause. Von Eckhartsteins waren mit dem Pferdeschlitten da, die Straße nach Sierdissen wurde nicht geräumt. Das muss auch toll sein, dachte sich Albin. Er würde Onkel Behrmann mal fragen, ob man seinen Schlitten nicht hinter eines der Ponys spannen könnte.

Man hatte lange überlegt, wie man das Weihnachtsfest unter den Bedingungen denn begehen sollte. Für den Alltag ging es ja, aber die Geburt des Herrn Jesus in der Waschküche feiern? Andererseits: Maria und Josef hatten ja auch nichts gehabt. Nein, das täte ja nun nicht not: Da können wir ja gleich in den Pferdestall gehen. Ein bisschen weihnachtlich muss es schon sein. Nach langem Hin und Her konnte sich dann doch Margarete durchsetzen, man würde in der kleinen Wohnung der Kortmeyers das Fest begehen. Gegessen wurde in der Küche, vier Erwachsene und zwei Kinder, man konnte sich kaum noch umdrehen. Es gab Kartoffelsalat und Würstchen (von der Sau, die man im November geschlachtet hatte). Den Kartoffelsalat hatte Margarete gemacht, man musste die Kartoffeln pellen, solange sie noch ganz heiß waren, dann in Scheiben schneiden und sofort Brühe angießen und etwas Gurkenwasser. Paula ließ die Kartoffeln immer kalt werden, dann zogen sie keinen Geschmack mehr. Margarete war stolz auf ihren Kartoffelsalat. Ob Klinkes und Kotzediels wohl was davon abhaben wollen? Du bist wie dein Vater, sagte Paula, alles tuste verschenken. Aber es ist doch Weihnachten.

Nach dem Essen wurde die Weihnachtsgeschichte vorgelesen. Romy, willst du lesen? Nein, sie wollte nicht. Aber Albin: Ich will. Du? Du kannst doch noch gar nicht lesen. Aber ich kenne die Geschichte! Und so erzählte Albin die Geschichte von der Geburt Jesu wie sie im Lukasevangelium stand fast Wort für Wort. Nur am Ende sagte er statt beschneiden bescheiden, das ergab für ihn Sinn, denn bescheiden musste man sich im Moment ja sehr. Als die Hirten nach Bethlehem aufbrachen, verließ Margarete leise die Küche, und als Albin geendet hatte und ihm sein Großvater stolz übers Haar strich (wie hat er sich das bloß alles gemerkt?), klingelte ein Glöckchen, die Mutter steckte ihren Kopf zur Türe rein: Oh, ich glaube, das Christkind war da. Dass man das aber auch immer nicht mitbekam. Im Wohnzimmer brannten die Kerzen an dem kleinen Weihnachtsbaum mit den roten Kugeln, der auf einem Schemel stand. Darunter lagen die Geschenke, das konnte man gleich sehen und ließ sich nicht verheimlichen. Na, erst mal wollen wir noch ein paar Lieder singen. So schade, dass wir kein Klavier hier haben. Vielleicht als erstes Oh Tannenbaum, Margarete, stimmst du mal an? Also wurde gesungen, ohne Begleitung. Ging aber auch ganz gut. Der Großvater durfte sich noch eins wünschen, Kommet ihr Hirten, als Kanon: Kriegen wir das hin? Und Margarete wollte unbedingt noch Es ist ein Ros' entsprungen, zweistimmig. Dürfen wir dann die Geschenke aufmachen? Den Kindern war die Zeit lang geworden. Aber nicht das Papier zerreißen, das kann man noch mal verwenden. Ein drittes Mal? Fritz Krone sen., der im Sessel saß, machte eine Handbewegung zu seinem Sohn: Komm, mach uns mal 'ne Flasche Wein auf. Wo denn die nun wieder herkäme? Tehrmann habe sich erkenntlich gezeigt.

Für Albin gab es ein Kasperletheater, das hatte Fritz jun. besorgt, der schenkte auch die Kasperlefigur, von Paula, dem Großvater und der Mutter gab es dann noch den König, den Polizisten und das Krokodil dazu: Wo der Junge doch so gerne Aufführungen macht. Meine Güte, da war das Christkind aber großzügig! Albin war selig: Morgen gleich die Nachbarskinder einladen und denen was vorspielen? Romy bekam ein neues Kleid: Da siehste ja richtig wie 'ne junge Dame drin aus. Nebenan machten die Engländer wieder Radau: Die haben 'ne Art, Weihnachten zu feiern. Die nennen das Christmas-Party, stell dir vor, nichts Stille Nacht. Die schönen Lieder, und dann dieses Geboller, mit Saxophon und Schlagzeug. Der Großvater hob das Glas: Ja, so sind die Völker verschieden; die wären auch lieber zuhause. Ich halt se nich auf. Noch'n Schnaps? Aber nur 'n kleinen. Der Abwasch muss noch gemacht werden, das kann ja nicht bis morgen so stehen bleiben. Also, ich geh mich dann mal hinlegen. Gute Nacht.

Zwischen Weihnachten und Neujahr stattete Albin auch Hühner-Behr wieder einen Besuch ab, deren Sohn nicht aus dem Krieg zurückgekommen war. Und Onkel Behrmann spannte tatsächlich den Schlitten hinter Lotte, die war für so was noch am ehesten geeignet, und dann drehten sie ein paar Runden auf der Wiese hinterm Hof, bis der Schlitten in einer Kurve umkippte. Lotte galoppierte vor Schreck über den halben Acker, immer den Schlitten hintendran: Sag bloß deiner Mutter nichts davon. Zu Silvester gab es Berliner, mit Pflaumenmus gefüllt, nicht so viele, denn Brot hatte Vorrang, es ging ja alles nach Kontingent. Aber Brot nur aus Weizenmehl? Wir sind doch keine Franzosen.

Zu Ostern kam Theo dann endlich aus der Gefangenschaft zurück: Dass das nun doch noch so lange gedauert hat. Der schöne Theodor, er war der einzige Blonde unter den vier Krone-Geschwistern, und der Größte. Er war der Zweitjüngste, vom Gesicht her eher wie Margarete, weich und rund. Das gewellte Haar immer etwas länger. Seinen Siegelring mit dem Skarabäus, den konnte er sich jetzt wieder anstecken. Und, kannste jetzt englisch? Yes, Sir. Stellt euch vor, die sagen auch Schnitzel, da haben die gar kein eigenes Wort für. Und Kerle sind das, dagegen kommt sich unsereiner vor wie'n Liliputaner. So, und ihr habt die Tommies im Haus, ist das denn gerecht? Was von Josef Eickmeier gehört? – Mensch, dann muss ich da gleich mal hin (die waren nun schon vorm Krieg ganz dicke gewesen).

Ein paar Wochen später packten die Engländer plötzlich ihre Sachen. Going home? – No. Sie bezogen eine ehemalige deutsche Kaserne in Herford, das hatte man in der Zeitung lesen können. Der Offizier übergab Fritz Krone sen. wieder ein Schreiben, auf dem er durch seine Unterschrift bestätigen musste, dass nichts fehlte. Als die Soldaten schon auf die Laster stiegen, fragte Albin sie, ob sie nicht noch etwas Schokolade da lassen könnten, das wusste er auf englisch zu sagen, und für Theo ein paar Zigaretten? Sank you very much. Mit den Engländern verschwand auch Asta Dehler, sie zog nach Schötmar, eine geräumige Wohnung, sagten die, die es aus dritter Hand wussten (da war Neid im Spiel). Wer die Adresse kannte, schwieg. Alfred (sind die denn jetzt überhaupt noch verheiratet?) behauptete, sie habe wieder zu ihm zurückgewollt, aber: Die Türe vor der Nase hab' ich ihr zujeschlagen! Die Wahrheit war, sagte der Major einmal unter der Hand: Er war ihr nicht gewachsen. Die Ehe wurde zwei Jahre später wegen Zerrüttung geschieden.

Die beiden Gaststuben und der Saal hatten ganz schön gelitten. Eine Woche war man damit beschäftigt, die Sache wieder einigermaßen auf den gewohnten Stand zu bringen, und doch musste vieles improvisiert werden. Die Schlafzimmer im ersten Stock wurden wieder bezogen: In der Waschküche, das war ja wohl kein Zustand; den ganzen Winter dort verbracht, hatte man das verdient? In den Zimmern muffelte es nach Alkohol und Tabakrauch, hatten die denn nie gelüftet? Dabei heißt es doch immer, die Engländer seien ein kultiviertes Volk, das muss an denen hier vorbeigegangen sein. Paula und Margarete machten Frühjahrsputz, drei Tage lang: Lauft mir bloß nich hier durch, ich hab' grade gewischt. Theo übernahm die Gastwirtschaft, so kamen im Hause Krone die Dinge langsam wieder in Tritt. Dachte man. Zwei Wochen später stoppte wieder ein Jeep vorm Haus. Ein belgischer Offizier hielt Fritz Krone jun., der wie gewohnt im Laden stand (weißes Hemd mit Fliege unterm Kittel), den Räumungsbefehl unter die Nase. Belgier? Die wollen sich also auch ihr Teil zurückholen, haben wir denen denn was getan? Trinken die nicht Bier mit Kirschsaft? Na, Prost Mahlzeit! Also alles wieder retour. Wenigstens die vordere Gaststube konnte man behalten. Belgier, was ist das eigentlich für ein Volk? Flamen und Wallonen, die sind sich untereinander selbst uneins, und fallen bei uns auf dem Saal dann übereinander her? Wollen mal hoffen, dass das bald ein Ende hat.

Wenn schlechtes Wetter war, lud Albin auf dem Dachboden zum Kasperletheater ein. Im Winter war es dazu ja zu kalt gewesen und fremde Kinder in der kleinen Wohnung, das war Margarete Kortmeyer nicht recht. Jetzt also: Vorhang auf. Der Räuber klaute dem armen Bauern die Hühner und wurde von Kasperle mit einem Trick in den Hühnerstall gesperrt. Da musste er dann so lange ausharren, bis er ein Ei legte. So Sachen. Oder die Prinzessin wurde entführt und dann von Kasperle befreit. Sieglinde Koch musste die Prinzessin spielen, immer das Publikum einbeziehen, das fiel ihm so unterwegs ein. Und dann war er auch schon wieder auf und davon. Mal wieder mit Hühner-Behr Klee holen, dabei auf dem Pony sitzen und auf der Wiese Meter um Meter vorfahren, ist doch kinderleicht. Oder auf dem Feld hinter der Möbelfabrik Schlepphorst bei der Getreideernte helfen, zumindest so tun, als ob. Und dann hoch auf dem Erntewagen mitfahren bis Krehe, die Garben festhalten, dass sie nicht runterfallen, das durfte die Mutter auch nicht wissen. Und abends dann vom Stroh zerkratzte Beine, geahnt hat man's schon. Und sonst: Wenn man bloß die Besatzer endlich aus dem Haus wären, dass man sich mal ein bisschen ausbreiten könnte.

4

Margarete wollte, dass Albin Klavier lernte: Drüben, Fräu'n Hagemeyer, da könnte er doch Stunden nehmen, dann könnte man der Frau auch etwas bezahlen, Klavierlehrerin in dieser schlechten Zeit, das war ja nicht einfach. Sie sei ja leider ganz unmusikalisch, sagte Margarete, aber irgendwie müsse doch etwas vom Vater auf den Sohn kommen: Ach wäre das schön, wenn wir etwas Musik im Haus hätten, wie früher. Ob dem Jungen der Anzug noch passt, den er immer beim Blumenstreuen anhatte? Muss man vielleicht ein wenig ändern; dann sieht er aus wie der junge Mozart. Man stellte Albin der Klavierlehrerin vor, die in einem kalten Zimmer saß und beim Spielen Handschuhe mit abgeschnittenen Fingern trug. Ob man nicht ein paar Kohlen für den Ofen hätte, oder wenigstens etwas Holz? Albin ging die Sache ohne großen Elan an. Die eine Hand soll dies tun und die andere das? Und dann die Noten: einmal so rum, einmal andersrum. Aber er spürte, wie wichtig das seiner Mutter war: Ja, ich will's probieren. Aber lange ging das nicht gut. Das Klavier stand ja in der Gaststube, da konnte Albin nicht richtig üben (muss das Geklimpere denn jetzt sein?), was für ihn ein Grund war, es auch nicht zu tun. Das Notenlesen wollte nicht klappen; wenn Fräulein Hagemeyer etwas vorspielte, dann konnte er es gut nachmachen, aber ohne Vorspiel direkt vom Blatt? Die Zeichen auf dem Papier hatten mit den Tasten doch überhaupt nichts zu tun. Fräulein Hagemeyer verstand das nicht: Ohne Noten spielen, wie sollte das gehen?

Und dann kam der Winter. Furchtbar. Da würde man nach Jahren noch von sprechen – oder doch nicht? Wenn die Bienen früh verkitten, kommt ein scharfer Winter geritten, sagte man. Und Albin: Der Winter auf einem Pferd – konnte man sich das vorstellen? Gut, dass man den Onkel Erich in Amerika hatte, Familie Eric Crowne, so stand es auf den CARE-Paketen, die zu Weihnachten kamen und dann noch einmal im Januar. Echter Bohnenkaffee und Corned Beef (tu ordentlich Senf drauf). Und Nylonstrümpfe, für Margarete? Auch in schlechten Zeiten immer aufs Äußere achten; aber bei der Kälte? Vielleicht kann man die gegen irgendetwas eintauschen. Paula schaute auf das Nahrhafte: ein Pfund Zucker. Die wenigsten hatten solche Verwandtschaft. Aber andererseits gab es kaum Kohlen zum Heizen. Man könnte die Linde hinten im Hof fällen, aber das ließ Fritz Krone sen. nicht zu: Nicht solange ich lebe. Lieber noch eine Strickjacke extra drüberziehen. Das muss ja auch irgendwann einmal ein Ende haben. Und Frau Klinke mit den drei Töchtern, sollte man denen vielleicht von dem Paket was abgeben? Wenn wir endlos teilen, dann ist keinem geholfen. Die Flüchtlinge, da müsste sich doch eigentlich das Amt drum kümmern. Fritz Krone sen. ärgerte sich über den Geiz seiner Kinder und steckte Frau Klinke heimlich was zu, was der sichtlich unangenehm war. Über ihren Mann wusste man ja auch nichts. Vom Russen nach Sibirien verschleppt und keine Nachricht, vielleicht längst tot. Brauchen die Kinder nicht eigentlich einen Vater? Weiter anhaltender Frost bis Mitte März.

Nach Ostern kam Albin zur Schule, endlich. Vierzig Kinder in der Klasse: Bist du von hier oder Flüchtling? Und dann: Guten Morgen, Herr Lehrer – so hatte es ihm die Mutter eingeschärft, aufstehen und laut und deutlich: Guten Morgen, Herr Lehrer sagen. Er heiße nicht Lehrer, sagte daraufhin der Lehrer, sondern Soldner, Peter Soldner. Guten Morgen, Herr Soldner, sagten darauf einige Kinder, andere sagten

Herr Petersoldner, das war im Lippischen ja nicht ungewöhnlich, dass Nachnamen mit Vornamen begannen (Jacobaufderstroth oder Ottofrickenstein), so entstand gleich zu Beginn ein Durcheinander.

Herr Soldner vertrat die neue Pädagogik, wie er es nannte: rational und liberal. Die Vernunft weist uns den Weg, dem Lehrer wie dem Schüler. Solche Dinge sagte er auf dem ersten Elternabend, an dem Margarete Kortmeyer nicht teilnahm: Ach, was soll ich da? Andere fragten nach: Wo der Mann eigentlich herkäme. Alle Papiere auf der Flucht verloren, auch das Lehrerdiplom? Soldner, ein sehr hellhäutiger Mensch, bei dem man ahnte, dass er etwas durchgemacht haben musste, trug auf der Straße eine Baskenmütze und immer einen Schal, den er auch drinnen nicht ablegte. Er scheint ja mehr so ein Künstler zu sein, befanden einige. Die Kinder würden bei ihm nicht geschlagen, hatte er den Eltern gesagt. Na ja, es sei ja vieles anders jetzt und man habe selbst auch genug zu tun. Da werden sich die Behörden schon drum kümmern, dass das alles seine Richtigkeit hat.

Die ersten vier Klassen waren in der alten Rektoratsschule an der Herforder Straße untergebracht, vom Alten Krug nur ein Sprung, an der Kirche vorbei und an Kasemeier (Heimtextilien & Aussteuerware), dann war man schon da. Noch vor der Apotheke. Die Schule war in der Kaiserzeit von einigen fortschrittlichen (wie es hieß) Leuten gegründet worden, nachdem sie Schriften eines Mannes namens Goldschmitt gelesen hatten: Habe Mut zu dir selbst, und such deinen eigenen Weg. Solche Sachen. Vor ein paar Jahren war der Herr Goldschmitt dann weggekommen, wie man so sagte, und die Schule war geschlossen worden. Jetzt war man da also wieder eingerückt; das eigentliche Schulgebäude an der Schötmarschen Straße, so ein schöner Gründerzeitbau mit Blumenkästen vor den Fenstern der Lehrerwohnung unterm Dach, war zu klein geworden, jetzt, wo so viele Flüchtlinge da waren. Die hatten ja auch Kinder, die zur Schule mussten. Die neue Regierung in Düsseldorf hatte durchsetzen wollen, dass die Kinder nach Konfessionen getrennt unterrichtet werden, aber dagegen hatte man sich erfolgreich gewehrt: Wenn schon das Land Lippe aufgelöst wird, dann doch nicht auch noch die Schulen. Die Mischung hatte sich bewährt, was aber wohl auch daran lag, dass es traditionell kaum Katholiken im Land gab; mit den Flüchtlingen waren es nun ein paar mehr geworden.

Herr Soldner sagte, er hätte den Herrn Goldschmitt noch persönlich kennengelernt gehabt, ein ganz feiner Mann sei das gewesen, hätte ihn tief beeindruckt. Und keine Angst hätte der gehabt, vor nichts; könne man sich eigentlich gar nicht vorstellen. Na, Gott sei dank seien jetzt andere Zeiten, jetzt müsse niemand mehr Angst haben. Ein bisschen übertrieben fand man's schon, wie dieser Herr Soldner redete, der solle jetzt erst mal seine Arbeit machen. Dann also: Aufstellung zum Klassenfoto! Zwei lange Bänke vor die Tür, vorne setzen sich die Mädchen drauf, dahinter eine gemischte Reihe stehend und auf die hintere Bank stellen sich die übrigen Jungen. Der Fotograf schaute durch seinen Apparat: Die Reihen sind zu breit, das passt so nicht aufs Format, da links müssen zwei weg und da rechts noch einer, die können sich ja vorne vor die Mädchen knien. In den Dreck? Nein, das ginge in der Tat nicht, befand auch Herr Soldner, die Kinder mit schmutzigen Knien nachhause schicken, da würden dann wieder Fragen aufkommen, ganz an der falschen Stelle, das wäre der neuen Pädagogik nicht dienlich. Es waren ja, leider, nicht alle Menschen fortschrittlich. Man könnte vielleicht eines von den Dielenbrettern aus dem Klassenzimmer holen, die dort lose lagen, die Engländer hatten die losgehebelt um zu schauen, ob da nicht noch etwas drunter versteckt sei. Die drei Jungen, die sich vorne hinknien sollten, holten ein Brett. und in der Zeit geriet die übrige Schülerschaft in Unordnung und der Fotograf in Ungeduld: Nun hatte man es doch gerade so gut ausgerichtet. Also noch mal von vorne, vielleicht könnte der Herr Lehrer das mal organisieren? Die drei Jungen kamen zurück und legten das Brett vor die erste Bankreihe. Die beiden Blonden nach außen und den mit den dunklen Haaren vielleicht in die Mitte? Also, schön stillhalten und mal 'n bisschen freundlich kucken. Der Dunkelhaarige mit dem Trachtenjanker und den Knöpfen aus echtem Hirschhorn setzte sich richtig in Szene und schaute in die Kamera, als ob die ganze Aufmerksamkeit ihm gälte. Das sah man natürlich erst später, als das Foto entwickelt und vergrößert war. Nicht so stieselig wie die anderen. War der nicht auch mal mit Harken Böhmer auf dem Feld gewesen?

Ich bin Albin, und wer bist du?

Ulrich Bollhöfer. Sagen aber alle Utz.

Wo biste wech?

Von Sierdissen. Mein Vater is Verwalter auf'm Gut.

Mensch, ich komm dich mal besuchen.

Aber nich mit der Frisur!

Albin trug eine unglaubliche Welle in seinem langen blonden Scheitel, die ihm Frau Schöne mit der Brennschere dort hineingemacht hatte. Frau Schöne kam zweimal die Woche, um seiner Mutter und Tante Paula die Haare zu machen, und weil Albin ihr Schaffen mit großem Interesse beobachtete, hatte sie ihn gefragt, ob er auch mal wolle. Wo bei anderen das Haar glatt nach unten fiel, bäumte es sich bei Albin wie die Brandung am Atlantik. Der Mutter hatte es ja gefallen, aber jetzt, wo man es auf dem Foto sah: unmöglich!

Fortan also morgens schreiben und rechnen lernen, nachhause, Mittagessen, Hausaufgaben (in der ersten Klasse war das ja nicht viel) und dann ab nach Sierdissen. Das Rechnen ging leicht, zwei plus fünf, acht weniger drei, das hatte man schnell raus. Herrn Soldners neue Pädagogik hatte dafür bunte Rechentafeln parat, links und oben die Zahlen von eins bis zehn und dann farbige Felder; da hieß es dann:

Die grünen Felder – plus, oder: Bis morgen die gelben Felder, oben an die Zahlen eine Null dran und dann minus. Das Schreiben fiel Albin indes schwer: Die einzelnen Buchstaben, das ging ja noch, aber wie ergaben die bloß zusammen ein Wort? Immer wieder verwechselte er etwas. Und dann auch noch mit rechts schreiben. Herr Soldner (rational und liberal) hatte Albin erlaubt, es mal mit links zu probieren, das ging schon besser, aber dann hatte Rektor Busch einmal den Unterricht des jungen Kollegen kontrolliert: Was muss ich da sehen, Herr Soldner? Der hatte ihn sowieso schon auf dem Kieker. Also Junge, gib dir Mühe, es lässt sich ja nicht ändern. Rektor Busch stand in Soldners Augen für die alte Pädagogik: nichts gelernt. Immer noch den Volkskörper im Kopf, dabei müsse man doch vom Kinde ausgehen. Vom Erleben zur sachlichen Betrachtung: Wie viele Reihen muss der Bauer noch pflügen? Herr Soldner, sagten dann die Jungen, gepflügt ist doch schon längst. Der Mann kam wohl aus einer Großstadt? Pflügen, gepflügt, wieder was gelernt; wer kann das mal an die Tafel schreiben? Zur Einschulung hatte es zwei Hefte gegeben, die mussten bis Weihnachten reichen, Papier war ja immer noch knapp. Von der lippischen Heimat konnte Herr Soldner nichts erzählen, er kam ja von woanders her. Schlesien? Nie gehört, wo ist das? Mal auf der Karte nachschauen. Die Karte war alt, da stimmte vieles nicht mehr. Zwar flossen die Flüsse immer noch dort, wo sie immer geflossen waren und die Küsten und Berge hatten sich auch nicht verändert, aber die Grenzen der Länder mussten neu gezogen werden. Und dann erzählte Herr Soldner das Märchen von dem Prinzen, der auf dem Rücken des Ostwindes zum Garten des Paradieses flog, wo eine schöne Prinzessin wohnte. Und der Prinz kannte natürlich die Geschichte von Adam, der sich von Eva verführen ließ und sagte, nein, ihm würde das nicht passieren, er könne standhaft bleiben. Und dann konnte er es doch nicht und küsste die Prinzessin gleich am ersten Abend und da versank das Paradies in der

Erde und mit ihm die Prinzessin und der Prinz wurde vom Wind wieder weggeweht und landete in einer Höhle, wo er den Rest seines Lebens mit den Knochen klappern konnte. Was gelernt? Man muss auch mal warten können. Sein Schlesien, sagte Herr Soldner, das sei jetzt weg wie der Paradiesgarten im Märchen. Weil er dort eine Prinzessin geküsst hatte? Nein, das seien andere gewesen. Und dann erzählte er noch eine Geschichte von einem Kaiser und seinen neuen Kleidern und merkte, dass die Kinder nicht das verstanden, was sie verstehen sollten und er beschloss, in der nächsten Woche mal wandern zu gehen: Direkt von der Natur lernen, das war vielleicht besser.

Nach Sierdissen führte eine schmale Straße, die zwischen Pfarrhaus und Altem Krug vom Marktplatz abging. Hinter der Kirche und dem Pfarrhaus war ein Feld mit einer niedrigen Mauer drum herum, das war mal der Acker des Pastors gewesen, dahinter kam dann der Friedhof, deutlich außerhalb des Ortes gelegen, und dann stand man auch schon mitten in den Feldern, die zum Gut gehörten. Es ging durch eine Senke, über einen Bach, dann links um das Vorwerk herum mit seiner langen Stallscheune, Fachwerk und rote Dachpfannen. Da hätte die Schießbahn zweimal hineingepasst. In Paulskirchen gab es keine Fachwerkhäuser, da hatte man von Anfang an modern gebaut. Ob es hier zu Bollhöfer gehe, fragte Albin einen Mann auf dem Vorwerk. Nee, Junge, da musste nach'n Jutshof hin. Also noch ein Stückchen weiter, unter Bäumen jetzt und an einem kleinen See vorbei. Ob da wohl Fische drin waren? Dann rechts auf den Gutshof. Das war ja nun mal ganz was anderes! Ein halbes Dutzend Bäume stand da in der Mitte, einfach so, und rundherum war alles gepflastert, am Ende das Gutshaus, ganz mit Efeu bewachsen, eine kleine Mauer trennte es von Rest des Hofs. Und auf dem Dach ein Türmchen, ein Glockenturm mit Uhr. Rechts die Pferdeställe, das roch man gleich, weiß gekalkt. Da mal gleich nachschauen, ob man jemanden findet.

Utz Bollhöfer hatte Albin bereits gesehen, er hatte in einem der Bäume gesessen zwecks Beobachtung des Hofgeschehens; aus dem Baum heraus konnte man durch die Blätter das meiste sehen, ohne selbst gesehen zu werden. Guter Trick, gleich mal merken.

Tach du.

Tach du auch.

Utz zeigte Albin die Ställe, Scheunen und Remisen. Hier Kühe, da Schweine, dort das Ackergerät; da die Kutsche der Gräfin, daneben das Auto des Grafen, aber der war damit unterwegs, Geschäfte in Bielefeld. Zwei Ponys, Roland und Mirza, für die Kutsche der Kinder, die fuhren damit tatsächlich zur Schule. Von Eckhartstein, was waren das wohl für Leute? Bauern. Die beiden Jungen stiegen auf den Heuboden, von einem Querbalken im Dachstuhl, auf den man über eine Leiter gelangte, konnte man in die weichen Haufen springen: Trauste dich auch einen Salto? Wenn nicht in der Schule, so war Albin Kortmeyer also nun auf Gut Sierdissen zu finden, auf den Sierdisser Feldern, zusammen mit Utz Bollhöfer auf den Rücken der Zugpferde vor den Erntewagen.

Im September war er sieben Jahre alt geworden und im Oktober rückten die Belgier ab: Man sei ja gottfroh, dass das nun endlich ein Ende habe. Man konnte wieder ins Haupthaus ziehen. In den alten Saal im ersten Stock wurden Wände gezogen, so entstanden drei neue Zimmer, das tat ja nun nicht mehr not, dass Margarete mit den Kindern in der winzigen Wohnung bei Böckmanns wohnte, die ja auch Miete kostete. Links das Kinderzimmer, Fenster zum Hof, dann Margaretes Schlafzimmer, dann das Wohnzimmer, Fenster zur Straße, im Sommer nie so richtig hell wegen der großen Linden vorm Haus: Ob man da nicht doch mal was machen sollte? Die Möbel konnten vom Dachboden des Backhauses geholt werden, das Schlafzimmer, weißer Schleiflack, und der viertürige Schrank und das Bett so breit wie lang. Das Büffet fürs Wohnzimmer, Walnussfurnier, dunkel und unglaublich schwer, oben darauf eine Uhr in hölzernem Gehäuse, sanft geschwungen wie ein Hügel. Das Sofa und der Ohrensessel (in dem hat Vati immer gesessen). Und die Vitrine mit elektrischer Innenbeleuchtung, da konnte man das Engelorchester aus dem Erzgebirge wieder aufstellen. Einigen Figuren war durch den Umzug ein Flügel abgebrochen, das würde man kleben müssen: Grüne Flügel mit weißen Punkten, sahen so nicht eher Feen und Elfen aus? Erzgebirge, da saß jetzt ja auch der Russe, ob man da überhaupt mal noch eine Figur würde nachkaufen können? So gesehen hatte man es im Lippischen gar nicht so schlecht getroffen, es hätte schlimmer kommen können.

Auf das Rübenfahren musste Albin jetzt verzichten, wenn die Schule aus war, dann waren die Wagen längst unterwegs nach Lage. Aber bald jeden Nachmittag war er in Sierdissen, traf Utz dort, zog mit ihm durch Ställe und Scheunen oder schaute Herrn Heinemann zu, wie er die Pferde der Gräfin longierte. Stundenlang dastehen und einfach zukucken: Wie das wohl geht, das Pferd antreiben und bremsen, ohne dass man draufsitzt, ohne Zügel. Dann die Gangarten: Schritt, Trab, Galopp. Es wurde jetzt schon kälter, der Atem der Pferde dampfte. Utz interessierte sich nicht so dafür, zumindest nicht so ausdauernd: Woll'n wir nich lieber auf'n Heuboden? Und dann kucken, wer in den Balken am höchsten klettern kann. Und Albin schlug vor, man könne doch mal zusammen was aufführen, jetzt beginne ja die Theatersaison (er sagte wirklich Theatersaison): Mal in der Schule Bescheid sagen, heute Nachmittag bei Krones auf dem Dachboden, Kasper und die Prinzessin im Paradies. Mit Hilfe der Kinder würde es Kasper schaffen, die Prinzessin nicht zu küssen. Der Prinz im Märchen von Herrn Soldner hatte ja niemanden gehabt, der ihm half. Das wurde also aufgeführt, Sieglinde Koch musste wieder die Prinzessin spielen: Du darfst mich aber nicht küssen! Das war sehr glaubwürdig. Ein Dutzend Kinder hockte auf dem Dachboden und hielt die

Kasperlefigur lautstark davon ab, die Prinzessin doch zu küssen. Das könnten sie doch auch in der Schule vor der ganzen Klasse aufführen, fanden die beiden Jungen, ob Herr Soldner das erlaubt? Ja, er erlaubte; eigene Lösungen finden, das fand er gut. Aber hängt es nicht so an die große Glocke, Kinder, Rektor Busch muss das nicht wissen.

Kurz nach Weihnachten bekam Albin die Masern, die hatte wohl jemand in die Schule mitgebracht. Das auch noch, hat man denn gar keine Ruhe? Jetzt, wo wir wieder alle unter einem Dach sind, kriegt der Junge Masern. Das käme bestimmt von den Flüchtlingen, da hätten's einige mit der Sauberkeit ja nicht so. Rote Flecken auf der Haut, Fieber und völlig lätschig. Eine Woche im Bett, Romy schlief bei der Mutter. Romy, die Häusliche, und Albin immer auf Jütt. Dass diese ständige Herumtreiberei nicht gesund ist. Die Mutter am Bett, Tag und Nacht, so etwas konnte doch auch ganz böse Wendungen nehmen. Ob man nochmal Doktor Wittmann holen sollte? Wo man doch selbst nicht so gut beieinander ist. Margarete, vom Rumsitzen geht das auch nich wech, zu Silvester haben wir Gesellschaft auf'm Saal. Paula Krone hatte wenig Verständnis dafür, dass ihre Regie durch ein krankes Kind durcheinandergebracht werden sollte. Reinlichkeit ist der Stolz der Hausfrau. Und immer diese widerliche Graupensuppe, da kann doch kein Mensch von gesund werden. Vielleicht mal ein Zungenragout machen, Kalbszunge, und ordentlich Sahne drantun. Wir sind hier doch nicht im Hotel. Kann man denn gar nichts machen? Das sind Kinderkrankheiten, hatte Doktor Wittmann gesagt, die kommen und gehen, mit Masern hätte er gerade die ganze Praxis voll, man solle sich mal keine Sorgen machen.

Margarete Kortmeyer saß am Bett ihres Sohnes, es ging schon wieder etwas besser, da sagte er spät abends plötzlich: Ich krieg keine Luft. So aus dem Nichts und von einer Sekunde auf die andere: Ich krieg keine Luft. Das schon nur noch mit Mühe herausgepresst, herausgestoßen, eher gejapst. Wie kann das sein, keine Luft. Ist die Nase zu? Dann atme durch den Mund. Mmh! und Kopfschütteln. Hände in die Bettdecke krallen oder sonstwas. Er wusste ja nicht, was da passierte. Sie versuchte, ihm die Hand auf die Stirn zu legen, ober er fieberte, er schlug sie weg. Wie ein Etrinkender? Nicht! Weg! Wie das in Sekunden alles zu einem einzigen Gedanken zusammenschnurrte: Keine Luft. Ganz kurz: Angst. Enge.

Ging nicht rundherum alles besser und überhaupt, war die schlimmste Zeit nicht überwunden, im Allgemeinen – und die Kinderkrankheiten? Und nun sollte das Einfachste nicht mehr gehen? Es war doch nichts Schlimmes passiert. Oder verschwieg der Junge etwas? Die Sorgen einer Mutter. Albin versuchte, die Lungen für neuen Sauerstoff freizubekommen, die Anstrengung wurde immer größer, immer schneller ging er gegen die unsichtbare Barriere an, letzte Kräfte mobilisierend. Mein Gott, wird er mir jetzt hier ersticken und ich kann nichts tun? Sie konnte es nicht verstehen: Wo kommt das her? Was soll ich tun? Herr Jesus hilf? Ein kurzer Trost, aber kein Rat. Ein Schnupfen, Kopfweh, ein verdorbender Magen: Trink einen Kamillentee. Er machte Zeichen: Das Fenster auf und die Tür auch. Aber es ist doch so kalt, du kriegst doch Zug. Nein, nein, nein: Auf! Nach Doktor Wittmann telefonieren! Es warf das Federbett weg, das wie eine tonnenschwere Last auf ihm lag und ihn zu erdrücken schien. Wie wenn auf dem Schulhof ein Größerer einen in den Schwitzkasten nahm und man keine Chance hatte, sich da herauszuwinden. Es gab so vieles, das man nicht wusste. Wir haben doch immer achtgegeben? Die Leibwäsche kochen und das Geschirr in Essigwasser klarspülen. Täglich Staubwischen. So Gedanken. Doktor Wittmann (was der leistet!) sagte am Telefon, der Junge solle ganz langsam atmen, bloß nicht schnell, auch wenn man genau das tun wollte: hinterherrennen, am besten beim Ausatmen die Lippen zusammenpressen. Bist du tapfer? Halte durch.

Der Doktor kam, spät abends noch, eine gefühlte Ewigkeit. Sag nichts. Er ließ Albin ein Pulver inhalieren, danach ging es besser. Hast du das schon mal gehabt? Kopfschütteln. Morgen in die Praxis zur Untersuchung.

Die Sache hatte nun einen Namen: Asthma. Wer hatte sich das ausgedacht?

Weil die Ursachen nicht auszumachen waren, war die Gefahr, oder besser: die Bedrohung nun allgegenwärtig, lauerte an jedem Ort und in jedem möglichen Moment: Wenn du in der Schule merkst, dass es eng wird, kommst du zu mir rüber in die Praxis. Das Pulver, das er bekam, hieß Epinephrin und Albin fühlte sich dann, als wenn er in einen endlos tiefen Schacht stürzte. Ganz kraftlos. Aber immerhin Luft. Wie sollte man aber dem Unsichtbaren begegnen? Dieser unsichtbaren Macht, die plötzlich die Kehle zudrückte? Wenn kein Doktor da war? Lieber Gott, mach, dass das weggeht. Doch das half auch nichts. Wie er sich als kleines Kind vor dem Mond gefürchtet hatte. Als gäbe es da ein Vergehen, eine Schuld (Sünde?), unaussprechlich, irgendeine Tat oder vielmehr: Untat, aus einem zweiten Leben, vielleicht im Traum begangen, im Traum glaubte man ja, man sei wach. Und vielleicht war es wirklich so. Wer wusste das? Die Masern waren bald ausgeheilt, aber er wagte es nicht mehr einzuschlafen. Wenn dann das Asthma käme, das Gespenst, im Schlaf? Dann war man tot. Es war niemandem begreiflich zu machen. Seine Mutter: Ein einziger Sohn? Man wollte doch keine Last sein. Die Angst vor der Enge, die niemand sonst sah. Und dann die Angst vor der Angst. Etwas Psychisches? Wie konnte man sich vorm Mond fürchten? Du musst keine Angst haben. Keine Angst. Du musst. Schwarze Ritter, die einen im Traum heimsuchten. Wie gelähmt. War das vielleicht die Schuld? Mutti, habe ich wirklich geschlafen? Wie weiß man, dass man schläft? Wie weiß man, dass man tot ist? Die Angst saß unter seinem Bett, lauerte hinter den Gardinen, im Schrank, als Schatten an der Zimmerdecke.

Man konnte vielleicht vor ihr davonlaufen (draußen ging es besser, auf dem Gut, bei Onkel Behrmann), aber sie konnte einem überall wieder begegnen. Eine mächtige Bedrohung. Er ahnte das. Und dann gäbe es kein Zurück. Man musste die Fremde meiden. Das Weglaufen wurde bestraft. Es half aber nichts, zuhause war es nicht auszuhalten. Ein bisschen beim Großvater im Backhaus, immer mit dem Blick zur Tür.

5

Fritz Krone jun. fuhr einmal im Monat nach Bielefeld. Erst nach Heepen zum Großhändler, abends in die Oper. Weil das Stadttheater immer noch nicht wieder richtig hergestellt war, spielte man in der von Dr. August Oetker gestifteten und nach ihm benannten Halle. Mozarts Fidelio und die Zauberflöte. Er hätte ja gerne einmal wieder Wagner gehört, aber das sei wohl noch schwierig. Mit dem Großhändler Dr. Kannegießer in der Pause die Lage besprochen. Es sei Geld da, aber keine Ware; das könne ja nicht so bleiben. Wenn Se was haben, also Geld, jeben Se's aus. Er sei letztens in Bremen gewesen, es komme inzwischen wieder ordentlich was ins Land, und die Maschinen liefen ja auch langsam wieder. Er als Großhändler wisse manches ja früher als andere. Das bleibt aber unter uns, Herr Krone? Eigentlich muss ein guter Kaufmann ja für Umsatz sorgen. Nicht so viel Kapital binden, vom Rumstehen wird die Ware nicht besser. Angesichts dessen, was sich da am Horizont abzeichnete, waren sich Krone Senior und Junior aber schnell einig: Das Lager voll machen und das Konto leer. Jetzt, wo keine fremden Mächte mehr im Haus waren, man konnte ja nicht einfach die Hände in den Schoß legen. Lass Paula davon nichts wissen, sagte Großvater Krone, sonst haben wir hier wieder Theater: Das schöne Geld! Onkel Theo gab das, was er mit der Gastwirtschaft einnahm, ohnehin gleich wieder aus. Er hatte im April geheiratet, eine Frau aus Schwalenberg, Adelheid Kastner (Waisenkind und im Heim aufgewachsen), eher so eine Zweckehe sagte man. Sagte Albin dann auch in der Schule: Mein Onkel hat geheiratet, eher so 'ne Zweckehe. Verstanden hatte er's nicht richtig. Wie sie bei der Hochzeit so nebeneinander saßen und man sah seinem Onkel an, dass er mit den Gedanken woanders war. Tante Adelheid übernahm die Küche der Gastwirtschaft. Mit dem Putzen hatte sie es auch. Und Theo: Vielleicht von Kortmeyers in Lage ein paar Zigarren besorgen, ob der noch Bestände hat?

Mitte Juni war es dann soweit, das neue Geld kam. Freitag Abend eine Meldung im Radio, Fritz Krone jun. setzte sich gleich hin und malte ein Schild: Wegen Krankheit geschlossen, das hing am Sonnabend in der Ladentür, was sollte man mit dem alten Geld noch? Am Sonntag dann die Lager räumen, kommt Kinder, fasst mal mit an. Bisschen Gerede gab's im Ort, aber den letzten beißen die Hunde, war es nicht so? Schon im Herbst lief der Laden so gut, dass man beschloss anzubauen, ein Vorbau mit großer Glasfront, die Leute sollen sehen, dass es etwas gibt. Eine Verkäuferin wurde eingestellt, Frau Haupt (zwei Kinder zuhause, die von der Großmutter beaufsichtigt wurden). Bananen hatte man jetzt, die kamen in großen Kartons, in der Schule nahmen sie die Länder durch, Brasilien und Costa Rica und andere, von denen man noch nie etwas gehört hatte. Ulrich Bollhöfer bastelte aus Papier ein Frachtschiff, fast naturgetreu, Bananen, sagte er und: Karibik, wenn ich hier fertig bin, dann fahr ich zur See.

In den Sommerferien war Albins Asthma wie weggeblasen, immer auf den Feldern, immer bei den Pferden, weder der Staub, den man den Tieren aus dem Fell bürstete, noch die Streu, die von der Dreschmaschine aufflog, setzten ihm zu. Ih, wie der wieder nach Pferd riecht, sagte Romy. Mit Beginn der Schule gingen die Anfälle aber wieder los. Ich krieg keine Luft. Beim Ausatmen die Lippen zusammenpressen, Epinephrin inhalieren, bis man ganz duhn war. Der muss mal zur Lungenkur, sagte Doktor Wittmann, drei Wochen nach Bad Salzuflen, das sei ja nicht weit. Im November fuhr der Achtjährige also mit seiner Mutter im Bus in den Luftkurort, zwölf Kilometer: Mit zwei gesunden Beinen hätte ich das auch laufen können, sagte die Mutter. Sie fuhr am Abend wieder zurück, man hätte sich ja sonst ein Zimmer nehmen müssen, zu umständlich. Albin wurde in einem Kinderheim untergebracht, wo fast alle entweder husteten oder, wie er, fiepten. Nach dem Frühstück, Weißbrot mit Marmelade, musste man eine Stunde vor den Salinen sitzen und die salzige Luft einatmen. Dann hatte man Schule. Lesen, Schreiben, Rechnen, Guten Morgen, Frau Krahmer. Ruhe! Mindestens sechzig Jahre alt, wetten? Hinten einen Dutt und vorne einen Scheitel. Die Haare musste sie sich immer wieder aus der Stirn wischen. Bei der Krahmerschen ist mal wieder der Vorhang gefallen, sagte man dann. Unterricht? Stinklangweilig. Die hatte von der neuen Pädagogik noch nichts gehört. Und da sollte man gesund werden? Frau Krahmer spulte den Stoff so runter und verstand nicht, dass die Jungen und Mädchen, die da vor ihr saßen, ihn nicht in derselben Geschwindigkeit wieder aufnahmen. Sie spulte dann noch schneller und vor ihr häufte sich das Wissen als ein großes Knäuel und war dann erst recht nicht mehr in die Köpfe der Kinder hineinzubekommen. Es wurde Frau Krahmer dann warm, obwohl der Raum gar nicht so sehr geheizt war, wegen der Abhärtung, und wenn sie dann ihre Strickjacke auszog, sah man an ihrer Bluse die dunklen Flecken unter den Achseln. Wer vorne saß, konnte es auch riechen. Man fiel jeden Tag weiter im Stoff zurück und trotzdem war jeder froh, wenn die Stunden vorbei waren.

Nachmittags dann nochmal zwei Stunden vor den Salinen sitzen. Half das? Alles war sehr sauber und roch nach Desinfektionsmittel, Putzmittel: Fast wie zuhause, dachte Albin. Wenn man rausging, musste man immer einen Schal und eine Mütze tragen, wie sollte man da richtig Luft kriegen? Es gab einen Kurpark, der kostete Eintritt, und dahinter einen sogenannten Landschaftsgarten, entlang des Salzetals, da ging man mit der Gruppe hin. Bitte auf den Wegen bleiben. Und bitte nicht so ein Geschrei! Im Landschaftsgarten gab es ein Wildgehege mit Hirschen und einem Futterautomat, aus dem man für fünf Pfennige eine Handvoll gepresstes Heu ziehen konnte. Wenn man eine Münze einsteckte und den Griff drehte, kamen die Tiere schon angelaufen, sie kannten das Geräusch. Vor allem die Jungen balgten sich dann um das Futter. Der größte Hirsch stand jedoch in einiger Entfernung und kuckte reglos in die Gegend, als ob ihn das alles nichts anginge. Stolz. Erhabenheit. Jetzt auf einem Braunen sitzen wie Lederstrumpf, auf einem Hügel hier, der Hirsch auf einem Hügel dort, und sonst keine Menschenseele. Utz hatte die Bücher, Wildtöter und Der letzte Mohikaner, mit Bildern. Im Hause Krone gab es nur die Lippische Landeszeitung. Dasitzen und ein Buch lesen? Man hatte doch zu tun. Und was stand da schon drin? Nichts fürs Leben. Die guten Weißen waren die Freunde der Indianer. Albin las die Bücher bei seinem Freund.

Zweiter Teil: Wendemarken

1

Es würden bald einige gehen, im kommenden Jahr, nach Ostern. Auf die Mittelschule, einige auch aufs Gymnasium, nach Schötmar oder gar nach Bielefeld. Lilly von Eckhartstein, Lücking, Bollhöfer, Sieglinde Koch (wer noch?). Wenn die Noten halten. Aber man wolle ja niemandem den Weg versperren. Soldner, der Lehrer, die neue Pädagogik: Nochmal mit allen etwas zusammen machen, bevor sich die Wege trennten? Es sollte sich niemand zurückgesetzt fühlen. Man sah es ja, wie schon wieder alles am Rennen war, nach Karrieren und Vorteilen. Das käme also noch früh genug. Der Mensch ist da frei, wo er spielt. Es gab doch das eine oder andere, was über die Zeit Bestand hatte. Das Künstlerische. Soldner sprach von ganzheitlichem Lernen und dass sich die Schüler selbst etwas erarbeiten sollten. Learning bei Doing, das hatte er letztens in einem Lehrerblatt gelesen. (Ob ich da auch mal etwas schreiben könnte? Erfahrungen eines Dorfschullehrers?) Zu Rektor Busch: Er habe da auch schon ein Bild im Kopf, wie er die Kinder zu einem ästhetischen Ganzen, aus jeder einzelnen Persönlichkeit und so fort, also ohne, dass sich der Einzelne in der Masse auflöse (dass ihm dieses Vorsprechen oben immer so schwer fiel!). Ein Schultheater?, sagte Busch, und dass die Proben aber nicht während der Unterrichtszeit stattfinden könnten (der stand auch schon im Wettbewerb). Sie machen das schon. Soldner stellte sich etwas mit Wald und Tieren vor, mit Feen und Geistern und rhythmischen Bewegungen. Dazu Musik, die Kollegin Wöhrmann, spielte die nicht Klavier? (Dass er nun nur drei Griffe auf der Gitarre konnte.) Er hatte schon länger nach einer Gelegenheit gesucht, sie mal anzusprechen, über das rein Dienstliche hinaus, mal ein bisschen über die Kunst reden (sie war zu diesem Schuljahr an die Schule gekommen, vom Lehrerseminar in Bielefeld, und er hatte gleich gekuckt, ob sie einen Ring am Finger trüge). Vielleicht der Sommernachtstraum? Das Theater im Theater. Griechische Tragödie und lebensnahe Komik. Fräulein Wöhrmann als Königin der Amazonen? (Obwohl: Hippolyta war jetzt nicht so ein schöner Name.) Vorstellen konnte man sich das schon. Sie mal auf ein Glas Wein einladen? Sich ein bisschen verbünden, auch gegen so Leute wie Frau Schelpmeise, die die Kinder immer noch nach Noten setzte und mit dem Lineal auf die Finger schlug. Vielleicht würde er sich auch einen neuen Mantel kaufen, dachte er dann mittags auf dem Nachhauseweg (die kleine Einzimmerwohnung über Kasemeier), es novemberte ordentlich. Man glaubte allgemein nicht, dass nochmal ein Krieg käme, im Osten hatten sie einen Strich gezogen, das war nun perdu (einige sprachen von Verrat). Was gab man für eine Gestalt ab, wenn man so herumlief, in dem alten Loden – einen Bohemien? Dazu müsste man sich deutlicher bekennen. In neuen Kleidern stecken alte Gedanken, nicht wahr? Noch gut vier Wochen bis zu den Weihnachtsferien. Orangen kaufen, wegen der Vitamine. Wenn man bescheiden lebte, könnte man sich im nächsten Jahr eventuell (eventuell!) einen Motorroller leisten, gebraucht natürlich. Und – kennst du das Land, wo die Zitronen blühn? – nach Italien fahren. Fräulein Wöhrmann hinten drauf. (Immer diese geröteten Wangen. Und ein Muttermal auf der Oberlippe rechts, also links. Im Hosenrock auf dem Herrenfahrrad. Bisschen mehr als andere hatte sie.) Und übernachten im Zelt (vorher ordentlich Sport treiben!). Mal den ganzen Wilhelm Meister lesen. Oder wenigstens mit dem Fahrrad an den Dümmer, das waren für ihn ja auch noch ganz unbekannte Gegenden. Konnte man sich nicht einfach mal nur so den Gedanken hingeben? Um halb fünf wurde es langsam dunkel.

Mit dem Sommernachtstraum wurde es dann nichts (natürlich nicht). Drei Liebespaare, Oberon und Titania, die Elfen, die Handwerker, alles zu kompliziert und man hatte ja auch nicht mehr viel Zeit (es war eben so eine Idee gewesen). Also lieber etwas auch den Kindern Bekanntes, ein Märchen? Die Kinder nicht mit der Kunst überfordern. Aber auch da (gerade beim Bekannten) könne man sicher schön etwas herausarbeiten. Das moralisch Vielschichtige. Und die Schüler darüber abstimmen lassen, was man spielte (demokratisch?). Oder doch lieber etwas vorgeben? Leiten und anleiten. In der kleinen Schulbücherei (eigentlich nur ein Regal) standen die Grimmschen in zwei Bänden (noch in Fraktur, das konnte man keinem zumuten). Das meiste kannte man ja: Aschenputtel, der Wolf und die sieben Geißlein (die Macht der Verführung!), das tapfere Schneiderlein, Rotkäppchen. Welche Moral da jeweils vermittelt wird. Soldner machte sich eine Vorstellung von Aschenputtel, wie man den Autoritäten entkommt (fast schon wie bei Brecht), Kritik am Materialismus und das Schöne im Einfachen (das besonders!). Ein bisschen musste er sich dabei eingestehen, dass auch er leicht einem Bild verfallen konnte. Die Zeit der Ritter war ja nun endgültig vorbei. Man durfte nicht ins Bequeme, das heißt Romantische zurückfallen. Die Kinder wollten dann aber unbedingt Hänsel und Gretel spielen, das wurde ganz demokratisch entschieden. Da war er dann doch ein wenig überrascht: Zwei Geschwister, von den Eltern ausgesetzt, dem Verhungern preisgegeben, die darüber selbst zu Gewalttätern werden? (Hatte die Geschichte nicht auch etwas Inzestuöses?) Vielleicht bewies die Wahl aber auch ein besonderes Gespür, in der Weihnachtszeit: Es war so finster und auch so bitterkalt. In der Zeitung war von einer Studie in England berichtet worden, man hatte über zweihundert Kinder aus allen Schichten dazu befragt, was sie von ihren Eltern erwarteten: Dass das Portemonnaie keine Rolle spiele, war eine überraschende Erkenntnis. Es ging vielmehr ums Menschliche. Die Oper von Humperdinck fiel ihm noch ein (so ein Wissen aus dem Reclam-Opernführer – gehört hatte er sie nie). Die Jungen sagten (was gefällt euch daran?), das mit der Spurensuche im Wald und überhaupt die Gefahr, und die Mädchen: Dass am Ende die Hexe verbrannt wird. War hier doch eine Mordlust genetisch eingeschrieben? (Wehe denen, die dem Ewigblinden des Lichtes Himmelsfackel leihn! Sie strahlt ihm nicht, sie kann nur zünden, und äschert Städt' und Länder ein – Schiller.) Er würde sich mal mit der Wöhrmann (heute wieder so'n engen Pulli angehabt) darüber unterhalten wollen, ganz kollegial versteht sich, man könne ja nach dem Unterricht noch ein bisschen dableiben, eine Tasse Tee vielleicht? (Sie brachte dann tatsächlich selbstgemachtes Spritzgebäck mit.) Ob er denn das Symbolische nicht sähe? Das Knusperhäuschen als die süße Kindersehnsucht, kindlicher Realismus. Und in der Hexe würden sie ihre eigene Kindheit töten (da merkte man die neue Ausbildung!). Die weiße Ente, die die beiden am Schluss über den Fluss bringt, das sei der Übertritt in die reflektierende Vernunft. Sei das nicht sonnenklar? Wie sie das so aus dem Ärmel schüttelte, dachte Soldner (und einiges mehr).

Die Idee vom ästhetischen Ganzen hatte er dann auch aufgeben müssen: Erst wollten natürlich alle eine Rolle, als es dann aber konkret wurde, zogen die meisten zurück: Wenn man's nun nicht packte? Eine Gemeinschaft konnte man nicht erzwingen, wenn sie sich nicht aus der Sache heraus ergab. Es waren ja auch nur fünf Rollen: Mutter, Vater, die Kinder, die Hexe – nicht? Und die Ente. Und die Vögel, die die Brotkrumen aufpicken. Ach ja. Nochmal fünf. Und der Mond, der könne doch auch eine eigene Rolle sein. Und die Bäume (damit der Wald so richtig schön gruselig werde). Da kamen die Kinder ganz von alleine drauf. Das sei ja nun wirklich, dachte Soldner, wie bei Shakespeare. So wurden's am Ende doch noch fünfzehn. Nur für die Hexe wollte sich niemand melden. Wo die Mädchen sich so auf das Verbrennen der Hexe freuten (er hatte dank der Wöhrmann jetzt das Emanzipatorische daran erkannt), konnte das natürlich keine von ihnen spielen. Die hätte ja auch für den Rest der Schulzeit ihren Spitznamen weggehabt. Erstmal ohne die Hexe anfangen? Das wurde vehement abgelehnt (wie schnell die pädagogischen Absichten an ihre Grenzen kamen?). In der Mitte eine Lücke und alle hockten drum herum und warteten auf eine Erscheinung (die Taktik, die dahinter lag, wurde Soldner erst nachher klar). Als die Stunde schon weit fortgeschritten war, stand dann doch einer auf, ein dunkelhaariger Junge, breites Grinsen: Ich mach' die Hexe! Ja Mensch, warum nicht? Für das Symbolische war das Geschlecht ja egal, dass er da nicht selbst drauf gekommen war, dachte Soldner (aber wenn man erstmal so ein Bild im Kopf hat!). Er setzte sich abends hin und schrieb eine kleine Theaterfassung nach dem Grimmschen Text. Anderntags dann im Schulbüro zweimal abgetippt mit jeweils zwei Durchschlägen (Zwei-Finger-System). Ob er sich mal als Dramatiker versuchen sollte?

Geprobt wurde bei Kochs in der Post, der Saal war nachmittags frei. Frau Koch machte Kostüme aus Krepppapier (dass die dafür Zeit findet?). Die Hexe in fünf übereinandergezogenen bunten Kittelschürzen und Kopftuch, mit Buntstift Warzen ins Gesicht gemalt (was man kaum sah). Fräulein Wöhrmann am Klavier spielte einen Walzer, Hans und Grete tanzten (was sich da für Talente zeigten?). Soldner sah ihr zu. Sonnabends war Tanz in Krones Gesellschaftsräumen: Die Hüften auf Tuchfühlung, ihr Busen an seiner Brust? Aber wenn sie nein sagt? Warte nur ein Weilchen, bis der Mond aufgegangen ist. Die Kinder hockten im Wald und dann sollte der Mond hinterm Vorhang (den denken wir uns) hervortreten und von einer Taschenlampe angestrahlt werden. Das musste mehrmals geprobt werden. Soldner dachte daran, dass er kein guter Tänzer war. Und selbst, wenn sie ja sagte, was bedeutete das? (Man musste auch noch eine Lösung für die Ente finden.) Sie war bestimmt zehn Jahre jünger als er. Und was sollte man dann mit den anderen am Tisch reden? Zucker- und Getreidepreise und wer sich was leisten konnte und die Flüchtlinge und ihre Ansprüche. Aber hatte sie ihm nicht nach der letzten Probe direkt in die Augen geschaut? Wie die Hexe verbrannt werden sollte, war auch eine ungeklärte Frage. (Es fand sich dann irgendwo ein großer Schrankkoffer, der als Ofen verkleidet wurde, die Kinder hatten keine Mühe, sich das vorzustellen.)

Die Aufführung am Sonnabend vorm vierten Advent fand dann auch in der Post statt. Die Zimmer in der Schule wären ja auch zu klein gewesen. Mütter kamen und Großmütter. Lebkuchen und Spekulatius (mit guter Butter, von Krone), die wurden hinterher verteilt. Albin spielte den Hans, in kurzer Lederhose und dem reinsten Blond. Seine Mutter war auch gekommen (keinen Mann, dachte Soldner, und mit Ende dreißig schon am Stock, was die Kinder da ausgleichen mussten): Ob aus dir mal ein Schauspieler wird? Die Rolle so gut interpretiert. Wo der Junge doch, das fiel ihm jetzt auf, mit Lesen und Schreiben solche Schwierigkeiten hatte: Klar, der musste dann das, was andere gelesen hatten, sich selbst ausdenken. Soldner bekam dann für sein Angaschmeng (wie man sagte) einen Korb mit lippischer Mettwurst und einer Flasche Wein (die trinken wir aber zusammen, sagte die Wöhrmann). Dann waren Ferien. Von der Schauspielerei wurde nicht mehr gesprochen.

2

Man muss sich zu Margarete Kortmeyer eine andere Frau vorstellen, die ganz ihr Gegenteil ist. Großgewachsen, athletisch, mit sonnenbrauner Haut und dunkelbraunen Augen. Keine Gelegenheit zu einer Zigarette auslassend, männertiefe Stimme. Drahtige Locken, kaum zu bändigen. Ein ganz senkrechter Mensch. Der Boden, auf dem diese Frau so senkrecht steht, ist schwer und erfordert Kraft, im Körper wie im Geist. Der feste Boden ist aber auch einer, der ein ordentliches Lachen verträgt. Das Land ist flach bis zum Horizont, man muss hier Augen haben, die die Weite vertragen. Hinter den Bäumen, unweit, fließt die Elbe. Gertrud Biehler, die Cousine: Noch'n Schnaps, Margaretchen?

Albin, der inzwischen die vierte Klasse hinter sich hatte, fuhr mit seiner Mutter in den Sommerferien für drei Wochen in die Altmark, wo Albrecht Biehler und seine Frau Gertrud, geb. Krone aus Ehrsen bei Schötmar, vor dem Krieg einen Gutshof von fast einhundert Hektar gekauft hatten. Das in Lippe und überhaupt im Norden Deutschlands übliche Erbrecht verfügte, dass immer nur der Erstgeborene den Hof erbte; wer als zweiter oder dritter kam, musste gehen. Albrecht war der zweite Biehlersohn. Gertrud hatte geschrieben: Kommt uns doch mal besuchen, der Kontakt zur alten Heimat dürfe ja nicht abreißen, man würde sich sehr freuen. Für Margarete seit über zehn Jahren der erste Sommerurlaub und für Albin die erste Reise mit der Bahn. Romy hatte dazu überhaupt keine Lust (keine Lusten, sagte sie) gehabt. Auf'n Bauernhof? Das habe man doch hier wohl zur Genüge (sie sagte wie alle anderen hier zur Genüge, so wie man zur Neige sagte). Sie ging das erste Jahr nach Bielefeld auf die Handelsschule (das sei ja nun mal eine ganz andre Welt). Sie konnte sich dunkel erinnern, als ganz kleines Kind, mit drei Jahren vielleicht, einmal dort gewesen zu sein, bei Biehlers (mit Vati). In dieser Erinnerung kam es ihr dreckig vor. Sie zog dann für drei Wochen bei einer Freundin ein.

Herr Kronshage, der in Paulskirchen die erste Tankstelle betrieb und eine Autowerkstatt, fuhr Margarete und den Jungen zum Bahnhof nach Bielefeld. Man sah immer noch, dass die Stadt ordentlich was abbekommen hatte. Herr Kronshage sagte, man müsse auch die Vorteile sehen: Jetzt könne man die Stadt gleich autogerecht wieder aufbauen. Die Zukunft, Frau Kortmeyer, gehört dem Auto; warten Sie's ab, in spätestens zehn Jahren wird jede Familie ein eigenes Auto haben. Er, Kronshage, wolle sich das Geschäft nicht entgehen lassen und demnächst auch einen Handel eröffnen, er wisse nur noch nicht, welche Marke. Albin saß auf der Rücksitzbank, neben sich einen kleinen Koffer. Was braucht man für drei Wochen? Eine zweite Hose, eine Jacke, wenn's mal regnet (wir fahren ja nicht in den Dschungel). Für die Zugfahrt zwei Bücher, Winnetou I und II, die hatte ihm der Großvater aus Lage geschenkt, da konnte man nichts sagen. Sie fuhren über Nienhagen und Altenhagen: Dann müssen wir nicht durch die ganze Stadt durch; Felder rechts und links, Höfe; wie es da wohl aussehen wird? Die Stadt, der Bahnhof, Häuser dicht an dicht: Was fanden die Leute daran, so zu leben? Herr Kronshage parkte den Wagen auf dem Bahnhofsvorplatz und half Margarete heraus, beim linken Bein musste sie mit der Hand nachhelfen: Die Autos sind wohl eher für bewegliche Menschen gebaut. Den Koffer aus dem Kofferraum: Albin, kannst du den wohl tragen? Wenn man keinen Mann dabei hatte, konnte man nicht so viel Gepäck mitnehmen: Wer weiß, ob sich da immer jemand findet, der einem behilflich ist, sie könne ja nicht so schwer tragen. Unter den Reisenden im Bahnhof waren einige junge Menschen mit Rucksäcken auf dem Rücken, das wäre vielleicht praktischer, man hätte die Hände frei, aber andererseits: Wie sähe das denn aus? Es würde in so einem Rucksack ja auch alles zerknittern, das zweite Kleid, die Blusen. Herr Kronshage schaute auf dem Fahrplan nach dem Gleis, Margarete schaute in ihrer Handtasche nach den Fahrkarten: ein Erwachsener, ein Kind, dritte Klasse nach Werben/Elbe und zurück, fünfundvierzig Mark. Und der Interzonenpass, den brauchte man jetzt ja auch. Der Mann auf dem Rathaus hatte zu Margarete gesagt, sie solle ihre Cousine samt Familie am besten gleich wieder mitnehmen. In der Ostzone ginge ja doch alles den Bach runter. Wie lange fahren wir? So knapp vier Stunden. Also, gleich auf Gleis eins, sagte Herr Kronshage, kommense, Frau Kortmeyer, ich nehm Ihren Koffer und dann fragen wir am besten gleich, wo Ihr Waggon hält. Für Albin war es überhaupt die erste Zugfahrt. Biste aufgeregt? Er ließ sich nichts anmerken. Auf dem Bahnsteig standen viele Leute mit Koffern, alle waren ordentlich angezogen, einige Männer in Anzügen und eleganten Hüten, mit braunen Ledertaschen in der rechten Hand. Die schauten immer wieder auf ihre Armbanduhren und zogen nervös an ihren Zigaretten. Der Lautsprecher gab bekannt: Einfahrt des Schnellzuges einhundertachtunddreißig von Köln nach Berlin Zoologischer Garten über Hannover, Stendal, bitte Vorsicht bei der Einfahrt des Zuges. Wenn man es nicht gewusst hätte, hätte man die Ansage nicht verstanden. Ist das unser Zug? Bald kam die Lok in Sicht, die nach allen Seiten hin weißen Dampf ausstieß, lange gar nicht größer zu werden schien beim Näherkommen und dann aber ganz plötzlich sich als riesiges schwarzes Monument auf roten Rädern an den Wartenden vorbeischob. Eine lange Reihe dunkelgrüner Waggons schloss sich an, die schließlich laut quietschend zum Stehen kamen. Wagen zwölf, da müssen wir rein, Albin, gehst du mal vor, Plätze 45 und 47. Margarete Kortmeyer zog sich am Handgriff die schmalen, steilen Stufen im Einstieg hoch, das linke Bein nachschleppend. Herr Kronshage reichte ihr den Koffer hinterher, weitere Reisende drängelten nach. Zurückbleiben bitte! Man hörte das schrille Pfeifen des Schaffners. Albin hatte das Abteil mit den richtigen Platznummern bereits gefunden, Plätze am Fenster, Mitreisende, die sich auf den beiden Holzbänken gegenübersaßen, zogen die Beine an, um Mutter und Sohn durchzulassen, ein Herr hob ihnen die Koffer in die Gepäckablage; vielen Dank. Ist hier Nichtraucher? Kuck mal, wir fahren ja schon.

Der Bielefelder Bahnhof lag am Rande der Stadt, schnell wurde es grün. Rechts das große Gut von Meier zu Eissen; dann fahren wir gleich über den Viadukt? Nee du, sagte einer der Männer im Abteil, der steht noch nich wieder. Ersatzstrecke durchs Johannisbachtal, man hatte davon gehört. Weil der Boden dort so weich war, musste ganz langsam gefahren werden, und trotzdem – oder gerade deshalb – wankten die Waggons wie Betrunkene über die Gleise. Die Bielefelder nannten die Strecke daher Gummibahn. Wir sind über den Viadukt gefahren oder wir sind mit der Gummibahn gefahren: Konnte man sagen, was besser, was schlechter war? Ab Brake wurde dann ordentlich Dampf gemacht. Albin schlug sein Buch auf: Lieber Leser, weißt du, was das Wort Greenhorn bedeutet? Karl May machte es einem leicht. Und zwischendurch immer wieder aus dem Fenster kucken. Ob man das mal ein bisschen aufmachen könnte, es sei doch sehr heiß hier drin. Ein Mann in einem dunklen Anzug mit Weste wischte sich mit einem Taschentuch über die Stirn. Im Abteil roch es ein wenig nach Körper und nach Kölnisch Wasser. Wenn's den Damen zu sehr zieht, machen wir's wieder zu, ja? (Es war noch eine junge Frau im Abteil.) Albin erfuhr, was ein Greenhorn ist, kurz vor Bad Oeynhausen wurde aus diesem Greenhorn (ein Deutscher!)

Old Shatterhand. Der Zug durchschnitt zusammen mit der Weser den Höhenzug, der sich plötzlich aus den flachen Feldern erhob (schade, dass man beim Zugfahren nicht nach vorne rauskucken konnte) und im Westen Wiehengebirge und im Osten Weserbergland hieß. Porta Westfalica. So hatten das die Römer genannt, aber die waren ja nun von den Cheruskern geschlagen worden; wusste hier jedes Kind. Kuck mal Albin, da ist das Kaiser-Wilhelm-Denkmal. Man sah es gerade noch, wie es da wie eine riesige Krone aus Stein auf der Flanke des Berges saß, dann war man auch schon vorbei. War das der letzte Kaiser? Heimatkunde. Old Shatterhand und Sam Hawkens ritten zur Büffeljagd, der Zug fuhr an den Melittawerken in Minden vorbei. Oetker in Bielefeld, Hoffmann's Stärke in Salzuflen, Melitta in Minden: Brauchte man sonst noch was? Manchmal standen die Häuser so dicht an der Strecke, dass man dachte, der Zug führe den Leuten durchs Wohnzimmer. Man hätte natürlich dauernd aus dem Fenster kucken können, sehen, was auf den Feldern passiert oder auch nicht passiert, wo das Getreide schon ziemlich reif stand. Bald würde die Ernte beginnen. Es gab aber auch noch die Büffeljagd, durch ein weites Tal, wie man sich das so vorstellte, ganz anders als hier. Die Augen glitten über die Buchstaben, manchen Satz ließ er aus und erfand dafür einen eigenen. Sam Hawkens' Pferd wurde von einem Bison aufgespießt. Das Pferd? Ist hin, sagte Hawkens, man müsse es erschießen. War das richtig, einfach alles erschießen? Der Junge war schockiert, Sam Hawkens redete von seinem Pferd wie von einem zerfetzten Fahrradreifen, der sich nicht mehr flicken ließ. Die Eingeweide hingen dem Tier aus dem aufgeschlitzten Leib, es schnaubte vor Schmerzen. Sam Hawkens gab ihm den Gnadenschuss, wie es hieß. Er hatte seinem Pferd nicht einmal einen Namen gegeben. Irgendwie schämte der Junge sich für diesen Mann, der anfangs immer alles besser wusste und am Ende dann dumm dastand oder Schlimmeres. Und dass der so gar kein Mitgefühl hatte mit dem Pferd. Sollte er das der Mutter sagen, die ihm gegenüber saß und an irgendetwas häkelte, in diesem Abteil mit den anderen Menschen, die alle größer waren, auch als die Mutter?

Indianergeschichten, Karl May, ob das denn gute Literatur für ein Kind sei, fragte sich der Mann mit dem Taschentuch und das fragte der dann auch die Mutter; er habe in dem Alter ja das und jenes gelesen (nie gehört), und Margarete Kortmeyer schaute erschrocken von ihrer Häkelarbeit auf und wusste nicht recht etwas zu sagen. Ob er denn schon einmal eines der Bücher von Karl May gelesen hätte? Das fragte jetzt die junge Frau den Mann mit dem Taschentuch. Sie saß an der Tür zum Gang und man hatte sie bis dahin gar nicht richtig bemerkt, vielleicht, weil sie auch in ein Buch vertieft war. Diese junge Frau strich sich die Haare aus der Stirn hinters Ohr, dunkle, fast schwarze Haare, die im Nacken ganz kurz rasiert waren und sie blickte dem Mann mit dem Taschentuch jetzt direkt ins Gesicht. Einfach mal so dagegenhalten, fragte sich Margarete Kortmeyer, warum konnte sie das nicht? Und sie versuchte, ein bisschen weiterzuhäkeln, um nicht herüberkucken zu müssen. Das müsse er gar nicht gelesen haben, das sei doch klar, was in solchen Büchern stünde, Indianer, das seien doch Wilde, wie soll man daraus gute Literatur machen? Das sagte der Mann und wischte sich mit seinem Taschentuch über die Stirn. Und die Frau sagte, wohin es die sogenannten zivilisierten Völker gebracht hätten, das hätte man ja wohl gerade erst gesehen. Und der Mann sagte: Wenn wir den Krieg nicht verloren hätten, würden Sie so nicht mit mir reden, mein Fräulein. Und die Frau sagte: Ihr Fräulein? und: Ha! Albin fragte den Mann mit dem Taschentuch, ob er ihm einen Karl May ausleihen sollte, er habe noch ein zweites Buch dabei, aber nur bis zum Aussteigen. Nein danke, sagte der Mann und wischte sich mit seinem Taschentuch diesmal die Finger ab, als wenn er etwas Dreckiges angefasst hätte.

Die Frau kicherte, Margarete Kortmeyer häkelte weiter. Waren wir jetzt schon in Hannover?

Sam Hawkens fing sich ein Maultier, das sich einer Herde wilder Mustangs (warum hießen die eigentlich so?) angeschlossen hatte. Auch das nur unter Old Shatterhands kräftiger Mithilfe. Der hatte alles über den Wilden Westen gelesen und wusste deshalb Bescheid, mehr als alle anderen. Das Maultier bekam den Namen Mary. Kuck mal, Albin – schon vorbei, es war der Mittellandkanal gewesen. Auf manchen Weiden sah man Pferde, der Zug donnerte jetzt so schnell durch kleine Ortschaften, dass man die Namensschilder an den kleinen Bahnhöfen nicht lesen konnte. Es ging schnurstracks geradeaus. Ob man das Fenster nicht wieder zumachen könne, jetzt, wo wir so schnell fahren. Der Junge vertiefte sich wieder in sein Buch, in seine Gedanken, unter dem Fenster lief am Boden der Heizungskanal entlang, da konnte man einen Fuß drauf abstellen und auf das Knie das Buch stützen. Die Heizung brauchte man nicht im Juli, die war doch nicht etwa aufgedreht? Der Junge trug eine neue kurze Lederhose, die hatte ihm seine Mutter zu Ostern gekauft gehabt, die alte war zu klein geworden. Mit der Lederhose konnte man auf der Holzbank gut sitzen. Intschu tschuna, Häuptling der Apachen – das müsse man Apatschen aussprechen, hatte Utz gesagt (wer denkt sich sowas aus?) – fragte die Weißen, ob sie das Land gekauft hätten, durch das sie ihre Eisenbahn bauen wollten. Sie hatten es nicht gekauft, es gehörte ihnen nicht. Blick aus dem Fenster: Ob da nicht vielleicht Indianer neben dem Zug her ritten, mit Kriegsgeschrei? Der Zug fuhr zu schnell. Wie seltsam dieser Häuptling redete: Intschu tschuna hat gesagt, Intschu tschuna will, Intschu tschuna wird sich jetzt entfernen. Ob er das auch einmal versuchen sollte, wenn sie zuhause wieder etwas von ihm wollten: Romy, störe nicht, Albin Kortmeyer liest ein Buch? Oder: Albin Kortmeyer geht jetzt zu den Pferden. Das duldete keinen Widerspruch.

Dann las er noch etwas von diesem Klekih petra (war das nicht ein Mädchenname?), das er nicht verstand, von Vernunft und Aufklärung, das hatte den Mann irgendwie in Schwierigkeiten gebracht. Sollte man nicht immer vernünftig sein? In Wolfsburg stiegen Uniformierte zu: De Inderzonenbässe bidde. War das deutsch? Die kuckten, als hätten sie gerade eine ganze Zitrone verschluckt. Ob man irgendwelche meldepflichtigen Waren mitführe? Die junge Frau mit den kurzen Haaren und dem Buch musste ihren Koffer aufmachen. Sie sagte nichts, erst als die Uniformierten wieder aus dem Abteil raus waren so etwas wie: Affen. Das konnte man aber kaum verstehen. Der Zug wurde langsamer und zuckelte über einen kleinen Fluss. Die Straße, die die ganze Zeit neben den Gleisen hergelaufen war, hörte hier plötzlich auf. Auf der anderen Seite des Flusses fing sie wieder an. Niemand war zu sehen. Eine kleine Stadt, die trotz des Sommerwetters ganz grau aussah, der Zug rollte durch den Bahnhof, auch auf den Bahnsteigen war niemand. Albin las in seinem Buch. Man konnte gut im Zug lesen, wenn er gleichmäßig fuhr, aber wenn er bremste, kündigte das eine Veränderung an und dann musste man doch mal wieder rausschauen. Die Lok machte jetzt wieder Dampf und es ging immer schneller weiter. Margarete Kortmeyer zog ihre goldene Armbanduhr auf. Jetzt müsse man doch bald in Stendal ankommen, sagte sie, so ins Abteil hinein, und blickte auf ihre Uhr. Der Mann mit dem Taschentuch holte ihnen die Koffer von der Gepäckablage, seinen eigenen auch. Gegen Karl May hatte er etwas, aber sonst war er wohl ein netter Mensch. Die Frau mit dem Buch und den kurzen Haaren stieg nicht aus, die fuhr wohl nach Berlin; zehnmal so groß wie Bielefeld, konnte man sich das vorstellen? Nicht wirklich. Sie besuchen Verwandtschaft?, fragte der Mann die Mutter. Ja, meine Cousine in der Altmark, die haben da einen Hof. Ob das Neubauern seien, wollte der Mann wissen. Nein, sagte die Mutter, die Familie habe im

Lippischen schon immer einen Hof besessen, Albrecht, der Zweitgeborene, hätte sich seinen Erbteil ausbezahlen lassen und dann siebenunddreißig den Hof in Wendemark gekauft, dreihundertachtzig Morgen. Ach so, sagte da der Mann, Kapitalisten, und dann ließ er die Mutter und den Sohn und die Koffer einfach stehen und stieg als erster aus dem Zug, der gerade mit dem üblichen Quietschen in Stendal zum Halten gekommen war, und verschwand. Hätte ich das jetzt nicht sagen sollen? Albin stieg mit den beiden Koffern aus dem Waggon, danach die Mutter, rückwärts, wegen des Beines. In Stendal hatte man bloß eine Viertelstunde Aufenthalt, Margarete Kortmeyer winkte einem Mann in blauer Uniform: Der Zug nach Goldbeck, von welchem Gleis der wohl führe? Gleich gegenüber, Gleis zwei. Wie praktisch. Mutter und Sohn setzten sich auf eine der Bänke für die Wartenden, Albin packte Karl May aus, der Bahnhof gab nicht viel her. Viele Jungen in seiner Klasse waren verrückt nach Dampflokomotiven und tauschten Bildchen, die sie in Alben einklebten, und wenn sie ihm mal was zeigten, dann sagte er: Aha. Wie es mit Old Shatterhand und Winnetou weitergehen würde, das war interessanter. Nach ein paar Seiten hieß es: Auf Gleis zwei erhält Einfahrt Personenzug dreizehneinundsiebzig von Magdeburg nach Wittenberge über Goldbeck, Osterburg, Seehausen, bitte Vorsicht bei der Einfahrt des Zuges. Für den Personenzug hatte man keine Reservierungen, die Fahrt würde ja auch nur eine Viertelstunde dauern. Man hatte kaum einen Platz gefunden, da konnte man auch schon wieder aufstehen. Was ein Umstand, sagte eine Frau, mit scharfem S: Umßtand, die kam wohl aus dem Norden. Ab Goldbeck ging es dann mit der Kleinbahn weiter, also nochmal umsteigen, mit zwei Koffern und einem Holzbein. Hinterm Bahnhof eine Zuckerfabrik, man roch die Melasse. Der Zug wartete schon; müssen wir uns beeilen? Vor den Waggons, die vorne und hinten so eine Art Veranda hatten, standen Männer und rauchten. Ist das überhaupt der richtige Zug? Margarete Kortmeyer sah sich nach einem Menschen in Uniform um. Alles richtig, hier, in den Wagen müssen wir einsteigen. Es dauerte noch etwas, bis die Pfeife des Schaffners zu hören war. Wie lange fahren wir jetzt noch? Eine gute Stunde? Albin packte Karl May wieder aus, seine Mutter sah aus dem Fenster. Der Zug war kaum richtig in Fahrt gekommen, da hielt er auch schon wieder. Möllendorf, dann Walsleben, Rohrbeck, Iden. Mensch, da is man ja fast zu Fuß schneller. Rechts und links stand das Getreide in voller Reife. Dazwischen große Felder mit Zuckerrüben – wie zuhause. Zwischen zwei Bahnhöfen schaffte Albin kaum ein oder zwei Seiten. Klekih petra wurde von Rattler erschossen, weil er Winnetou schützen wollte. Wie sollte sich Old Shatterhand als Weißer da noch mit den Indianern anfreunden können? Warum gab es immer diese Menschen, die alles kaputtmachen mussten? Albin dachte, dass er unter solchen Umständen einfach abhauen würde. Die Prärie ist wie die See, sagte Sam Hawkens später am Lagerfeuer, sie lässt den, der sie liebgewonnen hat, niemals wieder los. Giesenslage, Behrendorf, dann endlich Werben. Die Cousine hatte geschrieben, dass man sie am Bahnhof abholen werde. Ob man sich gleich sieht? Na ja, so groß war es hier ja nicht, und kaum dass Albin und seine Mutter aus dem Zug gestiegen waren, kam auch schon jemand winkend auf sie zu: Margaretchen, willkommen im wilden Osten! Und eine Umarmung und: Hattet ihr eine gute Fahrt? und: Komm, ich nehm deinen Koffer. Gertrud Biehler, geborene Krone, war gut einen Kopf größer als ihre Cousine. Margarete erwiderte die Umarmung nur zaghaft, auch weil sie nicht wusste, wohin mit dem Stock. Albin sagte: Guten Tag, Tante Gertrud und wurde ebenfalls umarmt. Das kannte er von zuhause nicht. Man ging durch das Bahnhofsgebäude hindurch nach draußen, wo schon die Kutsche wartete, zweispännig, ein klassischer Jagdwagen, das sah der Junge sofort. Zwei Braune davor. Albrecht Biehler stieg vom Bock, er trug braune Reitstiefel, Breeches (so nannte man die weiten Reithosen), ein weißes Hemd mit Krawatte, ein Jackett, Reitmütze. In der linken Hand hielt er eine Zigarette. Margaretchen, sagte er und gab ihr die Hand und dem Jungen auch, der sich Mühe gab, den Druck der Bauernhand zu erwidern: Ich bin Albin. Albrecht Biehler verstaute die Koffer und half Margarete in den Wagen, Albin stieg wie selbstverständlich vorne auf den Bock. Biehler, Besitzer von dreihundertachtzig Morgen Land in der Wische, wie man diesen Teil der Altmark zwischen Werben und Seehausen nannte, ließ die Pferde anziehen. Der Bahnhof lag am Rande der Stadt, die Strecke war ehedem mehr für Zuckerrüben als für Menschen gebaut worden. Die beiden Frauen redeten: Margaretchen, erzähl, wir bekommen hier ja nichts mit. Links ab kam man an einer alten Windmühle vorbei. Willste mal fahren? Albrecht Biehler hatte bis dahin wenig gesprochen. Er hielt Albin die Leinen hin, der Junge übernahm. Kann er das denn?, fragte seine Mutter von hinten, und Biehler sagte, ohne sich groß umzudrehen, das werde man jetzt ja sehen. Albin hielt die Leinen, gerade so auf Tuchfühlung mit den Pferden und die zogen über die ihnen längst bekannte Straße. Autos fuhren keine, selten ein Laster, der geerntetes Getreide zum Bahnhof brachte, ansonsten Pferdefuhrwerke: Fahr uns bloß nich innen Graben! Die gepflasterte Straße war in keinem guten Zustand. Von einem Feld in der Ferne stieg dunkler Rauch auf, dort arbeiteten zwei Dampfmaschinen, die einen Pendelpflug Bahn um Bahn zwischen sich herzogen. Das kannte man in Lippe nicht, wo die Felder selten von gleichmäßig rechteckiger Form waren. Für Maschinen interessierte sich Albin nicht. Na dann. Einige Felder waren schon abgeerntet, andere in einem ersichtlich schlechten Zustand, das Getreide stand unregelmäßig und machte einen kraftlosen Eindruck. Kuckt euch das an. Albrecht Biehler beschrieb mit dem rechten Arm einen Bogen über das Land: Das war Kruse, der hatte hier vierhundertzwanzig Morgen, die sie ihm sechsundvierzig enteignet haben. Hat sich in der gleichen Nacht noch erschossen. Jetzt pusseln da die sogenannten Neubauern rum, die von nichts eine Ahnung haben. Die glauben, sie müssten die Körner nur so in die Erde schmeißen und der Rest ginge von selbst. Traurig. Er schwieg wieder. Man hörte das Tuckern eines Traktors. Alle Höfe über hundert Hektar, also vierhundert Morgen waren nach dem Krieg von den Kommunisten ersatzlos enteignet worden. Biehler also knapp drunter. Nichts, wo man drüber reden wollte. Hier musste jetz links. Albin lenkte die Pferde von der Straße in eine Hofeinfahrt, durch zwei steinerne Torpfosten hindurch und brachte die Kutsche vorm Wohnhaus zum Halten. Ein kleiner Terrier sprang bellend auf sie zu, die beiden Kinder der Biehlers lugten um die Ecke: Ihr könnt unserem Besuch ruhig Guten Tag sagen. Das Haus war grau verputzt und besaß an einer Ecke zur Straße hin einen Turmanbau mit geschwungenem Dach, was ihm ein bisschen das Aussehen eines Schlosses verlieh. Gut hast du uns gefahren, sagte Tante Gertrud. Onkel Albrecht rief einen seiner Arbeiter heran und trug ihm auf, die Pferde auszuspannen und die Kutsche in die Remise zu fahren. So, nun kommt man rein. Ob sich Margarete erst ein wenig frisch machen wolle? Oder gleich eine Tasse Kaffee? Gertrud hatte ihre Cousine im letzten Brief gebeten, doch zwei Pfund Bohnenkaffee mitzubringen, der sei hier schwer zu bekommen: Dagegen russischer Tee, der würde einem nachgeworfen; das hatte sie nicht geschrieben, sagte es aber jetzt. Das sei wohl Teil des Programms, aber ein Deutscher ohne Kaffee, das ginge doch gar nicht. Margaretes Koffer wurde ins Gästezimmer gebracht, Albin bezog eine Kammer unterm Dach. Vom Grundriss her war das Haus nicht übermäßig groß, da es aber über ein Souterrain verfügte, hatte es drei volle Stockwerke. Zum Kaffee traf man sich im Wintergarten, dessen Fenster weit geöffnet waren. Himbeertorte mit Schlagsahne: Greift zu, ihr Lieben, solange wir noch was haben. Aber sagt draußen nichts von der Sahne, die ist ja jetzt Volkseigentum. Das Hausmädchen trug eine weiße Schürze aus gestärktem Leinen. Zur zweiten Tasse Kaffee zündete sich Gertrud eine Zigarette an: Du auch, Margaretchen? Nein, danke. Onkel Albrecht nahm Albin mit und zeigte ihm den Hof. Hier die Kühe, da die Schweine. In der Mitte des Hofes ein Brunnen (kennt man von zuhause), daneben ein Traktor mit stählernen Rädern, ein großes Schwungrad für die Dreschmaschine. Marke LANZ, das war auch bekannt. Und die Pferde? Standen alle auf der Koppel, ein Schecke darunter, wie ein Indianer-Mustang, mit Namen Schalk. Der Junge schaute. Mal hingehen? Und Onkel Albrecht: Dass du fahren kannst, haste ja nun gezeigt, kannste auch reiten? Ja. Beim Hühner-Behr immer auf einem der Ponys gesessen, wenn sie zum Kleeholen gefahren waren, reiten war das nicht, das wusste er auch, aber mit einem Nein kam man nicht aufs Pferd, das war schnell gespürt. Na, dann wollen wir dich morgen da mal draufsetzen. Wer reiten will, muss warten können.

3

Die Sonne stand noch recht hoch im Westen, als man sich zum Abendbrot versammelte, diesmal im Esszimmer, das nach Norden raus, zur Elbe hin, lag und daher angenehm kühl war. Alle Mahlzeiten im Esszimmer einnehmen, das unterschied den Gutsbesitzer vom einfachen Bauern, der immer in der Küche aß, nur sonntags in der guten Stube, wie man sagte (manche aßen auch sonntags in der Küche). Bei Biehlers nun also alle um den langen Esstisch: der Vater, die Mutter, Tochter Annemarie, der kleine Robert und die beiden Gäste. Beim letzten Mal sei ja Heinrich noch dabei gewesen – wie lange man sich nicht gesehen habe? Es gab Mettwurst, Blutwurst, Leberwurst. Käse auch. Das Brot backen wir selbst, sagte Tante Gertrud, die Bäcker würden ja mehr Luft als Mehl verbacken und dann auch nur Weizenmehl, Befehl vom Russen: Da kannst du so'n ganzen Laib mit den Händen zusammendrücken, ist am Ende kaum größer als ein Apfel. Kein Krieg mit zu gewinnen. Das sei schon immer so gewesen: Brot und Politik hängen zusammen. Und das hier (Armbewegung in unbestimmte Richtung) ist Schmu. Sie sagte das so, als ob sie fürchtete, ihre Cousine und ihr Großneffe könnten auf falsche Gedanken kommen. Oder Tochter Annemarie. Die müsse in der Schule jetzt ja allen möglichen Unsinn lernen, vom Arbeiter- und Bauernstaat. Aber nun greift mal zu, ihr Lieben, noch haben wir ja was. Für die Kinder gab es kalten Hagebuttentee, für die Erwachsenen Bier. Der kleine Robert fragte seine Mutter, ob sie ihm ein Brot schmieren könne. Und die Schwester: Das kannst du ja wohl alleine. Annemarie war wie Albin zehn Jahre alt und ebenso blond. Man sollte nicht den Eindruck bekommen, dass hier jemand verhätschelt würde, was auch für fünfjährige Brüder galt. Und dieser Albin hier, war mit dem etwas anzufangen? Der strich sich die Leberwurst fingerdick aufs Brot und redete mit dem Vater über Pferde. Es wäre ja nicht so übel gewesen, in den Ferien jemanden zum Spielen zu haben, von den größeren Höfen hatte man ja alle vertrieben, und was dann da nachgekommen war, na schönen Dank auch. Die Klassenlehrerin hatte gesagt, die Biehlers seien Kapitalisten, mit denen dürfe man nicht spielen. Diese Rotznasen, hatte Annemarie da gedacht, die aßen doch ihren eigenen Popel. Sie schielte zu Albin: Ganz hübsch isser ja.

Nach dem Abendbrot, das sich hingezogen hatte, gingen die Erwachsenen ins Raucherzimmer und die Kinder ins Bett. Albin las noch ein paar Seiten Karl May. Angewohnheiten. Die Prärie ist wie die See, sie lässt den, der sie liebgewonnen hat, nicht wieder los. Old Shatterhand rettet seinen und Sam Hawkens' Skalp. Sonst wäre das Buch hier ja schon zu Ende gewesen. Der Medizinmann sagt die Zukunft voraus, aber so, dass es dieses oder jenes bedeuten konnte, ein Teil und sein Gegenteil, so blieb es spannend. Er las noch, bis das ganze Haus zur Ruhe gekommen war. Morgen würde er ausreiten.

In der Nacht trieben sich die Katzen auf dem Hof herum, die tagsüber träge in der Sonne gelegen hatten. Man hörte sie miauen und sich balgen. Dann wieder Stille. Mäuse mussten gefangen werden. Die Katzen wurden darum mit Futter kurzgehalten, sonst würden sie nicht jagen. Bequemlichkeit vertreibt die Instinkte schnell. Der Mensch musste dafür sorgen, dass die Dinge im Gleichgewicht und am rechten Platz blieben. Man musste der Natur auf die Sprünge helfen: Getreide, Rüben – das wuchs ja nicht von alleine. Dass man morgens die Kühe einfach so melken konnte, dahinter steckte jahrhundertelange Züchtung, mindestens. Nur bei den Pferden, da unterschieden sich die wilden kaum von den gezüchteten. Man konnte sich wie die Indianer ein Wildpferd fangen und es bereiten. Einfach so, als sei es dafür gemacht.

Albin wurde früh wach. Es war ja Sommer, draußen war es hell. Er zog sich sein hellblaues Strickhemd an, die kurze Lederhose, Strümpfe, Halbschuhe und ging hinunter. Im Haus war alles still: So früh noch? Er ging zum Pferdestall, auch auf dem Hof war noch niemand zu sehen. Eine einzelne Kuh muhte, der Hahn krähte, aber nur kurz. Die Jagd der Katzen war vorbei, sie schliefen irgendwo im Stroh. Es war nicht kalt, aber man spürte die Feuchtigkeit, die sich über Nacht in der Wische gesammelt hatte und die die Sonne dann den Tag über aus dem Boden herausziehen würde. Darum roch es am Morgen anders als am Abend, stärker, weil die Luft feuchter war. Die Pferde roch man schon von weitem, dieser angenehme Geruch, kein Gestank wie Kuh- oder Schweinestall. Deshalb konnten die Pferde den Menschen auch so nahe kommen. Die obere Hälfte der Stalltür stand offen, drinnen war es noch dämmrig. Albin schob den Riegel der unteren Türhälfte zurück, das Geräusch klang ungewöhnlich laut, jetzt, wo alles noch so still war. Die Pferde bewegten sich unruhig hin und her, rissen an den Stricken, mit denen sie in den Ständern angebunden waren. Es passte nicht, dass jemand um diese Zeit den Stall betrat. Mit dem Jungen waren sie noch nicht vertraut. Zwölf Pferde standen dort rechts und links der Stallgasse: Die zwei Kutschpferde, die tags zuvor den Jagdwagen gezogen hatten, acht Ackerpferde, Kaltblüter, schwere Tiere mit Hufen vom Durchmesser eines Tellers, der Schecke Schalk und ganz hinten, im letzten Ständer, die Stute Vedette. Onkel Albrecht hatte gesagt, die hätte er eigentlich für Tante Gertrud gekauft gehabt, der sei sie aber zu wild. Albin hatte da gleich an die Mustangs im Indianerland gedacht. Nun aber erstmal der Schecke. Der habe die richtige Größe für ihn, hatte Onkel Albrecht gesagt, und: Gutmütig isser, da kannste nich viel verkehrt machen.

Er klopfte dem Pferd mit der flachen Hand auf die große Hinterbacke, Schalk trat einen Schritt zur Seite, so dass der Junge zwischen Pferdeleib und Ständerwand nach vorn konnte. Man musste sich ja kennenlernen. Albin bedauerte, nichts zum Naschen für das Pferd dabeizuhaben, ein Stückchen Möhre oder einen Kanten alten Brots. Daran hatte er nicht gedacht, als er aus dem Bett, aus dem Haus, über den Hof und in den Stall geeilt war. Musste also nachgeholt werden. Er zog Schalks Kopf am Halfter etwas zu sich herunter und tätschelte den Hals. Das Pferd stupste ihn mit der Nase vor die Brust. Wird schon gehen. Vom Hof waren jetzt Stimmen zu hören, die Arbeiter kamen zum Kühemelken, dann würde es im Haus sicher auch gleich Frühstück geben. Er hatte die Stalltür noch nicht wieder hinter sich zugemacht, da rief man schon nach ihm: Albin! Und seine Mutter sagte seufzend zu ihrer Cousine: Immer isser wech. Und Tante Gertrud sagte: Nun woll'n wir erstmal frühstücken.

Albin hatte Hummeln im Hintern: Nun schling nicht so! Onkel Albrecht lehrte ihn die Langsamkeit: Noch 'ne Scheibe Weißbrot mit Marmelade? Kirschmarmelade von den eigenen Bäumen hinterm Haus. Auch die Butter, alles selbstgemacht, trotz Quote. Margarete hatte drei Pfund Kaffee mitgebracht; da könnte ich glatt noch 'ne Tasse trinken, sagte Onkel Albrecht: Was Gertrud? Es half nichts, der Hofherr hatte seinen eigenen Rhythmus. Nach dem Frühstück eine Zigarette, dann aufs Klo. Immerhin hatte er schon seine Stiefel an, die ledernen Reitstiefel. Kavallerie eben. Im Esszimmer hing an der Wand ein gerahmtes Foto: Aufmarsch der Abteilung mit Banner. Gingen die nicht auch mit Stiefeln ins Bett? Man hatte so etwas gehört. Kavallerie käme von italienisch Cavallo, was Pferd bedeute, würde Onkel Albrecht bei Gelegenheit mal erklären. Kannst'n ja schon mal aus'm Stall holen und mit'm Putzen anfangen, sagte er, bevor er sich zu seinem morgendlichen Geschäft zurückzog. Kann ich dir was zur Hand gehen?, fragte Margarete ihre

Cousine. Die Frauen banden sich weiße, gestärkte Schürzen um, Margarete auch ein Kopftuch, das sie im Nacken zusammenknotete: Jetzt siehste aus wie 'ne Bäuerin! Albin war schon längst Richtung Pferdestall verschwunden. Dort waren die Tiere noch damit beschäftigt, ihren Hafer zu kauen. So'n Pferd braucht Zeit, sagte der Arbeiter, der dabei war, die Pferdeäpfel zusammenzukehren und auf eine Schubkarre zu laden. Er trug einen ausgebeulten Drillich-Anzug, an den Knien verstärkt, eine Schirmmütze mit Kokarde auf dem Kopf, die war schon ganz abgewetzt, so dass man nicht mehr sah, welche Herrschaft sie mit ihren Farben einmal repräsentierte. So, und du bist also der Neffe von Herrn Biehler? Da haste aber Glück. Großneffe, korrigierte Albin: Meine Mutter ist die Cousine von Frau Biehler. Er wollte erst Tante Gertrud sagen, dann fiel ihm aber noch rechtzeitig ein, dass das hier ja nicht passte. – Deine Mutter hat ein steifes Bein?, sagte der Mann mehr als dass er fragte und noch bevor Albin antworten konnte: Na, da kann man nichts machen. Nein, da konnte man in der Tat nichts mehr machen. Ich darf Schalk rausholen zum Putzen, sagte der Junge. Ja, das mach man. Diesmal einen Kanten Brot dabei. Eine umgedrehte Holzkiste half, auch oben ans Pferd heranzukommen. Erst das Gröbste mit der Wurzelbürste, dann mit dem Striegel: Zwei, drei lange Striche übers Fell, dann über die Kartätsche schrubben, ausklopfen. Pferde waren keine Kühe, von Natur aus viel sauberer, man musste nur den Staub aus dem Fell bürsten, das war wichtig, damit unterm Sattel nichts scheuerte. Die Indianer hatten keine Sättel, die legten nur eine Schabracke übers Pferd. Das würde er später einmal probieren, ob das ginge: ohne Sattel zu reiten. Er stieg von der Kiste, legte Striegel und Kartätsche in den Kasten mit dem Putzzeug, suchte den Hufkratzer heraus. Die Hufe sind die Fingernägel des Pferdes, das Pferd läuft auf dem Nagel eines Fingers, einer Zehe. Wie sich das alles entwickelt hatte. In der Schule hatten sie immer die Hände vorzeigen müssen, ob die sauber waren, kein Dreck unter den Nägeln. Was seine Mutter da immer einen Wind drum machte! Albin umfasste die Fessel von Schalks linkem Vorderlauf, ging dazu leicht in die Hocke, so wie ein Torwart, der einen Elfmeter erwartete, da hob das Pferd das Bein auch schon an und der Junge stemmte den Huf auf seinen Oberschenkel. So hatte er es gesehen, auf Gut Sierdissen und bei Onkel Behrmann. Da hatte er auch schon die Hufe ausgekratzt, während die Männer sie in ihren kräftigen Händen hielten; nun ganz allein. Alles Vertrauenssache. Die Hinterhufe waren schwierig, das mochten die Pferde nicht so gerne, das Bein so anzuziehen, also gut festhalten. Aber die Pferde fanden's am Ende ja gut, wenn man sie ordentlich putzte. Und die Hufe, das war eine sensible Sache: Ein eingetretenes Steinchen oder zu feucht vom Mist, dann fing das Pferd an zu lahmen und man konnte es wochenlang nicht gebrauchen. Bist ja schon fertig: Onkel Albrecht stand plötzlich neben ihm und klopfte Schalk auf den Hals. Albin hatte ihn gar nicht kommen hören, mit den Reitstiefeln übern Hof. Feines Leder, Junge, Junge. Onkel Albrecht strich mit zwei Fingern gegen den Strich des Fells: gut. Dann kannste mal den Sattel holen. Am Ende der Stallgasse die Sattelkammer, vier Sättel hingen dort, das Zaumzeug, die Geschirre für die Kutschpferde. Alles ganz schön hoch. Über den Sätteln standen die Namen der Pferde, zu denen sie gehörten. Albin wuchtete Schalks Sattel von der Holzstange und wäre vom Gewicht fast hintenüber gefallen. Er schleppte das unhandliche Teil nach draußen. Jetzt würde es bald losgehen. Onkel Albrecht sattelte auf und maß die Steigbügel an: Auf Armlänge, zeig mal her, können wir die überhaupt so kurz machen? Nun noch die Trense. Albin lief erneut zur Sattelkammer, kam zurück: Ist das die richtige? Jau. Wie man das Zaumzeug anlegt, hatte er ja auch schon hundertmal gesehen. Nun führ ihn erstmal einmal um den Hof, dann können wir nochmal nachgurten. Alles braucht seine Zeit. Dann aber. Soll ich dich draufheben oder willste selber aufsitzen? Selber. Na dann. Erst auf die Kiste, linken Fuß in den Steigbügel, da musste man das Bein immer noch ganz schön hochkriegen, linke Hand in den Sattelknauf und dann mit Schwung. Zügel aufnehmen, zwischen kleinem und Ringfinger hindurch und dann die Enden oben aus der Faust heraus, alles genau abgekuckt. Onkel Albrecht trat zwei Schritte zurück: Zeig mal, wie du sitzt. Gut. Dann reit mal an. Albin gab die Zügel etwas nach und tat so, als würde er das Pferd unter sich mit dem Hintern nach vorne schieben, so wie wenn man auf einer Schaukel Schwung holt. Schalk trat an. Gut. Einmal um 'n Hof, sagte Onkel Albrecht: Und immer dran denken, die Zügel sind nicht zum Festhalten da. Aber das wusste er doch. Onkel Albrecht zündete sich eine Zigarette an und schaute, wie der Junge seine Sache machte. Mal durchparieren. Was hieß das: anhalten? Er zog die Zügel etwas an. Das Pferd blieb stehen. Wenn man drauf saß, war es eigentlich noch einfacher als von der Kutsche aus, wo man nur die Leinen hatte; jetzt konnte man dem Pferd mit dem ganzen Körper sagen, was es tun sollte. Man musste es halt wissen – und es ausdrücken können. Kannst du traben auch? Onkel Albrecht nahm Schalk am Halfter und fing an zu laufen, so dass das Pferd in Trab fiel. Aufstehen, hinsetzen, im Rhythmus. Und Sche-ritt. Prüfung bestanden, sagte Onkel Albrecht und: So, nun müssen wir aber an die Arbeit. Die Arbeiter waren längst auf den Feldern. Jenseits der Straße, zur Elbe runter, war Weizen zu ernten. Sie gingen rüber, Onkel Albrecht zu Fuß, Albin zu Pferd. Sehen, wie die Arbeit vorangeht. Der Traktor zog den Mähbinder, das Tuckern des Motors verbreitete sich übers ganze Feld. Zum Ernten war die Maschine zu gebrauchen, zum Pflügen nicht, viel zu schwer, die wäre im feuchten Boden dauernd steckengeblieben. Man müsste breite Ballonreifen haben mit grobem Profil für das Dieselross, aber die Stahlräder? Gummireifen waren hier nicht zu bekommen. Die Mähmaschine warf die gebundenen Garben auf das

Feld, zwei Frauen in Landarbeiterkluft und Kopftüchern, die sie im Nacken zusammengebunden hatten, stellten sie auf. Albrecht Biehler prüfte das Korn. Er sprach zu dem Mann auf der Mähmaschine, der die Gelegenheit zu einem kurzen Halt nutzte: Was meinste, Josef, das können wir fast morgen schon einfahren, was? Die Körner ließen sich leicht aus den Ähren lösen; wenn man zu lang wartete, lag die halbe Ernte auf dem Acker. Die kommunistischen Bürokraten verstanden davon nichts, in den Genossenschaften sollten sich die Bauern die Maschinen teilen, das sei ökonomischer. Am Ende führte es nur dazu, dass die einen zu früh droschen und die anderen zu spät. Albrecht Biehler wusste, was er von einem Morgen Land holte und er wusste, was die anderen holten. Man durfte es nicht sagen. Ein Bauer muss über sein Land frei verfügen können. Nun aber hatte man ihm Quoten vorgegeben, was er zu liefern hatte. Planwirtschaft nannte sich das. Als wenn man einem Acker Befehle erteilen könnte. Aber man konnte sich die Sachen doch nicht aus den Rippen schneiden, manchmal musste er schon zukaufen, um die Quote zu erfüllen. Das würde nicht lange gutgehen. Insgesamt nicht. Er schaute zu, wie Albin mit Schalk auf dem Stoppelfeld seine Kreise zog. Wenigstens er, dachte Albrecht Biehler.

Anderntags fuhr man das Korn ein, die Garben wurden auf die Leiterwagen geschichtet, immer abwechselnd eine Reihe mit den Ähren nach innen und nach außen, so konnte man ein wahres Gebirge auftürmen. Die Kinder nahmen auf dem Wagen die Garben an, die die Erwachsenen mit Gabeln hochreichten, unter ihnen wuchs der Berg und auf diesem Berg dann mitzufahren, war ausreichend Belohnung für die Arbeit. Vier Pferde waren nötig, um die schweren Wagen vom Feld zu ziehen. Albin hatte Schalk das Zuggeschirr angelegt (mit ein bisschen Hilfe) und ihn vor einen Rechen gespannt, mit dem er die restlichen Halme zusammenharkte. Es gab nichts zu verschenken, keine Nachlese für Mäuse, Hamster oder Vögel. Bist 'ne echte Hilfe, hatte Onkel Albrecht gesagt. Anspannen, aufsatteln, reiten, fahren – das war der Rhythmus dieser hochsommerlichen Tage auf der Wische in der Altmark. Große Tage (für einen kleinen Jungen). Warum hieß das eigentlich so: Altmark?

Am Sonntag blieben sie nach dem Frühstück sitzen. Geht ihr nicht in die Kirche? Ach, sagte Tante Gertrud, hier habe sich doch alles verändert. Die Kommunisten hätten den Pfarrer ausgetauscht und der neue würde nur predigen, dass Eigentum Diebstahl sei und dass Gott die Erde für alle Menschen gemacht habe, da dürfe niemand ein Land ganz für sich allein bewirtschaften. Nee, habe sie da gesagt, das höre sie sich nicht an. Albins Mutter war ein wenig enttäuscht, sie ginge gerne sonntags in die Kirche, das Singen täte so gut. Ach Margaretchen, sagte Tante Gertrud da. Und Onkel Albrecht: Wollen wir Männer mal 'ne Runde reiten gehn?

Montags (oder war es am Dienstag?) kam die Nachricht, auf dem Postamt in Werben sei ein Paket eingetroffen (aus'm Westen!). Albrecht Biehler hatte seinen Bruder um einige Sachen gebeten, die im Osten schwer oder gar nicht zu bekommen waren, einige Ersatzteile für die Dreschmaschine, amerikanische Zigaretten, Nylonstrümpfe für seine Frau. Sie ham's gut, hatte der Briefträger noch gesagt, aber man wusste nicht, ob er das ernst meinte. Die Kreise, in denen man sich bewegen konnte, wurden enger. Er würde den Jungen schicken: Willste nach Werben fahren, zur Post, ein Paket für mich holen? Keine Frage. Dann hol mal das Zuggeschirr, das gute mit den Scheuklappen und spann Schalk vor den kleinen Jagdwagen, den mit den Gummireifen. Albin kannte jeden Handgriff. Onkel Albrecht schaute zu und rauchte. Sein Bruder hatte sich vor kurzem ein Auto gekauft, einen Volkswagen, im Westen ging es wieder aufwärts. Vor dem Krieg waren sie mal mit dem Wagen seines Schwagers nach Berlin gefahren, der Schwager Erich war ein begeisterter Automobilist. Während er Albin beim

Anspannen beobachtete, kam ihm der Gedanke, dass wenn er die Stiefel irgendwann einmal ausziehen würde, dann für immer. Es dauerte kaum mehr als eine Zigarettenlänge, dann war Albin abfahrbereit. Gut. Albrecht Biehler prüfte den Sitz des Geschirrs: Findste den Weg zum Bahnhof noch? Da fahr dran vorbei, immer geradeaus, dann kommste direkt auf den Marktplatz, da ist dann gleich rechterhand das Postamt. Kannst da direkt vor halten. Hier ist der Abholschein. Zur Not fragste jemanden. Albin saß schon auf dem Bock und ließ Schalk mit einem leichten Klatschen der Leinen anziehen. Hätte er seiner Mutter Bescheid sagen sollen? Nein. Sie wäre dagegen gewesen: Wie, der Junge ganz allein mit dem Wagen nach Werben? Man kannte das. Besser gleich los. Und gegen Onkel Albrecht könnte sie ja wohl nichts sagen. Er fuhr vom Hof und lenkte den Wagen nach rechts auf die Straße nach Werben.

Er war über den Dingen, es war, wie manchmal im Traum, als wenn man über der Erde schwebte, und gleichzeitig eingehüllt, man konnte das nicht beschreiben. Aber er konnte es fühlen. Es war gut, dass er hier allein war, mit dem Pferd, auf dem Wagen. Als er vor ein paar Tagen das erste Mal mit Schalk über die Weide hinterm Hof geritten war, hatte ihn seine Mutter gefragt, ob er keine Angst habe auf dem großen Pferd. Angst wovor? Vorm Herunterfallen? Er hatte gar nicht daran gedacht. Die Kunst, nicht vom Pferd zu fallen, besteht darin, einfach oben zu bleiben. So würde er es später einmal sagen. Wenn es überhaupt eine Angst gab, dann im Gegenteil die, auf der Erde, am Boden bleiben zu müssen. Pünktlich zum Mittagessen bog er wieder auf den Hof ein. Alles gut gegangen? Kein Wort von den Ängsten der Mutter. Hat der Postbeamte was gesagt? Nur: Soso, ein Paket für Herrn von Biehler, aus'm Westen, soso. Onkel Albrecht sah sich das Paket an: Da haben die doch auch schon wieder drin rumgewühlt.

4

Margaretchen, ich muss hier raus, sagte Gertrud zu Albins Mutter am Sonnabend der zweiten Woche, morgen fahren wir nach Havelberg, da spielen sie die Fledermaus. Bisschen Stadtluft, man wird ja sonst noch komisch. Und Johann Strauss? Die schönen Walzer, das kannte man ja, die hatte Heinrich immer auf dem Flügel gespielt (so aus dem Handgelenk, zwischen den anspruchsvolleren Stücken, Beethoven und Mozart). Ach ja, das wäre schön. Albrecht fährt uns? Nee, ihr Lieben, macht euch mal 'nen schönen Frauentag, ich bleib hier, nach Walzer is mir nich. Er legte abends ab und an mal eine Platte aufs Grammophon, Schostakowitsch, die russischen Weiten. Schade, dass man sein Land nicht einfach einrollen kann wie eine Karte und mitnehmen. Er sei in letzter Zeit etwas melancholisch geworden, sagte Gertrud zu ihrer Cousine. Man dürfe sich aber nicht unterkriegen lassen, also morgen nach Havelberg, sie könne den Jagdwagen ja ebensogut fahren, und du Albin, willste mit? Na klar. Annemarie auch? Das Mädchen zögerte: Muss ich? Na, zwingen werden wir dich nicht. Sie wollte lieber zu ihrer Freundin gehen. Aber die siehste doch jeden Tag? Na egal, jeder, wie er mag. Am Sonntag nach dem Frühstück ließ Gertrud Biehler zwei Pferde anspannen; sind die auch ordentlich geputzt? – Ihr Mann war da hinterher, manch anderer ließ sich ja gehen in letzter Zeit. Es würde ein heißer Julisonntag werden, das spürte man schon am Morgen, Gertrud zog sich einen hellen Hosenanzug an: Ich kann ja nich mit'm Kleid auf'm Bock sitzen – und: Da hätten die Kommunisten hier ausnahmsweise mal recht, mit der Förderung der hosentragenden Frau. Und du, Margaretchen? Das blaue Kleid mit den weißen Punkten? So geben wir doch ein formidables Paar ab. Wenn wir um zehn hier abfahren, dann sind wir zum Mittag in Havelberg, da können wir vorher noch was essen, Gläschen Wein dazu, man muss es sich ja auch mal gutgehen lassen. Passen wir zu dritt vorne auf die Bank? Albrecht half Margarete auf den Wagen, der Junge zwischen den beiden Frauen, Gertrud nahm die Leinen in die Hand. Einen schönen Tag euch und bis heute Abend. Die Pferde zogen an, der Wagen bog auf die Straße nach Werben ein, Gertrud Biehler ließ die Pferde antraben. Haben wir es eilig? – Nein, aber ist es nicht schöner so? In Werben dann Richtung Räbel zur Fähre: Wie, wir fahren mit dem Schiff? Und der Wagen, die Pferde? Die nehmen wir mit. Ach herrje.

Außer dem Biehlerschen Gespann warteten noch zwei Männer auf die Überfahrt. Schnell war die Fähre nicht. Als sie anlegte, ließ der Schiffer die Rampe herunter, ein paar Leute mit Fahrrädern gingen an Land. Tach Schulz. Tach Frau Biehler. Sie fuhren ja nicht oft nach Havelberg, wenn man sich mal etwas gönnen wollte eben. Gertrud löste die Bremse vom Wagen, ließ die Pferde anziehen, die dann aber vor der Fähre scheuten, zurücksetzten, dabei die Deichsel verkanteten und den Wagen fast rückwärts in die Elbe schoben. Margarete schrie auf, Gertrud beruhigte die Tiere mit tiefer Stimme. So wird das nichts, sagte sie, die seien das nicht gewohnt. Steigt mal runter vom Wagen. Margarete mit Holzbein: Lieber Gott, wollen wir uns das wirklich antun? Man könnte ja auch in Werben bleiben. Und die Fledermaus? Nichts da, gekniffen wird nicht. Gertrud nahm das linke Pferd am Halfter und zog es langsam Richtung Rampe. Albin ging voran. Die Tiere folgten mit dem Wagen im Schlepp, auf der Rampe dann noch mal Nervosität, weil plötzlich der Boden schwankte, gutes Zureden, dann stand der Wagen samt Pferden auf dem Ponton. Zuckerstückchen rechts und links. Na, Sie haben ja Courage, sagte einer der Männer. Wir wollen in die Oper. Als man abgelegt hatte, zündete sich Gertrud Biehler eine Zigarette an. Nach knapp zehn Minuten war man froh, am anderen Ufer wieder festen Boden unter den Füßen zu haben. Wo ist jetzt Havelberg? Noch drei Kilometer durch den Wald, von der Elbe zur Havel. Über die Brücke, die sie fünfundvierzig gesprengt hatten und die jetzt erst nur aus Holz wieder aufgebaut war, auf die Stadtinsel. Weißt du, wo wir hinmüssen? Erst einmal um die Insel, damit ihr was seht. Der Dom ragte überm andern Havelufer auf, so groß, dass man dachte, die ganze Stadt habe in seinen Gemäuern Platz. Auf der Spülinsel die Zelte der Wanderpaddler, die kamen mit ihren Klepper-Booten bis von Berlin. Gertrud lenkte den Wagen in eine breite Straße, die die Insel in zwei Hälften teilte, ein Stück weiter sah man schon zwei, drei Gespanne stehen, ein Auto auch. Der Hamburger Hof: Fremdenzimmer, großer Biergarten, Ausspanndienste. Ein Bediensteter half Margarete aus dem Wagen. Wasser für die Pferde und die Hafersäcke sind hinten in der Kiste: Gertrud drückte dem Mann ein paar Geldstücke in die Hand. Die sind hier noch privat. An der Straße standen weit ausladende Linden, die Pferde konnten im Schatten stehen. Im großen Biergarten hatte man eine überdachte Bühne aufgebaut. Einen Tisch bitte, sagte Gertrud zum Ober: Jetzt haben wir uns wohl eine Stärkung verdient, es war fast ein Uhr mittags. Aal in Dillsoße und für den Jungen ein Schnitzel? Alles noch auf Marken, das hatte man im Westen ja schon hinter sich. Nach dem Essen für die Damen einen Schnaps. Der fette Aal verlangte nach Dornkaat (der hieß hier jetzt anders). Ich will mal nippen: Gertrud leerte ihr Glas bis auf einen kleinen Rest in einem Zug und gab es Albin zum Probieren. Der Geruch biss in der Nase und der Tropfen Alkohol brannte auf der Zunge. Er schob das Glas mit verzerrtem Gesicht wieder zurück. Seine Mutter schaute in die Bäume und trank in kleinen Schlucken. Gertrud öffnete ihr Zigarettenetui, es war halb leer, Margaretchen, vielleicht kannst du mir mal ein paar Amis schicken? Würde das jetzt so bleiben, die eine im Westen, die andere im Osten? Du, ich weiß es auch nicht. Margarete dachte an die Enteignungen, fragte aber nicht nach. War das gerecht? Man hatte sich doch nichts zu Schulden kommen lassen. Sie dachte an ihren Mann: Ob man vielleicht doch noch was hören würde? Viele waren ja noch in Russland, immer noch, Heinrich war ein kräftiger Mann, wenn man ihn nicht direkt erschösse, würde er es überleben. Es hieß, man sollte nach vorne schauen, aber so einfach war das ja auch nicht. Und sah die Zukunft nicht auch für jeden anders aus? Stell dir vor, Gertrud, ich werde nächstes Jahr schon vierzig, da ist man schon halb alt, mindestens. Mein Gott, wann war man das letzte Mal im Konzert gewesen? Applaus beim Auftritt des Dirigenten. Wo ist denn bloß der Junge? Mit den ersten Takten der Ouvertüre verstummten die meisten Gespräche an den Tischen, einige redeten aber ganz ungeniert weiter, man zischte psst! und ärgerte sich: Die denken wohl, sie wären allein auf der Welt. Die Musik war doch was Wunderbares, Walzermusik: Wenn Vati hier wäre, dachte Margarete. Und ihre Cousine zündete sich noch eine Zigarette an. Viele klatschten nach der Ouvertüre, bei einer Operette durfte man das. Die Sänger im Frack, die Sängerinnen im langen Kleid; mit Masken vor den Augen oder an einem Stab zum Davorhalten: Schade, dass wir so weit weg sitzen. Brüderlein und Schwesterlein und strahlender Sonnenschein. Zwischen den Akten gingen die Kellner herum und servierten Muckefuck und Likör. Herr Ober: Noch zweimal Kirsch! Gertrud, ich bin gleich beschwipst – und: So jung kommen wir nicht mehr zusammen. Albin tanzte mit einem Mädchen Walzer. Das kuck dir mal an. Abends würden sie zwischen den Bäumen Lampions anzünden: Solange können wir aber nicht bleiben. Im dritten Akt klärten sich die Verhältnisse, an der Untreue war der Alkohol schuld. Applaus, schön war's. Zahlen bitte! Und für mich noch einen Kirsch. Margarete bestand erfolglos darauf, sich an der Rechnung zu beteiligen. Menschenskinder, da haben wir uns aber mal was gegönnt. Die Pferde hatten geduldig gewartet, die Fressbeutel waren längst wieder verstaut, Pferdeäpfel weggekehrt. Nochmal zwei Mark (Ost) für den jungen Mann vom Hotel. Die Rückfahrt ging dann wie von selbst, auch auf die Fähre ließen sich die Tiere anstandslos führen: Es ging heim. Am Räbeler Ufer drückte Gertrud Albin die Leinen ihrem Großneffen in die Hand: Fahr du uns. Sie setzte sich mit Margarete nach hinten: Ach Margaretchen, so wird das auch nie wieder sein. Sie biss sich auf die Zunge: Nimm mich nicht ernst, ich habe zu viel Kirsch getrunken. Man fuhr in die Abendsonne. Vorne auf dem Bock der Junge allein. Er versank ganz ins Fahren, schaute zwischen den beiden Pferdeköpfen hindurch ins Gegenlicht und verdrängte, ohne dass er es merkte, eine Ahnung. Wir kommen im nächsten Jahr wieder, sagte seine Mutter, und Gertrud: Ach Margaretchen – sind wir nicht ein schönes Paar?

Die letzte Woche war angebrochen und man zählte die Tage, bis es wieder retour ins Lippische ging. Albrecht Biehler, der sich dem bislang mürrisch verweigert hatte, setzte sich jetzt abends ab und an ans Klavier im Wohnzimmer: Ein bisschen Schubert, das konnte man ja noch. Ob Albin nicht nach den Ferien auch wieder anfangen wolle mit dem Klavierspielen, fragte seine Mutter (ich fänd's ja so schön). Er sagte Ja. Er tat ihr einen Gefallen.

Am Morgen der Abreise noch einmal über den Hof und allen Auf Wiedersehen sagen. Komm Albin, wir müssen los. Die Kutsche stand schon zur Fahrt zum Bahnhof bereit. Albrecht Biehler in Breeches und braunen Reitstiefeln: Kannst immer wiederkommen. In der Nacht hatte es ein Gewitter gegeben, es war etwas kühler geworden: Der Sommer ging in den August, die ganz große Hitze war vorbei. Kommt, ihr Lieben, nehmt noch ein bisschen Proviant mit. Ist es nicht schön gewesen? Am Bahnhof schaute Margarete nach den

Fahrkarten in ihrer Handtasche, so nun müssen wir einsteigen, es hilft ja alles nichts. Grüße an die Heimat! Und dann rollte der Zug an: Tja.

Waren wir vor drei Wochen hier langgefahren? Ich kann mich gar nicht erinnern. Wie viele Stationen sind es noch? Iden, Walsleben, Möllendorf. Auf den Feldern sah man die Störche, die für ihren Nachwuchs Frösche fingen. Hast gar kein Asthma gehabt. Nein. Ich müsste mal. In Goldbeck eine Viertelstunde Aufenthalt. Der Personenzug aus Wittenberge, in Stendal der D-Zug aus Berlin: Es ging immer schneller. Einen Ort erst einmal zu verlassen, war das schwerste, das ging immer nur im Schritttempo, doch je weiter man kam, umso leichter ging es. Die einen blieben, die anderen kehrten zurück. Man musste sich sein Haus im Innern bauen.

Acht Jahre war es jetzt her, dass sie ihren Mann zum letzten Mal gesehen hatte, acht Jahre, dass sie neben ihm im Bett gelegen hatte, im Bett aus weißem Schleiflack. Vor sechseinhalb Jahren war sein letzter Brief gekommen, zwei Monate vor Kriegsende – so lange hatte er durchgehalten. Dass man nicht vergessen konnte. Sie hatte wieder von ihm geträumt – oder war es ein anderer gewesen? Manche Träume gingen in Erfüllung, andere nie. Anfangs hatte sie gar nicht geträumt, aber je länger er nicht zurückkam, nicht da war, nicht wiederkommen würde, um so öfter erschien er ihr im Traum. Man musste doch vernünftig sein: Nächstes Jahr werde ich vierzig. Seit acht Jahren von keinem Mann mehr angefasst, eigentlich seit zehn. Und heute? Zuckte sie zusammen, wenn man sie berührte: Ich bin so oft in Gedanken. Sind wir nicht ein schönes Paar?, hatte ihre Cousine gesagt und ihr den Arm um die Schulter gelegt. Fast hätte sie sie gefragt: Gertrud, darf ich heute Nacht bei dir im Bett schlafen? Wie als Kinder. Aber das ging ja nicht, sei vernünftig, Margarete. Sie sah aus dem Fenster: Die Getreidefelder waren jetzt fast alle abgeerntet. Der Sommer war immer so schnell vorbei. Ihr Junge hatte in den drei Wochen ordentlich Luft unter die Schwingen genommen, immer mit dem Pferd unterwegs, der würde ihr auch bald davonfliegen. Sie fühlte sich schwer, seit zehn Jahren, fast elf, ging sie am Stock. Gertrud hatte ja Andeutungen gemacht, dass sie den Hof nicht mehr lange würden halten können. Albrecht Biehler hatte fünfundvierzig, kurz bevor die Amerikaner kamen (gerechnet hatte man mit dem Russen), seine beiden Jagdgewehre und die Pistole in die Elbe geworfen. Es kam ihm in letzter Zeit manchmal der Gedanke, ob das nicht ein Fehler gewesen war. Fremd auf dem eigenen Land. Man war auf der falschen Seite des Lebens geboren, vielleicht war da was dran. Aber schön war es doch gewesen: Sollte man nicht immer an das Schöne denken?

Dritter Teil: Sitzübungen

1

Manchmal gab es so eine Ahnung, ein Gefühl, etwas im Inneren, ganz schwach nur, so dass man es selbst kaum bemerkte, das in eine Richtung wies, ein zarter Fühler, den man zu sich selbst ausstreckte. Man war immer noch derselbe, nicht wahr?, und doch auch wieder nicht. Er war etwas schweigsamer geworden. Und weiter gewachsen. August, September und so fort. Ende September elf geworden. Es war eigenartig: Obwohl es jeden Tag, jede Woche dieselben Wege waren, wusste man nicht sicher, wohin es ging. Als wenn diese Wege, Straßen, Gegenden selbst unterwegs wären, es noch eine Landschaft unter der sichtbaren gäbe, durch die sie sich bewegten. Er sah sich durch eine dieser Landschaften reiten, auf einem großen Braunen (oder war es doch ein Rappe?), umgeben von Nebel, der hier die Dinge freigab und sie dort wieder verschluckte. Man hörte irgendwo jemanden Klavier spielen. Aber das konnte ja nicht sein. Wer wusste von dieser Welt hinter der Welt? Sie schien leer, einstweilen war dort nichts außer dem Nebel. Man konnte niemanden fragen, dort nicht und hier ja auch nicht. Die Mutter hatte die Fotos vom Sommer in ein Album geklebt, bei Biesemeier hatten sie den Film zum Entwickeln gegeben und eine Woche später eine Tüte mit 24 kleinen Bildern zurückerhalten. Nicht alle waren etwas geworden. Ein Junge auf einem Pferd, zwei Frauen in Schürzen vor einem Ententeich. Man musste die Bilder erklären: Dies ist dies, das ist das; und die anderen sagten dann: aha, oder: schön. Albin machte sich nicht viel daraus. Die Bilder hielten nur fest, bewegten nichts. Das ist Vatis Kamera, sagte die Mutter immer, wenn sie den Fotoapparat aus der Schublade holte, so als nähme sie etwas, was ihr nicht gehört – um des Gefühls willen, dass da irgendwo noch jemand ist, der wahre Besitzer. Es waren nun tatsächlich schon über sechs Jahre her, seit der Krieg aus war, sie hatte immer wieder nachgefragt, beim Roten Kreuz und anderswo, Heinrich Kortmeyer, ob man denn gar nichts wüsste? Ein paar Tausend sollten noch in Russland sein. Man wusste nichts. Andererseits, so wie der Mann von Frau Schieferstein: Die bösen Träume fast jede Nacht, das Hochschrecken, Aufschreien. Der war '47 aus der Gefangenschaft zurückgekehrt, seitdem war er so, ganz anders. Man mochte sich das alles nicht vorstellen, was die Menschen einander antun konnten. Es war ja immer wieder von einem Schlussstrich die Rede, man müsse da jetzt auch mal einen Strich drunter ziehen, sagten die Leute und: Nach vorne blicken. Sie solle ihren Mann doch für tot erklären lassen, auch im Hinblick auf Erbfragen, das sei nur eine Formalie. Nein, das nun doch nicht. Der liebe Gott hatte es eben so gewollt. Und so konnte sie von ihm reden: Schau, das ist Vati auf dem Bild, beim Skifahren, da kannten wir uns noch nicht, und dies ist seine Kamera, er hat immer so gerne Fotos gemacht. Zweihundert Mark Hinterbliebenenrente eines Oberfeldwebels; andere hatten es noch schlechter getroffen.

Ob er es nicht doch nochmal mit dem Klavier probieren wolle, hatte die Mutter ihn ja schon in den Sommerferien gefragt. Man hatte doch das Instrument im Haus, da müsse doch jemand drauf spielen: Wenn es nur so herumsteht – allzu schmerzlich. Er wusste ja nichts davon, wie es war, wenn die schnellen Walzer und die Ragtimes aus dem Herrenzimmer durch die offenen Fenster in die Lange Straße hinausflogen. Du bist doch so musikalisch, sagte die Mutter. Vati würde sich freuen. Ab September also einmal die Woche zu Konzertmeister Nebelsiek nach Lage, acht Kilometer mit dem Fahrrad, Krentruperhagen, Pottenhausen.

Seine Mutter sagte Konzertmeister, weil Paul Oskar Nebelsiek das vor dem Krieg war, in Rudolstadt und Meiningen. Jetzt war er Lehrer an der Realschule und gab nachmittags Klavierunterricht. Vati und er hätten sich gekannt, sagte sie: Die waren beide in Detmold aufs Konservatorium gegangen. Und dann, '34 sei das gewesen, hätten sie mal im Alten Krug gespielt, auf Heimaturlaub, wie sie sagten, in Schötmar auch und in Lage natürlich, sie waren ja viel Größeres gewohnt. Da hätten sie sich dann kennengelernt: dein Vater und ich. Sie sei da noch ganz jung gewesen, sagte sie. Und Nebelsiek hätte Vati danach noch das eine oder andere Engagement besorgt. Dann sei er ja nach Schlesien gegangen und in russische Gefangenschaft geraten. Als sie gehört habe, dass er wieder in Lage sei, habe sie gedacht, das wäre doch schön, wenn Albin bei ihm Unterricht nähme.

Richtig Noten lesen, Violinschlüssel und F-Schlüssel, Tonleitern üben, A-Dur, drei Vorzeichen, das ist noch zu schwer. Und immer auf die Handhaltung achten: Nicht das Handgelenk nach unten sacken lassen, ein Gewölbe machen, als säße eine Maus darunter. Wir fangen an mit Schubert, leichte Stücke, einmal linke Hand, viermal rechte. Und Mozart, Menuette, hat der als Sechsjähriger komponiert. Kuck, so: Nebelsiek spielte das vor. Er war um die Fünfzig und hatte glänzende braune Haare, die ihm lockig in die Stirn fielen, wenn er sich über die Tasten beugte (so eine Künstlerfrisur). Schmale Lippen. Manchmal der Anflug eines Lächelns (wenn Albin etwas richtig gemacht hatte). Bist du etwa ein verkappter Linkshänder? Schon Hunderten von Kindern auf die Finger gekuckt. Die Linkshänder hätten nicht selten eine künstlerische Ader; auf jeden Fall habe er Taktgefühl und einen geraden Rücken, das sei ja auch alles keine Selbstverständlichkeit. Bam-dam-bam-dim-dam-dam. Schau aufs Blatt, was du spielst. Vorsichtig tasteten sich die Finger durch die erste Klavierstunde ('n bisschen was von früher war ja noch hängengeblieben). Es kam ihm vor, als müsste er noch einmal lesen lernen. Und nicht verkrampfen, hörst du? Und zuhause üben: Dies und dies und dies. Die Noten hatte man noch. Bis nächste Woche. Es war ja schön, wenn man's konnte – aber bis dahin? Nach dem Klavierunterricht ging er zur Großmutter (Omi Lage) in die Wohnung überm Tabakgeschäft (die rund gebogenen Schaufenster rechts und links der Ladentür, dahinter die Zigarrenkisten: Handelsgold und Bremer Senatoren). Im Treppenhaus roch es nach Holz und Zigarrenrauch: Da kommt er ja, mein kleiner Kavalier! Großmutter Louise mit o-u. Immer im langen dunklen Rock, der bis auf den Fußboden reichte, mit Tressen und Borten und darüber die weiße Bluse, gestärktes Leinen, mit dem hochschließenden Kragen aus Brüsseler Spitze. Sie kam aus einer anderen Zeit, die ganze Wohnung kam aus einer anderen Zeit, die dunklen Möbel, die stoffbespannten Wände, die schweren Vorhänge, als wenn man fünfzig Jahre in die Vergangenheit reiste. Vorm vorletzten Krieg. Eine große Frau; zuhause, die Mutter, die Tante, die beiden Onkel: Die würde er ja bald eingeholt haben. Unten im Tabakgeschäft der Großvater (immer noch, mit weit über siebzig), jeden Morgen durch die Werre, auch jetzt im Herbst, in der schwarzen Badehose: Meinetwegen bräuchte ich die nicht, sagte er, wenn ihn jemand fragte, nach seiner Gesundheit oder auch einfach nur so. Bis in den November hinein. Bei der Großmutter gab es eine Tasse heiße Schokolade, am runden Esstisch mit den Spitzendeckchen. Zuhause alles immer nur in der Küche: Dann muss man's nicht hin- und hertragen! Hier dagegen alles tadellos, tade-lös nachgerade, Utz sagte das immer, wenn er etwas besonders gut fand, auch: fa-mös. Der Kakao, K-K-O, von van Houten, holländische Kompanie. Das hatten sie letztens in der Schule, wo der Kakao herkommt, vom mexikanischen Gott Xocoatl. Ein Geschenk der Natur, hatte Herr Soldner gesagt, der sich auch mit den mexikanischen Göttern auskannte. Man habe diesen fremden Völkern viel zu verdanken. Die Großmutter fragte nach der

Schule, dem Klavierunterricht und wie es der Mutter ginge. Alles in ihrem emsländischen Akzent, sie kam aus Meppen, dies deutlich gesprochene R, das kannte man im Lippischen ja nun gar nicht. Albin berichtete wahrheitsgemäß. Und von Gut Sierdissen und den Pferden. Bei dieser Gelegenheit dann auch: Was er denn mal werden wolle? Tasse absetzen, mit der Hand über den Mund wischen, Rücken durchdrücken: Schauspieler? Man hatte von der Aufführung an der Schule bis nach Lage gehört: Das macht dir Spaß, oder? Dagegen war also nichts zu sagen, hier nicht zumindest; woanders schon. Man musste keine Krämerseele haben, nur weil man einen kleinen Handel betrieb. Zigarren aus Bad Meinberg und Bünde, in Bielefeld kauften sie schon wieder echte Havannas, soweit war man hier noch nicht. Der eine Sohn ein Pianist, der andere, jüngere (Wilhelm) mit einem Bettengeschäft in Sylbach. Es gab von den zweien nur noch diesen anderen. Die Tochter Elly gut verheiratet mit Hans Landers (Albins Patenonkel), Prokurist. Oder Bauer, sagte Albin, in das Wohlwollen der Großmutter hinein: Schauspieler oder Bauer. Gehen oder bleiben (aber nun lassen wir dem Jungen mal seine Träume). Wenn der Kakao ausgetrunken war (erzähl doch noch'n bisschen was?), gab es zum Abschied ein Fünfzigpfennigstück. Liebe Omi Louise. Grüß mir alle zuhause bei euch und mach deiner Mutter keine Sorgen, hörst du? Treppab, und schon halb auf dem Fahrrad noch schnell dem Großvater durchs Schaufenster gewunken. Er fuhr einen Schlenker am Bahnhof vorbei, das dauerte zehn Minuten, die fünfzig Pfennig der Großmutter mussten wieder eingebracht werden in den Kreislauf der Wirtschaft, Ware gegen Geld, Geld gegen Ware, und in diesem besonderen Fall wurden sie in die neueste Bildergeschichte vom König des Dschungels investiert. Tarzan, by Edgar Rice Burroughs, jede Woche kam ein neues Heft heraus, zu 75 Pfennig. Die ersten paar Seiten las er immer gleich, die Geschichten setzten sich fort, vom geheimnisvollen Schloss über die Diamantenspur zum rätselhaften Wasserfall; die restliche Spannung wurde über die Woche verteilt, was nicht immer gelang, oft hielt ein Heft, am Mittwoch gekauft, nur bis zum Sonnabend, sorgsam versteckt zwischen den Notenheften, zwischen Menuett in A und Acht Ländlern in B, die Mutter durfte davon nichts wissen, in der Zeitung war von einer Gefährdung der Jugend die Rede gewesen: Du gibst dein Geld doch wohl nicht für solchen Schund aus? Allein unter Affen und bei den Mugambis. Den Schwarzen ging es so ähnlich wie den Indianern bei Karl May. Die schöne Jane. Hast du heute schon Klavier geübt? Darauf ein Jaja oder Später, war es bis zum nächsten Mittwoch nicht noch lang hin? Das Klavier wurde täglich abgestaubt und die Tage wurden immer kürzer: Noch gestern war glutender Sommer, / den tief im Blut ich gespürt. / Nun hat mich heute der Herbst mit kühlen Schauern berührt. Fritz K. jun., Kaufmann & Dichter. Man hatte schon Schlechteres gehört. Auf Platt sagten sie Harwest.

Großvater Krone hatte angekündigt, dass sie in der ersten Novemberwoche schlachten wollten. Das war noch drei Wochen hin; eine Woche vorher wurde die Sau auf Diät gesetzt: nur noch Grünfutter. Es war wieder die Zeit der Rübenernte, die Wagen trugen den Lehm von den Feldern auf die Straßen: Junge, pass auf, wenn du mit dem Rad unterwegs bist. Bei Regen wie Schmierseife. Alles Richtung Zuckerfabrik, auf Pferdewagen und LKW und mit dem Trecker, zwei Anhänger hintereinander. Rübenkampagne nannte man das, mit der Schule waren sie letztens in der Fabrik gewesen und ein Herr im weißen Kittel hatte anhand von Schautafeln erklärt, wie aus den Rüben zunächst brauner Sirup und dann kristallweißer Zucker wurde. Nun wusste man das auch. Albin Kortmeyers Enthusiasmus für derlei Vorgänge hielt sich in engen Grenzen. Maschinen und Verfahren. Der Aufsatz, den sie anschließend über den Fabrikbesuch schreiben sollten, fiel entsprechend aus: ausreichend (warum tust du deiner Mutter das an?). Und immer noch so viele Rechtschreibfehler. Die Gedanken waren woanders gewesen. Bei einem weißen Araberhengst namens Mandub, den Herr Heinemann auf Gut Sierdissen longierte. Da hatte er in letzter Zeit die Nachmittage verbracht, an der Seite stehen, zuschauen. Ein komischer Name: Mandub; ob Herr Heinemann wüsste, was er bedeutete? Nur, dass er wohl aus dem Indischen käme; das Pferd selbst ja auch vom Balkan, irgendwie hierher gelangt, die Zeiten waren ja mal so. Da müsse man die Gräfin fragen. Utz Bollhöfer meinte, das heiße Fliegender Teppich. Ach du! In China gäbe es den Mandarin, so eine Art Fürst. Und seine Frau, das ist dann die Mandarine? Du ahnst es nicht! Im Lippischen kennten sie ja den Mandau, so sagte doch Frau Vordembusche immer: Nu macht man dau, dass ihr in die Schule kommt. Das war alles vergeblich. Mandub trabte auf dem Zirkel. Ganz gleichmäßige Bewegungen. Albin merkte, wie er innerlich mitschwingen konnte. Die Schritte des Pferdes wurden immer leichter, bis die Hufe kaum noch den Boden berührten und schließlich alles in der Luft schwebte. Es schien unendlich leicht. Fort. Fort in eine der vier Himmelsrichtungen, oder alle zugleich, wer wollte das entscheiden, zumindest einfach nur hoch, leicht werden und weg. Da war sie wieder, die Welt hinter der Welt oder über der Welt, man musste nur ein bisschen die Augen zusammenkneifen, dann konnte man sie sehen. Wenn es mit den anderen Dingen auch so gehen könnte, so leicht. Aber warum sollte das nicht so sein? Nur verstanden es viele eben einfach nicht. Zuhause verstand man es nicht: Wo bist du schon wieder gewesen, zieh dir die Schuhe aus, ich habe hier gerade gewischt, zehn Fehler im Aufsatz, das musst du jetzt fünfmal alles richtig hinschreiben (wenn es nur zehn Fehler waren). Das ging rum wie in einer Waschtrommel und dann wurde man wie ein nasses Hemd auf die Leine gehängt. Zweimal die Woche Graupensuppe. Bloß weg.

Willste mal drauf? Herr Heinemann, der es mit dem Herzen hatte und deshalb nur ein wenig im Kontor des Gutes arbeitete, wenn er sich nicht um die Reitpferde der Gräfin kümmerte, hatte Mandubs Trab gebremst, das Pferd ging nun im Schritt, in ausladenden Schritten, die Hinterhufe traten sauber über die vorderen, es streckte den Hals und machte den Rücken lang, so wie ein Athlet, der sich nach dem Aufwärmen dehnt. Willste mal drauf. Albin sagte erstmal nichts, sah Heinemann an (er sagte jetzt Herr Heinemann und nicht mehr Onkel), sah das Pferd an, bückte sich dann unter dem Geländer hindurch, das den Reitplatz umgab, alle paar Meter ein Pfosten und darauf halbrunde Hölzer genagelt, die Erwachsenen konnten sich gut mit verschränkten Unterarmen drauf abstützen, Albin reichte es bis knapp unters Kinn; nun also stand er auf dem Sandplatz, in seinen kurzen Hosen und den Halbschuhen, Kniestrümpfe, es war ja schon Oktober, gelbes Hemd mit Pullover darüber, der aussah wie selbstgestrickt, es aber nicht war. Herr Heinemann hatte das Pferd angehalten: Brrr! Warte, ich helfe dir drauf, sagte er und nahm in großen Schlaufen die Longe auf, während er auf Mandub zuging. Albin stellte sich neben das Pferd: Kuck mal, ob du mit einer Hand in die Mähne fassen kannst; nun also aufsitzen wie ein Indianer, die ritten ja auch ohne Sattel, ohne Steigbügel, ein Griff und zack! waren die oben. Albins Hand reichte gerade so bis zum Widerrist, na komm, wir versuchen's mal mit Schwung, aber segel auf der anderen Seite nich gleich wieder runter. Albin winkelte das linke Bein an, Herr Heinemann umfasste das Fußgelenk und hopp! – na gottseidank biste nich so schwer – saß er auf Mandubs Rücken: Halt dich in der Mähne gut fest. Die Longe wieder abschlaufend ging Herr Heinemann zur Mitte des Zirkels zurück: Nu reit mal an. Ein wenig Schenkeldruck, ein Schub mit dem Becken, wie er es im Sommer auf Schalk gelernt hatte, so setzte Albin Kortmeyer die Dinge zwischen Himmel und Erde in Bewegung. Mandub schritt mit langen

Gängen: vorne links, hinten rechts, vorne rechts, hinten links. Eine Zirkelrunde, zwei Zirkelrunden. Lass die Mähne mal los, sagte Herr Heinemann. Und die Hände? Einfach hängenlassen. Merkste was? Hinten links, vorne links, hinten rechts, vorne rechts. Nach der vierten oder fünften Runde übertrug sich jeder Schritt des Pferdes auf den Jungen: Geh die Bewegungen mal mit, so als müsstest du Mandub ausbalancieren. Wie auf dem Dachbalken auf dem Heuboden? Wie auf einem Balken mit vier Beinen! Und einem Kopf auf einem langen Hals. Breite die Arme mal aus, wie wenn du fliegen wolltest. Merkste was? Viervierteltakt, ein bisschen wie im Klavierunterricht. Zähl mal mit: eins, zwei, drei, vier. Mandub leitete jeden seiner Schritte aus dem Rücken ein, ohne Sattel waren die Muskelbewegungen deutlich zu spüren. Lass die Arme locker hängen. Noch drei, vier Runden. Nu halt mal an. Wie das? Balancieren. Albin kippte sein Becken nach hinten und machte sich schwer, wie ein Elfjähriger sich eben schwer machen konnte. Mandub blieb stehen. Gut. Herr Heinemann schlaufte die Longe auf und hielt das Pferd am Halfter fest: Kommste von alleine runter? Klar, wie ein Indianer! Wennde willst, kommste morjen wieder. Herr Heinemann führte Mandub vom Platz zu den Stallungen, Albin ging mit, alles in Ordnung bringen, dann schauen, was Freund Utz macht, er fand ihn in seinem Zimmer (er hatte als einziges Kind ein eigenes Zimmer; ein Tisch, ein Stuhl, ein Bett, ein Kleiderschrank), an einem Schiffsmodell bastelnd: Mensch, wo biste denn gewesen? Reiten bei Herrn Heinemann und. Weiter als bis zum Und kam er nicht, beziehungsweise sagte noch etwas, vielleicht etwas vom Fliegen, das aber übersprochen wurde: Kuck mal hier, das ist die Ravenstein, siebentausendachthundertfünfzig Bruttoregistertonnen, die fährt auf der Panamalinie. Da fahr ich mal mit, später. Albin musste umschalten. Oh, wie schön ist Panama! Zu Old Shatterhand und Winnetou nach Amerika? Irgendwo anknüpfen. Sie sind ein wahres Greenhorn, Mister. Hast du schon mal 'ne Kokosnuss gegessen? Kommen die nicht aus Afrika? Los, sagte Utz, wir fahren nach Amerika, nach Panamerika. Sie gingen runter auf den Hof, enterten eine flache Holzwanne, die irgendwo auf dem Hof herumstand, an eine Stallwand gelehnt, hinter einer Scheune, in der man Kartoffeln gewaschen oder Schweinefutter angerührt hatte. Ahoi! Mit'm Holztrog? Und 'nem Nasensegel. Käpt'n Pfifferling befahl seiner Mannschaft, die aus einer Handvoll Flöhen, einem halbblinden Hofhund und einer Ente bestand, in See zu stechen. Utz war in seinem Element und erfand diese kuriose Mannschaft. Du hast auch'n Stich. Wieso heißt der eigentlich Pfifferling? Weil sein Seelenverkäufer keinen Pfifferling wert ist. Stell dir mal vor, du heißt wirklich so. Wir könnten im Telefonbuch kucken. Ich kenne welche, die heißen Knoblauch. So ging das hin und her, Tränen gelacht. Ob es in Panama auch Pferde gäbe? Das amerikanische Urpferd, nur einen halben Meter groß. Utz wieder: Auf den großen Tischen der Panamesen, die nie mit weniger als hundert Leuten zusammen essen (äsen?), tragen die Pferde die Schüsseln mit Kartoffeln und Schildkrötenfleisch herum. Eine De-li-ka-tesse. Mit ihrem runden Boden kippelte die Wanne bei jeder Bewegung nach links und rechts: Schwere See auf dem Atlantik, Albin stand achtern und balancierte die Sache aus, während sich sein Freund von Steuerbord nach Backbord und zurück warf. Bald konnte er nicht mehr dagegenhalten und die Wanne kenterte und sie landeten beide im Dreck: Oh, was ist nur aus uns geworden? Nächstes Mal auf'm Ententeich? Bloß nich. Und zuhause dann: Wo biste nur wieder jewesen?

2

Von nun an also Sitzübungen auf Mandub, oder sollte man sagen: Flugstunden? Es waren keine Stunden, Viertelstunden vielleicht, ein-, zweimal die Woche, nicht täglich hatte Herr Heinemann das Pferd an der Longe, die Gräfin von Eckhartstein ritt aus. Auto fuhr sie nicht.

Und dann Schlachttag: Du hilfst doch mit, oder? Keine Frage, dafür gab es schulfrei. (In der Zeitung hatte letztens ernsthaft mal einer geschrieben, ob man die Kinder nicht vom Schlachten fernhalten sollte, wegen der Entwicklung des Gemüts. Aber überall, wo zuhause geschlachtet wurde, war man sich schnell einig: Wo sollen die denn sonst den Respekt vor der Kreatur herkriegen?) Außerdem wollte er ja Bauer werden. Die Schwester dagegen: Ih, das viele Blut! Sie blieb vorne bei Onkel Fritz im Laden, weißer Kittel (nach der Handelsschule hatte sie dort ihre Lehre angefangen). Und die Mutter: Das arme Tier. Schlachtermeister Stratmann machte seine Runde, der hatte inzwischen auch ein Auto: So gut zu tun. Im Krieg hatte er so manche Sau ins Jenseits befördert, wovon die Obrigkeit nichts wissen durfte. Das Augenzwinkern zur Begrüßung war geblieben. Ein kurzer Mann mit Leibesfülle (sein Anteil war ihm immer sicher), die Haare ungekämmt, im Gesicht die Äderchen unter der Haut (der musste ja auch jedesmal mit Schnaps trinken), immer irgendeinen unverständlichen Witz, nach der Art: Frau Flötotto trifft ihren Nachbarn Kleinebuschkamp völlich fäatich inne Bahnhofshalle – und so weiter. Na, sachte er schließlich, dann woll'n wir mal. Ein Mann, der seinen

Beruf liebte. In der Waschküche standen schon zwei riesige Kessel auf dem Feuer, in denen das heiße Wasser dampfte. Einer der Bäckergesellen führte die Sau am Strick aus dem Stall, Albin hielt hinten das Schwänzchen, damit sie nicht ausbrach, sie war fast so breit wie lang, so kam es einem zumindest vor, drei Zentner (oder sogar dreieinhalb?), da würden etliche Mengen an Schmalz zu gewinnen sein, für Mutzemandeln zu Weihnachten und Berliner zu Silvester. Ziehen und schieben und in der Waschküche schnell einen Strick ums Hinterbein, Stratmann in der Gummischürze stand mit dem Bolzenschussgerät schon bereit, drückte sich den Saukopf an den Oberschenkel, ein Knall und das Tier fiel um. Wie'n Sack Kartoffeln, sprichwörtlich. Immer drauf achten, dass sich die Tiere vorm Schlachten nicht unnötig lange aufregten, sonst wurde das Fleisch wässrig und fahl: Dann kannste auch 'n Spülschwamm inne Pfanne legen. Eine Blechwanne, um das Blut aufzufangen, Meister Stratmann tat einen geübten Schnitt in den Hals des Tieres (die Schneide immer zum Herzen hin!), drehte das Messer einmal herum und zog es wieder raus, in breitem Strahl schoss das Blut heraus, schnell rühren, damit es nicht gerinnt. Das Blutrühren war Albins Aufgabe, nichts für empfindliche Nasen. Nachdem die Sau ausgeblutet war, wurde sie in eine hölzerne Wanne gewuchtet, vier Mann mussten anfassen, mit heißem Wasser übergossen und so lange mit den Schabglocken (Eisen- und Haushaltswaren Krullmann) bearbeitet, bis sie ganz glatt und rosig war. Dann wurde der Schlund aufgeschnitten und die Zunge gelöst, ein Schnitt um den After getan und der Beckenknochen (das Schloss, wie der Fachmann sagt) in der Mitte durchtrennt, so dass man die beiden Schlegel auseinanderziehen konnte, die Flechsen aufschneiden, zwei Fleischerhaken durchziehen, die Sau aus der Wanne auf eine Leiter legen und das Ganze dann hoch an die Wand. Vier Mann, mein lieber Scholli! In den Kesseln wurde schon wieder das Wasser heiß. Und Albin: Immer weiterrühren. Stratmann zog sein Messer ein paar Mal am Wetzstahl ab, der ihm am Gürtel baumelte, trennte dann vorsichtig die Bauchdecke des Schweines auf, Gedärme, Magen, Leber und Milz kamen einem entgegen. Als nächste Herz und Lunge. Die Eingeweide kamen in eine emaillierte Wanne, schnell die Gallenblase von der Leber abziehen: Sonst kannste das alles wechwerfen. Ob Doktor Begemann pünktlich kommt? Vorher konnte man mit dem Verarbeiten nicht anfangen, jetzt, in Friedenszeiten. Der Veterinär zur Fleischbeschau, mit Mikroskop im Holzkoffer, krause schwarze Haare und ein grauer Kittel, den gutmütigen Blick einer Kuh, von November bis Februar pausenlos von Hof zu Hof. Und dann jedes Mal 'nen Schnaps: War auch kein leichtverdientes Geld. Er nahm seine Proben, spiekte durchs Okular und verteilte anschließend runde Stempel: alles genießbar. Na denn: zum Wohle. Paula Krone reinigte die Därme (an mir bleibt's hängen), die dicken für die Blut- und Leberwürste, die dünnen für die Brat- und Kohlwürste; die Mettwurst kam in genähte Schläuche aus dünnem Nesseltuch, sie musste ja an der Luft trocknen. Herz und Nieren, Leber, Zunge und Schweinebacken wanderten in die Kessel. Zwei Fleischwölfe waren auf einen schweren Holztisch geschraubt, einer für die groben, einer für die feinen Würste. Würzen mit Stratmanns Spezialmischung? Der Fleischermeister hatte sich Tütchen bedrucken lassen, in die er seine geheimen Mixturen aus Piment, Majoran, Rosmarin und etlichem anderen füllte: für Leberwurst, Teewurst, Bratwurst, Blutwurst, Mettwurst. Stratmann, sagte Fritz Krone sen., das kriegt keiner so hin wie du – und kaufte ihm etliche Tüten ab. Salz und Pfeffer gab man selbst dazu. Paula, in ihrer Sparsamkeit, wollte die Lunge in die Blutwurst tun: Untersteh dich, sagte ihr Vater, die kriegt der Hund von Böckmanns. Die Ohren auch. Mit dem Spalter hieb Stratmann das Schwein in zwei Hälften, auch den Kopf: mittendurch (den dann in kochendes Wasser für die Sülze). Und Margarete (aber mehr so in Gedanken): 'N bisschen Lust am Rohen, an der Gewalt hat der schon; also verheiratet sein möchte ich mit dem nicht. Filet rausschneiden, dann Schlegel (für den Schinken) und Bug abtrennen. Mit der Säge wurden die Kotelettstränge vom Bauch getrennt: Das Schwein war im Groben zerlegt. Alles an Haken in den Bierkeller, hier würde sich das Fleisch mindestens vierzehn Tage frisch halten, Schinken würden dann eingesalzen, gekocht, Koteletts und Hals gepökelt, Eisbein eingekocht. Nach fünf Stunden war alles vorbei und die Waschküche geschrubbt, als sei hier nie etwas passiert. In der Gaststube gab es für alle Beteiligten Kesselfleisch, Kartoffeln und Brot und dazu Bier und den einen oder anderen Schnaps (heute mal 'nen Schinkenhäger, Heinz?).

Es war so richtig novembrig, das Wetter kam von Westen, Nordwesten, über Holland, das Emsland, das Osnabrücker Land. Woanders war es auch nicht besser, sagte man. Nasskalt. Trotzdem ging Albin jeden Tag raus, vielleicht war bei Herrn Heinemann eine Flugstunde zu erhaschen: Sie hatten angefangen, das Sitzen im Trab zu üben, ohne Sattel, ohne Bügel. Zuerst war er noch ziemlich hin- und hergeworfen worden und hatte sich in der Mähne festhalten müssen. Gefühl finden und loslassen: Das sagte sich so. Vier, fünf Runden, Zweivierteltakt. Herr Heinemann sagte nichts: Mach man. Gefühl kann man nicht beschreiben, es stellt sich ein oder eben auch nicht. Mandub machte es seinem Reiter nicht schwer, in seinen Rhythmus zu finden, sein Trab war elastisch, sein Rücken schwang gleichmäßig. Der Körper eines älteren Sportlers, ein erfahrener Körper, ein Körper mit einem Wissen. Eins-zwei, eins-zwei, eins-zwei, immer zwei Hufpaare diagonal, dazwischen ein kurzes Schweben, oder doch umgekehrt: fliegen mit zeitweiliger Bodenberührung? In der soundsovielten Runde, am übernächsten Tag oder in der Woche darauf, ließ er dann die Mähne los, breitete die Arme aus, flog im Auf und Ab des Trabs seine Runden, wurde nicht mehr geworfen, sondern ging auf dem Rücken des Pferdes jede Bewegung mit. Merkste was?, sagte Herr Heinemann. Loslassen. Man musste erst sich selbst loslassen und dann das Pferd. Nicht, dass er davor Angst gehabt hätte, es war vorerst nur eine Ahnung, dass es sichtbare und unsichtbare Bänder gab, von denen man sich befreien musste, wenn man etwas über die Dinge zwischen Himmel und Erde erfahren wollte. Es war erst das Gefühl eines Gefühls. Im Sommer, fern von zuhause, waren die Bande schon einmal lose gewesen: Kannste fahren? Klar! An manchen Orten löste sich etwas auf, an anderen wurde es zusammengezogen. Im Herbstzeugnis in Mathematik wieder eine Zwei, in Englisch nur ein Noch Befriedigend: Good morning, madam, und dann: Tell your plans. Da wusste man schon wieder kaum was zu sagen. Wie machten es die anderen? Man sah es ihnen nicht an. Vom Aufsatz in Deutsch ganz zu schweigen. Mit den Noten, das wusste er, würde er nach der Volksschule nicht weitermachen können, keine Mittlere Reife oder die zweijährige Handelsschule in Bielefeld. Andererseits stand seine Schwester jetzt bei Onkel Fritz im Laden und wog Kartoffeln ab und hundert Gramm Bohnenkaffee. Das war nun das, was er mit Sicherheit nicht wollte. Also weg.

Nach vier Wochen auf Mandubs Rücken saß er auf dem Pferd, als wäre er ein Teil von ihm, im Schritt, im Trab und auch im Galopp. Eins-zwei-drei, eins-zwei-drei, im Walzertakt, so ging das (wie sonnabends auf Krones Gesellschaftssaal?). Der strenge Marsch des Trabs verlangte einem am meisten Konzentration ab, ganz elastisch musste man in der Körpermitte sein, aber nicht kraftlos, sonst gerieten Schulter und Kopf außer Kontrolle und man verlor das Gleichgewicht. Die Anstrengung merkte man dann hinterher: Wo der Mensch überall Muskeln hat! Zum Schluss wieder: Sche-ritt. Das sei die wichtigste Gangart, sagte Herr Heinemann, ein Pferd, das nicht gut im Schritt gehe, sei für weiteres kaum zu gebrauchen. Das wüssten leider die wenigsten. Albin merkte es sich. Und wovon war zu träumen? Mit Kara Ben Nemsi durch das wilde Kurdistan? Seite an Seite mit dem Rappen, der Rih hieß, Wind. Abheben und alles von oben sehen. Das Gefühl des Gefühls, etwas ganz fest für sich zu wissen. Es war unaussprechlich, er konnte nur sagen: Ich weiß es – in all den verschiedenen Betonungen, die dieser kurze Satz haben konnte. Zuhause, die Tanten und Onkel, selbst die Mutter: unsagbar. Es würde ja nur jemand verstehen, der es schon wusste. Putz dir die Schuhe ab, und: Puh, wie du schon wieder nach Pferd riechst. Da war nichts zu machen. Wozu also etwas sagen? Nur der Großvater, der schien eine Ahnung zu haben: Na, musste wieder nach'e Peers hin? Er musste, kein Vertun. Müssen und Wollen waren eins geworden.

Manchmal stießen sich die Dinge aber auch. Mittwochs der Klavierunterricht, von der Mutter von schmaler Rente bezahlt: Vati zuliebe. Bei dem schlechten Wetter fuhr er jetzt mit dem Bus. Geh sorgsam mit den Noten um. Albin spielte die Etüden, die ihm in der Woche zuvor aufgetragen worden waren. Ein b, was bedeutet das? Dass man hier ein b spielen muss. Und welche Tonart ist das? B? Das kam so halb zögerlich, halb selbstbewusst. Cäsar Fand Beim Essen Asche Des Gesandten, sagte Herr Nebelsiek: also? F-Dur. Oder D-Moll. Woher weiß man's? Find es mal raus. Indem du's nochmal spielst. Der letzte tiefste Ton zeigt's an. Er tippte mit seinem Bleistift auf eine Note am Ende der Seite: Was ist das? D. Also? D-Moll. Meine Ruh' ist hin, mein Herz ist schwer, eine gute Fingerübung, abwechselnd rechte Hand und linke Hand. Hast du geübt? Ja. Glauben wir's mal. F-A-F-E-D-E-F-A, und wieder runter, und nochmal, und abschließen auf A, und jetzt links: D-E-F-A-F-E-D und wieder hoch, gut, und weiter, und hier: Vorsicht! Was ist das? Ein Aufhebungszeichen. Das heißt, hier spielst du ein H. Dafür aber hier ein B? Also ein Aes. As sagt man. Mein armer Kopf ist mir verrückt. Und nicht so spielen, als wenn's ein Wiener Walzer wäre. Das Mädchen sitzt da und hat Liebeskummer. Hattest du schon mal Liebeskummer? Albin schüttelte den Kopf, während er versuchte, die schwarzen Punkte vom Papier auf die Finger und mit den Fingern auf die Tasten zu übertragen. Oh, könnt ich ihn küssen, so wie ich wollt. Und hier zum Ende hin, mein Herz ist schwer: diminuendo. Gut, nochmal von vorne. Achte auf den Fingersatz: fünf, drei, zwo, eins. In Gedanken flogen die Finger nur so über die Tasten und trafen immer die richtige, aber gleichzeitig lesen uns spielen? Vielleicht einfach alles auswendig lernen und beim nächsten Mal nur so tun, als ob man aufs Blatt schaute. Wenn er eine Melodie kannte, war es einfach, dann waren die Noten nur eine Erinnerung, so wie man sich den Anfang der Strophen aufschreibt, wenn man ein Gedicht auswendig lernt. Alle Korrekturen des Klavierlehrers wurden von Albin sofort umgesetzt. Da konnte er nichts sagen. Aber ob er wirklich wusste, was er da spielte? Alle Musik beginnt mit dem Rhythmus und dafür hatte er ein untrügliches Gefühl. Die Trommeln der Schwarzen in Afrika. Wenn sonnabends eine Band bei Onkel Theo auf dem Saal spielte, dann setzte er sich in der Pause ans Schlagzeug und schlug mit den Jazzbesen ein paar Takte. Seit die Engländer dagewesen waren, sagte man Band (die Älteren immer noch: Tanzkapelle). Vielleicht würde er später auch mal in so einer Band spielen, dachte er. Die flotten Sachen, zum Tanzen (Onkel Theo tanzte nicht, stand nur so manchmal an den Tresen gelehnt und wippte mit dem Fuß). Aber jetzt erst mal: Schubert. Und üben, hörst du! Nebelsiek sagte das so mit einem Lächeln und strich sich dann die Haare aus der Stirn. Hast du eigentlich deinen Vater jemals kennengelernt?, fragte er dann (die Noten waren schon eingepackt). Ich kann mich nicht dran erinnern. Die Mutter habe ihm die Fotos gezeigt: Er als ganz kleines Kind auf dem Schoß dieses Mannes in Marineuniform. Ja, sagte Nebelsiek, und: Die Zeiten waren so. Du hast seine Hände, sagte er. Für einen Klavierspieler eigentlich ein bisschen kurze Finger. Die Haare wohl eher von der Mutter. Glauben Sie, fragte Albin, er lebt noch? Vielleicht. Waren Sie auch in Russland? Ja, sagte Nebelsiek, aber er sei Offizier gewesen. Und: Wir reden ein andernmal weiter. Und lächelte dann nochmal so.

Anschließend der Besuch bei der Großmutter: heiße Schokolade und fünfzig Pfennig. Mein Goldjunge, sagte sie. Zum Klavierunterricht zog er lange Hosen an, Hemd und darüber einen gemusterter Pullover: Wie schick du bist. Die blonden Haare immer noch so lang. Schade, sagte die Großmutter, dass wir kein Klavier haben, sonst könntest du mir ja was vorspielen. Er habe, sagte Albin, die Hände seines Vaters, das hätte der Klavierlehrer gesagt. Ob das stimmt? Und hielt sie ihr dann so hin. Ja, sagte sie, vielleicht. Und dass sein Vater ja immer in die Welt hinaus gewollt hatte, er hätte ein guter Konzertpianist werden können, sagte sie, aber: Ihm fehlte die Geduld. Er hätte wie Nebelsiek nach Berlin gehen müssen, in die Meisterklasse. Das Konservatorium in Detmold, das hätte für eine Karriere ja nicht gereicht. Nun ja, sagte sie. Ob er noch lebt? Schweren Herzens: Ich glaube es nicht. Aber sag deiner Mutter das nicht, hörst du? Wenn wir euch mal besuchen kommen, spätestens zu Weihnachten, spielst du mir was vor. Das neue Tarzanheft hieß: Allein unter Affen. Zuhause sagte er nichts.

Der Dezember begann nass und matschig, mal ein bisschen Schnee, der über Nacht gefallen war, oh kuck mal, sagte man dann, wenn die Morgendämmerung etwas erkennen ließ, aber nachmittags war der Schnee dann meistens schon wieder weg. Adventszeit. Fragen nach den Weihnachtswünschen: und? Mutter, Onkel, Tanten. Sie wussten es doch, warum fragten sie dann? Das war vielleicht auch so eine Erkenntnis, dass eine Frage weniger zur Behebung eines Nichtwissens gestellt wurde, sondern eher, weil der Befragte dann die Last der Wahrheit trug: Ich wünsche mir ein Pferd.

Ganz im Ernst vorgetragen und wenn es irgendwo einen reichen Mann gegeben hätte, er hätte diesen Wunsch sicher erfüllt. Aber so: Du bist ja verrückt! Der Großvater war der einzige, der es verstand: No ja, 'n Stall hätten wir ja. Aber Tante Paula dann gleich: Vati, wir kaufen doch wohl kein Pferd (sie sagte Peert), die Leute würden doch sonst was von uns denken, ein Reitpferd, und dann könnten wir das Geld ja auch gleich in'n Ofen schmeißen, was so'n Pferd allein schon frisst, das müsste man ja auch alles kaufen. Albins Mutter dachte an die Kutschfahrt nach Havelberg und sagte: ach. Einen Sattel bräuchte man dann ja auch. Und der praktische Nutzen? Für das Geld kauften sich andere ein ganzes Motorrad. Die Wahrheit zeigte sich im allgemeinen Kopfschütteln: Wir sind doch keine Millionäre. Was auf einem Bauernhof eine Selbstverständlichkeit war, war hier eine Unmöglichkeit, ein Reitpferd: Man würde uns ja für übergeschnappt halten. Vielleicht, sagte Albins Mutter, können wir ja nächsten Sommer wieder zu Tante Gertrud und Onkel Albrecht fahren – ein zaghafter Versuch, die Ablehnung etwas abzumildern, die gerade über ihrem Sohn hereingebrochen war, der das aber gar nicht so schwer nahm, der Wunsch war mehr ein Spiel gewesen (und doch geschieht ja manchmal eher das Unmögliche als das Unwahrscheinliche). Und im Ernst? Vati wäre ja so gerne Ski gefahren, sagte seine Mutter. Wie sie immer wieder die Fotos ankuckte: Im eleganten Anzug, vor einem Automobil, in der Schweiz (das war vor meiner Zeit), auf Skiern im Schnee. Grüße aus Davos. Also wünschte sich der Junge ein Paar Skier zu Weihnachten, ganz im Ernst, aber dann hieß es auch gleich wieder: Wo willste denn damit fahren, hier sind doch keine Berge. Margarete Kortmeyer hielt dagegen: So habe er wenigstens ein bisschen was von seinem Vater. (Von den Händen, von dem, was Nebelsiek gesagt hatte, hatte er immer noch nichts erzählt. Er wollte, dass dies sein Geheimnis bliebe.) Man sagte: nun gut. Und später sagte Fritz Krone zu seiner Schwester, er würde mal in Bielefeld nachfragen, er kennte da einige, die zum Wintersport ins Sauerland führen oder auch mal in den Harz. Drei Wochen noch.

Sonnabends war Badetag, Heißwasserboiler mit Kohlefeuerung, den musste man zwei Stunden vorher anheizen. Um drei waren die Kinder dran, und Romy: Wenn der da drin war, geh ich da nich mehr rein! Die schloss jetzt auch immer die Badezimmertür ab. Margarete Kortmeyer schnallte ihr Bein ab. Abends Tanz in Krones Gesellschaftssälen, Romy kuckte da immer, ob sie einer aufforderte, sie ging jetzt ja zur Tanzschule, Rock und Bluse, aber immer noch die langen Zöpfe, die waren unantastbar. Albin räumte die leeren Gläser von den Tischen, wer es sich leisten konnte hatte eine Flasche Wein bestellt, braunes Glas: Rheinhessen. Sonst Bier, auch die Frauen, das Tanzen machte durstig: Noch mal 'nen Quickstepp? Erst roch es nach Veilchenseife und Rasierwasser, später nach Zigarettenrauch und Schweiß. Am Tresen tranken die Männer Schnaps, sie tanzten nicht, und wenn man Pech hatte, kotzte einer von denen später die Toiletten voll. Die Jüngeren soffen aus Liebeskummer, die Älteren, weil sie im Krieg gewesen waren. Manche auch nur so, weil ihnen nichts besseres einfiel. Strothmann Korn, Steinhäger und Wippermann Wacholder, eisgekühlt. Das Bier von Brauerei Strate aus Detmold, dort hatte man vor über fünfzig Jahren auch die Sinalco erfunden, sine alcohole (hatte Doktor Wittmann gewusst). Eine Marke von Welt. Die Band spielte einen Foxtrott auf der Melodie von Hänschen klein, der Pianist und die Klarinette improvisierten darüber, der Mann am Kontrabass spielte ein Solo und der Schlagzeuger auch und gegen Ende hin wurden sie so schnell, dass die Tänzer mit den Füßen nicht mehr nachkamen und nur noch auf der Stelle zappeln konnten. Ein Paar stieß mit Schwung an einen Tisch und alle Gläser kippten um: Das kost 'ne Runde. Um zehn musste Albin ins Bett, die Mutter ging mit nach oben, kucken, dass die Zähne geputzt wurden, eine

Treppenstufe mit dem gesunden Bein, dann das andere nachziehen. Runter umgekehrt. Immer eine Hand am Geländer (schön aus Holz gedrechselt und rotbraun lackiert). Das Licht bleibt aber aus, hörst du? Ja. Und dann doch noch ein Kapitel Karl May, wie Old Firehand die Tramps am Eagle Tail besiegte, nur der rote Cornel konnte wieder entkommen. Eagle heißt Adler. Nach ein paar Seiten siegte dann doch die Müdigkeit, sobald man im Bett lag, war man ihr ausgeliefert. Im Traum vermischten sich dann die Musik, die gerade noch im Ohr war, das Tanzen mit einem Ritt auf Mandub, dem jugoslawischen Zirkushengst. Die lange weiße Arabermähne. Standen die Artisten im Zirkus nicht freihändig auf den Pferden, während diese durch die Manege galoppierten? Er ritt den Schimmel über Felder und Höfe, durch Scheunen und Ställe hindurch, ohne den Boden zu berühren, so fühlte es sich an im Traum, der doch immer anders war als die Wirklichkeit. Er stellte sich vorsichtig auf den Rücken des Pferdes, erst in der Hocke, dann ganz aufrecht, sah alles unter sich mit dem Blick eines Vogels und flog mit Mandub über die Erde. Am nächsten Morgen war der Traum verschwunden, manche Träume erinnerte man beim Aufwachen, andere nicht. Sonntagmorgen, er war um sechs wach geworden, alle anderen im Haus schliefen noch, war wieder spät geworden, die Nacht davor, manche konnten ja kein Ende finden, die Tänzer nicht und die Trinker am Tresen auch nicht. Wach im Bett liegen und sich etwas ausmalen. Vor acht wurd's nicht hell. Irgendwann war dann das Geklapper aus der Küche unten zu hören, die Mutter kam ins Zimmer: Nun steht man auf. Weißbrot mit Erdbeermarmelade und dazu eine Tasse Kakao, in Gedanken schon wieder auf'm Gutshof. Geduldig ließ er sich von seiner Mutter die Haare kämmen, was die da nur immer mit hatte? Um viertel nach neun fingen die Glocken an zu läuten: Wir müssen los. Großvater Krone rechts und links eingehakt von den Töchtern Paula und Margarete, Stock und Pelzkragen,

Onkel Fritz, Tante Adelheid. Onkel Theo musste die Wirtschaft für den Frühshoppen vorbereiten (wie er sagte), er hatte es mit der Kirche nicht so, im Gastwirt sah er ein natürliches Gegengewicht zum Pastor, im Tresengespräch einen Ausgleich zur Predigt, die in der reformierten Kirche der Gemeinde viel Demut abverlangte, sowohl zeitlich wie inhaltlich: Gott begnadigt den Sünder aus freiem Entschluss, nicht weil der es verdient hätte. Wir sind dem Höchsten ganz ausgeliefert, Gott sei ungerecht und gerade darin liege seine Gerechtigkeit. Stand das in der Bibel? Man verstand es nur so halb. Beten in der Stille: Für die, die wiederkommen und für die, die in der Fremde bleiben. Bevor gegen elf die Kirchgänger männlichen Geschlechts auf eine lüttje Lage, ein Bier und einen Kurzen, vorbeikamen, hatte Theo Krone schon einen gut eingeschenkten Kognak getrunken. Es kamen immer noch einige Bauern mit der Pferdekutsche, den Pferden warf man Decken über, gegen die Kälte. Der eine oder andere größere Hof besaß ein Auto, die Gewieften hatten vor der Währungsreform von dem vielen Geld, das ihnen die Städter auf ihren Hamsterfahrten für Kartoffeln, Rüben und manchmal eine Schweineschwarte zugetragen hatten, Anteile an Molkereien, Textilfabriken und der Lippe Zucker AG gekauft, die sie nun gegen VW Käfer, Borgward, DKW oder auch einen Ford von Herrn Weege tauschten. Im Kindergottesdienst lernte man, dass Maria und Josef ganz arme Leute gewesen seien, die in Bethlehem niemand habe aufnehmen wollen, und die Kindergottesdienstkinder sollten dabei an die vielen Flüchtlinge denken, die immer noch unter ganz schwierigen Bedingungen lebten, und ein Junge sagte, da gäbe es doch jetzt staatliche Programme (das hatte der wohl bei seinen Eltern aufgeschnappt), und Fräulein Bruhne sagte ja und aber und dass es das bei Maria und Josef eben nicht gegeben hätte, kommt, wir singen noch ein Lied. Mit Gitarre und Rock und Pullover, der etwas kratzte: Meinem Gott gehört die Welt, meinem Gott das Himmelszelt, ihm gehört der

Raum, die Zeit, sein ist auch die Ewigkeit. Dazwischen und danach hörte man aus der Kirche nebenan Orgel und Gesang der Gemeinde: Jerusalem, du hochgebaute Stadt. Ostwestfälische Männerstimmen, ordentlich laut. Fritz Krone dachte an das Sonntagskonzert im Radio, Tante Paula an den Hackbraten im Ofen. Mal 'n ordentlicher Rinderbraten? Das is doch viell zu düer. Essen am großen Tisch in der Küche, sonntags mit Tischdecke. Zum Nachtisch Schokoladenpudding: Da hat se doch auch bestimmt wieder Wasser drangetan. Immer dieses Kniepige. Großvater Krone schickte Romy ins Backhaus: Da is noch Schlachsahne. Und: Albin könnte uns doch später etwas auf dem Klavier vorspielen, ein paar Weihnachtslieder? Leise rieselt der Schnee (was er nicht tat) und Vom Himmel hoch, da komm ich her. Leichte Stücke. Das mit den vielen guten Mär verstand er nicht, vielleicht sagte man früher so zu den Sachen. Seine Mutter sang leise mit, drei Stücke, das reicht, und Albin merkte, wie er beim Atmen die Zähne zusammenbiss, die Luft gleichsam versuchte durch die Poren hereinzuziehen: Mensch Junge, geht das schon wieder los? Schnell etwas Epinephrin durch die Nase ziehen, soll ich den Doktor holen? Nee, geht schon. Ich muss in die Küche, sagte Tante Paula und Onkel Fritz schaltete das Radio ein: Sonntagskonzert vom Westdeutschen Rundfunk aus Köln, in der Weihnachtszeit Bach und Händel (war der eigentlich auch evangelisch?). Wie früh das jetzt schon dunkel wird.

Er übte Klavier, aber das Notenlesen wollte nicht klappen. Hier wieder verspielt und da auch. Er schaute im Unterricht Herrn Nebelsiek auf die Finger. Was wissen Sie noch von meinem Vater? Dass er in der Zeit in Detmold abends in einem Lokal immer Ragtime gespielt habe. Und Saxophon. Damit habe er Geld verdient (ich, sagte Nebelsiek, wollte Lehrer werden). Wie das ginge, ein Ragtime? (Er hatte sonnabends schon öfter dem Pianisten über die Schulter geschaut, wenn bei ihnen auf dem Saal eine Combo spielte.) An eine Sache, sagte Nebelsiek, könne er sich erinnern, die sei ungefähr so gegangen (und spielte dann ein paar Takte). The Entertainer habe das Stück geheißen und man habe Negermusik dazu gesagt (wir müssten mal Noten besorgen). Mit links immer so ein schleppender Rhythmus, als wenn jemand hinkt. Wenn du willst? Ja, sagte Albin.

Das Islandtief war bis in die Deutsche Bucht vorgerückt und saugte die Luftmassen in sich hinein. Graupelschauer und weiterhin unbeständige Wetterlage. Im Radio gaben sie die Meldungen der Wetterstationen durch: Helgoland nordnordwest fünf bis sechs, Schauer, zwei Grad; Kahler Asten west drei, minus drei Grad; Zugspitze südwest zwei, leichter Schneefall, minus fünf Grad. Vielleicht gab es ja doch noch weiße Weihnachten? Schneeflöckchen, Weißröckchen, wann kommst du geschneit?, summte Margarete Kortmeyer über einer Häkelarbeit, während der Einzelhandel die Lage kritisch betrachtete: Bei Schnee blieben die Leute zuhause. Fritz Krone hatte fürs Weihnachtsgeschäft besondere Delikatessen geordert: Eiswein und Edle Früchte in Rum, echte Gänseleberpastete aus Frankreich. Der Christstollen kam aus der eigenen Bäckerei (natürlich mit guter Butter). Im Laden roch es nach Mandarinen. Die Konservendosen waren kunstvoll und mit Stolz gestapelt: Seht her. Und kauft. Ans neue Geld hatte man sich ja längst gewöhnt: Gedruckt von den Amerikanern sah's ein bisschen aus wie Dollarnoten, nur die Fünfziger und Hunderter waren eigen, mit irgendwelchen Köpfen drauf, Albrecht Dürer, mit Wasserzeichen, wenn davon mal einer in der Kasse war, kuckte man sich den genau an. Romy im weißen Kittel: Darf's noch etwas mehr sein? Und Frau Maschinenfabrik Brakensiek hatte eine Kiste Sekt vorbestellt, Fürst Metternich, wer hat, der hat. In der Zeitung konnte man lesen, dass es in Chicago ein Schneechaos gebe und die ganze Millionenstadt zuhause festsitze: Stell dir vor, du wohnst da? Im Leben nich. In Chicago wurde der Jazz erfunden, von den Schwarzen, hieß es. Aber dann auch wieder: Afrikaner im Schnee, vertragen die das überhaupt? Solche Sorgen möchte man haben. Das Schöne an Weihnachten war, dass es eigentlich immer gleich, aber doch auch immer wieder neu war. Je näher Heiligabend rückte, um so kribbeliger wurden alle, vielleicht hatte man dafür die strengen Regeln erfunden, die Rituale, damit das nicht aus dem Ruder lief. Der Krieg war jetzt schon so lange vorbei, sechseinhalb Jahre. Wenn man so drüber nachdenkt: Wie wir das überstanden haben? Ob Vati vielleicht doch noch zurückkommt? Das war der Wunsch Margarete Kortmeyers, den sie aber nicht laut aussprach (nicht allzu laut). Dass nochmal alles anders werden könnte. Die Russen sollen jetzt ja noch mal viele freigelassen haben (stand in der Zeitung), eigentlich seien das ja auch Christenmenschen. Andererseits, Sibirien, das hätten ja auch viele nicht überlebt. Inzwischen wäre er über fünfzig. Man muss sich ablenken. Margarete Kortmeyer handarbeitete, buk Krapfen und spülte mit fast kochendem Wasser Geschirr und Töpfe. Albin las Karl May und stahl sich davon.

Unterm Weihnachtsbaum lagen dann wirklich ein Paar Skier und um Neujahr herum gab's auch den nötigen Schnee dazu, nur Berge wuchsen keine über Nacht; die kleine Erhebung, die sie Katzenberg nannten, einhundertdreiundzwanzig Meter fünfzig über Normalnull, wenn man sich ganz doll anstrengte, war die Piste fünfzig Meter lang. Die Jungen mit ihren Rodelschlitten auf dem Bauch liegend, Kopf voran. Kufen mit einer alten Schweineschwarte eingefettet. Die Kunst des Bremsens musste man hier nicht beherrschen, auch auf Skiern nicht. Es lohnte kaum, die Bretter abzuschnallen, um wieder auf den Hügel zu gelangen. Ein Winternachmittag war kurz und erschöpfend. Albin überlegte, ob man nicht ein Pony vor die Skier spannen könnte, so wie Hunde vor einen Schlitten bei den Eskimos. In den Utah-Bergen versanken die Pferde bis zum Bauch im Schnee. Der alte Häuptling Hauey-kolakäkho hauste einsam in seiner steinernen

Hütte und hütete ein Geheimnis. Er starb mit der ersten Frühlingssonne. Manches verschwand endgültig, anderes tauchte wieder auf. Man vermutete immer noch riesige Schätze im Osten, seinerzeit vor den Russen vergraben, und fürchtete, dass sie nun den Kommunisten in die Hände fielen, sozusagen. Die Schätze, das waren immer die anderen, und die, die sie fanden auch. Auf Mandub an der Longe: Nur kurze Passagen Trab oder Galopp, damit das Pferd nicht ins Schwitzen kam. Es froren einem Finger und Zehen ab, eine halbe Stunde maximal, mehr ging nicht, aber wenn man dann wieder reinkam, glühte man wie ein Ofen. Der dampfende Atem der Pferde in der Winterluft. Der spezielle Geruch, den man von draußen ins Haus trug. Keine Nachricht von den Sowjets. Schnell noch etwas Klavier geübt: Was soll aus dir mal werden? Er nahm Pulver gegen das Luftwegbleiben, vielleicht müsste man ihn mal an die See schicken, sagte Doktor Wittmann (der kriegte schon graue Haare). Dass das auch nicht besser wurde: Man verstand es nicht. Mit ein bisschen gutem Willen war es nicht getan, man war es nicht gewohnt, die richtigen Schlüsse zu ziehen; was hätte das auch bedeutet? Man wischte Staub.

3

Anfang April gab es Zeugnisse, Ostern lag relativ spät in diesem Jahr. In Deutsch wieder nur ein Ausreichend. Die Sommergerste war längst in der Erde. Zwei Wochen Ferien. Seinetwegen, sagte Fritz Krone jun., könne man den Karfreitag abschaffen, Ostersonnabend den Laden noch mal aufmachen, für einen Tag, was ein Umstand, und richtig lohnen würde es sich auch nicht, da würde nur noch gekauft, was man davor vergessen hatte. Die Büroangestellten hatten vier Tage frei. Am Sonntagmorgen hieß es dann: Der Herr ist auferstanden, er ist wahrhaftig auferstanden, und zum Frühstück gab's Rosinenstuten mit dick Butter drauf. Für die Kinder in Form eines Lammes. Nach der Kirche machten die Bauern ihren Osterausritt, zwanzig, dreißig Pferde, von Hof zu Hof, wo jedes Mal die Bauersfrau ein Tablett mit Schnäpsen aus dem Haus brachte: Prost Heinrich, und die Pferde bekamen ein Stück Zucker, die kannten den Weg. Albin kuckte zu: Mensch, da mal mitreiten? Die von Eckhartstein-Kinder waren dabei und auch Rieke Johannmeier, die war auch nicht älter als er. Henry von Eckhartstein bekam seit einiger Zeit Unterricht auf einem großen Pferd: Die Hände immer so halten, dass man den kleinen Finger von oben sieht, so, und immer wieder durch halbe Paraden die Aufmerksamkeit des Pferdes suchen. Halbe Parade!, brüllte der Reitlehrer (Kurt Güse), und: Sitzen! Im Kopf ging Albin das mit, lernen durch Zuschauen, die ganze Stunde stand er jede Woche am Rand. Die Gräfin sah es mit Wohlgefallen: Er scheint Passion zu haben. Geben Sie ihm

Roland, sagte sie zu Herrn Heinemann, wann immer es passt. Roland, das war das schwarze Kutschpony, mit dem Henry und seine Schwester Lilly, die beide aufs Gymnasium nach Schötmar gingen, morgens zur Schule fuhren. Übern Feldweg nach Wülferheide und dann in lockerem Trab quer rüber, eine halbe Stunde höchstens, mit dem Bus wäre man auch nicht schneller gewesen (das Gut lag in dieser Hinsicht ungünstig). Fahren, das konnten ja schon Kinder, Albin hatte es im vergangenen Sommer aufs Beste bewiesen. Als er nun wieder einmal nach Herrn Heinemann Ausschau hielt, für eine Runde auf Mandub, also die Überraschung: Die Gräfin hat gesagt. Hier sind Sattel und Trense, kannste das alleine? Selbstverständlich. Albin führte das Pony aus dem Stall, band es fest, bürstete ihm den Staub aus dem Fell und sattelte auf. Den Bauchgurt festzuziehen, war gar nicht so einfach, denn wie alle Pferde mochte auch Roland die Einschnürung nicht besonders und blähte den Bauch maximal auf. Nach einer Minute musste man dann nachgurten, sonst konnte es passieren, dass beim Aufsitzen der Sattel herumrutschte und man im Dreck landete. Das Pferd würde dann natürlich vor Schreck loslaufen. Den Spott hatte man sicher (alles schon gesehen). Herr Heinemann zog den Gurt noch einmal so kräftig nach, dass Roland den Kopf warf und mit der linken Hinterhand versuchte, nach ihm zu treten. Stell dich nicht so an! Die Ponys sind manchmal 'n bisschen giftich, lass dir da nix jefallen. Nimm die Zügel kurz beim Aufsitzen, dann haut er dir nicht ab. Kannst vorne zum Hof raus, nimmst am besten den Feldweg da, aber nich übern Acker. Herr Heinemann sagte noch etwas, aber das hörte der Junge nicht mehr, im Trab ging's vom Gutshof. Was hatte der Reitlehrer immer wieder gesagt? Durch halbe Paraden die Aufmerksamkeit des Pferdes suchen. Was war gemeint? Und: sitzen! Das Zusammenspiel von Hand, Schenkel und Kreuz. Die Worte waren das Eine, das Tun ein anderes. Je mehr er darüber nachdachte, um so weniger klappte es. Davor war es doch auch so gegangen? Wenn er die Zügel zu kurz nahm, warf Roland den Kopf hoch und bockte. Ein Pferd hatte seinen eigenen Willen und ein Pony allemal. Schenkeldruck, Kreuz anziehen, mit der Hand nachgeben (das waren die Worte, die er gehört hatte). Im Trab wurde er wieder geworfen, das Pony war nicht so elastisch wie der Araber, es hoppelte mehr wie ein Kaninchen. Nochmal: Die linke Hüfte ein wenig vor, den rechten Schenkel zurück, etwas Druck, Roland galoppierte an, und dann flogen die beiden davon. War es nicht so: Durch die Steppe, durch die Wüste, zwischen den Feldern, auf denen das Korn grün stand. Wenn die Furchen im Weg etwas tiefer und der Ackerrain etwas höher wären: Man könnte es fast als Schlucht bezeichnen. Durch das wilde Kurdistan, mein lieber Scholli. (Die Jagd ist auf – wer möchte nicht im Jahre einmal Jäger sein? Das Gedicht hatten sie einmal in der Schule lernen müssen. Auch so was.) Das Pony merkte schnell, dass da ein doch irgendwie gewiefter Reiter auf ihm saß, der im Galopp am Sattel klebte und in Gedanken schon immer eine Bewegung voraus war (wenn er nicht so sehr darüber nachdachte). Auf einem Zirkuspferd gelernt, auch nicht die klassische Art. Aber vielleicht war es besser so, sich über Umwege an die Dinge heranzumachen, nur so ein Gedanke, der schon verflog, kaum dass er zu Bewusstsein gekommen war. Bald eine Stunde waren die beiden unterwegs, an den Feldern rauf und runter, und da, der schmale Graben: Ob man da mal springen könnte? Das Pferd wollte aber nicht und machte kurz davor eine Vollbremsung, so dass der Junge fast vornüber geflogen wäre, aber weil Roland gleichzeitig den Kopf hochwarf, wurde der Abflug im Ansatz unterbunden. Da war also noch was zu tun. Mal langsam zurückreiten, und als die beiden auf den Hof einbogen, stand Utz da: Mensch, da biste ja! Old Spürhund zurück vom Erkundungsritt, keine Rothäute gesichtet. Absatteln, die Trense im Regenbottich abwaschen, Roland hatte unterm Sattel geschwitzt, das Fell dort mit Stroh trockenreiben. Kalt war es ja nicht mehr, aber trotzdem. Komm, sagte Utz, meine Mutter hat 'nen Kuchen gebacken, da holen wir uns ein Stück. Im Räuberstil, das heißt: ohne Teller und ohne Händewaschen. Sie verkrümelten sich (jetzt wusste man auch endlich, woher das Wort kam) in Ulrichs Zimmer, überm Bett zwei Bilder, die waren neu: die Seeadler des Grafen Luckner mit voller Besegelung und Schlachtschiff Gneisenau im Gefecht in schwerer See. Die liege jetzt vor Montevideo auf Grund. Nun denn. Auf der Fensterbank eines der Schiffsmodelle, an denen Utz immer wieder bastelte. Graf Luckner, der Seeteufel. Konnte mit bloßen Händen ein Telefonbuch zerreißen und Münzen verbiegen. Alles wirklich erlebt. Albin warf sich schräg auf Ulrichs Bett, so dass die Füße in der Luft hingen, und begann zu lesen. Nimm's mit, ich hab's durch. Und: Wie geht bei euch die Schule? Packst du's? Die verdammten Aufsätze, sagte Albin. Aber sonst. Und du? Ich pack's wohl nicht, sagte Utz. Sie müssten Latein lernen, völlig sinnlos, das spräche ja niemand mehr. Und die Lehrer: Kuckten einen gar nicht an. Sein Vater wüsste es noch nicht. Der wolle ja, dass er Diplom-Agronom werde (wenn man keinen eigenen Hof hat!). Noch mal 'nen Kuchen holen?

Zuhause dann das übliche Gezeter, wenn er mit dreckigen Schuhen vom Gut kam: Wir haben hier grade erst frisch gewischt! – Aber gewischt wurde ja sowieso jeden Tag. Wenn man die Küche fertig hatte (abends nur kalt), dann ging es in der Gastwirtschaft weiter (beim Gläserspülen helfen gab 20 Pfennige) oder in den Schlafzimmern. So ging das immer in die Runde, hier die Küche machen, da die Küche machen, hier aufwischen, da aufwischen, vom Schlaf dazwischen bekam man ja nichts mit, das war wie eine Wäscheschleuder, irgendwann, dachte Albin, fliegt das alles auseinander. Oder alle fallen tot um. Je mehr die Tanten Paula und Adelheid auch sonntags im Kittel die Küchen wienerten, um so mehr zog seine Mutter auch unter der Woche nachmittags die elegantesten Kleider an. Das mit Tosca betupfte Taschentuch steckte sie in den linken Ärmel. Hast du schon Klavier geübt? Donnerstags kamen die Freundinnen vom Handarbeitskreis. Die gehäkelten Spitzendeckchen verschwanden anschließend in der Schublade, ebenso die mit Monogramm bestickten Taschentücher (Heimtextilien Kasemeier), die es zu Weihnachten und zum Geburtstag gab. Es war so ihre Art. Wenn man nicht fort konnte. Sich eine Welt zu erhalten, die es nicht mehr gab. In Lage hatte sie ja auch oft alleine gesessen, mit Romy, wenn der Entertainer auf Tournee war.

Albin sprach mit seinem Klavierlehrer. Und spielte jetzt Ragtime. Nebelsiek hatte einige Stücke von Scott Joplin bei Niemeyer in Detmold erstehen können. Aber Mozart müssen wir auch machen. Und Beethoven. Kameradschaft mit dem Schüler, so fremd war ihm das nicht. (Später vielleicht mal was von Max Reger?) Nach dem Konservatorium hätten sich ihre Wege ja getrennt, sagte er. Er sei nach Berlin gegangen und dann als Lehrer nach Wickersdorf, ins Thüringische. Was hatten wir Ideen! Nur die Schule, sagte er, hätten sie ihnen Anfang '34 zugemacht, das sei so eine freie Schule gewesen. Er sei dann für ein paar Wochen oder Monate nach Lage zurück und zufällig sei sein Vater auch da gewesen (sonst ja nur im Ausland): Da haben wir spontan beschlossen, eine kleine Tournee durchs Lippische zu machen, mehr so aus Jux und Dollerei, mit noch drei, vier Kollegen, die wir gerade fanden, und haben dann eben auch bei euch im Alten Krug mal gespielt. Und dein Vater war ja schon ein Charmeur. Und ein Draufgänger. Dass er deiner Mutter gefallen hat. Ein bisschen, sagte er, haben wir uns schon gewundert, damals, dass er dann so schnell geheiratet hat. Ich erzähle es dir später genauer. Andere Schüler warteten.

Zum neuen Schuljahr nach den Osterferien kehrte Utz dann vom Gymnasium zurück: Ja, Mensch! Ach, du. Zum Lateinlernen müsse man geboren sein, und bei ihm habe man festgestellt, dass da wohl die Anlagen fehlten. Und seine

Mutter hatte gesagt: Erzwingen kann man's nicht. Sein Vater war enttäuscht. Aber er wollte ja ohnehin zur See fahren (so eine Spinnerei!). Dass der Sohn von Bollhöfers es auf dem Gymnasium nicht geschafft hatte, wurde im Hause Krone/Kortmeyer aufmerksam registriert. Was der Herr den einen nimmt, schlägt er vielleicht den anderen zu? Nun waren sie also wieder in einer Klasse. Und weil Utz kein Latein mehr lernen musste, blieb Zeit für diverse Reiterspiele hinterm Gutshof. Was man bei Karl May gelesen hatte: Wie es die Tante Droll schaffte, in ihrem komischen Schlafsack auf einem Pferd zu sitzen (sie zogen sich dafür zwei leere Jutesäcke über) oder die Befreiung vom Marterpfahl: Wobei einer rücklings an einen hohen Zaunpfahl gebunden wurde, der Strick hinten mit einer Schleife zusammengeknotet und dann der Reiter heranreiten musste, sich aus dem Sattel herunterlehnen und den Knoten aufziehen. Die Kunst bestand darin, beim Vorbeireiten zwar mit der Hand an den Strick zu kommen, nicht aber mit dem Kopf an den Pfahl. Albin schaffte das irgendwann wirklich im Galopp ohne anzuhalten, ich danke euch Fremder, sagte Utz, ihr habt mir das Leben gerettet. Die Sache mal mit einem Messer probieren? Ohne mich. Durchparieren und rückwärtsrichten, irgendwie bekam man das heraus, hatte er es herausbekommen; wenden auf der Hinterhand, die Pferde im Wilden Westen konnten das aus dem Galopp heraus, mit Roland wurd's eine Pirouette.

Im Mai kam dann ein Anruf aus Ehrsen, Erich Krone, der Vetter: Biehlers sind in Berlin! Hat man erst gar nicht verstanden, die Stimme so ernst, bis es dann dämmerte: Die haben den Hof verlassen. Alles stehen und liegen gelassen, Gertrud sei mit den Kindern schon kurz nach Ostern gefahren, mit dem Zug über Wittenberge und dann nach Potsdam, den Nachbarn hätte man gesagt, Annemarie solle dort aufs Gymnasium gehen, man musste alles geheim halten, der Neid der einfachen Leute. Deswegen hätten sie aus Berlin auch nicht gleich Nachricht geben können, die Kommunisten machten ja alle Briefe auf. Und Notunterkunft und: Die halbe Stadt liege ja noch in Trümmern. Albrecht sei dann vier Wochen später nachgekommen, Nachtundnebelaktion. Und das Vieh? Unter Wert verkauft, nur die Stute Vedette letzten Herbst noch zu einem guten Preis in den Westen, stünde jetzt wieder hier irgendwo im Lippischen. Dass Albrecht Biehler seinen Hof verlässt? Wie schlimm musste es dort sein, wo man doch dachte, jetzt mal alles hinter sich zu haben: Es lebe und gedeihe das einheitliche, unabhängige, demokratische, friedliebende Deutschland. Wieder alles nur Propaganda, was man offiziell hört, sagte Fritz Krone und Margarete: Dass man die Menschen nicht einfach mal in Ruhe lassen kann, die hatten's doch so schön gehabt. Albin dachte an Schalk, den Schecken, den er im Sommer über die Felder geritten hatte, vor den Wagen gespannt, Post holen in Werben, ein eigenes Pferd für drei Wochen, wenn man's gewusst hätte, er hätte es ja gleich mitgenommen gehabt. Gar nicht vorstellbar, dass das jetzt alles weg sein sollte. Die Kommunisten: gegen das eigene Volk. Albin trauerte dem Sommer entgegen: Können wir nicht doch einfach hinfahren, Mutti? Ach, Junge. Wie gerne hätte ich dir den Wunsch erfüllt. Und die anderen: In West-Berlin seien sie doch wohl sicher, andererseits, was den Sowjets nicht alles noch einfiele, man hörte, dass es im Osten gäre, man müsse sich auf den Ami verlassen. Und beten, dachte Margarete Kortmeyer: Ob sie mal mit Pastor Meinert spräche? Albin zischte ab, nach Sierdissen, holte Roland von der Weide (Glück gehabt!), Sattel drauf und los. War ja anders nicht auszuhalten. Old Firehand hatte Biehlers Farm nicht retten können, die Gewehre bei Kriegsende in die Elbe geschmissen, Albin ritt eine große Runde, bis die Wut langsam nachließ, mit einem Pony war kein Krieg zu gewinnen, es gehörte ihm ja nicht einmal, er besaß nur den Moment, nur das Gefühl, das sich gerade einstellte, wenn man sich darauf einließ, über die

Straße, im Galopp hoch zum Heidehof, ganz kurz davor abzuheben. Und zurück im Schritt: Übungen in Langmütigkeit. Er würde irgendwann sein eigenes Pferd besitzen. Die Waden taten ihm weh vom Druck der Sattelriemen. Morgen wieder und übermorgen und den ganzen Sommer über: Das war nun auszuhalten.

Liebste Cousine, schrieb Margarete Kortmeyer, von Erich haben wir von Eurer Flucht erfahren. Das muss alles sehr schlimm für Euch sein, hier im Westen mag man sich das gar nicht recht vorstellen. Und letzten Sommer war alles noch so schön. Aber Albrecht hatte ja schon angedeutet, wie sehr man Euch zusetzte. Ich verstehe das nicht. Albin hatte immer wieder von den drei Wochen in Wendemark gesprochen, das war sein Paradies. Ich kann ihm dies alles ja nicht bieten. Konntet Ihr denn wenigstens etwas retten? Wir wünschen Euch, dass Ihr bald in den Westen kommen könnt, so wären wenigstens die Familien wieder vereint, auch wenn Euch das den Hof sicher nicht ersetzt. Bei uns geht alles ganz ordentlich, Fritz macht gute Geschäfte und Romy ist bei ihm als Lehrmädchen. Albin jeden Tag irgendwo bei den Pferden, manchmal denke ich, ich müsste mehr auf ihn einwirken, ihm fehlt eben der Vater. Es ist doch alles ungleich verteilt auf der Welt. Aber wir dürfen nicht klagen, mit Gottes Hilfe geht alles seinen Gang. Es grüßt Euch herzlich aus dem schönen Lipperland, Eure Margarete. Eine Antwort ließ auf sich warten. Mal in Ehrsen nachfragen, es würde wohl über verschiedene Pläne nachgedacht, sagte Erich Krone, sei ja alles nicht ganz einfach; seinen Hof zu verlieren: Da hätte sich hier bei uns wohl mancher umgebracht. Und Gertrud, kennst sie ja, die ist nun auch keine, die in der Ecke sitzt und heult. Warten wir's mal ab. Dabei hätte man doch so gerne gewusst. Der nächste Brief kam dann aus Bremen, man sei provisorisch untergebracht und die Kinder gingen wenigstens zur Schule, Annemarie sei schon ganz erwachsen, wie die das alles mitmache. Und dann kam der Satz mit dem Wort, das einem beim Auseinanderfalten des Briefes schon gleich ins Auge gesprungen war: Amerika. Wir denken sehr darüber nach, schrieb die Cousine, nach Amerika zu gehen. Ein Neuanfang sei hier ja nicht möglich und Albrecht könne sich doch auch nicht einfach irgendwo anstellen lassen: Das hält der keine zwei Wochen aus, einem anderen unter zu sein. Man habe nun einen Antrag beim Auswandererbüro gestellt und müsse warten: Liebe Grüße, Gertrud. Bisschen Zigarettenasche pappte am Papier. Amerika, Mensch. Hatte man denn nicht noch die Adresse von Onkel Erich, Eric Crowne, irgendwo? Der könne bestimmt helfen. Aber würde man sich auch jemals wiedersehen? So weit weg. Am anderen Ende der Welt. In New York bauten die Indianer die Wolkenkratzer, stand in Albins Erdkundebuch, weil sie völlig schwindelfrei seien. Fahr mit mir in die Welt! Ein Yankee ist ein Kerl, dessen Großvater 1848 als Liberaler aus Deutschland fliehen musste und nach Amerika ging. Dieser Großvater siedelte sich in Wisconsin (wo liegt das?) an und heiratete eine Schwedin, deren Vater mit einer Engländerin verheiratet war. Der Sohn dieses Amerikaners lernte im College ein Mädchen kennen, dessen Mutter Österreicherin war, während ihr Vater aus Ungarn kam. Der Sohn selbst ist 1,84 Meter groß, spielt Football (was mit unserem Fußball nichts zu tun hat) und spricht nur Englisch. Was ein Durcheinander! Kannste was lernen. Hier gäb's ja schon Gerede, wenn einer nicht aus dem Ort käme: Die aus Allermissen hielten sich für was Besseres und die von der Paulskirchener Höhe schauten auf die Heipker herab: Kartoffel- und Kohlenhändler. New York: Also in so einer Stadt leben, das könnte ich nicht. Margarete schrieb zurück: Ihr fahrt aber nicht, ohne dass wir uns vorher noch einmal sehen! Bremen sei ja nicht so weit. Und an was man so dachte: In Amerika sind alle reich. Was die für große Autos haben, hatte man im Film gesehen. Und alle kauten ständig Kaugummi, das war nun nicht so schön. Aber einen

Staubsauger hatte man inzwischen auch. Einfach so in die Fremde? Man würde sehen.

Es begann die Zeit der Reitturniere, reihum: Schieder, Blomberg, Scherenberg, Lopshorn, Herford und so weiter bis zu den ganz großen am Siekkrug (im Werretal hinter Schloss Iggenhausen) und im Stadion Flachsheide, Staatsbad Salzuflen, Platz für zwölftausend Zuschauer. Sonnabends und Sonntags, die ersten Prüfungen begannen morgens um sieben Uhr, Materialprüfungen, Dressur Klasse A. Nachmittags die Jagdspringen. Die Reiterinnen und Reiter allesamt in weißen Hosen, hohen Stiefeln und schwarzen Jacketts, die Springreiter zuweilen auch in Rot. Albin hatte bei Drexhage mitfahren können, früh morgens einfach dagewesen beim Verladen auf dem Hof in Krentruperhagen und so lange gepennert, bis es hieß: Na, dann komm eben mit (Frau Drexhage blieb mit dem kleinen Kind zuhause). Das Verladen der Tiere immer wieder ein Abenteuer: Von vorn mit etwas Futter locken, von hinten drücken, die Longe am Hänger angeschekelt, hinten ums Tier rum, so eine Art Zaun, der sich immer enger zog. Das Pferd, ein Steppentier, ein Fluchttier, und dann in so einen engen Kasten gesperrt, der sich auf magische Weise bewegte? Der Anhänger wurde von einem Trecker gezogen. Vielleicht war das Pferd dem Menschen deshalb so nah, weil es Angst zeigen konnte, die Angst aber auch zu überwinden vermochte. Mit Pferden zog man früher in die Schlacht. Vor ein paar Jahren noch. Nun auf die Turniere. Der Mensch brauchte etwas zu tun und dafür nahm er Anstrengungen in Kauf, weite Wege und vage Aussichten auf einen Gewinn. Zuhause kenn'se mich doch – mehr Begründung bedurfte es nicht. Das ganze Land ein Wanderzirkus, über Lage nach Lemgo, alte Hansestadt, und dann weiter in den lippischen Osten: Hillentrup, Schwelentrup. Bösingfeld, Reiterverein Linderhof, ein mittelgroßes Turnier, aber dass in dieser Gegend überhaupt noch etwas war und die Welt nicht einfach plötzlich aufhörte, senkrecht ins Nichts, das erstaunte einen immer wieder. Von Bad Pyrmont kam man mit Hut. Aber noch war es nicht so weit. Beim Fahren schien einem die Morgensonne ins Gesicht, es roch nach Pferd, Huffett und Diesel, nach Leder und Gummi. Heiner Drexhage im braunen Staubmantel (wie alt mochte der wohl sein?). Zwei Pferde auf dem Hänger: den Rappenwallach Mohr und die Fuchsstute Röschen. Waren noch andere unterwegs? Je näher man dem Ziel kam, umso mehr wurden es. Woher wusste man das alles, dieses Wie und Wohin? Man sprach die Worte nach, die Ortsnamen, Bezeichnungen der Dinge, Abläufe, Namen von Pferden und Reitern, die ganze Reitersprache, und irgendwann war es dann kein Nachsprechen mehr, die Worte waren in einen selbst übergesiedelt und zu einem Wissen geworden. Nie aber hätte man den genauen Moment angeben können; es war ein bisschen wie der Übergang vom Schlafen zum Wachsein, man wachte auf und damit war der Schlaf unwiederbringbar weg.

Nach zweistündiger Fahrt durchs lippische Hügelland musste Drexhage die Tiere erst einmal eine halbe Stunde über die Felder reiten, damit sie sich wieder beruhigten. Das Feinnervige, es war wie bei den Menschen: Die Gutmütigen brachten es nie zu Spitzenleistungen, Sieg und Niederlage lagen dagegen dicht beieinander; während der Prüfungsritte gebot man dem Publikum absolute Ruhe. Mit der Startnummer achtundneunzig Mata Hari unter Herrn Günther Temme, Reit- und Fahrverein Lopshorn. Die Ansagen kamen über Lautsprecher. Beim Springen war die Sache klar: Entweder rüber oder Abwurf. Wenn ein Pferd eine Stange berührte (man hörte das leise Klong von Huf auf Holz) und die Stange sich das Herunterfallen überlegte, hielt das Publikum den Atem an. Ein Ritt ging anderthalb Minuten, der Hufschlag des Pferdes im Sand, sein Schnaufen. Wer ein bisschen was von der Sache verstand, sah schon beim Einreiten, ob Pferd und Reiter zusammenwirkten. Der Rest begnügte sich mit Ah! und Oh! Nicht selten vierzig oder mehr Pferde in einer Prüfung, mancher Reiter trat mehrmals an, es ging Schlag auf Schlag, ein wenig wie in den alten Schwarzweißfilmen, die immer etwas zu schnell liefen. Gewissenhafte Zuschauer notierten die Ergebnisse in ihre Programmhefte. Heiner Drexhage belegte im A-Springen mit Mohr den siebten Platz, zwölf Fehler, für jeden Abwurf vier, aber immerhin placiert. Placiert mit c. Das Pferd bekam eine dunkelblaue Schleife ans Halfter, zwei Bänder mit Rosette, und man konnte anschließend sein Nenngeld von fünf Mark wiederholen. Geldpreise gab's erst ab Klasse L aufwärts. Wir gratulieren dem Sieger und den Placierten. Albin ging zu den Dressurreitern: Fräulein Ilse Tetzlaff auf Admiral, in verkürztem Arbeitstrab einreiten, im Mittelpunkt halten, grüßen. Ohne Lautsprecher. Zügel in die linke Hand, kurzes Nicken. Das Reitjackett saß eng, die Haare unterm schwarzen Hut hochgesteckt. Arbeitstrab und Mitteltrab, an der langen Seite eine Volte. Geritten wurde auf Kandare und Trense, jeweils zwei Zügel in einer Hand. Die Auf- und Abbewegungen des Pferdes beim Traben mit dem Oberkörper vollständig auffangen: aussitzen. Dabei die Hände ruhig halten: Ein Glas Wasser dürfte nicht überschwappen. Fräulein Tetzlaffs Busen bewegte sich unterm Reitjackett mit. In verkürztem Arbeitstempo angaloppieren, durch die ganze Bahn wechseln, in der Mitte einfacher Galoppwechsel. Man musste die Prüfung auswendig reiten: Linke Hand, Mitte der nächsten kurzen Seite halten, eine Pferdelänge rückwärtsrichten, antraben. Fräulein Tetzlaff wirkte etwas angespannt, das Gesicht im Schatten der Hutkrempe, ihr Pferd mit weißem Schaum im Maul, das sei ein gutes Zeichen, hatte Herr Heinemann mal gesagt. Acht Minuten konnten eine lange Zeit sein. Noch einmal im Galopp herum. Auf die Mittellinie, halten, grüßen. Zügel aus der Hand kauen lassen und beim Hinausreiten über ein kleines Hindernis springen. Gehorsamssprung nannte man das. Albin hatte

Pferde gesehen, die den Sprung verweigerten und andere, die anschließend von ihren Reitern durch schnelles Zügelaufnehmen wieder eingefangen werden mussten. Da nutzte der ganze schöne Vortrag vorher dann nichts mehr, wurde als etwas entlarvt, als ein bloß Äußerliches, Augenscheinliches. Mit der Kandare konnte man beim Pferd viel bewirken, zum Guten wie zum Schlechten, was oft schwer zu unterscheiden war. Fräulein Tetzlaffs Admiral absolvierte den Sprung ganz leicht, ein paar Zuschauer applaudierten, Albin stand ganz dicht dabei, das Gesicht der Reiterin, die den Hut jetzt abgenommen hatte, entspannte sich zu einem Lächeln, Albin befand, dass die beiden hier gewinnen sollten. Es war bald Mittag geworden und warm und in den Geruch der Pferde mischte sich der von menschlichem Schweiß, dem lackierten Holz der Kutschen und von Bratwürstchen, die in einer Imbissbude auf den Grill gelegt wurden. Zweimal, bitte. Und 'ne Sinalco dazu. Die Augen überall. Die beiden Pferde standen am Hänger angebunden und mümmelten Hafer aus je einer Schüssel. Für die Reiter ein Bier, nachmittags das L-Springen, sollste sehen, sagte Heiner Drexhage, da hole ich was, mindestens unter die besten fünf. Albin schaute an ihm vorbei, fing hintergründige Bewegungen ein, Dinge, die hier und da passierten, den Gang der Pferde, wie sie ihren Kopf hielten, wie auch sie alles sahen, wie die Reiter mit ihnen umgingen. Fräulein Tetzlaff war mit Admiral dann nur Vierte geworden. Beim Springen Daumen drücken. Mit der Startnummer neunundsechzig Herr Heiner Drexhage, Reitverein Lützow Speckenbaum, auf Röschen. Das erste Hindernis, das zweite, das dritte. Und kurz drauf: das vorvorletzte, das vorletzte, das letzte. Null Fehler, nur zweimal touchiert. Am Ende entschied dann die Zeit. Die lange Fahrt zurück, gut zwei Stunden, vor acht würde man nicht zuhause sein. Zwei Schleifen wehten am Rückspiegel des Treckers: Seht her! Man gewinnt immer ein bisschen mit den anderen mit und verliert auch mit ihnen.

Die Schultage vor den großen Ferien gingen zäh. Was hätte man in der Zeit, die man da absaß, nicht alles machen können. Morgens um fünf schon wach. Länger wurden die Tage nicht mehr. Nachmittags mal ins Freibad nach Schötmar, acht Kilometer mit dem Rad, Mädchen in Badeanzügen und die älteren Jungen Köpper vom Dreier. Zuhause bekam er dann am Rande mit, dass Biehlers nicht nach Amerika gegangen waren. Farmer hätte man nur mit eigenem Kapital werden können, fünfzehntausend Dollar hätten sie gebraucht. Und Albrecht über vierzig, fast fünfzig? Wir sind eine junge Nation! Ob man nicht als Verfolgte der Kommunisten? – das war eine kurze Überlegung, das hätte man auch erstmal beweisen müssen, und am Ende war man dann doch nur einfacher Arbeiter. Liebe Margarete, so ist nun alles dahin. So hatte Tante Gertrud geschrieben. Sie würden sich nun in Ehrsen eine Wohnung suchen und sie würde bei ihrem Bruder Erich die Küche machen. Ob wir unseren Hof noch einmal wiedersehen? Ich glaube es nicht. Poststempel Bremen. Das Eine nun also ebenso unerreichbar wie das Andere, die Vergangenheit wie die Zukunft, und es blieb nur eine Gegenwart, das Hier-und-Jetzt. Sonntags musste Albin immer den Trachtenanzug anziehen, seine Mutter bestand darauf, mit kurzer Hose und rotem Krawattentuch. Wenn er das Stirnhaar nicht zu Seite strich, fiel es bis auf die Nasenspitze. Und auf Fotos immer in der Mitte. Breit grinsend. Nach den Sommerferien fuhren sie mit der Klasse zur Porta Westfalica, wo die Weser durchs Wiehengebirge bricht, Pforte nach Westfalen, so hatte Cäsar das genannt, der hatte für so einiges Namen. Bei den Lippern hatte er kein Glück: Als die Römer frech geworden, simmserimserimbimbimm, zogen sie nach Deutschlands Norden, simmserimbimbimm. Oh Varus, wo sind deine Legionen? Mit dem Fahrrad über Salzuflen, Exter und Vennebeck bis nach Hausberge, fast vierzig Kilometer, dann noch hoch zum Kaiser-Wilhelm-Denkmal: Komm, wer als erster oben ist! Nachts träfen sich hier heimlich die Deutschnationalen, hieß es, weil sie Hitler nun nicht mehr gut finden durften, fanden sie eben den deutschen Kaiser gut. Tot waren die beide (obwohl es auch da Zweifler gab). Herr Soldner erzählte Historisches, was er irgendwo gelesen hatte (vieles blieb unter Verschluss), und von hier oben konnte man den Segelflugplatz im Weserbogen sehen, wo gerade ein Flieger mit der Seilwinde hochgezogen wurde. Davon mal schnell ein Foto machen. Der ganze Haufen zog weiter zur Wittekindsburg, die sollte gar nicht viel weiter im Wald liegen, aber erwartet euch da mal nicht zu viel, hatte es geheißen, und dann brauchte man auch schon viel Phantasie, um in den paar baumbewachsenen Erdwällen überhaupt nur die Reste einer Burg zu erkennen. In der Eisenzeit, sagte Herr Soldner, hätte man die Burgen eben noch aus Holz gebaut und da sei nun nach zweitausend Jahren verständlicherweise nichts mehr von übrig, außer diesen Wällen eben, in denen mal die Pfähle gesteckt haben sollen. In der Weser hätte man letztens beim Kiesbaggern tatsächlich ein Schwert aus dieser Zeit gefunden. Nun denn, edler Ritter. Weil von der einstigen Burg der Wittekinder nun so gar so wenig übriggeblieben war und dieses Wenige auch noch vom Wald verdeckt wurde, hatte man zu Kaisers Zeiten, kurz nach dem Denkmal für den ersten Wilhelm, zwischen den prähistorischen Erhebungen eine Lichtung gerodet und darauf dann eine neue Burg gebaut: ein Restaurant und eine Cafeteria mit Terrasse und Türmchen obendrauf, Bruchstein und ein bisschen Fachwerk. Ein beliebtes Ausflugsziel. Einige hatten ein bisschen Taschengeld, aber nix da: Wir ziehen weiter. Herr Soldner und die Gerechtigkeit. Man lagerte sich am Hang und überm offenen Feuer wurde Suppe gekocht, in einem großen Kupferkessel, rückt mal zusammen für ein Bild. Wie bei den alten Germanen; waren es die Cherusker oder doch die Brukterer? Von wem man wohl abstammte? Bald löffelten alle aus Blechschüsseln und Näpfen, die hatte man von zuhause mitbringen müssen, Löffel auch, und das hatte (oh Wunder, sagte Herr Soldner) keiner vergessen. Der hätte, so war angedroht worden, den anderen dann beim Essen zukucken müssen; da reichte dann auch bei denen, die sonst immer hintendran waren das Vorstellungsvermögen. Der Kessel und die Suppe waren von der Jugendherberge geliefert worden, die auf der anderen Weserseite lag, dafür hatte jeder fünfzig Pfennig bezahlen müssen. Zur Suppe sagte Herr Soldner Minestrone, in Italien hieße das so. Einige Mädchen trugen die Haare schon kurz (sonst ja immer Zöpfe bis zum Hintern) und eine lange Hosen dazu: nicht uninteressant. Die Segelflieger brauchten immer einen Hang, der die Luft, den Wind nach oben lenkte, einen Aufwind, in dem sie sich dann in die Höhe schraubten. Hier am Wiehengebirge oder am Teutoburger Wald. Das hatte Ulrich Bollhöfer, den das Gymnasium nicht behalten hatte, gelesen und erklärte es jetzt Albin, der neben ihm die Suppe löffelte. In den Ferien war er öfters von Paulskirchen nach Oerlinghausen gefahren (genauso weit wie das Freibad in Schötmar), den Segelfliegern beim Fliegen zukucken: Albin, komm doch mal mit, vielleicht können wir mal mitfliegen. Ist aber nichts draus geworden. Die einen sind im bloßen Betrachten der Dinge ausdauernder als die anderen. Utz überlegte, ob man so ein Segelflugzeug nicht als Modell bauen könnte, Laubsäge und Balsaholz. Nach Panama mit dem Flugzeug? Über Grönland und Neufundland, im Atlas nachgeschlagen. Ach du! In den Sommerferien war kein Klavierunterricht.

4

Im August hatte man in Paulskirchen das hundertjährige Bestehen des Ortes gefeiert und damit auch einhundert Jahre Gasthof Alter Krug, Inhaber Theo Krone und Grußwort von Bürgermeister Brinkmann. Gepflegte Getränke, 1a Speisen (kalt, warm), renovierte Gasträume: So wurde in der Festschrift gleich auf der ersten Seite geworben. Sonnabends Tanz und sonntags Saalgesellschaften. Das Dorf feierte sich selbst, und diese Feier war historisch gesehen vielleicht bedeutungsvoller als die Dorfgründung vor hundert Jahren. Nun ham wir das auch überstanden, sagte man anschließend. Danach dann wieder das übliche: Elses Fünfzigster, Tönsmeises Silberhochzeit (er auch spät aus dem Krieg heimgekehrt, aber immerhin). Der Krug lebte von der verkehrsgünstigen Lage und davon, dass sie woanders mal raus wollten. Mit einem eigens gemieteten Bus aus Pivitsheide oder Stukenbrock. Zum Kaffee den berühmten Butterkuchen, für den sie bis aus Bielefeld kamen. Dort, wo die Butterflocken auf dem Teig lagen, bildeten sich beim Backen kleine Grübchen, daran erkannte man sofort die Qualität: Für unsere Gäste nur das Beste. Die Erwachsenen redeten von allem, was vorm Kriech gewesen war und von den dagegen jüngsten Ereignissen und die Kinder langweilten sich. Sitzfleisch. Ende September hatten die drei Linden vorm Haus noch immer grüne Blätter. Altweibersommer: Noch ma'n bisschen raussetzen auf die Bank? Daher kam das. Und 'n Blick drauf haben, dass der Busfahrer nicht zuviel Bier trinkt. Kaffee macht wieder fit. Aufbruch gegen fünf, dann ist man zum Abendbrot wieder zuhause. Fritz Krone sen. winkte von der Treppe zum Abschied: Ham wa das auch hinter uns jebracht. Im siebenundsiebzigsten Jahr: Manchmal denke ich, sagte er, ich bin so alt wie das Dorf selbst. Zwei Kriege erlebt. Die Sonne stand im Westen hinter der Kirche. Wie schnell so ein Sommer immer rum ist. Er ging zurück ins Haus, in die Gaststube, wo man mit aufräumen und abwaschen zugange war. Sonntags immer im schwarzen Anzug mit dunkelroter Krawatte. Die Haare ein weißer Kranz von Ohr zu Ohr, das hatte er seinen Söhnen vererbt, Fritz jun., selbst schon in den Fünfzigern, und bei Theo, dem Blonden, lichtete es sich auch vom Hinterkopf her. Vier Kinder und bloß zwei Enkel. Auf was man in seinen Gedanken alles so kam. Er fühlte sich müde. Ich lech mich ma'n bisschen hin, sagte er, und zu Adelheid, der Schwiegertochter: Bring mir nachher ma noch'n Kognak hoch. Die Mädchen (sonntags zwei zur Aushilfe) in der Küche wurden gescheucht: Nun steht hier nich so rum. Man wollte wenigstens vom Sonntagabend noch ein bisschen was haben. Albin hatte sich schon morgens davongemacht, die Stoppelfelder gaben eine gute Prärie ab, da war Roland schon mal zu einem Galopp zu bewegen; die Ponys ansonsten ja eher faul. Wie weit würde man reiten können, wenn man's wirklich drauf anlegte? Bis ans Mittelmeer? Und dann? Vielleicht würde er das eines Tages machen, aber bis dahin, für heute, oder wie immer man das nennen wollte, war die Vorstellung das Beste, das Gefühl, das er beim Ritt über die leeren Äcker hatte, mehr bedurfte es nicht. Was mussten das für Zeiten gewesen sein, wo man vom Pferd aus für Gerechtigkeit sorgen konnte? Die Bösewichter und Räuberbanden gab es nur noch in den Büchern, die er las. Die Fußballer, die die Reiter nicht verstanden (genauso wenig, wie die Reiter die Fußballer verstanden), gingen in die Post (drüben bei Kochs). Es gab solche und solche, die Arbeiter spielten Fußball und die Bauern hatten Pferde. Er war weder Arbeiter noch Bauer, wusste aber, wozu er gehören wollte. Und er wollte tanzen. Er sah die Gräfin bei ihrem sonntäglichen Ausritt auf Mandub, die lange Arabermähne im Wind, die weit geöffneten Nüstern, der tänzelnde Schritt, im Trab fast auf der Stelle: Wie nannte man das noch mal? So würde er später auch einmal reiten. Im Schritt zurück zum Gutshof, ein Pferd war kein Auto, das man mit heißem Motor einfach abstellte. Die Gräfin nahm es da genau. Wer reiten wollte, musste sich immer wieder in Geduld üben. Langen Atem haben.

Es war dann Adelheid, die ihn fand. Der Kognak im Schwenker, klopfen an der Tür des Schwiegervaters, keine Antwort, also mal vorsichtig kucken, vielleicht schläft er. Aber keine Reaktion, zupfen am Ärmel, doch irgendwie hatte man's gleich im Gefühl: Der ist tot. Fritz? Kreidebleich zurück in die Küche: Kommt mal alle mit. Es ist etwas passiert. Sie riefen Doktor Wittmann an, der auch gleich kam, aber es war nichts mehr zu machen: friedlich eingeschlafen. Herzstillstand. Einfach so? Kindergeheul von Paula, Fritz jun. und Theo: Vati, Vati! Selbst ja auch schon über fünfzig oder nahe dran. Margarete noch am gefasstesten. Als Albin nachhause kam, sagte sie: Opi ist nicht mehr und nahm ihn in den Arm. Er wollte zu ihm, ihn sehen; musste sich losreißen. Seine Tante Paula auf Knien vorm Bett: Alles vergessen, das Gezänk. Mach mal das Fenster auf, man kriegt ja schier keine Luft. Draußen das Backhaus, der Brunnen, die Gartenlinde. Hinten im Flur standen die Küchenmädchen und wurden weggescheucht. Doktor Wittmann erbot sich, bei Krahmers anzurufen, Bestattungen. Tag und Nacht erreichbar. Pastor Meinert kam noch am Abend herüber: Leben wir, so leben wir dem Herrn; sterben wir, so sterben wir dem Herrn. Darum: Wir leben oder sterben, so sind wir des Herrn. Er setzte sich neben den Toten zum Gebet (dass der das kann!), aber die drei ältesten Kinder des Fritz Krone sen., fünfzig oder knapp davor, konnten's nicht, neben dem Toten sitzen. Wir sind unten in der Küche, sagten sie. Theo schenkte ein (so ganz schmallippig). Albin setzte sich oben neben den Pastor; ob er von seinem Großvater Abschied nehmen wolle, hatte der ihn gefragt. Ja. Klar und deutlich. Es war wohl so, dass man sich über zwei Generationen hinweg besser verstand: Großeltern und Enkel. Musste wieder nache Peers hin? – das würde er nun nicht mehr gefragt werden, aber was machte das schon, solange man um das Wissen wusste. Er würde vom Himmel aus zuschauen.

Ich bin ein Glied an deinem Leib / des tröst ich mich von Herzen; und: Jesus, meine Zuversicht. Es wurde eine große Beerdigung, die Kirche konnte fast gar nicht alle fassen. Der Sarg nicht ganz so teuer, Hunecke aus Heipke hatte die Gestecke gemacht. Von ihm bezog man auch Kartoffeln. Seid getrost und hocherfreut / Jesus trägt euch, seine Glieder. Von Frau Krullmann ließ man sich später erzählen, wer alles dagewesen war. Vor lauter Tränen nichts gesehen und den Kopf nicht heben können. Ich bin ein Gast auf Erden und hab hier keinen Stand / der Himmel soll mir werden, da ist mein Vaterland. Nach dem Gottesdienst Kaffee und Butterkuchen in der Gaststube. Was nun aus der Bäckerei würde? Jemand Fremdes reinnehmen? Ach, so'n Verdeunst is das ja auch nich. Die Beileidsbekundungen: ein schwacher Trost. Der Tod des Vaters erinnerte hier mehr als sonst an die eigene Endlichkeit. Und wen sollte man lieben? Paula, Fritz unverheiratet, Theo und Adelheid kinderlos: Was wird mal von uns bleiben? Margarete spürte die neidischen Blicke. In den folgenden Tagen schlichen alle gesenkten Hauptes herum. Der Tod war wie ein Gespenst im Haus. Beim Vorbeigehen im Flur immer ein Blick auf die Tür, hinter der er gelegen hatte, hinter der sie ihn gefunden hatten. Oder gerade nicht hinschauen: Da ist nichts, da ist nichts. Der Geist des Toten? Unchristliche Gedanken. Man lebte doch im zwanzigsten Jahrhundert, und doch griff die Angst allenthalben um sich. Romy mussten sie wegschicken, die hielt es nicht mehr aus, für vierzehn Tage rüber zu Kleimanns, mit der Tochter war sie zur Schule gegangen, sie verstanden sich gut. Sie schliefen in einem Bett, auch wenn sie nicht mehr ganz Kinder waren. Ist ja nur für kurze Zeit, sagte man. Albin sprach abends unter der Bettdecke mit dem Großvater. Stumm, damit es niemand sonst verstand. Es würde auch niemand verstehen. Wie so vieles. Sie hatten sich verstanden, der Junge und der alte Mann. Und nun? Nun war man auf sich allein gestellt, auf eine Art: Ich kann dir nicht helfen, sagte der Großvater. Albin stellte sich vor, wie es wäre, ganz weit weg zu gehen. Mit einem eigenen Pferd hätte er es vielleicht sogar getan. Sein Bett wäre morgens einfach leer gewesen: Wer einmal der Prärie verfallen ist. Vielleicht lebte sein Vater, den er nicht kannte, doch noch, irgendwo im Orient, hatte sich in den letzten Kriegstagen absetzen können und fand sich nun hinter den Linien. Hatte immer weiter nach Osten fliehen müssen, vor den Kommunisten, als Rumäne verkleidet. Was kam hinter der Türkei? Persien? Am Hofe des Großmoguls hatte er vielleicht eine bedeutende Stellung als geheimer Berater. Aber schreiben konnte er nicht, um sich nicht zu verraten, umzingelt von Feinden, die Post wurde von Agenten kontrolliert. Albin stellte sich vor, auf Mandub, dem arabischen Zirkushengst, nach Persien zu reiten, nach Persien zu fliegen, mit wehendem Schweif, wehender Mähne in den Hof einzureiten: Hier bin ich!

Die folgenden Wochen waren furchtbar. Bloß weg, jeden Tag nach der Schule, nach einem hastig heruntergeschlungenen Mittagessen, schnell und halbherzig erledigten Hausaufgaben, raus, zum Gut rüber. Es hatten Streitereien angefangen über das Zimmer, das der Großvater bewohnt hatte. Die Möbel, Bett, Nachttisch und Kleiderschrank? Das geben wir weg, hatte Paula verfügt: Die Sachen eines Toten im Haus, das würde sie nicht ertragen. Und das Zimmer?, das konnte man doch nicht leer stehen lassen. Vielleicht für Romy, die sei doch nun auch schon siebzehn Jahre alt; und immer noch bei der Mutter mit im Zimmer? Die wollte aber nicht. Der Geist des Großvaters. Da gab es nichts zu überlegen, die starre Angst befiel sie schon bei dem Gedanken, nachts in diesem Zimmer liegen zu müssen, allein. Und wenn wir's Albin geben?, fragte Margarete vorsichtig, er hatte sein Bett ja auch immer noch im Zimmer der Mutter, quer vor dem großen Doppelbett, dem weißlackierten. Aber wie sollte man das erklären? Die fast erwachsene Tochter mit der Mutter in einem Bett, aber der lüttje Bengel mit eigenem Zimmer? Das wäre ja nun ein falsches Signal. Also dann ließe man's doch erstmal so, wie es ist.

Mit den kälteren Tagen und dem Sitzen in beheizten Stuben kam das Asthma wieder. Man wollte raus, aber konnte nicht. Es ging ihm wie einem Hund, der an seiner Kette zerrte und sich damit die Luft abschnitt und darum nur umso mehr zerrte. Das käme doch alles von dem Dreck und dem Staub, wenn er bei den Pferden sei, hieß es, man müsse doch nur mal kucken, die Menschen aus'm Pott, die seien doch auch alle asthmatisch und das bestimmt nicht, weil da die Luft so sauber wäre. Nachts schmiss er das Federbett fort, das wie eine übergroße schwere Hand auf ihm lag und ihm Nase und Mund und Brust zudrückte. Lieber frieren. Und sich deshalb eine Erkältung holen, mit roter Nase und hohem Fieber und allem Drum und Dran. Wenn du so weiter machst, verbringst du Weihnachten im Bett. Das Pulver wollte nicht mehr helfen und verursachte nur ein Schneien im Kopf. Weg, alles weg!, dachte er, ich auch weg, bloß weg hier, fliehen, fliegen. Wie nah das beieinanderlag, fliehen und fliegen, ein Buchstabe bloß und g und h lagen auch im Alphabet direkt nebeneinander. Vielleicht hatte Utz ja doch recht gehabt mit seiner Idee vom Fliegen, aber geschafft hatte er es auch nicht. Doktor Wittmann kam und untersuchte. Er habe sich erkundigt, sagte er, die LVA habe ein Kinderheim auf Amrum, da müsse man den Jungen hinschicken. Nordseeluft. Reizklima. Die Weite des Meeres, das würde sich auf die Atemwege übertragen, Ähnliches zu Ähnlichem, so hätte es auch schon der alte Hippokrates gelehrt. Und wie lange? Mindestens acht Wochen. Mein lieber Gott!

Es war dann auf einmal eine Leiter da, eine Leiter, die bis in den Himmel reichte, kaum dass er die Augen geschlossen hatte, eines Abends oder Nachts, nachdem ihn wieder ein heftiger Anfall heimgesucht hatte, und er nahm die ersten Sprossen und stieg hinauf und immer weiter, und das war das Letzte, an das er sich erinnern konnte, als er am Morgen wieder aufwachte, dass er auf dieser Leiter stand, sehr weit oben, zwischen Himmel und Erde. Es war nicht auszumachen gewesen, wohin die Leiter führte, und er versuchte, sie noch einmal ganz bewusst, im Wachen, hinaufzusteigen (denn das wollte er jetzt schon wissen), doch es gelang nicht, und als er sich abends wieder ins Bett legte und an die Leiter dachte, da war er, kaum dass er die ersten zwei Sprossen genommen hatte, auch schon eingeschlafen. Und wieder stieg er im Traum die Leiter hoch und wieder kam er an kein Ende. Er versuchte es noch etliche Male, aber es kam nur dabei heraus, dass er sofort einschlief, wenn er sich die Leiter vorstellte (vorausgesetzt, er war hinreichend müde). Später lernte er, sich eine bestimmte Anzahl Sprossen vorzunehmen und dann genau danach wieder aufzuwachen. Eine Viertelstunde zum Beispiel, in der er tief und fest und unweckbar schlief und diesen Schlaf dann ohne Wecker wieder beendete.

Nach dem Tod des Großvaters hatte man die Schweine, die im Stall des Backhauses standen, verkauft. Sich da auch noch drum kümmern? Die Zeiten waren jetzt doch andere und Fritz bekam doch alles zum Einkaufspreis. Was bin ich froh, sagte Paula, dass ich das nich mehr machen muss. Die Waschküche in ein Schlachthaus verwandeln: Bis man das wieder sauber hatte. Nun nur noch der Geruch von Seifenpulver: Reinlichkeit ist der Stolz der Hausfrau. Die Bäckerei wurde samt zwei Gesellen an Karl-Heinz Stuckmann verpachtet, der hatte in der Sache vor Jahren schon mal angefragt.

Ein tüchtiger Mann, der es auch nur schwer ertragen konnte, als angestellter Bäckermeister arbeiten zu müssen. Den Butterkuchen kriegte er aber nicht so gut hin wie Krone sen. (sagten die Leute – und kamen dafür dann auch nicht mehr bis aus Bielefeld). Das Leben ging weiter. Sagte man. Und es stimmte trotzdem. Albin hatte zu Weihnachten ein Heimkino bekommen, also einen Projektor mit Handkurbel, Marke Noris, und drei Filme dazu. Von Onkel Hans aus Lage. Wo der Junge wegen des Asthmas jetzt so viel Zeit im Haus verbringen musste (was die Sache nicht besser machte). Auf dem Dachboden ein altes Bettlaken vors Fenster, Verdunkelung und Leinwand zugleich, alle einladen, die man so kannte und los ging's. Zurück in die Stummfilmzeit. Onkel Theo stiftete aus seiner Wirtschaft die Sinalco dazu (sonst hielt er sich ja aus allem im Hause raus). Es war kalt und alle saßen in dicken Jacken da. Besonderer Beliebtheit erfreute sich ein Film namens Lehmann ist ein schlechter Kutscher: Drei Minuten lang konnte man dem Vorgang der Verwüstung folgen, den ein durchgegangenes Pferd samt Wagen anrichtete, umgerissene Marktstände, Damen in langen Kleidern, die reihenweise zu Boden gingen, ein hilfloser Polizist mit O-Beinen. Der Höhepunkt jeder Vorführung bestand darin, dass Albin den Film rückwärts laufen ließ. Er überlegte, ob er nicht vielleicht Eintritt nehmen sollte. Er hatte ein bisschen auf dem Akkordeon geübt (das ist von deinem Vater), ideal für einen Marsch oder Ragtime. Das Lachen half beim Luftholen.

5

Eine grundlegende Besserung blieb aber aus, das Asthma klebte an ihm wie ein Schatten, saß ihm im Genick wie ein unsichtbarer Geist, der ihm immer wieder die Kehle zudrückte. Nachts das Fiepen, das seine Mutter und die Schwester um den Schlaf brachte. Nur gut, dass er nicht allein in Großvaters Zimmer liegt, er würde dort sterben und wir merkten es nicht. So dachte man. Die Schwere des Falls musste endlich auch die unbekannten Damen und Herren der Landesversicherungsanstalt berührt haben, so dass sie im Februar den Bescheid auf grauem Papier schickten, in dem die Bewilligung einer Heilmaßnahme hochoffiziell bekundet wurde. Im März ging es für den Jungen dann also nach Amrum an die Nordsee, für acht Wochen, über die Osterferien und noch zu Beginn des neuen Schuljahres, so würde er noch am wenigsten verpassen, hatte es geheißen, aber eigentlich war das gehopst wie gesprungen und ändern hätte man es sowieso nicht können. Acht Wochen am Stück und dann ist es auskuriert – so hatte es Doktor Wittmann gesagt, und so glaubte es Albins Mutter: Ich würde ja so gerne mitfahren, paar Tage an die See, das täte mir auch gut. Das Rote Kreuz organisierte die Fahrt, westfälische Kinder an die frische Luft, Reizklima, asthmatisch waren also auch noch andere, auf eine Art beruhigend, dachte der Junge, aber dann auch ein bisschen enttäuschend. Um halb acht musste man morgens in Bielefeld am Bahnhof sein, wo ein Fräulein mit weißer Haube die Kinder in Empfang nahm: Brote für unterwegs dabei? Ist 'ne lange Fahrt. Und 'ne Mütze? An der

See ginge immer ein steifer Wind; dass man sich da nichts an den Ohren hole. Ein Mädchen war dabei die hatte auf dem Bahnsteig geweint. Ganz dürr. Kriegst du auch keine Luft? – Was sollte das heißen? Ich soll mehr essen, sagte sie schließlich und dann bis weit hinter Hannover nichts mehr. Hast du Heimweh?, fragte das Fräulein vom Kreuz und darauf ein Nicken, in der niedersächsischen Tiefebene standen schwarzbunte Kühe auf den Weiden, denen schaute sie aus dem Zugfenster zu. Zwei der anderen Jungen spielten Karten, Albin ritt mit Kara Ben Nemsi durch Ägypten und Tripolitanien. Es gab in der Wüste gefährliche Stellen, wo der Sand auf dem Wasser schwamm, und wenn man's nicht wusste, sank man dort in Sekundenschnelle ein und verschwand auf nimmer Wiedersehen. Draußen die Lüneburger Heide, ein bisschen wie die Senne südlich des Teutoburger Waldes, die aber außerhalb des Ostwestfälischen niemand kannte, militärisches Sperrgebiet, die Engländer machten dort ihre Übungen (falls nochmal wieder ein Krieg kommt). Auf der Heide Schafe, die hier Heidschnucken hießen, wie das Fräulein wusste, Wollknäuel auf zahnstocherdünnen Beinen. Lüneburg und Harburg und: War das jetzt schon die Elbe? Gelber Ginster zwischen braunem Ufergras. Schrebergärten. Das Gesicht ganz platt an die Scheibe drücken: Ob man schon was von Hamburg sieht? Lagerhallen und dann die ersten Kräne und dann fuhr der Zug auch schon über die Elbbrücken und von dort war der Blick dann frei auf den Hafen, der sich hinzog bis zum Horizont, Frachtschiffe, so schnell konnte man gar nicht zählen, dann nahm der Zug auch schon wieder eine Kurve, backsteinrote Speicher, Tee und Gewürze, Baumwolle, das hatten sie in der Schule gelernt, Südfrüchte. Dr. Oetker besaß auch Schiffe, Reederei Hamburg Süd (damit war Bielefeld gemeint). Heimat- und Wirtschaftskunde. Wir und die Welt. Wie groß mochte die ganze Stadt sein? Konnte man sich gar nicht vorstellen. Der Hauptbahnhof: Eine riesige Halle. Sitzen bleiben, wir fahren weiter bis Altona, sagte das Fräulein mit der weißen Haube, die sie die ganze Fahrt über nicht abgelegt hatte, eine Schäferin und ihre Schäflein, so sah sie es. Im Zug wurde zusammengepackt. Passagiere erster Klasse mit Pelzkrägen an den Mänteln. Bei der Ausfahrt aus dem Hauptbahnhof sah man die Villen am Ufer der Alster: Sind hier alle reich? Ob man nochmal austreten kann? Nee, wir sind gleich da. Zwei Ameisen aus Altona: Wie ging das Gedicht nochmal? Und auf dem Bahnhof bleiben wir alle schön beieinander, verstanden? Keine Frage. Man sah den Leuten ihre finsteren Absichten nicht an. Mit den Kindern im Schlepp erkundigte sich das Fräulein nach dem Abfahrtgleis des Zuges nach Westerland, Kurswagen nach Dagebüll, eine Stunde Aufenthalt, er solle Fotos von Schiffen machen, hatte Utz Bollhöfer Albin aufgetragen, aber hier waren keine. Ob es weit sei zum Hafen? Nix da! Wenn du hier verloren gehst, tauchst du in Australien wieder auf. Oder auch gar nicht mehr. Die große Stadt wie Treibsand: Ein falscher Schritt und man war verschwunden. Nochmal gute zweieinhalb Stunden Zugfahrt, ein Waggon voller Kindergruppen, aus Berlin und dem Ruhrpott: Was für 'ne Sprache! Dagegen kam man sich selbst ja richtig zivilisiert vor. Alle zum Aufpäppeln an die See. Die Wissenschaft hat's festgestellt. Schon hatte man Hamburg wieder hinter sich, und jetzt kuckt euch mal die Gegend hier an: Weiden bis zum Horizont. Wie flach ein Land sein kann. Plattdeutsch: Jetzt wusste man, woher das kam. Und die paar Bäume, alle krumm vom Wind. Man konnte meinen, man führe ans Ende der Welt und irgendwie war es ja auch so, das Land zuende und dann nur noch das Meer. Von Dagebüll noch mal zehn Minuten mit der Bimmelbahn zum Hafen. Wie hatte man sich das denn vorgestellt? Ein Gleis, eine Mole, ein Schiff: Das ist ja gar nicht so groß, passen wir da überhaupt alle drauf? Von der Kaimauer ins Meer pinkeln: Untersteht euch. Aber die Mädchen hätten's lustig gefunden. Und nun alle Mann an Bord! Gerangel um die besten Plätze auf dem Oberdeck: Ist das nicht zu kalt? Aber wenn man da drin sitzt, unten im Schiff, da käme man ja gar nicht so schnell wieder raus, falls man mal untergeht. Ich bleib mit hier oben, sagte eine von den Fräuleins, sie würde auch so leicht seekrank, da täte die frische Luft sicher gut. Und wir? 'N Friesentee im Salon? Dann also Leinen los. Das graue Meer. Das hatten die jungen Frauen alle in der Schule gelesen: Theodor Storm, der Schimmelreiter. Aber ob man so einen heiraten würde und so hier am Meer leben? Ich könnt's, sagte eine. Die Kinder kuckten die ganze Zeit, obwohl es nichts zu sehen gab. Die Stimmen wurden weniger, im Salon vertieften sich die wenigen älteren Kurgäste in ihre Bücher. Er solle ja schreiben, hatte die Mutter Albin aufgetragen und vor allem nicht den Geburtstag der Schwester vergessen. Der Wind wehte die Haare ins Gesicht. Nach einer knappen Stunde: Wyk auf Föhr; Fahrgäste nach Amrum bitte an Bord bleiben. Kam doch immer wieder vor, dass die Landratten auf der falschen Insel ausstiegen. Insgesamt zwei Stunden dauerte die Überfahrt, dann hatte man das auch endlich geschafft. Dieses große, weiße Gebäude an der Spitze der Insel, ob das wohl das Kinderheim sei? Wer konnte solche Gedanken haben? Über einen hölzernen Steg ging es vom Schiff an Land. Matschig-grüne Wiesen, braunes Gestrüpp: Die Insel verstand es, ihre Verheißungen einstweilen noch zu verbergen. Was hatte man erwartet? Drei Busse standen bereit, die Neuankömmlinge auf ihre Unterkünfte zu verteilen. Wittdün, Nebel, Norddorf. Fräulein, und wir? Ihr kommt mit mir. In der Kinderheilanstalt Satteldüne wartete bereits das Abendessen: belegte Brote mit Wurst und Käse, saure Gurken, Hagebuttentee. Man fiel müde ins Bett, vier in einem Zimmer, und konnte doch lange nicht einschlafen. Die Seeluft, es roch so ganz anders hier.

Und wer bist du? Der Lange da sah ganz interessant aus, das gleich mal klären: Claas von Olten, aus Hannover. Hände in den Taschen. Und selbst? Albin Kortmeyer, aus

Paulskirchen. Der von Olten kuckte, Haare zurückgekämmt, Denkerstirn: Wo war das noch mal? Bei Bielefeld (hätte er ja auch gleich sagen können, viele machten das ja so, vom Mond aus betrachtet hätte man auch sagen können, man käme aus Paris oder London). Ah, ein Ostwestfale. Lipper, um genau zu sein, sagte Albin, und Olten: 'S wird ja immer doller. Ein buntes Völkchen sind wir hier. Sie gingen den Weg zur Satteldüne hinauf, vor ihnen erstreckte sich Kniepsand, eigentlich eine der Insel vorgelagerte Sandbank, die aber mit ihr verwachsen war und nun den breitesten Strand an der ganzen Nordsee bildete. Dahinter das Meer: Kaum zu sehen. Der Wind wehte den Sand zu einem nebligen Schleier auf, durch den man knapp das Weiß der Brandung sah: Wie die Kraft der Böen das Meer zur Bildung von Wellen zwingt, bedrängt und durchdringt sie auch den Körper und beeinflusst die inneren Organe. So stand es auf einer Tafel, die einem sagen sollte, dass man hier richtig sei. Claas von Olten trug keine Mütze: Kühler Kopf und warme Füße – mein Leitspruch, sagte er. War mit dem was anzufangen? Albin hatte seine Strickmütze auf den Hinterkopf zurückgeschoben, die langen Stirnhaare, die er so gescheitelt hatte, dass sie über das rechte Auge fielen, zisselten im Wind. Das Atmen stemmte sich noch gegen die neue Luft, aber wart's ab, hatte der Arzt gesagt, der alle Neuankömmlinge eingangs untersuchte, das wird nach ein paar Tagen besser. Auch Asthma?, fragte Albin den Langen, der mindestens einen Kopf größer war als er. Wir wollen nicht davon reden, sagte von Olten und blickte strategisch Richtung Meer. Was macht der Vater? Albin zögerte einen Moment: Eigentlich Pianist, ist aber seit fünfundvierzig vermisst. (Fast hätte er gesagt, dass er seinen Vater am Hofe des Schahs von Persien vermutete, dorthin durchgeschlagen über den Balkan und die Türkei, unter falscher Identität. Kein Kontakt. Bei Strafe des Todes.) Tut mir leid, sagte von Olten, ohne den Blick vom Meer zu nehmen. Gerader Rücken. An der Jacke bunte Bündchen: 'N bisschen was besseres. Dann drehte er sich aber doch um: Mein Alter ist Ober-stu-dien-di-rek-tor, ein Pädagog. Und nach einer Pause: Man weiß ja nie, wie schlecht man's hat. Haben wir Pläne? Vor Norddorf soll's ein Schiffswrack geben, da mal hin? Abgemacht.

Eine Winterkur bedeutet zwei Sommerkuren. Bedeutet, so viel wie möglich draußen zu sein: Dieser Seewind führt uns eine warme, feuchte, von Krankheitskeimen, Allergenstoffen und Staub freie, mit feinstverteilten Mineralsalzen durchsetzte Luft zu. Sagt Professor Häberlein. Bei kindlichem Asthma: Große Heilungschancen, dennoch habe man die letzten Ursachen des Asthmas noch nicht genügend ergründen können, es seien wohl nicht allein Allergene dafür verantwortlich, sondern auch eine anlagebedingte Bereitschaft oder Schwäche. Nun denn. Vielleicht musste man die Dinge manchmal einfach nur umdrehen, um sie zu verstehen: Ich bin bereit, dass mir die Luft wegbleibt. Fernweh und Heimweh: Der Schmerz zeigt, wo die Reise hingeht. Der feine Amrumer Sand steckte in allen Ritzen und Poren, dem war nicht beizukommen: Leben lernen mit Sand im Getriebe. Vielleicht lag's auch an Schwester Bärbel, dass man abends noch 'ne Scheibe Brot mehr aß. Weiße Schürze überm blauen Troyer, blonde Locken und so'n richtig nordisches Gesicht. Eine kleine goldene Uhr am Handgelenk. Wenn ich mal groß bin. Morgens ging man eine kleine Runde durch die Dünen (bleibt auf den Wegen!) und dann gab es Unterricht bei Fräulein Caspari. Man kann der Bildung nicht entkommen, meinte Olten, aber es ging eher darum, der organischen Anregung auch etwas geistige entgegenzusetzen: Wer den Wind nicht gewohnt war, der konnte hier leicht komisch werden. Stürmische Tage, von denen es im Winterhalbjahr nicht wenige gab, lösten bei manchem Euphorien und anschließende Depressionen aus. Im Unterrichtsraum lag neben dem Lehrerpult Schäferhündin Bella auf einer alten Decke. Aus therapeutischen Gründen, hatte Fräulein

Caspari gesagt, was immer das zu bedeuten hatte. Müsste man zuhause mal vorschlagen, dachte Albin und stellte sich das Theater vor. Sie wurden über die Vergangenheit der Amrumer als Walfänger aufgeklärt, Bartenwale und Zahnwale und was da früher alles draus gemacht worden war: Konnte man im Inselmuseum bestaunen. Schreibt da mal einen kleinen Aufsatz drüber, wie ihr euch das vorstellt, als Walfänger zwei Monate auf See. Vor Grönland. Blieb man denn nirgendwo davon verschont? Zwanzig Hände machten sich an die Arbeit, es wurde getuschelt, bestimmt sind viele Seeleute von den Walen gefressen worden, in Gänze runtergeschluckt, so wie Jonas in der Bibel. Ob man da dauerhaft drin wohnen könnte, in einem Wal? Biologisch nicht, meinte von Olten, aber künstlerisch könnte das eine erwägenswerte Option sein (wie der sich ausdrückte? Gymnasiast). Albin stellte sich vor, dass so ein Walskelett eine gute Theaterkulisse abgeben würde: Das Publikum würde staunen. Ein Junge wollte wissen, warum man heute keine Wale mehr fängt. Weil es keine mehr gibt. Die Gier des Menschen. Das war einzusehen. Und sonst? Wie viele Inselbewohner noch Öömrang sprachen, das Amrumer Friesisch. Rechnet das mal in Prozent um. Und dann eine Linie ins Heft malen: vor hundert Jahren, vor fünfzig, heute. Wurden auch immer weniger, wie die Wale. Ob's da einen Zusammenhang gab? Angewandte Mathematik, im Rechnen war er ja immer gut.

Es dauerte wenige Tage, bis das Gesunden schon spürbar begann. Die aus'm Pott spielten Fußball, die Berliner kuckten Löcher in die Luft: Dass man weiter als bis zur nächsten Straßenecke kucken konnte (kieken, wie die sagten), das waren die nicht gewohnt. Kein S-portsmän?, fragte von Olten, dessen Vater, wie er sagte, der Oberstudiendirektor, von Leibesertüchtigung gesprochen hätte, was ja wohl wie Knorpelsuppe klänge, und Albin sagte nur: Ein Pferd. Er hatte auf der Insel hie und da ein paar stehen sehen, der

Milchmann spannte eins vor seine Pritschenwagen, insgesamt hatten es die Amrumer nicht so mit der Landwirtschaft, die waren vom Walfang direkt zum Kurbetrieb übergegangen. Pastor Bodelschwingh (aus Bielefeld!) hatte die christliche Badekur bald hundert Jahre zuvor in Norddorf eingeführt. Claas von Olten kuckte: Ah, ein Reitersmann? Und tat dabei irgendwie komisch, bei ihnen zuhause sei das Pferd ja aus der Mode gekommen. Als wenn er das bedauerte. Dabei war er, dachte Albin, nicht eigentlich ein Fußgänger, so wie Herr Soldner, der Lehrer, der vermutlich bis nach Italien zu Fuß gehen würde. Der lange Olten sagte, er würde sich gerne mal im Faustkampf erproben, Boxing, du verstehst?, nahm dazu die Fäuste vors Gesicht und ließ die Linke vorschnellen: Ein Kampf müsse nach Regeln stattfinden. Ein bisschen verdreht war der schon. Oder war's das Licht? Das Meer und der weiße Sand reflektierten das Sonnenlicht dermaßen, dass man auch an trüben Tagen immer mit etwas zusammengekniffenen Augen ging. Die älteren Kurgäste trugen Sonnenbrillen. Wenn man aufs Meer schaute, hörten irgendwann die Gedanken auf. Vielleicht sah man Dinge, die es gar nicht gab. Fliegende Pferde am Strand.

Nach acht Tagen kam ein Brief von seiner Mutter: Die saubere Handschrift, ganz gerade Buchstaben, die weder nach rechts noch nach links kippten. Dass es ihm bloß gutgehe und ob er kein Heimweh hätte und den Geburtstag der Schwester in zwei Wochen: Nicht vergessen. Nun musste er also von sich hören lassen. Das Schreiben fiel ihm immer noch schwer, mit der rechten Hand, jeden Buchstaben herausarbeiten und dann stand doch wieder einer an der falschen Stelle. Man hatte bei Schlüter in Schötmar einen Geha-Füller gekauft, mit Tintenpatronen, das Allerneuste: Wenigstens nicht mehr das Geschmiere mit dem Kolbenaufzug. Schwester Bärbel, kannst du mir bei der Postkarte helfen? Sie dürften du sagen, hatte sie den Jungen erlaubt. Es wollte einem ja auch partout nichts einfallen. Er hatte eine Postkarte mit einem Bild der Insel gekauft, gelb und grün und blau. Ein Kreuzchen machen: Hier wohne ich. Dort liegt das Wrack des Dampfers Helene, da haben wir ein Bandenspiel gemacht, Walfänger gegen Seeräuber. Die Amrumer haben so einen Spruch: Lever dood as Slaav. Freiheit; man hätte ja viel zu erzählen. Viele Grüße. Gerade mal drei Zeilen hingekriegt. Er schrieb dann noch eine Karte. An Herrn Nebelsiek. Über die Idee, ein Theater in einem Wal zumachen. Wie es wirklich ist, ließ sich ja ohnehin nicht in Worte fassen. Es müsste alles direkt aus dem Kopf aufs Papier fließen. Tat es aber nicht. Lieber beim Milchmann auf dem Wagen mitfahren, mal die Leinen halten (wo haste das gelernt?). Zuhause fingen gerade die Osterferien an. Einmal war es Albin, als sähe er jemanden am Strand entlang reiten, im Galopp, die Spur vom Wasser gleich wieder fortgespült, aber vielleicht hatten die Hufe den Boden ja auch gar nicht berührt. Noch fünf Wochen. (In denen der Großvater in Lage starb (im achtzigsten Jahr), die Mutter hatte einen Brief nach Amrum geschickt: Mein lieber Sohn, es gibt eine traurige Nachricht. Und: Man könne mit der Beerdigung nicht warten. Eine Lungenentzündung; am Ende hatte das morgendliche Bad in der Werre dann doch nicht mehr geholfen. Und Omi? – er hatte gleich zurückgeschrieben.)

Vierter Teil: Lehrjahre

1

So, wie die Frau dastand, konnte sie das Geheimnis auch nicht lüften. Ein bisschen ein verlegener Gesichtsausdruck, den Kopf nach hinten links geneigt und den Blick gesenkt. Die Hände hinterm Rücken verschränkt, so als wüsste sie nicht so recht, wohin mit ihren Fingern. Sie war zweifelsohne schön; lange braune Haare, ein schmales Gesicht, eine gerade Nase. Und sie war zweifelsohne nackt. Sie stand nackt in einem Gemüsegarten, oder was immer das sein sollte, so genau konnte man es nicht erkennen, irgendwelche Früchte wuchsen dort, allerlei Pflanzen, vielleicht hatte sich länger niemand um den Garten gekümmert, er sah etwas verwildert aus. Vielleicht konnte die Frau deswegen nackt in dem Garten stehen, weil niemand sonst dort war. Außer dem Maler natürlich, für den sie Modell stand, allein mit dem Maler in dem verwilderten Garten, nackt, ganz geheuer schien ihr das nicht zu sein, sie war auch fast ein bisschen rot im Gesicht. Die Brüste wie zwei weiße Pampelmusen, aber spitzer, die brauche keinen Büstenhalter, sagte einer und wurde von Fräulein Diesterfeld ermahnt. Der dunkle Schatten zwischen den Beinen, halb von der Seite zu sehen, da gingen die Blicke hin. Ob die wirklich so nackt vor dem Maler gestanden hatte? Und wie lange wohl? Malen, das dauerte doch länger als photographieren. Einer sagte, seine ältere Schwester sähe da genauso aus, aber schlauer wurde man dadurch auch nicht. Das dunkle Dreieck verbarg etwas, es war überhaupt auch sehr unscharf gemalt, und man überlegte, wie wohl hinter dieses Verborgene zu gelangen sei. Sie waren mehr oder weniger die einzigen Besucher in der Kunsthalle in Bielefeld, die Klasse von achtundzwanzig Vierzehnjährigen mit ihrer jungen Lehrerin, auch erst zweiundzwanzig und heimlich begehrt. Ein älteres Ehepaar bewegte sich mit missmutigem Blick durch die Ausstellung. Er in braunem Anzug, gelbes Hemd, gemusterte Krawatte und die paar letzten Haare mit Brillantine an den Kopf geklebt. Sie klackerte mit ihren Pumps auf dem Steinfußboden. Die mussten wohl, das sah man gleich, irgendwie die Zeit rumkriegen. Weil die Jungen immer wieder vor den Bildern mit nackten Frauen stehenblieben, sagte der ältere Herr, so in den Raum hinein, was das denn nun solle, diese unreifen Kinder hier her zu bringen, und Fräulein Diesterfeld stand direkt daneben (da konnte der sich was anhören): Die Kunst komme nicht von selbst zu den Leuten, sagte sie, man müsse zu ihr hin. Und der ältere Herr sagte: Junge Frau, und ob sie denn die Lehrerin sei, und eigentlich hätte er wohl noch sagen wollen, man müsse mal mit der Schulleitung sprechen, aber das sagte er dann nicht, weil Fräulein Diesterfeld ihm gleich einen Vortrag hielt, wie schädlich es für die Demokratie sei, wenn man um die Kunst so ein Geheimnis mache, das führe doch gleich wieder zur Bildung elitärer Zirkel; nein, sagte sie – und zwar so richtig energisch, die Kunst sei Eine und für alle da und man könne diese jungen Menschen nicht von der Schule lassen, ohne sie da herangeführt zu haben. Na, sagte der ältere Herr, dessen Blick zwischen dem ondulierten Grau seiner Gattin und dem hellen Blond der jungen Lehrerin hin- und hergewandert war, und also sagte er und: Wenn Sie das verantworten können. Und dann drehten die beiden Herrschaften ab wie zwei Enten auf dem Teich. Elitäre Zirkel, jetzt wusste man das auch. Albin betrachtete zwei Bilder mit Pferden. Was meinste?, fragte Ulrich Bollhöfer und hielt den Kopf ein wenig schräg, so wie ein Kennerblick. Von Frauen versteht der mehr als von Pferden, sagte Albin. Und Utz: Wir dürfen das nicht aus dem Auge verlieren.

August Macke, hatte Fräulein Diesterfeld erklärt, aus Meschede im Sauerland. Mit achtzehn das erste Mal nach Italien, alle Künstler führen nach Italien. Sein Vater sei auch in Italien gewesen, sagte Albin zu Utz, in den Zwanzigern, mit dem Auto über die Alpen, Rimini. Palmen an der Seepromenade, wie hier auf den Bildern. Und der Vater immer mit weißen Gamaschen über den Schuhen und großem Hut. Junge, Junge, der sei ein Künstler gewesen. Da müssen wir später auch mal hin, sagte er. Als Künstler?, fragte Utz. Und Albin machte eine Pose: Wie man sich das halt so vorstellte. Und in Tunesien sei Macke (was für'n Name eigentlich?) gewesen, mit seinem Freund Paul Klee. Kuckt euch mal die Farben an. Und Utz sagte: Ich fahr zur See, beim Landgang dann im weißen Anzug. Sollste sehen. Drei Monate später sei er dann tot gewesen, der Maler, mit siebenundzwanzig, gefallen in den ersten Wochen des Ersten Weltkriegs, in der Champagne.

Achte Klasse, das hieß letztes Schuljahr, im April würde es Zeugnisse geben. Er war jetzt vierzehn. Bei Fräulein Diesterfeld hatten sie die letzten zwei Jahre Zeichenunterricht gehabt, also ein Künstler würde aus ihm nicht, zumindest kein Maler, soviel war sicher, aber wenn man's selber mal versucht hatte, verstand man die anderen besser. Dann doch lieber Schauspieler, heimlich, denn dazu musste man von zuhause weg. Do you speak German? Man tat so als ob. Fräulein Diesterfeld unterrichtete auch Englisch. Damals, als die Tommies im Ort gewesen waren, hatte er nach Tschocklett gefragt. Und welche bekommen. Auf'm Schiff, sagte Utz, sprächen die ja nicht alle deutsch, auch wenn's unter deutsche Flagge führe. Der Kapitän vielleicht, aber die Mannschaft: aus aller Herren Länder. Er überlege ernsthaft, sagte er, ob er sich nicht noch des Chinesischen bemächtige. China, du. Und in der Südsee, da liefen sie alle nackt rum.

Utz würde ab April zur Realschule gehen, die Mittlere Reife, wenigstens das, hatte sein Vater verfügt. Wenn die

Noten im Abschlusszeugnis nicht hinter denen vom Herbst zurückblieben, war er aufgenommen. Noch zwei Jahre, alte Rothaut. Für die Realschule brauchte man in Deutsch eine Zwei und die bekam nur, wer gut im Aufsatz war. Eine Geschichte erzählen war das eine, sie aufzuschreiben etwas anderes. Das war immer Albins Kampf gewesen: Der Kopf war voll, aber bis das alles sortiert war und auf dem Papier? Und mit rechts schreiben, das hieß, noch einmal umdenken. Die Zeit war um, bevor man fertig war. Er hätte es gerne gekonnt, aus sich selbst heraus war es aber nicht zu packen. Die Buchstaben gemalt, sagte seine Mutter, sie hätte in der Schule die Buchstaben immer gemalt und sei auch nie fertig geworden. Da war also nichts zu erwarten. Nur, was die anderen machten, Henno Bünemann, der hätte ja so gute Noten, aber der müsse auch mal die Fabrik übernehmen, weiter reichten die Gedanken nicht. Im Januar waren die Aufnahmeprüfungen für die Handelsschulen gewesen, er hatte auf die staatliche Zweijährige nach Bielefeld gesollt wie seine Schwester, aber auch hier waren Aufsätze zu schreiben. Und eine Prüfung in Englisch. Aus Paulskirchen wurden drei genommen, Sieglinde Koch war darunter und Günther Tielker von der Möbelfabrik. Da hatte man nun nicht mit gerechnet. Ich weiß es auch nicht, sagte Margarete Kortmeyer. Zum Elternsprechtag? Die Lehrer, das seien studierte Leute, da hatte sie Angst gehabt, Vati hätte das gemacht, sagte sie ganz leise, der hatte ja auch ein Auftreten, aber sie? Man konnte den Jungen doch nicht zum Arbeiten in eine Fabrik schicken. Und Opa Krone, der war auch nicht mehr. Albin verschwand, saß bei Utz und hörte Radio, drehte seine Runden auf dem Pony. Sie hatten es vergeigt, jetzt sollten sie sehen, wie sie da wieder herauskämen. Ihm war es egal. Er trieb das kleine Pferd durch die kalte Winterluft bis es schwitzte, die Gräfin durfte das nicht sehen. Wenn man jetzt einfach weiterritte, von Hof zu Hof? Weg sein, so wie der Vater.

In der Zeitung hatte Fritz Krone dann eine Annonce gesehen: Private Handelsschule Schemmel – noch Plätze frei. Vierzig Mark Schulgeld im Monat, aber das war nun nicht zu ändern. Auf der staatlichen hätte man nur die Bücher kaufen müssen. Im April also, ohne dass groß Aufheben gemacht wurde, mit dem Fahrrad nach Schötmar. Immerhin waren die Realschüler auch dort, man konnte zusammen fahren. Wenn man von Paulskirchen kam, dann lag Schemmels kaufmännische Privatschule am anderen Ende von Schötmar, gegenüber dem Hoffmannstift, in Sichtweite der Stärkefabriken, die zwar noch auf dem Stadtgebiet von Schötmar lagen, aber unter dem benachbarten Staatsbad firmierten, den Namen Salzuflen so im Land bekannt gemacht hatten und Schötmar die kleinen Industrien überließen, die Kamm- und Schuhfabriken, Schlossereien, Möbelfabriken. Eigentlich hätte Schötmar die bedeutendere Stadt sein müssen, hier liefen die Straßen aus Lemgo, Lage und Oerlinghausen zusammen, die beiden Flüsse Bega und Werre formten ein lippisches Mesopotamien, während sich die Badestadt nördlich in ein bewaldetes Tal drückte. Die Klinik galt aber mehr als die Fabrik, die Gesundheit galt mehr als die Arbeit. Auf der Handelsschule Söhne und ein paar Töchter aus kleineren Betrieben, Eisenwaren, Kohlen, Möbel. Ein paar mittlere, Spedition Husemann, fünf LKW. Wilhelm Husemann fing bald an, sich eine Flasche Bier in der Schultasche mitzubringen, die er heimlich auf der Toilette trank. Sie hatten Rechnungswesen und kaufmännisches Rechnen bei Diplomhandelslehrer Richter, den sie das Sanfte Wesen nannten oder auch Ebbe und Flut, denn zu Beginn einer Stunde überflutete er die Klasse mit Begriffen, Fragen und auch gleich den Antworten dazu, weil er aber selten eine Reaktion bekam, wurde er im Verlauf der Stunde immer leiser, zog sich immer mehr auf sich selbst zurück, bis er am Ende nur noch unverständlich vor sich hin murmelte.

Er starrte den Schülerinnen auf den Busen: Meine Damen (die waren ja höchstens sechzehn!), die moderne Emanzipation gestattet es Ihnen, eine berufliche Karriere anzustreben – aber vergessen Sie darüber nie Ihre Weiblichkeit. Er hatte sich wohl vorgenommen, das sagen zu müssen. Diplomhandelslehrer Richter beförderte die weiblichen Karrieren dann aber gegen seinen Willen, indem er jeder Schülerin, die sich mit einigermaßen Oberweite und einer banalen Frage zu ihm herbeugte, eine bessere Note gab: Als Kaufleute müssen wir Gentlemen sein, sagte er und wie abstoßend die Gier sei und die Jagd nach dem schnellen Geld, die man jetzt überall beobachten könne. Er trank heimlich Schnaps und der Rhythmus der kleinen Schlücke aus dem Flachmann zwischen den Stunden war der eigentliche Grund für Ebbe und Flut. In den Pausen standen die Schüler vor der Tür, manche rauchten und die Jungen kuckten zum Hoffmannstift hinüber, nach den Schwesternschülerinnen in den grauen Röcken und den gestärkten schneeweißen Schürzen und einer machte eine Bemerkung und eines der Mädchen zog an einer Zigarette und sagte: Du bist wohl nicht mehr ganz knusper. Nachmittags gingen sie ins Kino, das Wittekind-Lichtspiel-Theater hieß, nicht Capitol oder Astoria oder Gloria. Die billigen Plätze kosteten fünfzig Pfennig. Es entsprach den Verhältnissen. Die Filme waren überall dieselben: Herzschmerz und die große Liebe. Nichts, was man sich ohne Mädchen hätte ankucken können. Ruth Leuwerik und Barbara Rütting. Die Western waren selten geworden: Das Kino dehnte die Zeitgeschichte oder kürzte sie ab, je nachdem, das Zeitalter der Pferde, das auf dem Land seinem Ende entgegen ging, war auf der Leinwand längst vorbei. Die spannenden Thriller (sie sagten Sriller) waren ab sechzehn, aber mit einem hinreichend ernsthaften Gesicht kam man auch da rein. Wenn man in einer Gruppe von älteren mitschwamm, stellte niemand Fragen. Lange im Gedächtnis blieben die Filme aber nicht.

Und dann war da noch eine Sache, die im evangelisch-reformierten Teil des Lipperlandes einen besonderen Ernst innehatte, eine Würde, aber eine protestantische, geradezu ätherische Würde, die mit dem katholischen Hochwürden (das immer so ein bisschen nach Braten riecht) so gar nichts gemein hat. Im Mai wurde er konfirmiert. Pastor Meinert sprach vom Mündigsein im Glauben (auf die bürgerliche Mündigkeit würde man ja noch sieben Jahre warten müssen). Ein Jahr Konfirmandenunterricht, von dem hier noch nicht berichtet wurde. Sonnabends um fünfzehn Uhr die erste Gruppe, um vier die zweite (einunddreißig waren sie insgesamt). Es waren fast alle dabei, mit denen er auch zur Schule gegangen war. Die Gymnasiasten sah man wieder. Wir wollen mehr über Gottes Wort erfahren, sagte Pastor Meinert. Die Geschichte Abrahams und Isaaks und Jakobs. Josef und seine Brüder. Die Anfänge des Glaubens. Wie Jakob seinen Bruder um das Erstgeburtsrecht betrog und aus ihm das Volk Israel hervorging und wie Pastor Meinert sagte, das sei Gottes Wille gewesen. Wenn man sich für etwas nicht interessiere, dann solle man es auch nicht bekommen (später dazu dann noch das Gleichnis von den anvertrauten Pfunden). Jakobs Traum von der Himmelsleiter: Diesen Traum, sagte Albin, habe er auch schon gehabt, nur dass in seinem Traum nicht die Engel die Leiter hinab- und hinaufstiegen, sondern er selbst (das gab natürlich ein bisschen Gekucke bei den anderen). Es gebe, sagte Pastor Meinert, Träume, die immer wieder von Menschen geträumt würden, mehr oder weniger ähnlich und dies sei ein Beweis für die Richtigkeit von Gottes Wort: Er spricht zu uns. Und: Der Name des Herrn ist eine feste Burg. Die Drangsal des Volkes Israel in Ägypten (das kannte man ja noch aus dem Kindergottesdienst). Und dass die ganze Menschheit sündig sei. Glaubst du's wirklich?, fragte Utz (du gehst doch zum CVJM). Ohne, dass man etwas Schlechtes tut? Also er glaube es nicht. Das wurde dann diskutiert (dein Glaube ist eine freie Entscheidung!) und

Pastor Meinert sagte, dass es für junge Menschen schwer zu verstehen sei, gerade, wenn man sehe, welche Schuld andere auf sich geladen hätten (da blieb er so im Allgemeinen) und dass er einmal in Norwegen gewesen sei, dort nennten sie die tiefen Gewässer Sund und sündig sein bedeute also, dass jeder Mensch seine Tiefe habe, seinen Abgrund, aus dem er alleine nicht herauskomme, sondern nur mit Gottes Hilfe. Und eines der Mädchen sagte, dass sie diesen Traum habe, wo sie ins Bodenlose falle und davon schon oft aufgewacht sei, schweißnass. Aber sündig habe sie sich nicht gefühlt (ich hatte ja was an, sagte sie). So'n bisschen komisch war's schon auch. Vor der Konfirmation wurden sie dann von den Kirchenältesten abgefragt, was sie vom Testament wussten, dem Alten und dem Neuen, den Wundern Jesu und was sie für sie bedeuteten (so ganz leicht kam man nicht davon – für den Protestanten ist der Glaube auch immer Studium). Albin hatte sich alles gemerkt (diese alte Fähigkeit, einfach gleich alles Gehörte auswendig zu lernen). Du könntest später mal den Kindergottesdienst übernehmen? Und dann stand man mit Hemd und Krawatte am fünften Sonntag nach Ostern (Rogate) in der Kirche: Gelobt sei Gott, der mein Gebet nicht verwirft, noch seine Güte von mir wendet. Und wenn man hochkuckte, über den Altarraum mit seinen hohen gotischen Fenstern, durch die die Sonne schien: Herr, ich habe lieb die Stätte deines Hauses und den Ort, da deine Ehre wohnt. Immer zu viert wurden sie von Pastor Meinert gesegnet und dabei die Konfirmationssprüche verlesen: Des Menschen Herz erdenkt sich seinen Weg; aber der Herr allein lenkt seinen Schritt. Und am Ende dann die Glückwünsche der Erwachsenen: Jetzt sei er ein richtiger junger Mann (man mochte es nicht wirklich glauben). Zum feierlichen Mittagessen Tante Adelheids Ragoût fin in der Gaststube (und da durfte man natürlich ganz offiziell schon mal ein Glas Wein trinken). Onkel Wilhelm und Tante Jette aus Sylbach, Tante Elly und Onkel Hans aus Lage, die Großmutter, Tante Gertud aus Ehrsen (Annemarie würde in der Woche drauf konfirmiert). Von seiner Mutter bekam er einen goldenen Siegelring geschenkt, mit Monogramm, den habe sie aus einer Taschenuhr seines Vaters machen lassen (das würde man ja nicht mehr tragen). Dass du etwas von ihm hast. Von Onkel Hans ein größerer Geldschein. Dein großer Tag, sagten sie und strichen ihm dann doch nochmal durchs Haar. (Das war für einen Vierzehnjährigen nun nicht zu verstehen, dass die Erwachsenen – man spürte es ja – auch seiner Kindheit nachtrauerten). Den Siegelring würde er bei jeder Gelegenheit tragen.

Konzertmeister Nebelsiek schenkte ihm ein kleines Büchlein, als er am Mittwoch zum Unterricht kam. Mensch ist mein Name stand vorne drauf. Von Carl Spitteler (nie gehört). Es solle helfen, sagte Nebelsiek, ein bisschen den Horizont zu weiten. Dass man nicht immer alles glaube, sondern selber denke: Gesetze brauchst du nicht, sie kämen denn von innen. / Die ganz Weisheit heißt: sich auf sich selbst besinnen. Das las er daraus vor. Ihm fiele es ja schwer zu glauben, sagte Nebelsiek, nach allem, was gewesen sei (so offen?): Wir hatten geglaubt, dass die Kunst, die Musik uns rettet. Und bei ihm träfe das wohl auch zu, sagte er, auf eine Art zumindest: Ich bin wieder hier. Das Orchester in Bad Teplitz habe er geleitet, sagte er. Aber: Uns haben sie im letzten Kriegsjahr allen noch 'ne Waffe in die Hand gedrückt. Allen. Und er sei da eben in Böhmen gewesen. Und mein Vater?, fragte Albin. Deswegen erzähle er das ja alles, sagte Nebelsiek. Wir haben es ja kommen sehen (wenn man ein bisschen rumkommt – er meinte den Krieg). Dein Vater hatte mir geschrieben, im Sommer '39, den Brief habe ich nicht mehr, er sei jetzt beim Marinemusikkorps in Wilhelmshaven (ich glaube, er ist schon '38 hingegangen), und dann schrieb er: Ich hoffe, hier sicher zu sein, wenn es losgeht. Diesen Satz, sagte Nebelsiek, erinnere er noch genau. Und fuhr fort: Ich glaube, er hat es deiner Mutter nie erzählt. Dass er freiwillig gegangen ist, um einer Einberufung in eine Kampfeinheit zuvor zu kommen. Er war ja bei keinem großen Orchester angestellt. An sich sei die Idee nicht schlecht gewesen, Bert Kaempfert habe es so gemacht und Heinz Erhardt auch. Aber als Pianist zur Militärmusik? Mit dem Saxophon und dem Akkordeon hätten sie ihn dann nur als Feldwebel eingestuft und nicht als Musikmeister (und Offizier). Er wollte überleben und dann zurückkommen. Es ist, sagte Nebelsiek, ihm nicht geglückt. Mehr könne er dazu nicht sagen. Und: Spiel nochmal Schubert (Impromptu op. 90). – Wenn wir Schubert zwischen Blumen im Grase liegen sehen – und dies ist seine gewöhnliche Stellung –, sind wir geneigt, ihn als harmlosen Schäfer und Schläfer zu betrachten. Steht er aber einmal auf, so erstaunen wir über seinen Riesenwuchs, über die Majestät seiner Bewegungen, über die herkulische Kraft seiner Leistungen: Das stand auch in dem Büchlein des Herrn Spitteler. So musst du's spielen. Aber auch: Wenn aus dir ein Pianist werden soll, dann müsstest du viel mehr tun. Viel mehr. Und Albin war geneigt, an dieser Stelle nicht mehr einfach Ja zu sagen oder bloß: Ich weiß. Es war vielleicht ein Wunschtraum seiner Mutter gewesen, ihn ein bisschen so zu machen wie seinen Vater. Aber das blieb einstweilen nur eine Ahnung. Er würde seine eigene Kunst finden müssen. Und auf dem Nachhauseweg beschloss er, dass diese Kunst die Reitkunst sei. Mit seiner Mutter sprach er nicht über das, was Nebelsiek ihm erzählt hatte. Er wollte ihr nicht wehtun. Wenn es alles stimmte. Manchmal wollte er noch an die Idee glauben, sein Vater sei irgendwo in Persien.

2

Margarete Kortmeyer befand, dass ihr Sohn etwas von der Welt sehen müsse, wenigsten ein bisschen, wo Vati doch so viel gereist sei, und immer in die Berge. Davos im Winter und Bad Ragaz im Sommer. Was wäre sie da gerne mal mitgefahren. Sie kannte ja nichts. Sagte sie. Aber der Junge. Und die Berge. Mit ihrem Bein ginge das ja nicht. Beim CVJM seien die jungen Menschen aber doch gut aufgehoben, so sagte sie das: die jungen Menschen. Zwei Wochen Jugendfreizeit in Inzell im Berchtesgadener Land, zweihundert Mark, übers Jahr beiseite gelegt von der Witwenrente eines Oberfeldwebels, Pianisten und Bergsteigers. Zuhause hätte es Vati nie lange ausgehalten, irgendwie sei er schon ein Vagabund gewesen. Das Künstlerische, vielleicht gehörte das zusammen, das Künstlerische und das Vagabundieren. Es wird sich schon alles fügen, dachte sie, mit Gottes Hilfe, hoffen wir's.

Berg-des-Garten?, im Lippischen sagte man ja Berch – und man machte sich auf'n Weech. Merkte man aber auch erst, das mit der Sprache, wenn Leute von anderswo her einen komisch ankuckten. Albin gab sich alle Mühe, nicht nach Lipperland zu klingen. Man musste ja nicht so reden wie die andern alle. Allein schon dieses ins A gedehnte R: Vata, Mutta, Duast und Wuast – furchtbar. In den besseren Kreisen redete niemand so.

Der Watzmann, Vati sei auf dem Watzmann gewesen, sagte Margarete Kortmeyer, und: Albin, freust du dich? Alles sehr prononciert. Der Junge brauchte einen Moment, um zu realisieren, dass es sich bei dem Watzmann wohl um einen Berg handeln musste. In der Schule war nur einmal von der Zugspitze die Rede gewesen, Deutschlands höchstem Berg. Auch seltsam, dachte Albin, man hört Zugspitze und denkt gar nicht an einen Zug sondern an einen Berg. Wenn man in den Bergen sei, so nah an der Sonne, sagte die Mutter, brauche man eine Sonnenbrille. Mit dem Bus nach Bielefeld (sie trug das gelbe Kleid mit den kleinen weißen Punkten und der doppelten Knopfreihe, die Perlenkette, die Prothese, den Stock). Die Frauen, die auf den Titelseiten der Illustrierten abgebildet waren, trugen Sonnenbrillen, an der Côte d'Azur (Kotasür), manchmal, damit man ihre blauen Augen sah, waren die Sonnenbrillen ins Haar geschoben. So würde er es auch machen, dachte sich Albin: Auf einer Mauer sitzen, auf einem Felsvorsprung, ein Bein angezogen und das andere baumeln lassen und dann so in die Ferne kucken. Es gab Modelle im Stile der Pilotenbrillen, mit Drahtfassung, und welche mit Kunststofffassung, Hornimitat, mit breiten Bügeln. Ein Schauspieler auf einem Filmplakat hatte so eine getragen, mal schauen, sagte der Optiker, ob wir die in deiner Größe da haben, ein schmales Gesicht, da dürfe die Brille nicht zu breit sein. Fünfundzwanzig Mark, es seien aber gute Gläser, sagte der Optiker, Schutz für das Auge: Wie wichtig das sei. Die Bügel mussten noch angepasst werden. Ein Etui gab es auch dazu. Ganz schön mondän, sagte Frau Möller später (Möller Damen- und Herrenbekleidung, Hauptstraße, am südlichen Eck des Paulskirchener Marktplatzes), bei der noch ein Hemd und eine Hose gekauft werden mussten. Immer noch dieser Blick, wenn er bei Möllers im Geschäft war, die hatten ja selbst keine Kinder und vor Jahren seiner Mutter mal das Angebot gemacht, ihn zu adoptieren. Damit der Junge einen Vater hätte. Damals, als die Frau vom Jugendamt noch öfters vorbeischaute. Vergebliche Liebesmüh. Ich geb dich nicht her, hatte die Mutter gesagt, auch wenn du mir manchmal Schmerzen machst. Trotzdem gab es bei Frau Möller immer noch ein bisschen Rabatt.

Als Albin an einem dieser Junitage auf den Hof des Gutes Sierdissen einbog (mit der neuen Sonnenbrille auf der Nase), kam ihm Utz auf einem Schlepper entgegengetuckert. Fendt Dieselroß, fünfundzwanzig Pferde. Sitz auf!, rief Utz, wir drehn 'ne Runde. So sagte es Albin zuhause auch immer: Ich dreh mal 'ne Runde – und war dann bis abends verschwunden. Er drückte sich an Utzs Knie vorbei auf die kleine Sitzbank auf dem Kotflügel. Junge, Junge, diese Sonnenbrille, man könnte meinen, du wolltest nach Italien. Ich bieg vorher links ab, sagte Albin. Utz trat die Kupplung, legte einen Gang ein und fuhr schwungvoll an. Wo fahren wir hin? Einmal über die Straße auf die Weide, Gras mähen. Böhmer hat mir gezeigt, wie's geht. Und, wie viele Fahrstunden haste gebraucht? Stunden? 'Ne halbe und dann hat man's raus, sagte Utz. Sie tuckerten die Straße runter, auf einem der Felder stand die Wintergerste schon ziemlich hoch: Wie schnell das immer geht. Wenn du Schlepper fahren kannst, geht's später mit'm Auto viel leichter. Hier hätte man neben den Fahr- ja noch die Arbeitsgänge, rief Utz. Er deutete mit der Rechten auf ein paar Hebel, während er mit der Linken das große Lenkrad hielt. Der Motor strahlte Hitze aus, es roch nach Diesel und Schmierfett. Hinter dem Lenkrad waren im Blech einige Schalter eingelassen und ein rundes Instrument mit einer zitternden weißen Nadel, die sich nach rechts bewegte, wenn Utz Gas gab, Albin kuckte zu, wie sein Freund kuppelte und schaltete. Lässte mich auch mal? Und der: Können wir das verantworten? Auf der Wiese ließ er den Messerbalken runter, das Gras schüttelte sich und fiel flach um. Nach einer halben Runde auf der Wiese hielt Utz an, kuppelte den Gang aus, zog die Handbremse an, schwang sich vom Sitz: So, dann nehm Se mal Platz. Kupplung, Bremse, Gas. Erster Gang hier, zweiter Gang da. Kupplung langsam kommen lassen, dabei Gas geben, nicht zu viel und nicht zu wenig. Mit Gefühl. Albin spürte die Maschine in seinen Füßen, das Vibrieren in den

Händen, im Gesäß. Er fuhr an: No problem, Mister! Legte den zweiten Gang ein: welch erhabenes Gefühl! Bis zur nächsten Ecke der Wiese. Lenken!, schrie Utz, lenken! Und: Fuß vom Gas. Das Lenken ging schwerer als gedacht, man brauchte richtig Kraft, um das Dieselroß um die Kurve zu kurbeln. Auf'm echten Pferd ging das leichter, äußere Hand ein bisschen vor, Oberkörper etwas nach innen kippen und rum war man. Das Tempo machte das Tier von alleine. Albin mähte ein Stück aus dem angrenzenden Roggenfeld. Wir haben's nicht gesehen!, sagte Utz. Nach der zweiten Runde klappte es besser, nach zwanzig Minuten war die große Wiese gemäht. Utz übernahm wieder das Steuer, sie fuhren zurück zum Gut. Morgen zum Heuwenden raus? Mit'm Pferd; für den Heuwender lohnte der Schlepper nicht. Viel zu tun hatten die Ackerpferde dennoch nicht. Vier waren letztens schon verkauft worden, man ahnte nichts Gutes. Albin sattelte Roland: Noch 'ne Runde im alten Stil. Grüß mir Old Shatterhand, alte Rothaut. Im Trab vom Hof. Nach der Schlepperfahrt, der ganzen Schwere des eisernen Geräts, kam einem der Ritt selbst auf dem pummeligen Pony fast wie ein Flug vor. Es waren, ahnte er, ohne es so hätte aussprechen zu können, wohl immer zwei Kräfte am Werk: Die eine zog zur Erde, die andere zog zum Himmel.

Im Juli gab es Ferien. Die letzten großen Sommerferien. (Was nach der Handelsschule im Jahr drauf kommen würde? Jetzt nicht dran denken.) Die Tage wurden schon wieder kürzer, aber man merkte es noch nicht. Um vier Uhr morgens wurde es hell. Es hieß, Sachen packen. Der CVJM hatte eine Liste herausgegeben: zweite Hose, Wäsche zum Wechseln, Zahnbürste, Kamm. Festes Schuhwerk. Eigentlich wusste man das ja alles. Ein warmer Pullover oder eine Strickjacke. Der kleine braune Koffer wurde nicht ganz voll. Ein Rucksack, aus blauem Tuch mit weißen Borten, die Schulterriemen mit Filz unterlegt: für eine Trinkflasche und belegte Brote. Willste noch'n jekochtes Ei für die Fahrt?

Zwei. Aus Butterbrotpapier ein kleines Briefchen gefaltet für das Salz. Ist ja doch 'ne lange Strecke. Der Bus kam morgens um sechs, ein halbes Dutzend aus Bad Salzuflen saß schon drin, kannte man natürlich nicht, vielleicht sich gleich dazusetzen? Guten Morgen, hier noch frei? In Paulskirchen waren sie zu viert. Der lange Ruthe, der Sohn von Frau Zander und der kleine Schröder, dessen Vater in der Gemeindeverwaltung arbeitete: Beglaubigungen, Stempel und Gebührenmarken. Den kleinen Schröder nannten sie Schrötze, so hartnäckig, dass er irgendwann glaubte, er heiße wirklich so. Braune Augen und dunkle Locken: 'N bisschen untypisch, wie man sagte. Zum CVJM gingen die Kinder der kleinen Angestellten, Ladenbesitzer und Handwerker. Freitagsnachmittags Tischtennis und Bibelkreis. Die Bauernsöhne gingen zur Landjugend, die älteren waren im Reitverein. Mancher war nirgends. Das gab es auch. Ich bin Walther Brand, sagte der Mann, der sie begrüßte. Das war der Gruppenleiter (oder Fahrtenleiter?). Gab allen die Hand. Knickerbocker und ein Bauch und ein kariertes Hemd. Und ein Vollbart (das sah man ja nun äußerst selten, und manche Mütter fragten, ob dem Mann zu trauen sei). Schön, dass ihr da seid! Der Bus holte noch einen kleinen Trupp in Oerlinghausen ab und das Gros in Bielefeld. Mütter standen da und strichen ihren Kindern zum Abschied übern Kopf: Denk dran, uns 'ne Postkarte zu schreiben. Das hatten sie zuhause auch alle zu ihm gesagt: Schreib uns. Und bedauert, dass sie es selbst nie in die Berge geschafft hatten: Wie wenig man doch von Deutschland kennt. Denen, die übern Kopf gestreichelt wurden, war das peinlich: Mutter, ich bin doch kein kleines Kind mehr! Albin Kortmeyer war froh, dass ihm niemand gefolgt war, als er frühmorgens das Haus verließ. Die Mutter hatte die Brote für die Fahrt schon am Vorabend geschmiert. Man würde ja erst abends ankommen, achthundert Kilometer, so lange sitzen, also sie könnte das nicht mehr. Herr Brand ging mit einer Liste durch den Bus und zählte nach, winkte von hinten dem Busfahrer in den Rückspiegel. Tür zu, Gang rein und los. Endlich. Albin saß am Fenster neben dem langen Ruthe. Sonnenbrille auf. Vor ihnen saßen zwei Mädchen. Wenn man sich etwas vorbeugte, konnte man ihre Haare riechen. Anziehungskräfte. Albin schob seinen Kopf über die Rückenlehne: Guten Morgen, die Damen! Schon mal im Süden gewesen? Die Mädchen drehten sich zu ihm um und rutschten dafür etwas auseinander. Bei diesem Kopfdrehen-Umdrehen streiften ihre Haare Albins Hände. Er schob die Sonnenbrille über die Stirn. Vielleicht Italien? Gar Griechenland? Sie sei mit der Schule mal in Warburg gewesen, auf der Dreiecksburg, sagte die, die zum Gang hin saß, also das sei ihr schon ziemlich weit vorgekommen, aber sie führen doch auch gar nicht bis nach Italien, sondern nur bis kurz vor Salzburg (als wenn sie da schon gewesen wäre). Sie hatte ihre blonden Haare zu einem Mozartzopf geflochten, so sagte man dazu (vielleicht deswegen?), und trug eine hellblaue Bluse und darüber eine grüne Strickjacke im Trachtenstil (unter der sich ein kleiner Busen abzeichnete). Wenn sie sprach, waren ihre weißen Zähne zu sehen. Wer weiß, wo wir noch landen werden, sagte Albin und wandte seinen Kopf der anderen zu: Und Sie, junges Fräulein? Sie schaute ihn für einen Moment an, dann sagte sie ernsthaft: Afrika. Sie wartete, bis dieses Wort bei ihren Zuhörern eingepflanzt war. Eine geheime Mission, sagte sie dann, sie würde eine geheime Mission ins tiefste Innere der schwarzen Welt vorbereiten und dieser kleine Ausflug hier sei nur Tarnung. Lippen aufeinanderpressen und ernst kucken. Oder eine Art Übung. Der Bayer sei ja so etwas wie der Buschmann unter den deutschen Rassen. Man müsse sich nur seine Tänze ansehen. Noch ernster kucken. Und sein heidnischer Glaube an Berggeister. Bestimmt, sagte Albin zum Mozartzopf, der große Augen kriegte, bestimmt entführten sie dort blonde Frauen. Er würde aber auf jeden Fall für ihre Rettung sorgen. Der Bus kam irgendwo im lippischen Süden an einer

Kreuzung zum Stehen. Enge Ortsdurchfahrten. Ihr spinnt doch kolossal, sagte der Mozartzopf. Sehr erfreut, ich heiße Albin, sagte Albin und reichte den Mädchen nacheinander die Hand. Margret, sagte der Mozartzopf. Gisela, sagte die andere (braunes Haar, offen; der Fahrtwind, der durch eine Dachluke kam, wehte da manchmal hindurch). Der lange Ruthe machte nichts. Oder kuckte zwei Jungs überm Gang zu, die Quartettkarten hatten. Das ist der lange Ruthe, sagte Albin und die beiden Mädchen sagten Guten Tag. Es schien allen Ernstes die Sonne durch die Panoramafenster. So hatte man sich das vorgestellt. Dass Albin ja ein seltener Name sei, sagte die Afrikaexpedition und woher man denn so komme und so fort. Dann wieder lange aus'm Fenster kucken, wenn einem nichts mehr einfiel. Oder ein Lied singen? Herr Brand (war vorne aufgestanden): Kommt, bevor ihr hier alle einschlaft. Freunde, lasst uns fröhlich loben unsre schöne, helle Welt, mag's im Finstern noch so toben, wir sind treu dem Tag gesellt. Mal 'n Blick auf die Uhr? Man müsste doch eigentlich bald in Kassel sein. Sonne, Wolken, Schnee und Regen ziehen über uns dahin; um uns glühet Gottes Segen, und wir stehen mittendrin. Aber wer konnte das schon wissen. Belegte Brote, hartgekochte Eier und einer hatte eine Büchse mit kleinen Frikadellen dabei. Weil sich Albin zu den beiden Mädchen vorgelehnt hatte, war der lange Ruthe etwas ins Abseits geraten, ein schiefer Säulenheiliger – ohne den Heiligen. So saß er da und sagte nichts. Darüber würde noch zu reden sein. Und der lange Ruthe würde später sagen, er warte eben auf den richtigen Moment. Was ihn noch säulenhafter machte. Er wandte sich wieder dem Quartettspiel zu: PS-Zahlen und Höchstgeschwindigkeiten, das Unerreichbare ließ sich hier in Händen halten. Er prägte sich die Karten ein; wenn man ihn mitspielen ließ, würde er einen Vorteil haben. Der Bus, der bis dahin alle gleichmäßig durch die Landschaft geschaukelt hatte, übers Eggegebirge und die Diemel, durchs Warburger Land (Wald, wohin man kuckt!), verlangsamte seine Fahrt und bog auf einen Rastplatz ein: fünfzehn Minuten Pinkelpause. Die Toiletten waren in einem erbärmlichen Zustand, die Schüsseln ohne Brille, kein Papier (der Busfahrer hatte welches dabei). Nee, da setz ich mich nich drauf, sagte eines der Mädchen. Man verteilte sich im Wald. Der Busfahrer stand an seinen Bus gelehnt und rauchte eine Zigarette. Kaffee aus der Thermoskanne. Immerhin gab es ein Waschbecken und aus dem Wasserhahn rann tatsächlich ein dünner Wasserstrahl. Die nassen Hände musste man an der Hose oder am Rock trocknen. Bevor man weiterfuhr, zählte Herr Brand noch einmal durch. Erfahrungen. Der Bus als rollendes Ordnungsprinzip. Nicht auszudenken, wenn man hier irgendwo vergessen würde. Blick hinunter ins Fuldatal (wo Werra sich und Fulda küssen – hatten sie in der Grundschule gelernt). Noch ein Anstieg hinter der Brücke, dann ging es auf die Autobahn. Rechts lag Kassel, da hatte der Krieg auch nicht viel von übriggelassen. Albin holte sein Buch aus dem Rucksack und versuchte, ein wenig zu lesen. Etwas fürs Leben zu finden, ein Ziel, einen Bestimmungsort: Darum ging es doch immer. Und auf dem Weg dahin Hindernisse: Meere, die zu überqueren, Berge, die zu überwinden waren. Aber man sah sie nicht, die Berge und Meere, sie waren immer andere. Er stellte sich vor, wie sein Vater den Watzmann zu überschreiten. Der Vater habe, so hatte es die Mutter erzählt, einen Siebzigjährigen am Seil über den Grat geführt, oberhalb der Ostwand. Da hätten sie sich gerade erst kennengelernt gehabt, Vati und sie. Vielleicht hatte es einmal ein Foto gegeben, dessen Bild sich nun vom Papier gelöst hatte und in einem Jungenkopf ein Geisterleben führte (und sich dort mit dem Duft von Mädchenhaar vermischte). Was wusste man von fremden Völkern? Vielleicht ließ sich der Berg überwinden, aber er ließe sich nicht erreichen. Er lag immer in einer Ferne, im grau-violetten Dunst, ein magischer Berg, der einmal zum Greifen nah schien und dann bei jedem

Schritt auf ihn zu zurückwich. Was war das, eine Gelegenheit? Das Epinephrin war im Rucksack, der Rucksack im Gepäcknetz überm Kopf.

Ab Bad Hersfeld wieder Landstraße. Fulda. Würzburg (sind wir jetzt schon in Bayern?). Hier wieder auf die Autobahn. Die kleineren Jungen saßen vorne bei Herrn Brand und ließen sich Geschichten erzählen (der wusste alles). Am späten Nachmittag durch München. Man war erleichtert, als ein Schild nach Salzburg wies. Jetzt konnte es nicht mehr weit sein. Der Weg in die Berge war breit asphaltiert. Der guten Luft wegen. Kuckt mal nach links, rief Herr Brand durch den Bus, da seht ihr den Chiemsee. Weiße Segel auf dem blauen Wasser. Dass man Kiemsee sagte? Die Bauernhäuser in der Landschaft waren halb aus Holz, davor die Milchkannen kopfüber zum Austrocknen. Blech blitzte in der Sonne. Die Misthaufen zur Straße hin: der Stolz des Bauern. Braunweiße Kühe standen auf den Weiden. Frauen mit Kopftuch mähten Gras. Was die für dunkle Haut hatten? In Traunstein runter von der Autobahn: Kinder, gleich ham wa's jeschafft. Rundherum war alles maßlos grün, so als hätte die Natur die Kontrolle über sich selbst verloren. Er solle sich immer gut die Hände waschen, hatte Tante Paula ihn ermahnt, die Bayern seien nicht so reinlich (Katholische eben). Das fiel ihm jetzt ein. Auf einer Weide standen Pferde. Klein und kräftig, mit hellbraunem Fell und blonder Mähne. Durch ein Dorf mit Namen Hammer. Wie solche Namen zustande kamen? Man sah den paar Häusern die Armut an. Noch um eine Kurve und über einen Hügel und dann: Kuck mal, die Berge! Richtige Berge, hoch und schroff, reiner grauer Fels, hier und da Schnee. Ob das der Watzmann sei, so in der Ferne? Man würde es später erfahren. Alle waren müde und hungrig, irgendwann stand man vor einem großen grauen Haus und vor dem Haus stand eine große, breite Frau in weißer Schürze und sagte laut Griaß Gott. Und dass sie die Frau Rietzinger sei: I bin die Frau Rietzinger. Als würde sie sich sofort in Luft auflösen, wenn man das nicht wusste. Herr Brand hatte eine Liste mit der Zimmerverteilung, die Mädchen hier, die Jungen hier. Alles so in Ruhe, man fühlte sich aufgehoben. Die Kämpfe um die Betten fielen matt aus. Und: Unten gibt's dann Abendbrot, Leute. Auf ein Tischgebet wurde ausnahmsweise verzichtet, ein gekreuzigter Jesus überwachte alles. An das lätschige Weizenbrot würde man sich aber erst noch gewöhnen müssen. Vierzehn Tage standen einem nun bevor. Und wer kein Waschlappen sei, sagte Herr Brand, der ginge morgen früh vorm Frühstück mit ihm zum Schwimmen, es gebe hier ein Naturfreibad, nur zweihundert Meter vom Haus. Sieben Uhr, wisst ihr Bescheid. Und es gab Küchendienst, zwei Mann vor jedem Essen, zwei danach; es wurde zimmerweise eingeteilt: Jeder kommt mal dran.

Man schlief in hölzernen Stockbetten, vier davon in jedem Zimmer, also eigentlich zwei. Blauweiß-kariertes Bettzeug, schwere Decken. Albin hatte ein Oben-Bett ergattert, oder der lange Ruthe hatte es ihm überlassen (wenn man nachts mal raus muss). Mit dem Kopf zum Fenster, durch das nachts kühle Luft und ferne Geräusche hereinwehten. Das Gezirpe der Heuschrecken, das nicht aufhören wollte. Das Rauschen eines Baches: ganz deutlich. Ein verspätetes Automobil. Tief einatmen. Woher wusste man, dass man schlief? Er träumte davon, auf ein Turnier zu fahren (so wie er es schon öfter wirklich getan hatte, mit Drexhage oder anderen – nur dieses Mal, im Traum, war er der Reiter). Er hatte einfach gefragt (wen, den alten Major Dehler?) und ein Pferd bekommen, eine Fuchsstute. Früh morgens, eigentlich noch halb in der Nacht, ging er von zuhause weg. Alles vorbereiten. Das Pferd putzen. Rot glänzte das Fell in der Morgensonne, als er das Tier aus dem Stall führte. Man musste verladen, den Schlepper vor den Hänger spannen, die Stute sträubte sich, sie kannte das nicht, irgendwo hineingehen, wo keine Flucht nach vorne möglich war. Spät kam man los. Ein dicker, sommersprossiger Junge fuhr den Schlepper. Und wusste nicht wohin. Albin wachte auf, als sie gerade in einer Ortschaft falsch abgebogen waren. Draußen war das Scheppern von Milchkannen zu hören und Stimmen. Das Muhen der Kühe, vereinzelt. Er blickte auf die Uhr, die er neben seinem Kopfkissen liegen hatte: halb sechs. Was sollte man jetzt solange noch machen? Einfach liegenbleiben? Er kletterte aus dem Bett, die schmalen Sprossen der Leiter drückten in die Fußsohlen. Die anderen schliefen. Er zog sich an. Schon mal eine Runde durch den Ort drehen? Er setzte sich stattdessen mit Jack London in den Speisesaal. Ruf der Wildnis; bis die Schwimmer kamen: Herr Brand und noch ein Junge und Gisela auf Afrika-Expedition. Sie blieben zu viert. Auf dem kurzen Stück von den Umkleiden zum Becken konnte er das Mädchen im Badeanzug sehen. Herr Brand mit Haaren auf der Brust und auf dem Rücken (wie'n Seebär). Das Wasser war ziemlich frisch, mehr als eine Viertelstunde hielt man's kaum aus.

Nach dem Frühstück, als alles Geschirr von den Tischen geräumt war, Krümel vom rot-karierten Wachstuch gefegt (jemand noch 'ne Tasse Tee?), unter dem Blick des katholischen Jesus fünfzehn Minuten Morgenandacht: Was bringt uns der Tag? Das Evangelium ist eine Geschichte davon, dass es weitergeht. So, wie es in den Erzählungen von A. E. Johann oder Jack London immer weiterging. In seinem Traum hatten sie sich verfahren, waren in einer Seitenstraße steckengeblieben. Weil jemand behauptete, den Weg zu kennen. Sollte man sich auf andere verlassen? Jesus wusste immer, wo es langgeht, aber er schwieg. Als katholischer Jesus schwieg er von seinem Kreuz herunter (war das nicht ein Götzenbild?), als evangelischer schwieg er in der Vorstellung (du sollst dir kein Bild machen). Vielleicht musste man überhaupt nur irgendeinen Weg einschlagen (auf all' deinen Wegen?). Der Gedanke blieb irgendwo im Hintergrund. Brote schmieren für den Tag mit Frau Rietzinger. Jagdwurst und Käse: Den Kaas moch ma selbst! Es roch in der großen Küche nach Kuh. Im Käse, hieß es, sei Kalzium für die Knochen: Ihr wachst ja noch. Getrocknete Apfelringe, die keiner mochte.

Sie wanderten durch das ausgetrocknete Inzeller Moor auf die Kesselalm. Das war schon am zweiten oder dritten Tag. Durch das Moor hatte man einen Steg aus langen Holzbrettern angelegt, ein paar alte Torfstecher (wie aus dem vorigen Jahrhundert) machten sich an einem Abstich zu schaffen. Sie waren die letzten ihrer Art: Das rentiert sich nicht mehr. Anschauungsmaterial für die Mühsal des Lebens. Dann doch lieber auf die Beine der Mädchen kucken. Die Afrikaexpedition in kurzer Lederhose und einer karierten Bluse und das braune Haar offen. Der Mozartzopf in Rock mit Kniestrümpfen. Man wusste es nicht so genau. Am Hang nördlich des Moores hatten die Postbeamten ihr Lager aufgeschlagen: solide Reihenhäuschen und ein Kinderspielplatz. Erholungswerk nannte sich das. Erholten sich die Beamten nicht das ganze Jahr über? Wenn man an Herrn Niemöller dachte, wie er da so hinter seinem Schalter saß, in der Paulskirchener Post, mit dem breiten Hintern auf dem Drehstuhl, hinter Glas, ein bisschen wie ein Ausstellungsstück (nicht anfassen!). Die letzten dünnen Haare quer über die Pleete geklebt. Wenn man zwei Sachen auf einmal wollte, also, sagen wir, einen Brief und ein Päckchen verschicken, dann fing er an, mit sich selbst zu sprechen. Schwitzte stark unter den Achseln. Aber man durfte nichts sagen, um das grazile Gefüge von Waagen, Stempeln und Portolisten und all den damit verbundenen hoheitlichen Handlungen nicht durcheinanderzubringen. Bei jeder Eintragung in ein Formular oder ein Postsparbuch benutzte Herr Niemöller sein Lineal. Mit seinem Schalter und mit seinem Drehstuhl schien er über einem Abgrund zu schweben, in den er augenblicklich zu stürzen fürchtete, wenn er sich auch nur die kleinste Nachlässigkeit erlaubte. Eine ganz besondere Art. Die frische

Inzeller Luft hätte ihm sicher gut getan. Im Moor konnte man Sonnentau bestaunen. Eine fleischfressende Pflanze. Halbverweste Fliegenkadaver hingen zwischen den klebrigen Tentakeln. Ihr bleibt auf dem Weg, ja? Die Sonne brannte ganz ordentlich, über der Senke stand die Luft. Wer sich nicht eingecremt hatte, bekam einen Sonnenbrand. Fast wie in Afrika. Gegenüber der Beamtenerholung, man hätte fast sagen können: in Schussweite, aber so nah dann doch nicht, lagerte die Kritik. Genauer gesagt, die Kritische Akademie der Gewerkschaft. So stand's auf einem Schild. Ein zweistöckiger Flachbau ahmte die Siedlungsweise der Belegschaft nach. Der Arbeiter sollte sich in seinem Urlaub bilden. Ging davon eine Gefahr aus, eine rote Gefahr? Skeptisch beäugt von der evangelischen Jugend aus dem ländlichen Lipperland. Lernen in den Ferien, sagte der lange Ruthe, da müsse man auch erstmal drauf kommen. Und Albin fiel die Postkarte ein, die er nachhause schreiben sollte. Am besten gleich heute abend, dann wäre die Sache erledigt. Im Süden sah man die hohe steinerne Wand mit den weißen Schneefeldern im Gegenlicht, von der er immer noch nicht wusste, ob das der Watzmann sei. Auf der Alm mal fragen? Sie gingen ein Stück durch einen Wald. An einem Sägewerk vorbei. Der harzige Geruch des Fichtenholzes: Wer einmal in den Bergen war, dem prägte sich dieser Duft für immer ein. Mal 'n bisschen vorgehen, zu den Mädchen? Gisela ging alleine, den Blick in den Baumwipfeln oder gleich dem Himmel, als käme von dort etwas herunter und würde durch die Augen, die Nase, die Ohren, den Mund in den Körper eindringen. Albin schloss zu ihr auf, ging fast neben ihr, er würde etwas sagen müssen, nur was? Er sah von der Seite ihre Lippen leicht geöffnet, so als wollte dort jeden Moment ein Wort herauskommen, das dann aber ungesagt blieb, denn eigentlich konnte man sich ja alles denken. Er ging etwas näher zu ihr, sie musste ihn ja längst bemerkt haben, tat aber anders, wie wenn alles in einem gewissen Umkreis von ihr gleich ihr Besitz sei, und ihm lag etwas auf der Zunge, aber sie sagte plötzlich: Albin Kortmeyer – was machst du hier? Und er schaute auch in die Wipfel, in den Himmel, zog die Luft tief durch die Nase ein: Ich genieße, sagte er und wandte ihr den Kopf zu: Gehen wir ein Stück zusammen? Sie überlegte einen Moment, drei, vier Schritte oder fünf oder sechs: Gib mir deine Sonnenbrille, sagte sie dann. Er hatte nicht drum herumgeredet, sich keine Albernheiten erlaubt wie viele andere Jungen, sondern einfach gesagt, was er wollte: Gehen wir ein Stück zusammen? Und sie nannte den Preis. Er nahm die Sonnenbrille ab und reichte sie ihr. So sieht man deine Augen, sagte sie und schob sich die Brille ins Haar. Ja, natürlich. Sie gingen immer noch durch den Wald. War da eine kurze Befürchtung gewesen, sie hätte nein sagen können? Gar nicht darüber nachgedacht. Einfach dem Gefühl gefolgt. Und jetzt: Im Wechselschritt und dann einmal umspringen in den Gleichschritt. Es war alles einfach, wenn man wusste, wie's ging. Es wäre aber nicht darüber zu reden gewesen. Darum ging es: Ein Stück miteinander zu gehen. Als sie aus dem Wald kamen, nahm sie die Brille aus dem Haar und setzte sie richtig auf, schob sie zum Vergleich noch einmal hoch, blinzelte und setzte sie wieder auf die Nase. Albin musste die Augen zusammenkneifen, so hell war es jetzt. Im Süden ist die Sonne näher an der Erde. Solange sie seine Sonnenbrille trug, waren sie verbunden. Und Herr Brand sagte: Hier machen wir Rast und warf seinen Rucksack auf eine Wiese und alle setzten sich ins Gras und packten ihre Brote aus und die Trinkflaschen mit Wasser und einem Schuss Apfelsaft. Das Gras war ein paar Tage zuvor gemäht worden, die kurzen Halme stachen in die nackten Beine. Es roch nach Heu und Haar und Erde. Albin saß neben Gisela, beide den Blick in die Ferne gerichtet, sie durch das Glas der Sonnenbrille, auf das Bergmassiv im Süden mit den weißen Schneefeldern, von dem man immer noch nicht wusste, ob das der Watzmann sei. Die Mutter habe oft erzählt, sagte Albin, dass der Vater dort oben gewesen sei und in Bad Ragaz und in Davos in der Schweiz. Italien, sagte Gisela, wenn nicht Afrika, dann unbedingt Italien. Das blaue Meer. Mal kucken. Und dann gab es plötzlich Geschrei: Einer hüpfte wie wild herum, einer von den Bielefeldern, schlug sich auf die nackten Beine, fluchte. Großes Gelächter: Er hatte sich in einen Ameisenhaufen gesetzt. Jemand fing an, auf einer Brotdose zu trommeln: tak, tak, tak, taktaktak und der lange Ruthe machte dazu Urwaldgeräusche und ein anderer trötete in seine Trinkflasche und Albin wusste, wie man mit zusammengepressten Lippen eine Trompete imitierte. Er tanzt im Kreis, weil ihn Ameisen beißen: Die Zeile war schnell gefunden. A-mei-sen kneifen. Oder auch: Er kann nicht tanzen mit 'ner Büx voller Wanzen. Der arme Bielefelder musste hinter einen Baum laufen, um nämliche Buxe herunterzulassen und die Krabbeltiere aus der Unterhose zu pulen. Allein die Vorstellung: schier zum Kaputtlachen. Und Herr Brand sagte: Willkommen in der Natur! Lachen musste auch er. Danach nannten sie den Bielefelder nur noch Ameise und er musste sich in dieses Schicksal fügen. Albin sagte, die Nummer habe das Zeug zu einem Weltschlager. Und Gisela sagte, in Afrika würden die Ameisen daumengroß und hielt ihren Daumen so und fragte Albin, ob sie die Sonnenbrille noch bis zur Alm aufbehalten dürfe. Und er schielte auf ihre Bluse und ging dann nach der Rast wieder neben ihr. Alles im Blick. Nach einer halben Stunde oder so kam man auf der Kesselalm an. Holzbänke unter Sonnenschirmen. Zitronenlimonade für die Jugend, die Wirtin zählte durch: achtzehn – Jessesmariaundjosef. Kittelschürze und Kopftuch. Der Herr ein Bier? Herr Brand bestellte ebenfalls Limo. War da ein Kopfschütteln zu sehen gewesen? Vom Bayern hieß es ja, er trinke schon zum Frühstück Bier. Daher die schwere Zunge. Es kursierten Geschichten von Prügeleien im Wirtshaus (wie sie die Gasthöfe hier nannten). Weil einer zulange auf ein Mädchen gekuckt hatte, das ein anderer als seines betrachtete. Ein Mädchen mit einem Acker oder ein paar Hektarn Wald. Man hatte die weibliche evangelische Jugend eindringlich vor den hiesigen Burschen gewarnt. Hatte aber nur verzogene Mundwinkel gegeben: Welche, die sich über die Größe ihrer Misthaufen vergleichen? Na, schönen Dank! Und die Pfarrer hatten hier ja keine Söhne. Albin saß zwischen Gisela und dem Mozartzopf: Die Damen gestatten? Er hatte ja immer beobachtet, wie es bei Onkel Theo auf dem Saal zuging: Umgangsformen (hatte man oder hatte man nicht). Es waren auch welche von der Kritischen Akademie auf der Alm. Erkannte man sofort: Die mussten sich freuen. Postler auch: Weltmeister im Sitzen. Die Postler tranken Bier aus Krügen, die Kritischen aus Gläsern. Man gut, dass die getrennt saßen. Zigaretten hier, Krumme Hunde dort. Der Rauch fing sich unter den Sonnenschirmen, aus dem Innern der Almhütte roch es nach Käse. Ganz dunkles Holz. Ein paar Schritte den Hang hinunter das Plumpsklo, in die Tür ein Herz geschnitzt. Albin stieß mit seinem Knie an Giselas, ganz unbeabsichtigt. Später dann aber doch gewollt. Alle ein bisschen verschwitzt. Und ins Tal musste man ja auch noch zurück. Sagen Sie bitte, der große Berg dahinten, ist das der Watzmann? Naa, (die Wirtin, so ganz bayerisch), das sei die Reiteralpe. Kopfschütteln, als hätte er nach dem Unterschied von Kühen und Schafen gefragt. Der Berg blieb ein Geheimnis, ein verborgener heidnischer Gott, den der Vater einmal bezwungen hatte, auch der ein Verborgener. Sagengestalten. Man müsste höher hinaus, um das noch Höhere zu sehen. Es wurden Legenden erzählt, dass die Berge wirklich einmal Götter gewesen seien, voller Untaten und deswegen am Ende versteinert – von einer höheren Macht. Wer sie bestieg, konnte aber immer noch ihren Zorn erregen, von Zeit zu Zeit griffen sie sich einen und zerschmetterten ihn auf dem nackten Fels. Das Kreuz auf dem Gipfel war nur halb ein Siegeszeichen. Und in der Kirche dann gesungen: Großer Gott, wir loben dich. Seine Schöpfung. Man konnte ja aber nicht zuhause sitzen bleiben, wenn es einen fortzog.

Abends spürten sie dann alle die Wanderung in den Beinen: Für'n Anfang? Es gab warm zu essen. Erbsensuppe, dick, mit Fleischwurst. Brot mit Butter dazu. Herr Brand sprach das Tischgebet: Wir danken dir, Herr, dass du uns durch diesen Tag geführt hast. Für die Natur. Die Gemeinschaft. Das ganze Privileg des Daseins. Und dann alle: Komm Herr Jesus, sei du unser Gast ... Der Tee war kalt, oder lauwarm. Die Körper strahlten Hitze ab. Gesprochen wurde nicht viel, die Worte waren über den Tag verbraucht worden. Das Geräusch der Löffel, die aus den Tellern schöpften. Und mittenrein rief dann jemand: Ameise! Großes Gelächter, weil tatsächlich einige sofort den Hintern hoben und prüften, ob da im Schritt nicht was krabbelte. Wie schnell sich doch im Kopf etwas festsetzte. Die Ameisen, sagte ein Mädchen, seien auch Gottes Geschöpfe. Und dass sie in Japan wie Heilige verehrt würden. Und in Afrika gegessen; geröstet und gesalzen: Gisela. Albin schaute zu ihr herüber: Was war damit nun anzufangen? Glaubensfragen. Die irdische Ordnung hingegen verlangte Küchendienst. Kommt Männer, zack-zack, dann sind wir in 'ner Viertelsunde davon ab. Fünfzehn Minuten, um genau zu sein. Das war er ja von zuhause gewohnt: Abwaschen, abtrocknen, Tische abwischen und zum Schluss den Küchenboden feucht aufwischen. Albin dirigierte seine Putzkolonne: Wir werden alle Millionäre sein. In Schürze, ein Geschirrtuch um den Kopf gewickelt – man nahm es als Theater.

Draußen saßen sie schon ums Feuer, die Sonne war hinter den Bergen verschwunden, die Tage waren kürzer hier, wie riesige Häuserwände wuchs die Dunkelheit an den Hängen empor, ganz oben färbten letzte Sonnenstrahlen noch ein paar Wolken rot. Kein Abend ohne Geschichte. Und Geschichten wurden im Dunkeln erzählt. So muss es bei unseren Vorfahren gewesen sein: Alle hocken um ein kleines Feuer und einer erzählt. Herr Brand kannte sie, die Erzählungen, so als sei er selbst dabei gewesen. Die ganzen Abenteuer. Dieses Jahr war A. E. Johanns Steppenwind an der Reihe. Er schien das Buch auswendig zu kennen. Oder er erfand es einfach beim Erzählen neu. Wer hätte es gemerkt? Peter und Paul (die hießen doch nicht zufällig so?) unterwegs nach Australien. Der fünfte Kontinent. Mit dem Schiff aus China kommend. Die halbe Welt bereist, die hier mühelos um das kleine Lagerfeuer Platz fand. Die schöne Misses Bloomsbury, das Haar im Südseewind (als wenn er sie persönlich gekannt hätte). Sie ist verliebt in einen der beiden und lässt in der letzten Nacht an Bord ihre Kabinentür unverschlossen: Komm in einer halben Stunde. Versuchungen. Peter ist mit einer Chinesin verheiratet, von der er nicht weiß, ob sie noch lebt. Er musste sie in den Wirren der Revolution zurücklassen. Was hätte ich getan? Albin behielt diese Frage für sich. Aber sie wurde der Sinn der ganzen Geschichte. Das Feuer brannte herunter und um zehn kletterten alle in ihre Betten. In den Strümpfen hatte sich ganz schön Staub abgesetzt, das merkte man beim Ausziehen (morgen mal ordentlich ausschütteln!). Albin lag noch eine zeitlang wach: Wie war das jetzt? Das Zimmer füllte sich mit dem Geruch der Jungenkörper, durchs offene Fenster kam kaum ein Luftzug herein. Nur das Gezirpe der Heuschrecken. Was war das jetzt? Er zögerte noch, das Wort zu denken. Liebe. Ein Wort, das verlangte, dass man sich auf seine Seite schlug, ohne zu garantieren, dass es einem dabei besser ging. Wie wenn man in ein fremdes Land auswandert und weiß, dass es kein Zurück gibt. Daher das Zögern. Vielleicht auch ein bisschen das Gefühl von Verrat. Aber er kannte das ja, das Übersiedeln. Das Gefühl, dass man dort, wo einen das Leben angesiedelt hatte, nicht unbedingt zuhause war. Weggehen, die Seiten wechseln. Aber vielleicht war da auch gar nichts zu machen, der Seitenwechsel schon längst vollzogen. Oder zumindest der Schwung unumkehrbar. Wie wenn beim Reiten das Hindernis auf einen zukam: Man musste rüber, da gab es kein Vertun. Ein bisschen lag er noch so, mit diesen Gedanken, dann schlief er ein in dem Bewusstsein, auf der anderen Seite zu sein.

Am nächsten Morgen wurde sein Zimmer als erstes geweckt: Jungs, aufstehn, ihr habt Küchendienst. Allgemeines Gestöhne. Albin war als erster aus dem Bett, jede Minute Schlaf kam ihm jetzt wie eine Verschwendung vor. Über den Flur auf die Toilette, im Schlafanzug, dann in den Waschraum, kaltes Wasser ins Gesicht, mit Seife Hals und Achseln, etwas gründlicher als sonst. Er war ganz froh, der einzige im Waschraum zu sein. Zähneputzen. Die anderen trudelten langsam ein. Er zog zur Lederhose ein weißes Hemd an, kurze Ärmel, die Kniestrümpfe mit Rautenmuster. Im Zimmer hing an der Tür ein kleiner Spiegel, er kämmte sich die Haare sorgfältig, Scheitel links. In der Küche war Frau Rietzinger schon zugange: Guten Morgen! Teller, Tassen und Besteck mussten auf den Tischen verteilt werden, Marmelade in Schälchen gefüllt. Kann man euch an die Brotschneidemaschine lassen? Mit links kurbeln, mit rechts drücken und schieben: Dass ihr euch nicht die Finger absäbelt! Albin drapierte Scheiben von Jagdwurst und oberbayrischem Käse auf Teller, die Wurstscheiben einmal umgeschlagen und zu Lamellen gelegt, die Käsescheiben zu kleinen Tüten gerollt, so dass sie gut in das Rund passten. Radieschen und Gurke in die Mitte. Wofür die Mühe? Einfach kann jeder. Anfangs hatte mal einer was von Frauenarbeit gesagt, den hatte die Rietzinger dann aber zusammengepfiffen. Der Bayer war ja im Kern ein Anarchist, das Elitäre ging ihm gegen den Strich (damit aber auch das Feine); jemanden zu siezen, das hatte man schnell gemerkt, war fast schon eine Beleidigung. Nur ihrer Maria, ihrer heiligen Muttergottes, unterwarfen sie sich mit Haut und Haar. Die Mädchen wurden auf diesen Namen getauft, damit sie einmal so wurden wie Frau Rietzinger. Pass bloß auf, Burschi. Albins Aufschnittplatten, die er mit Schwung servierte, fanden allgemeinen Beifall. Er spielte das Spiel weiter: Wünsche den Herrschaften, wohl geruht zu haben; die Wetteraussichten versprechen einen sonnigen Tag. Er hatte sich ein Küchentuch über den linken Arm gelegt wie ein Kellner in einem feinen Restaurant. Und zu Gisela: Gnä' Frau sind heute zu Abenteuern bereit? Sie lächelte ihn an, tatsächlich: Wir brauchen Sonnenbrillen, mein Herr. Im Morgenkreis nach dem Frühstück saßen sie sich gegenüber. Sie trug eine kurze blaue Hose mit Hosenträgern, die über ihren Busen liefen, ein Trikot-Hemd, sportlich, die Haare hinten mit einer Klammer zusammengehalten. Beim stillen Gebet blinzelte er zu ihr herüber und kam mit den Wörtern, die er innerlich sagen wollte, durcheinander. Konnte Gott einen nicht falsch verstehen? Vielleicht musste man auch seine anderen Verhältnisse neu ordnen, wenn man die Seiten gewechselt hatte.

Sie hatten den Tag zur freien Verfügung. Herr Brand bot (für die Sportlichen!) eine Besteigung des Falkensteins an. Albin wartete ab, wofür Gisela sich entschied, die sich aber gar nicht entschied, und als er mit ein paar Jungen gerade abgemacht hatte, eine Badestelle am Fluss zu suchen, sich dann doch den Bergfexen anschloss. Es blieb dabei: Man musste die Dinge selbst in die Hand nehmen. Zurückrudern ging jetzt natürlich nicht mehr und nun würden sie sich erst am Abend wiedersehen.

Die Rote Traun war nicht wirklich ein Fluss, eher ein größerer Bach. Sie gingen an der dicht mit Büschen und Bäumen bewachsenen Böschung entlang. Es gab so etwas wie einen Pfad (sie sagten Patt). Immer wieder schlug sich einer durchs Gebüsch zum Wasser, ob da nicht eine Stelle sein könnte. Und wenn man umkehrte und doch einfach ins Freibad ginge? Da wären die Bielefelder schon, hieß es. Es wurde also weiter gesucht. Bis dann doch etwas gefunden wurde, ein kleiner Wasserfall, der den Sand etwas ausspülte und so ein, ja wie sollte man es nennen: Bassin?, schuf. Finden wir noch was Besseres? Albin hatte schon Schuhe und Strümpfe ausgezogen. Na denn! Und saß dann als erster im Wasser, das ihm bis zu den Schultern ging. Und wie isses? Wie inner Badewanne! Was werbewirksam gelogen war. Man konnte sogar am Ufer liegen, auf steinigem Boden, mit ein wenig Phantasie hätte es auch Sand sein können: Wie an der Riviera, Freunde! Der lange Ruthe sang O sole mio (mehr als diese drei Worte wusste er aber nicht). Der kleine Schrötze fing an, Äste anzuschleppen, um den Bach noch weiter aufzustauen. Er erhielt den Namen Biber (der kleine Biber, weil er noch ein Kind war). So war es eine Weile auszuhalten. Albin lag auf seinem Handtuch, die Füße halb im Wasser, blau-rot gestreifte Badehose, die Gedanken woanders, oder sie waren anders hier, sperrten die Stimmen der anderen aus, das Rauschen des Wassers, das Gezirpe der Insekten. Morgen würde er sie zu der Badestelle hier mitnehmen.

Er war kein Sammler. Marmorierte Kiesel, Insekten oder wie die Mädchen: Pflanzen fürs Herbarium? Zwischen Buchdeckel gepresst, tot – was war daran zu finden? Mit den Büchern war es dasselbe: Die Geschichten wurden nur lebendig, wenn man sie las (und sich seinen Teil dazudachte). Es gab keinen Grund, ein Buch zu behalten, wenn man es ausgelesen hatte. Was er gelesen hatte, gab er weiter: Kannste haben, sagte er, oder: Ich hab's durch – ohne eine Rückgabe zu erwarten. Früher, als es noch keine Bücher gab, hatte Herr Brand mal erzählt, seien die Geschichtenerzähler von Ort zu Ort gewandert und mit ihnen die Geschichten. Die Bücher waren keine so guten Wanderer. Wenn sie im Regal stehen, stirbt die Geschichte in ihnen. Die Buchstaben bewegen sich nicht, jede Seite ein Grabstein. Es soll Menschen geben, die ganze Bibliotheken besitzen? Es war nicht zu verstehen. Sie saßen abends wieder zusammen und Herr Brand in seinen Knickerbockern und dem karierten Hemd, das den Geruch des Tages verströmte (aus dem offenen Kragen wuchs das Brusthaar), erzählte. Australien: Konnte man sich gar nicht vorstellen. Riesige Rinderherden, die durchs Land an die Küste getrieben werden und dabei fast verdursten. Immense Reichtümer. Eine Farm so groß wie ein ganzes Land. Die Geschichten hebelten die Gesetze der Physik aus: Je weiter etwas weg war, um so größer wurde es. Hatte nicht Soldner, der Unermüdliche, mal ein Modell des Auges gezeigt? Die Linse und wie sich das Licht im Wasser bricht. Man erinnerte sich vage. Sie hatten ihren Abendkreis gemacht, nach dem Essen und bevor Herr Brand mit A. E. Johann fortfuhr: Jeder sollte etwas vom Tag erzählen. Die Falkensteiner, hoch über Inzell, mit schwindelerregendem Blick in die Tiefe. Nichts für schwache Nerven. Dass er aber auch nicht dabeigewesen war, dachte Albin. An einer heiklen Stelle Gisela die Hand reichen? Jetzt hatte es vielleicht ein anderer getan. Es war immer die Gefahr, die die Menschen einander näherbrachte, zumindest in den Abenteuern, den Erzählungen. Man selbst hatte dagegen den ganzen Tag am Fluss gelegen, immerhin eine Badestelle entdeckt. Und der kleine Biber berichtete stolz von seinem Staudamm. Und im Freibad, erzählten die Freibädler, hätte es was zu kucken gegeben und der Mozartzopf sagte, sie seien unmöglich und gehörten aufs Land verschickt. Albin hatte Gisela noch nicht gefragt, ob sie mit ihm an den Fluss gehen wolle, morgen, es war nicht so einfach, man wollte ja nicht die ganze Truppe dabeihaben, später vielleicht, kurz vorm Zubettgehen, wenn sich alles etwas verstreut hatte, eine günstige Gelegenheit? Ein Geheimnis war auch eine Gefahr. Man durfte weder zu lange warten, noch zu stürmisch sein. Taktgefühl. Das hatte er ja.

Herr Brand beendete seine Geschichten immer dann, wenn es am spannendsten war: Noch ein bisschen! Nein, für heute war Schluss. Die Nacht hatte das Land zugedeckt. Wie zufällig gingen sie nebeneinander ins Haus. Ich will dir die Badestelle am Fluss zeigen, sagte Albin. Morgen. Ja, sagte sie. Er träumte in der Nacht davon, wie sie in einem Auto fuhren, am Gipfel des Watzmann vorbei, ohne anzuhalten.

Sie trug einen roten Badeanzug. Mit weißer Borte. Als sie an den Fluss gegangen waren, am Sonnentau vorbei, manchmal so nah beieinander, dass sich die Härchen auf ihren Unterarmen berührten. Als sie ihre Kleider ausgezogen hatten. Sie den kurzen blauen Rock mit weißen Punkten, das Trikothemd. Zwei, drei andere waren noch mitgekommen: der lange Ruthe (ich kann euch doch nicht alleinlassen) und Biber, der an seinem Damm weiterbauen musste. Mal 'n Zeh ins Wasser halten: Junge, Junge, das härtet ab. Albin sprang als erster rein: Herrlich! – und winkte Gisela: Komm! Man konnte nicht zögerlich sein, wenn rein, dann ganz. Mit Geschrei, und: Ihr seid verrückt! Aber wenn man erstmal drin ist. Gegen den Strom waren sogar ein paar Schwimmzüge zu machen. Allzu lange hielt man's dann aber doch nicht aus. Gänsehaut nach dem Abtrocknen. Albin sah, wie sich ihre dunklen Härchen an den Armen und Beinen aufstellten: Bin ich am Rücken noch nass? Auf den Handtüchern konnte man gerade so liegen, zwischen den Steinen. Regungslos Sonne tanken wie die Eidechsen. Wenn sie ganz ausgestreckt dalag, auf dem Rücken, die Arme hinter dem Kopf, dann hatte sie einen kleinen Hügel zwischen den Beinen. Albin schielte hin: Wie sich das wohl anfühlen mochte? Sie hatte mehr Haare unter den Achseln als er; bei ihm ja nur ein zarter, rötlich-blonder Flaum. Sie war schön. Und sie lag neben ihm, zumindest nicht weit entfernt, mit ausgestreckten Armen hätten sie sich berühren können. Er schloss die Augen und durch die Lider leuchtete das Sonnenlicht hellrot. Mal vorstellen, wie sie zusammen gingen: irgendwohin. Weg. Auf die andere Seite. Lieben hieß weggehen. Oder bleiben an einem fremden Ort. Liegenbleiben in der Sonne, ohne ein Ziel. Der lange Ruthe und der andere waren abgezwitschert, das bloße Nichtstun war ihnen zu langweilig. Biber steckte irgendwo im Gehölz. Albin blinzelte: Sie hatte die Augen geschlossen. Was sie wohl dachte? Ihr glattes Gesicht, nur die kleine Warze überm linken Auge. Als die Körper von der Sonne wieder aufgeheizt waren: Nochmal ins Wasser? Diesmal hielt man's länger aus und dann mit tauben Füßen wieder raus. Abrubbeln. Gisela wollte nicht warten, bis ihr Badeanzug von der Sonne wieder getrocknet sein würde und zog sich schnell um: Aber nicht kucken! Nein – es reichte auch so. Als sie später zurückgingen, fiel ihnen auf, dass sie ihre Brote gar nicht gegessen hatten. Und dass sie den kleinen Biber vergessen hatten. Der kam dann aber kurz darauf hinterher gerannt. Sie trug seine Sonnenbrille.

Wie ging das, das Verstehen? Wie konnte man des anderen sicher sein? Das Reden half nichts. Sollte er überlegen, sie zu fragen: Liebst du mich? Es war ja keine Frage. Nicht wie im Film, nicht so leicht, aber doch auch nicht so schwer. Man sprach ja miteinander, aber eben nicht in Worten. Es war ähnlich, aber es war nicht dasselbe. Man musste es erfühlen. Dass einer tat, was ein anderer wollte? Ob sie wirklich nach Afrika ginge? Ihr Vater, hatte sie gesagt, habe ein Baugeschäft. Sie ging zur Realschule. Denkbar war's. Er blieb, wo er konnte, in ihrer Nähe. Probierte aus. Mal die Hand auf die Taille legen, da wo ihr Rücken ein Hohlkreuz machte, dazu einlud: Bitte, wir lassen den Damen den Vortritt? Und dann doch plaudern, das ging ja nicht, dass man sich nichts sagte, nur die stumme Sprache des Herzens. Also erzählte Albin ihr vom Watzmann, das, was er wusste, man müsse sich anseilen. Die berühmte Watzmann Ostwand. Eine Filmkulisse. Sie würden ja hinfahren, morgen oder übermorgen, nach Berchtesgaden: sollste sehn. Wie es aber weitergehen würde? Er wusste es nicht. Man musste springen, ohne zu sehen wohin.

Und als es dann soweit war, wie einem höheren Plan folgend, steckte alles in den Wolken. Man konnte die Kirchturmspitze gerade noch sehen und dahinter, darüber: nichts. Milchsuppe. Über Nacht komplett zugezogen. Der Bus schaukelte sie morgens durchs Tal nach Berchtesgaden, es wollte gar nicht richtig hell werden, die großen Scheibenwischer wischten fortwährend Nieselregen von der Windschutzscheibe: Flapp-flapp und ab und zu mit einem Quietschen. Da hilft nur singen, sagte Herr Brand von vorne in den Bus hinein. Laut. Klatschte den Takt der Scheibenwischer mit, so sei die Musik der Schwarzen in Amerika entstanden, aus dem Rhythmus von Alltagsgeräuschen: Go down Moses. Im Kanon, können wir das? Ein Volk auf Pilgerfahrt. Albin hatte es geschafft, neben Gisela zu sitzen. Er sang kräftig, ein wenig unsicher in der Tonlage. Let my people go. Und danach: Wir wollten mal auf Großfahrt gehn (kannte man noch vom letzten Jahr). Mit Kochgeschirr und Zelt. Und dann alle Strophen durch: Wir gingen aus auf Eisbärfang bei metertiefem Schnee und aßen später jahrelang nur Eisbär in Gelee. Mitten im Takt mal kurz die Luft anhalten: wie 'ne Jazz-Kapelle. Aber auch das verhalf der Sonne nicht zum Durchbruch. Er hatte sich das so ausgemalt: Links sehen Sie dies und rechts sehen Sie das, was einem gerade so einfiel. Und als sie in Berchtesgaden ausstiegen, konnte er nur in den Nebel zeigen: Da muss er sein, der Watzmann! Zweitausend Meter überm Tal. Der alte zornige König, vom Vater einst bezwungen, eine Erzählung wie dieser selbst, nebulös. Er, Albin, hätte ihn so gerne gezeigt, diesen Berg, der aber blieb verborgen, den ganzen Tag über und spätnachmittags würde man zurückfahren und nicht mehr wiederkommen. Auf dem Programm stand eine Besichtigung des Salzbergwerks, von hier bezog das ganze Land sein Salz. Hatte man vorher auch nicht gewusst. Aber klar: Salzburg, von irgendwoher musste das ja kommen. Es gab Rutschen, auf denen man in die Tiefe sauste, mit 'nem alten Sack unterm Hintern. In eine Kathedrale aus Salz: tolle Akustik. Und ganz unten ein See, 650 Meter unter der Erde. Dass das alles nicht zusammenkrachte? Es war kalt und man musste sich einen Pullover anziehen. War jemandem mulmig zumute? Mal an der Wand lecken, ob der Berg wirklich aus Salz bestand. Eine gute Stunde dauerte die Führung und am

Ende war man doch froh, wieder Tageslicht zu sehen. Kam einem jetzt viel heller vor und wärmer.

Sie mussten die Kurve kriegen. Aber die Bewegung verlief im Sande. Das große Sehnen. Sie fuhren noch nach Salzburg, Ausweiskontrolle an der Grenze, der Tierpark und Schloss Hellabrunn. Alles ganz schön, aber immer mit der ganzen Truppe? Mal allein sein mit ihr?, dachte Albin. Und fast im selben Moment, dass man dann aber auch nicht wüsste, was zu tun sei. Sie war jetzt wieder mehr mit dem Mozartzopf zusammen. Er hielt sich an den langen Ruthe. Was es alles zu verstehen gab oder gerade nicht zu verstehen gab. Man dachte für einen Moment, es in der Hand zu haben, und dann flog es doch schon wieder davon. Liebst du mich? Wenigstens ein bisschen? Wie kann ich das wissen? Ich weiß ja von mir selbst kaum etwas. Auf der anderen Seite nichts als schwankender Boden. Man musste balancieren üben. War da nicht etwas gewesen: ein Blick, eine Berührung? Es konnte sich auch alles wieder auflösen, wie im Traum. Sie hatte nicht neben ihm sitzen wollen auf der langen Fahrt zurück ins Lippische. München, Nürnberg, Kassel. Er schaute aus dem Fenster, die verschiedenen Gegenden zogen vorbei. Innerlich sprach er mit seinem Gott.

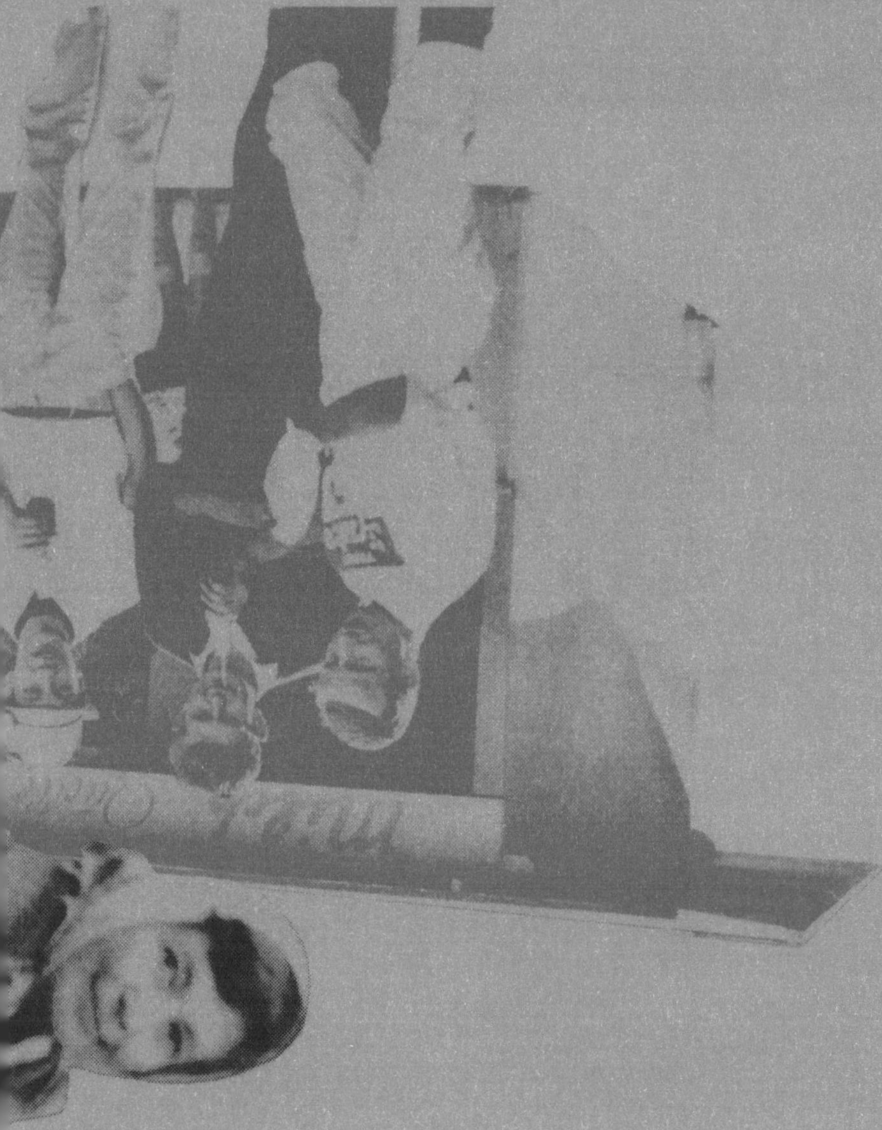

3

Sie waren Ende August bei Dehlers eingeladen gewesen, Rudolf, drittes Kind des Majors und so alt wie Romy, war öfter bei Krones gewesen, hatte Romy zum Tanzen abgeholt oder sie saßen nur hinten unter der Linde (wie damals Tante Asta mit den Engländern, aber das war, wenn nicht vergessen, so doch verdrängt). Man war ja auf eine Art verbandelt (die ältesten Häuser am Ort). Kommt doch mal vorbei. Pflaumenkuchen bei Tante Frieda im Garten. Wespen inklusive. Finkens zu Besuch mit den drei kleinen Kindern. Die älteste Tochter von August Dehler hatte auf den Hof von Friedrich Fink nach Exter geheiratet. Hundert Hektar (oder mehr). Robert, Heinrich und Heike, sechs, vier und zweieinhalb. Der Name Fink im dortigen Umkreis ein Begriff. Ein Begriff, sagte der Major und wer genau hinhörte, vernahm den Spott. Dieses ganze wer mit wem und wo man wieder gewesen sei und dass er (Fink) ja eine eigene Jagd habe und was er letztens mit Rechtsanwalt Soundso besprochen habe. Romy und Margarete Kortmeyer saßen daneben und hörten zu. Albin setzte die Finkschen Kinder abwechselnd auf die Schaukel, die auf dem Hof vom Ast eines Baumes hing (das war erst nur so eine Idee gewesen, um nicht mit am Tisch sitzen zu müssen). Schwung geben (die Kleine konnte es noch nicht selbst), die Jungs auffangen, wenn sie vom Sitz sprangen. Alle Huckepack nehmen. Ganz schön anstrengend. Du könntest Kindergärtner werden (Hanna Fink), und ob er nicht Lust hätte, mal ein, zwei Tage in Exter einzuhüten: Wir müssen mal wieder 'n bisschen in Gesellschaft. Es war bekannt, dass Hanna Fink, geb. Dehler, sich mit dem Hofleben nur schwer anfreunden konnte, hundert Hektar hin oder her. Die Angebote des nahen Staatsbades oder in Herford. Hanna Fink holte ihn am Sonnabend drauf mit dem VW Käfer ab. Er schaute ihr beim Fahren zu: blonde Haare, Lippenstift und lackierte Fingernägel. Sonnenbrille. Wie alt bist du?, fragte er. Hanna Fink lachte: siebenundzwanzig. Ihre kleine Schwester Brigitte, die sie Bibi nannten, die jüngste der Dehlers, war so alt wie Albin. Sie fuhren durch Bad Salzuflen, an den Stärkefabriken vorbei und den vornehmen Häusern am Obernberg, vorbei an Flachsheide, wo die großen Turniere stattfanden, durch den Stadtwald und an Gut Steinbeck vorbei das Salzetal hinauf. Von der Hauptstraße ging eine kleine Allee ab, auf dem Straßenschild stand Fink. Hanna lenkte den Wagen auf den Hof. Rechts und links die Wirtschaftsgebäude, Ställe, Scheunen, an der Stirnseite das große Wohnhaus, zwei Stockwerke, verputzter Bruchstein, hohe Fenster, mit hellem Sandstein eingerahmt. Zur Türe rauf eine Treppe mit zwei Aufgängen. Die Kinder kamen angelaufen, als sie den Motor des Wagens hörten, die beiden jüngsten hängten sich rechts und links an Albin, kaum dass er ausgestiegen war. Meinst du, du kommst mit unserem Trio zurande? Albin drehte sich mit den beiden Kindern am Arm ein paarmal um die eigene Achse. Vergnügtes Quietschen. Ich zeig dir, wo du schläfst, sagte Hanna. Ich zeig's dir, rief Robert und packte Albins Hand. Die beiden Kleinen liefen hinterher. Ins Haus, der Flur war kühl, Steinfliesen, dunkelrot und weiß, die Treppe hoch, ein roter Sisalteppich lief über die Stufen, von Messingstangen gehalten. Hier ist mein Zimmer, sagte Robert und zeigte auf eine offenstehende Tür; er hatte, weil er ja schon zur Schule ging, ein eigenes Zimmer. Und hier schlafen wir, sagte Heinrich und lief ein paar Meter vor und öffnete eine weitere Zimmertür und Albin sah hinein, zwei Kinderbetten und auf dem Fußboden Spielsachen. Es roch anders als zuhause. Heike lief zu ihrem Bett und holte eine Puppe her, die ordentlich neben ihrem Kopfkissen saß. Das ist Silli, sagte sie, Silli, sag guten Tag zu Ewald, Heike sagte Ewald, nicht Albin und Albin sagte: Albin, ich heiße Albin. Und Heike sagte: Ewald. Das Zimmer, in dem er schlafen sollte, beinhaltete eine Liege, daneben ein Nachtschränkchen mit einer Glasplatte, unter der das Furnier abgeplatzt war und an der Wand gegenüber eine Kommode. Hier hatte länger niemand mehr übernachtet. Albin stellte seine Tasche ab, wir gehen wieder runter, sagte eines der Kinder und sie rannten den Flur entlang und machten dabei ein ziemliches Gepolter. Er schaute aus dem Fenster auf den Hof hinunter. Wenn dies alles seins wäre? Der feine Kies vor dem Haus leuchtete gelb in der Sonne. Der VW Käfer. Der Mercedes von Friedrich Fink: weinrot. Eine edle Farbe. Der Geruch eines Bauernhauses. Die Gedanken beherrschten ihn und er herrschte in Gedanken: über Felder, über Pferde. Ausritte am Sonntagmorgen (Finkens hatten gar keine Pferde mehr). Etwas abgelegenes, etwas besonderes. Die Erinnerung an den Sommer in Wendemark war immer noch da, natürlich, auch wenn er inzwischen anders dachte als damals, erwachsener. Hier im Westen konnte man nicht einfach enteignet werden. Doch dazu musste man erst einmal etwas besitzen. Man hörte immer wieder, dass kleinere Höfe aufgeben mussten, weil sie überschuldet waren. Man machte jetzt ja alles mit Maschinen. Blütenträume, die zerplatzten. Er würde weiter mit Pferden arbeiten. Die großen Bauern kauften dann das Land der kleinen Bauern billig auf. Er würde sich nicht kaufen lassen. Er schaute noch eine Weile aus dem Fenster, dann hörte er nach ihm rufen: Komm, es gibt Kuchen! Robert rannte voraus, Treppe runter, Albin folgte ihm, die Hände in den Taschen, ein bisschen tänzelnd, die blonde Locke wippte bei jeder Stufe über der Stirn. Aprikosenkuchen. Mit Schlagsahne. Trinkst du Kaffee? Sie würden um sieben fahren, sagte Hanna, und erst spät in der Nacht zurücksein. Ganz gerade saß sie am Küchentisch.

Ohne Schürze Und so blond. Noch'n Stückchen? Die Kinder hätten es gern, wenn man ihnen abends etwas vorliest. Und Friedrich Fink, über den Kuchenteller gebeugt, so ganz unvermittelt: Biste schon mal Auto gefahren, ich meine: selber? Auto? Nein. Er sagte nein, nicht nee, wie die meisten, das war ihm selbst irgendwann aufgefallen und er hatte es bewusst beibehalten. Immer 'n bisschen anders. Friedrich zeigt dir, wie's geht, sagte Hanna, mir hat er's auch gezeigt. Sie kam ihm plötzlich vor wie eine ältere Mitschülerin, vielleicht zwei Jahre voraus. Friedrich Fink kippte seinen Kaffee hinunter wie einen Schnaps, schob den Kuchenteller ein wenig zur Seite, holte eine Zigarette aus seinem silbernen Etui, klopfte sie auf den Tisch, zündete sie an: In fünf Minuten vorm Haus! Es führte ja kein Weg dran vorbei: Gut beritten zu sein, war eine Sache, motorisiert zu sein eine andere. Die Vorstellungen, die er noch vor ein paar Jahren hatte, überall mit dem Pferd hinzukommen, kamen ihm jetzt fast kindisch vor. In Wendemark mit der Kutsche über die Elbe: Das würde inzwischen niemand mehr machen. Lilly Eckhartstein, von und zu, fuhr auch nicht mehr mit dem Pony zur Schule. Fast über Nacht waren die Pferde aus der Landschaft verschwunden, von den Straßen; das Fluchttier, das die Gefahr scheute, war durch die Gefahr selbst ersetzt worden.

Albin setzte sich in den VW: Den Sitz richtig einstellen (da gibt's vorne 'nen Hebel zum Ziehen), mal die Kupplung durchdrücken, erster Gang, zweiter Gang, Leerlauf. Dann mach ihn mal an, bisschen Gas geben dabei. Der Motor des Käfer knatterte los mit seinem typischen Geräusch. Und langsam anfahren. Der Kies knirschte unter den Reifen. Albin drehte eine Runde auf dem Hof, dann bogen sie auf die schmale Straße nach Sundern ein, beim Schalten Zwischengas, das Getriebe sei nicht synchronisiert, sonst geht er dir im zweiten Gang aus. Die Tachonadel zitterte knapp unterhalb der 40. Da vorne bei Kixmöller kannste mal anhalten, dann üben wir das Wenden noch. Für'n Rückwärtsgang den Hebel runterdrücken. Im kleinen Rückspiegel war nicht viel zu sehen. Besser, man schaute sich die Lage der Dinge direkt an, bevor man sie im Spiegel betrachtete. Dann fahr uns mal zurück. Er dachte sich nichts dabei, dass er Autofahren konnte, so wenig wie er sich je Gedanken über seine Reitkünste gemacht hatte oder wie man aus dem Stegreif einen Sketch spielte. Man will etwas und dann tut man's und entweder, es klappt, oder eben nicht. Das war alles. Man durfte nur keine Angst haben. Die Angst, das wusste er, das waren immer die anderen. Nicht die Sache selbst. Etwas nicht zu können, es nicht einmal zu versuchen, hieß Angst vor den anderen zu haben. Wer Angst vor Pferden hatte, hatte eigentlich Angst vor Menschen. Sie hielten ihn deshalb manchmal für verrückt, zumindest ein bisschen. Man musste hinkucken, sich die Sachen ankucken und ihnen Glauben schenken, so wie sie sich zeigten. Andere machten sich bloß Vorstellungen, aus denen nichts wurde. Manchmal dachte er: Wenn mein Vater aus dem Krieg zurückgekommen wäre. Als Musikant übers Land, Vater und Sohn? In den Büchern, die er las, hatten die Söhne immer Väter. Väter, die irgendwo waren, sichtbare, unsichtbare Väter, aber immer Väter, von denen man wusste. Die ihren Söhnen etwas beigebracht hatten, vielleicht nur nebenbei, durchs bloße Tun. Geheimbünde. Es war darüber nicht zu sprechen. Mit der Mutter nicht und mit anderen Verwandten nicht, die ihr eigenes Bild von ihm hatten, und denen er in dieser Angelegenheit nicht traute. Manchmal mit Nebelsiek. Vielleicht hatte sein Vater, bevor er gegangen war, noch irgendwo eine Tür offengelassen, halb für ihn offengelassen, nur angelehnt, dass man es nicht gleich bemerkte, und er würde sie finden müssen, diese Tür.

Sie kamen zurück auf den Hof: Kannst'n gleich in die Remise fahrn. Die Abgase verfingen sich unterm Dach, als sie ausstiegen, roch es nach Benzin. Friedrich Fink ließ sich den Schlüssel geben, den er im Hausflur an ein Bord hängte.

Den Schlüssel für den Mercedes hatte er immer in der Tasche. Hanna sei wohl schon dabei, sich umzuziehen? Die Frauen, sagte er, bräuchten ja immer etwas länger. In der Küche hatte sie Abendbrot für Albin und die Kinder hingestellt: Leberwurst und Mettwurst und Harzer Roller mit Kümmel. Die kleine Heike aß nur Weißbrot mit Butter, Robert, der Große, schmierte sich Senf auf den Harzer. Trinkst du schon Bier? Friedrich Fink stellte eine Flasche auf den Tisch. Nein danke. Bei Onkel Theo schon öfter mal probiert: Dieses Bittere, das mochte er nicht. Dann lieber heimlich an die Flasche mit dem süßen Likör. Konnte man sich dran gewöhnen, besser als Hagebuttentee. Ich lass es mal stehen, sagte der Bauer, vielleicht ja später. Und dass er sich jetzt auch mal fein machen müsse. Um kurz vor sieben kamen Finkens dann die Treppe herunter, grünes Abendkleid, Smoking, Eau de Toilette und Rasierwasser. Goldschmuck. Seid artig Kinder, Albin liest euch nachher noch was vor. Heike griff in den grünen Stoff des Abendkleides, ob darunter das Bein der Mutter sei, um es festzuhalten: Mama, nich wegfahrn! Die Tränen standen kurz bevor. Die älteren Brüder wussten, dass die Eltern fahren würden, dass sie aber ebenso wieder zurückkämen – für die kleine Schwester konnte sich die Welt noch von einem Augenblick auf den anderen vollständig verwandeln. Ich komme doch wieder, mein Herzchen. Albin ist doch da. Nein! Es wurden die vielfältigsten Angebote und Versprechungen gemacht, was alles nichts nützte, Heike heulte und schrie und klammerte sich an die Mutter, wir müssen los, sagte Friedrich Fink und schaute auf seine goldene Uhr und die älteren Jungen standen daneben und kuckten zu. Und Albin schnappte sich dann einfach das Mädchen: Komm, wir fliegen 'ne Runde, und hatte sie auch schon an Hand- und Fußgelenk und drehte sich um die eigene Achse, dass die Fliehkraft sie abheben ließ und während sie noch vor Vergnügen kreischte, rollte der weinrote Mercedes vom Hof. Achtung, Landung! Den ganzen Abend dann noch mit den Kindern gedölmert, wie man hier sagte: Hüpfen im Bett und Kissenschlachten und als Reittier musste Albin herhalten. Und natürlich kitzeln, bis einem die Luft wegblieb. Im Überschwang stieß Heinrich sich den Kopf, tapferer Ritter Tränenreich, komm, ich puste mal, sagte Albin und die beiden anderen Kinder pusteten mit und schnell war der Schmerz vergessen: Jetzt aber ins Bett! Albin half der Kleinen beim Ausziehen und überwachte das Zähneputzen. Und dann noch vorlesen, Käthe Miethe: Die Kinder vom Lindenhof – und wie sie bei den alten Stiftsdamen unter der Fuchtel standen (kannte man das nicht irgendwo her?). Alle drei Kinder im Pölter (so sagt man hier zum Schlafanzug) in Heinrichs Bett. Wie Herr Brand die Geschichten erzählt hatte, das war ja noch präsent: Immer so, als ob man's selbst erlebt hätte. Als Albin sagte: Nun isses genug, gab es keinen Protest. Er ging dann noch runter in die Küche und trank die Flasche Bier. Finkens kamen spät in der Nacht nachhause, er bekam es halb im Schlaf mit. Und am nächsten Morgen schickte Friedrich Fink ihn mit dem VW zur Bäckerei Gieseking nach Wüsten Brötchen holen, das waren bestimmt vier Kilometer einfache Strecke. Kannst ja jetzt fahren, sagte er. Und Hanna Fink: Wie gut er mit den Kindern klarkommt?

Zum fünzehnten Geburtstag bekam er ein altes Moped, Marke Bastert, halbwegs fahrtauglich, 2-Gang-Handschaltung, von Röthers älterem Bruder, der sich nun eine richtige Maschine zugelegt hatte, eine 125er. Er zeigte Albin, wie es ging: Benzinhahn auf, Gang raus, hier den kleinen Hebel ziehen und dann mit den Pedalen antreten. Beim vierten oder fünften Mal klappte es. Aus dem Auspuff qualmte es ordentlich. Die Versicherung hätte dreißig Mark im Jahr gekostet, das konnte man sich sparen, einen Führerschein brauchte man nicht (oder doch?), fährste halt 'n bisschen Schleichwege, hatte die Mutter gesagt (eine Sorge überwindend). So knatterte er morgens nach Schötmar zur Handelsschule und mittags wieder zurück. War schon komfortabler als das Fahrrad. Knappe vierzig schaffte das Moped, bei Vollgas und Rückenwind, vielleicht waren es aber auch nur dreißig, die Tachonadel zitterte im Zweitakt.

Albin lernte kalkulieren, diskontieren, stenografieren. Hauptbuch und Kassenbuch, Konto und Gegenkonto, ein Italiener namens Pacioli, sagte Diplomhandelslehrer Richter, habe 1494 die doppelte Buchführung erfunden, der wirtschaftliche Aufschwung sei danach nicht mehr zu stoppen gewesen. Als Kaufleute müssten sie über den Tellerrand hinausschauen, der Bauer kenne ja nur seine Scholle, der Kaufmann müsse die Welt kennen. Die Welt kommt als Ware zu uns: Öl, Ananas, Kaffee, Tabak. Dafür bekommt sie Stahl, Automobile, Druckmaschinen. Immer konservativ rechnen, hieß es zwischen Flut und Ebbe, eine Zahl auf dem Papier sei noch kein Geld in der Kasse. Warnungen allenthalben. Etliche taten sich schwer mit dem Rechnen: die Welt in Zahlen ausgedrückt? Wer Erfolg haben wollte, musste Neues schaffen. Was das war, war aber einstweilen noch nicht auszumachen. Im kommenden Jahr, nach Ostern würde er zu Rendsburg nach Bielefeld gehen, dem großen Feinkosthändler. Gänseleberpastete und Champagner. Das war nun so verfügt worden (alle Träume ausgeträumt?). Einer Opernbekanntschaft seines Onkels Fritz war die Lehrstelle zu verdanken. Die Welt als Ware und die Hautevolee der Großstadt als Kundschaft. Hautewolaute sagten sie. Schlimmer wäre nur noch die Ausbildung in Krones eigenem Laden gewesen, so wie die Schwester. Undenkbar. Dieses Stickige, da kriegte man beim nur dran Denken schon keine Luft mehr. Dass die Leute immer so am Stickigen festhielten, es war nicht zu verstehen. Oder die Verbissenen. Wenn er mittags nach der Schule die Begastraße in Schötmar herunter fuhr, sah er manchmal jemanden in Kriegers Reformhaus huschen. Kaufte dort fünf Scheiben Vollkornbrot und hundert Gramm Margarine, rein pflanzlich. Alte Mütterchen und hagere Gestalten in schlecht sitzender Kleidung. So, als schämten sie sich, auf der Welt zu sein. Aus dem Geschäft roch es nach einer Mischung von Getreidemühle und Apotheke. Die Reformhäusler rochen ebenfalls so, oder man bildete es sich zumindest ein. Vitaminpillen statt Wurst. Rohkost. Es wurde für eine natürliche Lebensweise geworben. Dabei schien nichts künstlicher zu sein, als das in Cellophanbeuteln abgepackte Brot, die Pülverchen und sonderbaren Säfte. Karotten- und Sellerietrunk. Wie kam man auf solche Ideen? Es musste die Neigung zum schlechten Gewissen sein.

Er fuhr immer noch einmal die Woche nach Lage zum Klavierunterricht, Mozarts Klaviersonate A-Dur (drei b!) und die Phantasiestücke von Schumann. Moments Musicaux von Schubert. Im April, mit Abschluss der Handelsschule würde das vorbei sein. Manchmal sprachen sie noch über seinen Vater, aber wenig. Wenn, dann nur Musikalisches, aus der Zeit am Konservatorium. Als wenn Nebelsiek sich mit dem, was er über das Marinemusikkorps gesagt hatte, verausgabt hätte. Oder überhaupt schon zu viel gesagt hätte. Er (Albin) hatte damals natürlich darüber nachgedacht, was das bedeutete, sich vor dem Krieg in die Musik zu retten, und für einen Moment war ihm sein unbekannter Vater ganz groß vorgekommen, so als hätte er (aber auch nur für einen Moment), dem Rad der Geschichte in die Speichen greifen können. Am Ende war es aber ganz und gar unsinnig und auch gar nicht tragisch, änderte nichts daran, dass es seinen Vater nicht gab. Bei seiner Mutter musste er den Vater eher abwehren: Vati habe dies und Vati habe das und ob er, Albin, nicht auch. Als wolle sie ihn in ihn hineinzwängen. Es gab ja noch das große Akkordeon, das damals von Lage mit umgezogen war. Ob er das nicht noch lernen wolle? Er ließ es sich von Nebelsiek zeigen, wenn man Klavier konnte, war's ja einfach. Leichte Muse. Nach Gehör zu spielen. Nebelsiek verglich ihn nicht mit seinem Vater (er war auch ein Pädagoge!). Manchmal saß er jetzt nachmittags eine ganze

Stunde am Klavier (wenn sich keine Gelegenheit für einen Ritt fand – oder auch dann). Beides, die Musik und die Reiterei richteten sich auf eine Welt der Anderen: Die Musik auf die nur in der Imagination existierende Welt des Vaters, die Reiterei auf die Reiterkreise, den Bauernadel. Die Reiterwelt war eine sichtbare Welt, in die man vordringen konnte. Die Welt der Musik war nicht greifbar. Mit einem Bein hier, mit einem Bein da? Für die Musik musste man lesen können. Er konnte ein Stück hören und es nachspielen, aber so würde er ein ewiger Schüler bleiben. Er wäre nicht so wie sein Vater geworden, er wäre nie sein Vater geworden. War die Reiterei nun also ein Verrat? Vielleicht war es weniger der Zweifel an den eigenen Fähigkeiten, die ihn von der Musik abhielten, als die Angst vor der Leerstelle, die er nie würde ausfüllen können. Er würde die Musik für sich behalten, hatte er Nebelsiek gesagt, aber seine Kunst, das würde die Reitkunst sein. Es würde ihn freuen, war die Antwort, wenn du ein bisschen dranbleibst.

Anfang Februar war es schneidend kalt. Ein scharfer Nordostwind fegte die Schneekristalle übers Land. Es schnitt einem ins Gesicht. Morgens zeigte das Thermometer minus zwanzig Grad, über den Tag wurden es nicht mehr als minus zehn. Wie in Sibirien. Die Ostsee fror zu. Lange Unterhosen und zwei dicke Pullover übereinander. Eisblumen an den Fensterscheiben, man hatte aufgerollte Handtücher davor gelegt, damit es durch die Ritzen nicht so zog. Half aber so gut wie nichts. Uphoff aus Heipke musste nochmal Kohlen liefern, die Stute zog den Pritschenwagen, ihr Atem dampfte und gefror an den Nüstern. Ganz dickes Winterfell, weich wie eine Katze. Der Kohlenhändler trug eine gesteppte Weste über der Jacke und eine Mütze mit ausklappbaren Ohrenschützern. Alles roch unterschiedslos nach Kälte, dieser matte, metallische Geruch, den auch die Kohlen verströmten, wenn man sie in der blechernen Schütte aus dem Lager im Backhaus holte. Die Kleidung, wenn einer von draußen reinkam. Onkel Theo servierte das Bier leicht temperiert. Es war morgens jetzt schon nicht mehr so lange dunkel. Der Motor des Busses polterte gegen die Kälte, ans Mopedfahren war nicht zu denken. Bei Husemann gelierte der Diesel im Tank. Hinterher Benzin zuschütten half nichts. Backpfeifen vom Chef, wenn morgens ein LKW nicht ansprang. Siehste, sagte Uphoff und freute sich, dass er die Kohlen immer noch mit dem Pferdewagen ausfuhr: Is alles zu was jut. Jeder wusste etwas zu berichten, was wo eingefroren oder zugefroren war. Die Rheinschifffahrt komplett eingestellt. Konnte man in der Zeitung lesen. Die Donau auf hundertsechzig Kilometer zugefroren. Man hätte bis Wien auf Schlittschuhen laufen können. In manchen Tälern Tirols minus fünfunddreißig Grad. Die, die in Russland gewesen waren, erinnerten sich und sagten nichts. Andere sagten, der Winter neununddreißig / vierzig sei noch schlimmer gewesen. Albin ritt nachmittags Dehlers Stute durch den Schnee (der Major hatte tatsächlich Ja gesagt). Die Luft stach in den Lungen. Schritt, ein leichter Trab, das Pferd sollte nicht ins Schwitzen kommen. Eine halbe Stunde, höchstens, nur dass man in Bewegung blieb, als Ausgleich für alles andere. Die eingefrorenen Zehen schmerzten, wenn er wieder ins Warme kam. Es war seine Passion.

Es ist der Randlage des Ostwestfälischen, das schon im Namen seine Unzugehörigkeit ausdrückt, geschuldet, dass seine Bewohner mit einer gewissen Distanziertheit auf die anderen germanischen Völker blicken. Die katholischen Münsteraner und Paderborner, die eigentlichen Westfalen also, ebenso wie die katholischen Rheinländer. Gerade der Rheinländer galt ihnen als ordinär. Zügellos und daher leicht zu Übergewicht neigend. Verschwitzt und immer gleich mit allen per Du. Die Rheinländer waren kein Reitervolk. Der Kanzler in Bonn züchtete Rosen. Am Rheinland, so dachte man in Ostwestfalen, war alles irgendwie weibisch, weich. Mit den Niedersachsen (sturmfest und erdverwachsen) verstand man sich besser. Nur einmal im Jahr schielte man quasi zum Rheinländer hinüber, so wie man bei einer Klassenarbeit ins Heft des Sitznachbarn schielt, halb aus einem Bedürfnis der Kontrolle heraus, halb aus bloßer Neugierde, und dieses Schielen galt natürlich dem Karneval, dieser für den Protestanten reinsten Exotik, die er gründlich missverstand, so wie man alle exotischen Kulturen missversteht, wenn man versucht, sie nachzuahmen. Wenn der Lipper Karneval feiert, dann hält er das für einen Akt der Aufklärung. In den Schulen ist Rosenmontag (so könnte man sagen) ein Unterrichtsfach. So wird das Fremde dem Eigenen eingepasst. Undenkbar, närrisch durch die Straßen zu ziehen. So gilt dem Lipper die Einladung zum Rosenmontagsball als eine Art Pflicht, bei der er sich seiner Weltoffenheit vergewissern kann, ohne sich all zu weit von sich selbst zu entfernen. In Krones Gesellschaftsräumen waren für diesen 13. Februar dann auch, trotz der Kälte, alle Tische vorbestellt.

Albin nutzte die Gelegenheit, seinen Onkel Theo zu fragen, ob er mit bedienen (und so etwas Geld verdienen) könne. Ja? Irgendwie war er, der Onkel, ihm immer etwas künstlich vorgekommen, die Gastwirtschaft passte nicht so richtig zu ihm; die farbigen Hemden und elegante Schuhe, die er gerne trug. Eine Schwäche für Sahnetorten. Albin hatte ihn selten um etwas gebeten. Aber nun: Warum nicht. Er könne die Sektbar machen, sagte der Onkel, das müsse 'n bisschen charmant gehen: Das kannst du ja? Er würde ihm Roswita dazugeben. Roswita, so hieß das Lehrmädchen, das sie in der Gastwirtschaft hatten, etwas älter als Albin, so ein, zwei Jahre vielleicht, dunkelhaarig und ein wenig dicklich, schwarzer Rock und weiße Bluse. Die Bluse so weit, dass man von ihrem Busen nicht viel sah. Wie eine kleine Lokomotive pendelte sie zwischen Tante Adelheids Küche und Onkel Theos Biertresen hin und her. Ab und an schnaufte sie sogar. Viel sagen tat sie nicht: Ja, Herr Krone, nein, Frau Krone. An der Sektbar konnte sie nicht viel falsch machen und würde von

Albin vielleicht sogar ein bisschen lernen, wie man mit Leuten umging. Sie kam aus Pansheide (die kriegen dort selten Besuch!). Zehn Mark rechnete Onkel Theo für die Flasche Matthaeus-Sekt, einsdreißig für das Glas: Was übrig bleibt, ist für euch. Wirtschaften auf eigene Rechnung. Albin zog sich ein weißes Hemd an und band eine rot-schwarz-grün karierte Krawatte um, deren Ende er zwischen zwei Knöpfen ins Hemd steckte, damit es nicht aus Versehen in die Gläser hing. So hatte er es mal in einem Film gesehen. Den Ballsaal hatten sie mit Papierschlangen und bunten Lampions geschmückt. Um fünf kamen die Musiker, Klavier, Bass, Schlagzeug, Posaune, Saxophon. Kriegten Schnitzel mit Kartoffelsalat und Bier und probten ihren Sound. Ob das denn so laut sein müsse, fragte Paula Krone, eigentlich keine Frage, mehr der Versuch einer Anordnung, aber natürlich vergebens. Was ein Sound war, war eben kein Kirchenchor. Und man sollte die Musik ja auch dann noch hören, wenn's richtig voll war. Noch war der Saal aber leer, zwei Tage zuvor hatten sie angefangen einzuheizen, bis der große Raum einigermaßen auf Temperatur war, das dauerte. Ein Ball brauchte Hitze, in jeder Hinsicht, und je heißer er wurde, um so mehr Verdienst versprach er. Um viertel vor sieben standen alle bereit, es konnte losgehen. Und man kam: Möllers und Lambrachts, Finkbeiners und Bünemanns, Bollhöfers und Pankokes und so weiter und so fort, bis an die dreißig Paare jeglichen Alters versammelt waren, dazu ein Dutzend junge Männer und Frauen in losen oder wechselnden oder gar keinen Bindungen. Hinter den Gästen kam immer ein Schwung Eiseskälte mit hinein, die mit den Mänteln an die Garderobe gehängt wurde und es kaum durch die Pendeltür in den Saal schaffte. Manche hatten bunte Kegelhütchen auf dem Kopf, Doktor Wittmann einen echten arabischen Fez. Einige Damen trugen venezianische Augenmasken, man musste oft dreimal hinkucken, bevor man sah, wer sich dahinter verbarg: Ach du bist das! Mit jedem Schwung der Pendeltür kam mehr Lärm in den Saal, die Kapelle spielte Ragtime, alles wippte mit, zumindest mit den Füßen, sortierte sich an die reservierten Tische oder bildete Trauben an der Bar. Man hatte zuhause noch schnell einen Happen gegessen, um nicht mit ganz leerem Bauch hierher zu kommen. Wer Budget hatte, würde dann später noch ordern: ein Tatar, Toast Hawaii, Käseteller. Albin reichte knapp gefüllte Sektgläser über den Tresen, nahm Geld entgegen, gab Wechselgeld heraus, schaute, dass Roswita nicht zu viel einschenkte. Man roch hier einen Veilchenduft und da ein Birkenhaarwasser; so ein Ball, das war ein eigener Körper mit eigenen Gerüchen, ein vielgliedriges Tier, das alle Charakterzüge in sich vereinigte, mal diesen, mal jenen hervorkehrte, jedenfalls aber bei Laune gehalten werden wollte. Das Tier wurde mit Alkohol und Musik gefüttert, war erst noch ein wenig unsicher, stand auf, setzte sich wieder, schlich umher, wie um eine neue Umgebung zu erkunden, dann aber ließ die Kapelle ihren Sound anschwellen, spielte einen Tusch, alles hielt inne, Schlachtermeister Stratmann trat auf die Tanzfläche (warum eigentlich der?), im großkarierten Anzug, Schiebermütze und roter Pappnase: Hochverehrtes Paulskirchener Publikum, närrische Lipper außen und Lipper innen, bei eisigen Temperaturen und so weiter, lassen uns nicht unterkriegen, verstehen zu feiern, summa summarum: Der Ball ist eröffnet! Man applaudierte und die Kapelle spielte einen Fox und Stratmann (schon 'nen ziemlich roten Kopp) schnappte sich eine Frau für den ersten Tanz: Fuchs, du hast die Gans gestohlen. Das große Balltier schob seine Glieder nach und nach aufs Parkett, schüttelte die letzte Kälte ab, die ihm noch im Fell steckte. Quickstepp und Polka. Was paarweise gekommen war, blieb zwei, drei Tänze zusammen, löste sich dann auf zu immer neuen Paarungen. Begehrt waren die Männer, die tanzen konnten. Zwei junge Damen waren in Herrenanzügen erschienen und hatten leichtes Spiel, poussierten mit anderen Frauen, tanzten mit ihnen und machten die Männer eifersüchtig. Albin beobachtete und schenkte nebenbei Sekt aus (noch'n Gläschen, Frau Pankoke?). Er würde demnächst einen Anzug brauchen, zum Tanzen brauchte man einen Anzug, gut geschnitten. Und Schuhe. Schuhe mit schmaler Spitze. Sich schon mal die Grundschritte der wichtigsten Tänze einprägen: Vor-vor-seit-rück-rück und lang-lang-Wiegeschritt. Wo fing man mit rechts an und wo mit links? Walzer konnte er längst. Das Tier hatte seine Beine auf der Tanzfläche und seine Arme an der Bar. Die Herren griffen zu ihren Brieftaschen in den Jacketts oder zogen loses Geld aus den Hosentaschen, die schlechten Zeiten waren endgültig vorbei, der Glaube an die besseren hatte sie besiegt. Um Mitternacht wurde eine scharfe Gulaschsuppe angeboten, die dem Tier noch einmal einheizte. Beine verhakten sich zu einem kriminellen Tango, der Tanz war Kampf und Spiel zugleich, in ihm bildete sich das Tier quasi noch einmal selbst ab, erhob sich zu einem kulturellen Wesen, sog sich selbst ein, seinen Geruch von Haut und Haaren, der Veilchen und Rasierwasser längst verdrängt hatte, der Geruch an Hals und Handgelenk, beim Slowfox mit seinem verwischten Rhythmus rutschten Männerhände am Rücken herunter, Hüfte an Hüfte, Augen geschlossen, vielleicht noch fünf Paare auf dem Parkett, das Tier konzentrierte sich noch einmal, hielt die Spannung über die Zeit zum letzten Akkord. Dann ein langes Ausatmen, Seufzen: Ah! Noch ein letztes Glas Sekt? Gut, ein letztes noch. Mantel, Schal, Handschuhe. Draußen die Eiseskälte. Dort hatte der Gedanke ans warme Bett, an den Schlaf geduldig gewartet und hakte sich jetzt unter. Stockfinstere Nacht. Um halb drei hatten sich die letzten Gäste verabschiedet. Tische abräumen, abwischen und die Stühle umgedreht draufstellen. Albin zählte Geld und gab am Ende davon Roswita achtzig Mark, halbe-halbe, obwohl eigentlich er alles verkauft hatte und sie bloß eingeschenkt. Ein halber Monatslohn, das Mädchen wäre fast umgekippt: So viel Jelt?

Um drei war er im Bett, um halb sieben klingelte der Wecker (noch einmal umdrehen!), zum Frühstück heiße Milch mit einem ordentlichen Schuss Kaffee, Weißbrot mit Erdbeermarmelade, Junge, Junge, ganz schön s-pät jeworden gestern abend. Man ließ sich aber nichts anmerken. Die Lippische Seele verlangte sich beides ab: das Fest und die Arbeit. Im Rheinland lagen sie noch alle in den Betten, die Katholischen, der reinste Schlendrian. Wasser predigen und Wein trinken. Was war davon zu halten? Er nahm das Moped, bisschen frische Luft zum Wachwerden (fahr vorsichtig!). Im Unterricht von Diplomhandelslehrer Richter döste dann die Hälfte vor sich hin, man roch die vergangene Nacht aus den Körpern, nur halb von Seife überdeckt. Die Flut ging schneller und die Ebbe blieb länger als sonst. Albin dachte an die Robben auf der Sandbank, die er vor Amrum gesehen hatte. Auch schon wieder drei Jahre her. Wie kam er jetzt da drauf? Zwei Mädchen arbeiteten fleißig mit, die Unscheinbaren, die jetzt einmal ihre Gelegenheit sahen. Handelslehrer Richter heftete seinen Blick auf ihre flachen Busen: tüchtige junge Frauen. Den Rest überließ er nach kurzem Bemühen (meine Herren!) sich selbst. Um eins war Schluss. Albin fuhr nachhause, die Augen zusammengekniffen gegen die Februarsonne. In der Küche hatten sie einen Eintopf warmgehalten, Bohnen, Kartoffeln. Er löffelte rasch einen Teller voll und legte sich dann, so wie er war, aufs Bett. Zwei Stunden Schlaf. Die Nacht hatte vom Tag die Hälfte verschlungen, aber es hatte sich gelohnt: Von seinem Gewinn an der Sektbar legte er sechzig Mark beiseite, solche Fortune hatte man nicht oft. Die reichen Bauern kauften ihren Söhnen Reitzeug und Stiefel mal eben so, hier war nicht daran zu denken. Ein Paar Stiefel hundertzwanzig Mark? Man hatte ja insgeheim gehofft, dass sich das mit den Pferden legen würde mit der Zeit, was die Kinder fesselte, legten sie mit zunehmender Reife in der Regel ab, das schleift sich alles ein, sagte man, halb aus Erfahrung, halb zur eigenen

Beruhigung: Wird schon werden. Andererseits schaute man aber auch nicht so genau hin (hier zumindest nicht): Wo ein ganzes Land mit Vergessen beschäftigt war, eröffneten sich den Jungen Freiräume. Der Schrecken war ja immer noch zu sehen, saß zuhause oder bei Theo Krone am Tresen und soff das Elend in sich hinein. Im März schickten die Sowjets die letzten Kriegsgefangenen in den Westen. Ein letzter harter Winter, den noch einmal etliche zum Sterben nutzten: Wenn die Welt hier wie dort nur noch aus Fremde besteht, werden sie sich gesagt haben. Und dann morgens einfach nicht mehr aufgestanden. Margarete Kortmeyer hatte noch kurz gehofft: Ob Vati vielleicht doch? Elf Jahre war der Krieg jetzt vorbei. Glauben und hoffen, dass sich alles fügt, dass das Logische nur ein Irrtum ist. Man behielt seinen Irrtum aber für sich. Nur nichts aufwühlen. Vor zwölf Jahren war der letzte kurze Brief von ihm gekommen. Albin hatte nie jemandem vom Schah von Persien erzählt. Und so, wie dieser Gedanke in der Kindheit aufgehoben blieb, konnte der Vater in diesem Gedanken aufgehoben bleiben. In der Realität hatte er sich einfach aufgelöst.

Andere hatten andere Interessen bezüglich des Wiederkriegens. Albrecht Biehler: Jetzt, wo es sich im Osten entspanne, hätte man doch auf den Russen zugehen müssen. Nach Stalins Tod hatte er gehofft, vielleicht die Reitstiefel doch noch einmal wieder anziehen zu können. Aber der Kanzler war nicht drauf eingegangen. Paar Gefangene freigekauft, sagte Albrecht Biehler, das sei doch nur Schau. Aus der Sowjetzone (niemand sagte DDR) kamen sie jetzt in Scharen rüber (vom Tauwetter hätten die dort noch nichts mitbekommen). Manchmal mehr als tausend am Tag. Es wurde viel geredet, das seien gar keine Politischen, die sähen nur, wie's im Westen aufwärts ging. Wollten sich an den gedeckten Tisch setzen. Aber richtig arbeiten? Albrecht Biehler sagte, er hätte das zum Schluss in Wendemark ja gesehen gehabt: Die passten hier doch gar nicht ins System. Und jetzt käme das Heimstättenwerk von der Kirche und wolle die alle auf lippischen Höfen unterbringen? Es hätte gerade in der Zeitung gestanden: Diese Jugend heimisch werden lassen und sie stützen, bis sie die neue Welt kennengelernt hätten. Wer so einen aufnähme, der würde sich noch wundern. Von wegen christliche Nächstenliebe. Die jungen Mädchen, ja die vielleicht. Und dann saß er wieder so da und kuckte auf seine Füße.

Ende März gab es dann die Zeugnisse der Handelsschule. Schemmel hatte dazu den Saal im Hotel Walhalla gemietet, über Schötmar gelegen, im Asenwald (niemand hätte dabei an nordische Götter und Heidentum gedacht, von ihnen jedenfalls niemand, man nahm die Namen einfach so, wie sie da waren; das Ganze hätte auch Klabauterhotel und Algenwald heißen können). Von irgendwem (Klei oder Lambracht) wurde ein aufgetragener Anzug besorgt und bei einer Näherin noch einmal etwas aufgefrischt und halbwegs angepasst. Die Bedeutung des Anlasses war der aufgebotenen Feierlichkeit nicht ganz angemessen. Aber man war ja eine private Schule und stand den staatlichen Abschlüssen insofern nach. Es sollte dann wenigstens nach etwas aussehen. Dreiundzwanzig Fünfzehn- und Sechzehnjährige (einige darüber), in schlecht sitzenden Anzügen und die Mädchen in Rock und Bluse und einer Strickjacke darüber und alle mit einem schlecht sitzenden Gesicht. Margarete Kortmeyer begleitete ihren Sohn zusammen mit ihrem Bruder Fritz Krone, der die Handelsschule bezahlt hatte (und damit auch die kleinen Schlucke des Diplom-Handelslehrers Richter, der in selten getragenem grauen Flanell erschien). Da saß man nun. Der Direktor (eigentlich ja auch nur in Anführungsstrichen) eröffnete den Festakt, und eines der fleißigen Mädchen hielt eine kleine Rede, über die Zukunft und die Verantwortung (bebender Busen) und Albin spielte tatsächlich zwei, drei kurze Stücke auf dem Flügel des Hauses. Für einen Moment war er ganz bei sich und vergaß das Erbärmliche der Lage, seiner Lage, die ja nun unabänderlich darin bestand, den Beruf des Einzelhandelskaufmanns zu erlernen. Hatte es keine Möglichkeit gegeben, dem zu entkommen? Ein mittelmäßiges Zeugnis: Das war das Urteil. Es ging den meisten so, aber das war kein Trost. Jeder träumt davon, etwas Besonderes zu sein. Man hätte sich wehren müssen, aber. Keiner, der einem sagte: Mach es so oder so. Nur das, was man kannte. Er wusste es einfach nicht. Man stieß mit Wein an. Aus Kindern werden Leute, hörte man sagen und ähnliches. Wie seine Mutter so dasaß, zwischen all den anderen. Ein bisschen verloren.

4

Der Bus ging jeden Morgen um sieben. Sammelte die verschlafenen Gestalten ein, die an der Kreuzung standen. Albin stand um viertel nach sechs auf. Das Frühstück, das ihm Tante Paula hinstellte: Zwei Scheiben Marmeladenbrot und eine Tasse Kaffee. Der Kaffee war, wenn nicht dünn, dann sicher nicht stark, da wurde gespart, obwohl Onkel Fritz zum Einkaufspreis notierte. Kaffee hatte noch immer dieses Wertvolle. Und so stark, sagte die Mutter, das sei doch nicht gut fürs Herz. Die Schwächen der anderen. Albin tat einen Löffel Zucker in die Tasse. Dick Butter aufs Brot, das musste eine Weile vorhalten. Vom Küchenfenster sah man auf die Linde hinterm Haus. Wenigstens war es morgens jetzt nicht mehr dunkel. Ein Blick auf die Uhr. Die hatte ihm die Mutter zum Zeugnis der kaufmännischen Schule geschenkt: Dugena, zweifarbiges Ziffernblatt, elastisches Gliederarmband, man brauchte sie nur übers Handgelenk zu streifen. Der morgendliche Gang aufs Klo. Der alte Rendsburg hielt nichts von Toilettengängen während der Arbeitszeit, von längeren Sitzungen schon dreimal nicht. Vielleicht, weil das die Kehrseite seines Geschäfts war: Feinkost Rendsburg in Bielefelds edler Johannisstraße, hier kaufte die Hautevolee ein, die Bielefelder Fabrikantenhaushalte, Parmaschinken, Cognac, Gänseleberpastete, Kaviar (darf's 'n bisschen mehr sein?). Man wollte nicht daran erinnert werden, wo dies alles endete. Wozu betrieb man sonst den ganzen Aufwand? Gründlich die Hände waschen und vorm Spiegel im Flur die Krawatte binden, Windsorknoten. Albin zog sich die Jacke über, während er schon die Treppe herunter sprang, bis zur Bushaltestelle am Marktplatz waren es ja nur wenige Schritte. Den Siebenuhr-Bus nahmen die Angestellten. Die Arbeiter für die Dürrkopp- oder Adler-Werke, die Näherinnen für die Textilfabriken, Seidensticker, Ahlborn, Windsor, waren schon um sechs gefahren. Mit ihnen hatte man nichts zu tun. Kannte er einen? In der Schule früher hatte es Arbeiterkinder gegeben, immer schlecht ernährt. Sie waren einem fremd geblieben. Die Sitzbänke im Bus waren mit rotbraunem Kunstleder überzogen, der Dieselmotor nagelte laut und die Türen zischten und klackten beim Öffnen und Schließen. Meistens ergatterte er einen Fensterplatz. Er hatte sich Jack London mitgenommen, Ruf der Wildnis, der Bus fuhr eine gute halbe Stunde. An Dehlers Gasthof in Speckenbaum vorbei, dann nach Nienhagen, die Saatzucht von Gut Eckendorf, bei Meier zu Bentrup unter der Autobahn durch. Heepen – und dann schier endlos, so kam es ihm vor, in die Stadt hinein. Er versuchte, sich zu merken, wo der Bus abbog, um im Geiste die Strecke zurückzugehen. Ein paar Seiten hatte er geschafft zu lesen: Wie gewalttätig manche Menschen gegenüber Tieren waren? Und nicht nur das. Der Bus hielt am Jahnplatz, von dort musste er noch in die Johannisstraße laufen, in die Bielefelder Altstadt, was der Krieg davon über gelassen hatte. Alles eine Baustelle. Am Kaufhaus Opitz vorbei, Textilien über vier Etagen, und Schuhhaus Tack mit Billigware. Die Leute kauften. Um zwanzig vor acht war er bei Rendsburg, hintenrum rein, Personalraum, da hatte jeder seinen Spind. Jacke aus und den weißen Kittel an. Die Angestellten hatten ihre festen Abteilungen, die Lehrlinge wechselten durch. Heinrich Rendsburg, der Alte, sicherlich schon in den Fünfzigern, wenn nicht an die sechzig, zählte Wechselgeld in die Registrierkasse. Grauer Anzug, Dreiteiler. Die Haare, streng zurückgekämmt, warfen im Nacken eine kleine Welle. Geheimratsecken und etwas gerötete Haut. Er hatte einen schlurfenden Gang, fast schon ein Hinken, ein

Hüftleiden, das ihn verletzlich erscheinen ließ (Onkel Fritz hatte das auch). Vielleicht war das die Krankheit der Kaufleute. Rendsburg begrüßte die Kundschaft mit Handschlag und Verbeugung: Gnädige Frau hier und gnädige Frau da. Oder wenn mal Herr Oetker persönlich erschien, um seinen Cognac zu kaufen! Der Kaufmann im Allgemeinen und der Einzelhandelskaufmann im Besonderen war eine mittlere Existenz. Nie zu letzter Konsequenz fähig; sein Leben ein Geben und Nehmen, fast ein bisschen weich, doppelgesichtig. Rendsburg nahm keine Frauen in sein Geschäft, er traute ihnen das nicht zu, diese Doppelgesichtigkeit: Sie waren entweder Dienstmädchen oder Dame des Hauses. Der Kaufmann bediente, aber er war kein Befehlsempfänger. Meine Herren: an die Arbeit!

Fleisch und Wurst, die Lippische Leberwurst und Mettwurst, westfälischer Knochenschinken von Klümperer, französische Pasteten, Foie gras, die durfte man einmal probieren, freitags, wenn sie in Warenkunde unterrichtet wurden: Sie müssen wissen, was Sie hier verkaufen. Daneben die Käsetheke: Brie aus der Normandie (wo die Amis gelandet waren) und Roquefort, der reinste Gammel als Delikatesse. Die Lipper als solche waren über den Butterkäse (der so hieß, weil er wie ein Stück Butter aussah) und einen Streichkäse mit viel Kümmel (den sie Kochkäse nannten) nicht hinausgekommen. Ihnen fehlten die Höhlen. Für das feine Geschäft war so etwas zu ordinär, selbst für die Marotten der gehobenen Kundschaft, die manchmal einen fatalen Hang zum Schlichten zeigte: Lassen Se man juut sein. Die Fürstin zu Bentheim. Und: Ich bin doch auch bloß'n Mensch. So sagte die das immer: Ich bin doch auch bloß'n Mensch. Die Stifte im ersten Lehrjahr mussten die Bestellungen aus den großen Häusern zusammenstellen und mit dem Fahrrad ausliefern. Herr Potthoff, in dem die Kundenwünsche aus zwei Jahrzehnten gelagert waren wie in einem Speicher, saß am Telefon. Ein Ohr für die Kundschaft. Es gab ja welche, die sich für so wichtig hielten, dass sie gar nicht mehr ihren Namen sagten, nur: Herr Potthoff, wir brauchen. Frau von Delius. Undenkbar, nachzufragen; die wäre gleich pikiert gewesen. Andere kürten Lippisch Platt. Das hatte der alte Rendsburg den Jungen von Beginn an eingebleut: Kunde, meine Herren, kommt von kennen. Wir müssen unsere Kunden kennen. Kucken Sie genau hin, machen Sie Studien, Verhaltensforschung. Herr Potthoff wusste, was die Leute wollten, bevor sie es selbst wussten. Zwanzig Jahre Daten gesammelt, unersetzbar. Albin fuhr mit dem schweren Kasten vorm Lenker bis ins Johannistal, wo sich beiderseits die Villen der Bielefelder Fabrikanten an den Hang schmiegten: sehr gediegen. Er bekam zu Anfang dreißig Mark Lehrgeld im Monat. Und Frau Maschinenfabrik Benteler gab fünf Mark Trinkgeld. Er wusste, wie es geht: Gnä' Frau und so weiter und so fort. Immer auf die Leute zugehen. Dass er als Kind immer von zuhause weggelaufen war, das machte sich jetzt bezahlt. Andere hatten ja schon Schiss, überhaupt irgendwo zu schellen. Wurde einem aber auch erst später bewusst. Der ganze Orientierungssinn, woher das kam. Er bestand darauf, immer persönlich an die gnädige Frau zu liefern, mit Grüßen von Herrn Rendsburg, nie bloß an ein Hausmädchen, da war nix zu holen, mochte die auch noch so hübsch sein. Immer durch die Vordertüre rein. Die blonden Haare etwas zerzaust vom Fahrtwind und das feinste Lächeln aufgesetzt: alles für die Damen. Man durfte nicht stieselig sein. Und von der Strampelei bekam man stramme Waden. Die Kehrseite der Ausfahrten hieß Küche. Gelbe Kacheln rundum und graue Steinfliesen, rutschfest mit Noppen, zwischen denen sich der schmierige Dreck festsetzte und die jeden Abend mit kochendheißem Wasser zu schrubben waren. Die Küche war ein Ort der Verwandlung, in dem die rohen Teile der Tiere zu Delikatessen wurden. Sie lernten das Geflügel ausnehmen, das frisch geliefert wurde: Hühner, Enten, Wildenten, Wachteln. Vorsichtig schneiden, damit man nicht die Galle erwischte. Hals, Herz, Magen und Leber kamen in kleine Tütchen und wurden wieder in den hohlen Körper gesteckt. Wa glauwen Se, sagte Frau Rendsburg zu denen, die sich davor ekelten, weil sie zuhause noch nie eine Schlachtung miterlebt hatten, wa glauwen Se, wie das Fleisch auf unsern Teller kommt? Mit dem Fahrrad aus den Dürrkopp-Werken? Frau Mahlzahn, der alte Drache. Die Rendsburg kam morgens in Kittelschürze und Pantoffeln aus der Wohnung herunter, die überm Geschäft lag, brachte Feinkostsalate und jene berühmten Hors d'œuvre, worunter die Reste vom Vortag in Aspik zu verstehen waren, hatte ihr Gebiss noch nicht im Mund (deshalb Frau Mahlzahn – nicht wenige hatten mit fünfzig schon die dritten Zähne, es war fleißig gezogen worden), aber schnauzte schon jeden an: Wa stehn Se da rum? Und immer wieder: Wa glauwen Se, wofür Se hier bezahlt wern? Man ging am besten gar nicht drauf ein. Es war alles ein Theater und ihnen war nicht nur die Rolle der Schauspieler, sondern auch die der Bühnenbildner und Kulissenschieber zugefallen. Aus der von Elberfeld'schen Jagd bekamen sie Wildbret, Hasen, Rehe, ganze Wildschweine. Die hingen dann tagelang im Keller, um die richtige Reife zu entwickeln. Hautgout, man konnte auch sagen: Gestank. Manchmal gingen das Feine und das Verdorbene seltsame Verbindungen ein. Den Lehrlingen wurde gezeigt, wie sie den Hasen das Fell über die Ohren, den Böcken und Wildschweinen die Decke abzogen. Mit zwei Schnitten an den Hinterläufen fing's an. Bei den Schweinen saß die Decke so fest auf dem Fleisch, dass man sie mit einem Holzhammer herunterklopfen musste. Der Gestank übertrug sich, setzte sich in der Kleidung fest, rieb sich in die Haut, die Haare. Wenn Albin das Los des Wildabziehens erwischt hatte, setzte er sich abends im Bus ganz nach hinten, in der Hoffnung, man möge ihn nicht riechen. Seit Großvater Krone gestorben war, hatten sie im Alten Krug nicht mehr geschlachtet. Wie lange war das jetzt her: fünf Jahre oder schon sechs?

Das war auch erst immer ein großer Gestank gewesen, das Blut, die Gedärme. Bis daraus eine gut gewürzte Leberwurst wurde, Koteletts, Schinken. Die Kundschaft bekam davon nichts mehr mit. Sie sah nur die dressierten Stücke, die ihre Verwandlung vollständig vollzogen hatten, gar den Anschein erweckten, als seien sie gerade so hergestellt worden: Kucken Se ma, gnä' Frau, ganz zart. An den Wachteln war kaum etwas dran, daran erkannte man die besonders feinen Leute, dass sie es sich leisten konnten, praktisch nichts zu kaufen. Das vulgäre Land drum herum langte zu und fraß sich einen Wanst an. Warten Sie's ab, sagte Rendsburg einmal, aber eher so nebenbei, als sei ihn der Gedanke gerade angeflogen wie eine lästige Fliege: Sie sind alle noch jung; es wird irgendwann einmal die Kunst darin bestehen, nichts zu verkaufen.

Wollte er so werden? Die feinen Damen zu umgarnen. Der Umgang mit den edlen Sachen. Es war in der Tat alles ein bisschen Theater, wenn auch mit den immer gleichen Inszenierungen. Man spielte auf der heimischen Bühne, wie man sich die Welt so vorstellte. Und er merkte, auch wenn dies erst eine nebelige Ahnung blieb, dass dies alles seine Grenzen hatte, die Welt der Fabrikanten und Direktoren, die mit Chauffeur vorfuhren, Dienstboten hatten und Gattinnen mit echtem Pelz. Eine Welt konnte auf jegliche Art und Weise zu klein werden, wie groß sie auf den ersten Blick auch erscheinen mochte. Das Fortwollen konnte jeden treffen. So hatte ihn die Erscheinung des Herrn Oetker tief beeindruckt, der in seinem alten Lodenmantel eher aussah wie ein Oberförster und passend dazu, so als suchte er das Weite in irgendeiner Ritze der Welt, bloß einen VW Käfer fuhr. Lassen Se die man, sagte er einmal über die großen Mercedes-Limousinen seiner Direktoren, ich besitze dafür Schiffe. Dreißig oder mehr schneeweiße Frachter der San-Diego-Klasse, die für ihn über die Weltmeere fuhren. Aber sie nahmen ihn nicht mit und waren so am Ende auch nicht mehr als die Modellschiffe, die bei Ulrich Bollhöfer auf dem Regal verstaubten. Er besaß zu viel, um einfach so fortgehen zu können. Wohl deshalb tat er wenigstens so, mit Lodenmantel und Kleinwagen, als hielte ihn nichts. Und Albin wusste ja, was ihn selbst erwartete, er würde eines Tages, in ein paar Jahren, das Geschäft seines Onkels Fritz übernehmen müssen, so war es verfügt worden, wo die Paulskirchener Hausfrauen für Mehl und Brühwürfel kamen, Trockenerbsen, mal zwei Apfelsinen (nach reiflicher Überlegung) und zu Weihnachten eine Flasche Müller-Thurgau halbtrocken. Romy würde heiraten und er bliebe als einziger da, fünf alte Leute zu versorgen. Nur seine Mutter bekam eine kleine Rente. Aber vielleicht war das ja alles nicht so unausweichlich, möglicherweise gab es irgendwo noch eine Lücke, durch die zu schlüpfen war? Konnte es sein, dass wenn man ein Bild lange genug betrachtete, man selbst Teil dieses Bildes wurde? Oder einfach alles einstürzen lassen? Wenn er nun einfach durch die Prüfung fiele? Utz ging das letzte Jahr zur Realschule. Den langen Ruthe hatten sie in die Molkerei in Schötmar gesteckt (das habe immerhin was mit Kulturen zu tun, hatte der gesagt). Sonntagabends manchmal in der Filmbühne, die in Salzuflen neu aufgemacht hatte: Gestehen Sie, Dr. Corda und Verdammt in alle Ewigkeit. Drei Jahre Ausbildung für nichts? Das sei ja nun Tinnef, sagte Utz. Und vielleicht könne er, Albin, ja anschließend die Mittlere Reife nachholen. Eine wirkliche Hilfe war's nicht.

Jetzt, wo die Tage länger wurden, stieg Albin abends öfter schon in Speckenbaum aus dem Bus und fragte beim Major, ob der die Stute noch für eine halbe Stunde haben könne? Aber nich zu dolle! Albin hatte für diese Zwecke im Stall die alte Wollhose deponiert, zuhause würden sie dennoch schimpfen, die vielen Hemden, die man bügeln müsse, das roch ja alles nach Pferd. Eine schnelle Runde, hinterm Misthaufen und dem Silo den Weg Richtung Sierdissen runter, bei Ellerbrok über die Bieke und übers Vorwerk wieder zurück. Mal kucken, ob das ging: Schenkelweichen und Schulterherein, wie er es bei der Gräfin gesehen hatte. Das ließ sich nicht imitieren. Im Sattel gab es nur die Wahrheit. Man konnte reiten oder man konnte es nicht. War das zu packen? Er war dann oft erst um neun oder halb zehn zuhause, musste die zwei Kilometer nach Paulskirchen ja auch noch laufen, belegte Brote warteten unter einem umgedrehten Teller. Gib deiner Mutter einen Kuss.

Seit dem Tod des Großvaters hatte die Enge im Hause zugenommen. Langsam, jeden Tag unmerklich, aber über die Jahre zu deutlich. Wie eine merkwürdige Krankheit, die sich im Körper ausbreitet, aber so, dass der von ihr Befallene es gar nicht merkt und sich nie als krank bezeichnet hätte. Der Tod von Fritz Krone sen. war hier vielleicht der letzte Tod einer alten Zeit gewesen, der Zeit der Kriege und Schrecken, gegen die der Vater und Großvater Schutz geboten hatte. Und die Bedrohung und der Schutz waren wie Geschwister innig verbunden, die eine nicht ohne den anderen denkbar, und wo sich das wahre Bedrohliche längst in die Kriegsgräber gelegt hatte, wo der Mangel der Fülle gewichen war und das Land so ruhig schlief wie noch nie, lebte die Bedrohung als Schatten des Schutzes, als ein Phantom weiter. Je mehr man sich vor dem Phantom schützte, um so größer wurde es. Und je sauberer etwas war, je reinlicher, um so mehr wuchs der imaginäre Dreck zu einem Monster heran. Der Dreck, das waren die Anderen. Ging man zu ihnen hin, diesen Anderen, löste sich das Phantom auf in nichts. Albin war immer hingegangen und hatte gesehen. Zum Luftholen aus dem Haus. Ein bisschen wie das Kind im Märchen: Da ist ja nix! Zuhause griffen sie schon morgens zu Schrubber und Wischer. Er hatte das, wohl auch aus diesem Grund, nie eigentlich sein Zuhause genannt. Mehr so aus Gewohnheit, weil einem nichts Besseres einfiel. Es gab seltene Fälle, wo das Groteske zur Tugend wurde. Einer dieser Fälle ereignete sich für Albin nun jeden Donnerstagabend, der bei

Rendsburg der großen Sauberkeit gewidmet war, welche herzustellen den Lehrlingen oblag. Rendsburg sah nicht ein, wozu er Putzfrauen bezahlen sollte. Jede nicht ausgegebene Mark war direkter Gewinn. So standen dann also zehn junge Männer in gemusterten und geblümten Kittelschürzen mit Besen und Schrubber, Eimer und Aufnehmer im Geschäft und davor und waren ein Schauspiel für die ganze Johannisstraße. Manchen war das hochnotpeinlich. Und nicht wenige junge Frauen sahen der wöchentlichen Aktion mit einer gewissen Befriedigung zu: Seht ihr mal. An den Siebenuhr-Bus war nicht zu denken. Mit dem Achter kam er nur bis Nienhagen, von dort dreieinhalb Kilometer zu Fuß, eine halbe Stunde. Manchmal per Anhalter, wenn – selten genug – ein Auto kam. Dehlers Stute blieb dann im Stall. Am Sonntag ging er nach Sierdissen, ein Fohlen war geboren worden. Der alte Mandub hatte noch einmal gezeugt. In einer Trakehnerstute, die ihr Besitzer, Herr Igor, als junges Tier bei Kriegsende aus Ostpreußen mit herüber- und auf dem Gut untergebracht hatte. Das erste Fohlen gehörte dem Bauern, der die Stute beherbergte und so kam die Gräfin in den Besitz eines Fuches mit breiter Blesse, der den Namen Muschik erhielt.

5

Jeder hält sich gern für einen Künstler. Die Gräfin hatte das bei einer Gelegenheit mal gesagt und Albin hatte es aufgeschnappt. Die Gräfin mochte keine Menschen, bei denen alles immer von jetzt auf gleich gehen musste. Die keine Geduld hatten. Und die Zeiten waren so, dass es da nicht viel zu mögen gab. Während das Land automobil machte, setzte sie sich aufs Pferd. Reitbluse, Breeches, die Haare mit einem aufgewickelten Tuch zusammengebunden. Braune Stiefel. Sie trug selten etwas anderes. Mandub, das Zirkuspferd, vom Gestüt des Prinzen Odescalchi in Slawonien, der weiten grünen Ebene zwischen Donau und Sava. Fünfundzwanzig Jahre war der Hengst inzwischen alt, ein Vertreter einer anderen Zeit. Der kleine Araberkopf mit dem geschwungenen Nasenrücken. Die Gräfin und der weiße orientalische Prinz bildeten eine Liaison gegen die Enge der Zeit und den engen Raum, gegen, so könnte man sagen: die Atemnot. Die Asthmaanfälle kamen nicht mehr so häufig wie früher und nicht mehr so heftig, aber die Dose mit Epinephrin stand immer noch neben dem Bett. Seit diesem Frühjahr durfte er Mandub reiten, einmal die Woche vielleicht, kaum mehr als eine Viertelstunde, geh nicht zu weit vom Hof weg, hatte die Gräfin gesagt. Albin in brauner Hose, die am Hintern schon etwas durchgescheuert war und Halbschuhe mit breiter Kappe. Bei Wind und Wetter. Im März konnte es im einen Moment frühlingshaft warm sein und im nächsten pfiff einem der Schneeregen um die Ohren. Eiskalte Hände und die nasse Hose klebte einem dann an den Beinen. In der Pußta, in Slawonien und der Woiwodina regierten jetzt die Kommunisten. Konnte man sich das vorstellen? Die Odescalchis von ihrem Gut, dem Lohn für ihren Kampf gegen die Türken, vertrieben. Wie Tante Gertrud und Onkel Albrecht in der Altmark. Wo vorm Krieg die edlen Pferde standen, war jetzt bestimmt ein Hühnerstall. Albin fühlte, dass das nicht recht war. Mit zwanzig Pferden dorthin zurück reiten und die Sache wieder in Besitz nehmen, dachte er. Rittmeister Kortmeyer. Rittmeister von Kortmeyer. Wenige sind berufen und noch weniger sind auserwählt. Die Gräfin sah seine Ambitionen. Die meisten gaben zu schnell auf.

Jeder hält sich gern für einen Künstler: Dieser Satz stand in der Reitlehre des Wilhelm Müseler. Die Gräfin hatte ihm das Buch zum Abschluss der Handelsschule geschenkt. Mach weiter, Albin, hatte sie gesagt. Mehr nicht. Er hatte kein eigenes Pferd, das wusste sie. Aber er hatte Gefühl. Sein Gefühl konnte man überallhin mitnehmen; er konnte gehen, wohin er wollte. Nur, wer ganz in die Psyche seines Pferdes eindringt, wer nicht mit Gewalt, sondern nur aus dem Gefühl heraus einen Zusammenhang herstellt: So hieß es bei Müseler weiter. Aus dem Gefühl heraus einen Zusammenhang herstellen? Reiten lernen aus'm Buch? Utz Bollhöfer hatte Reitstunden bei Herrn Güse (der auch schon die Kinder der Gräfin unterrichtet hatte). Er hatte auch ein eigenes Pferd; um Reitstunde nehmen zu können, brauchte man ein Pferd. Und Güse kommandierte: Schulterblätter zusammen! Fersen runter! Der korrekte Sitz. Herr Müseler (was für'n komischer Name?) behandelte die Frage des richtigen Sitzes nicht. Er war sogar ein Gegner der reinen Sitzlehre. Dafür war er ein großer Befürworter der Reitlehre. So hieß schließlich auch sein Buch. Es war ein Buch übers Fühlen. Schwieriges Gelände. Gefühl könne man sich nur selbst beibringen, schrieb Herr Müseler. Und dass der beste Reitlehrer, der einzig und allein jedem Reiter Gefühl beizubringen in der Lage sei, immer das Pferd sei. Sätze, die nur jemand verstehen konnte, der schon dieses besondere Fühlen hatte, das sich in keine Worte fassen ließ. Schweigsam in die Bewegung des Pferdes eingehen. Albin meinte zu verstehen. Dinge, die sich nicht sagen lassen. Was sich sagen ließ, ließ sich klar sagen, das konnte man jeden Tag auf den Reitplätzen hören, aber es gab noch etwas dahinter. So schlossen die stummen Sätze im Buch des Herrn Müseler und Albin Kortmeyer einen schweigsamen Pakt. Wer brauchte einen Reitlehrer, wenn er ein altes Zirkuspferd hatte, das sämtliche Geheimnisse kannte? Es spielte sich alles im Kopf ab, auf eine Art aber wieder auch nicht, Realität und Vorstellung verschmolzen und in einer Viertelstunde konnte man über Wien und das ungarische Tiefland in die magische Welt des Prinzen Odescalchi fliegen. Utz hatte bereits einen Reitdress, eine schwarze Hose mit hell unterlegter Falte am Schenkel, ein beigefarbenes Jackett, eine karierte Krawatte. Die Stiefel waren gebraucht, Arbeitsreitstiefel vom Vater, deren Schaft überm Knöchel ordentlich Falten warf. Das Jackett war auch nicht neu. Aber immerhin: Er war komplett. So konnte er mitreiten beim Ausritt zu Ostern, gehörte zu den Reitern, die die Runde von Hof zu Hof machten und dort von der Bäuerin einen Schnaps bekamen (zwischendurch ein kalter Regen?). Und Albin? Immer noch die braune Wollhose und die Halbschuhe, an den Kappen abgeschabt, die Jacke aus Moleskin. Man war doch kein Kind mehr! Er hatte nicht gewagt, die Gräfin um ein Pferd zu bitten (Dehlers Stute wurde vom Ältesten des Majors geritten). Selbst wenn sie ihm eines angeboten hätte: Es wäre ihm eine Ausrede eingefallen. Eine Arbeit, eine Krankheit. Ein Wegsein. Deshalb ritt er immer alleine seine Runden, damit niemand sah, dass er nicht dazugehörte. Er hätte das nie zugegeben, es geschah vielleicht auch gar nicht absichtlich, es war ein Gefühl sich selbst gegenüber. Aber die Sache hatte auch ihr Gutes: Die Wollhose und die Halbschuhe bewahrten ihn vor der Pose, Kein Schulterblätter zusammen!, kein Absätze runter!, die ein erzwungenes Bild abgegeben hätten. Die Wollhose und die Halbschuhe brachten ihn näher ans Pferd. Diese Unsicherheit, nicht dazuzugehören, öffnete die Türen für das Gefühl. Die rutschige Wollhose verlangte ihm im Sattel mehr Balance ab und die Halbschuhe ließen ihn die Bewegungen des Pferdes viel deutlicher an den Schenkeln spüren: Wann war welcher Fuß wo; war das Pferd verspannt oder gelöst? Die anderen mussten das Fühlen mühsam lernen. Es war ihm nicht bewusst, wie dies zusammenhing. Vielleicht ahnte es die Gräfin, dass man die nötige Sensibilität nur im Anderssein entwickeln konnte. Auch sie drehte alleine ihre Runden. So entwickelte sich der Reiter Albin Kortmeyer aus einem Unzulänglichkeitsgefühl. Später würden sie ihn einen Individualisten nennen.

In Monaten ohne r kann man draußen sitzen, im Gras, auf dem blanken Boden, im Mai konnte es zwar noch kalt werden, aber im Juni fasste der Sommer Fuß, er kam einem immer so groß und weit vor, so als hätte man alle Zeit der Welt, niemand dachte im Juni an das Ende des Sommers, man sagte: endlich, und: So kann es jetzt bleiben. Es wurde morgens schon um vier Uhr hell, Albin wachte gegen fünf auf, eine Stunde des Tags lag da brach vor einem, ohne dass sie richtig zu nutzen gewesen wäre. Nochmal umdrehen und Augen zu? Das ging nicht. Es gab eigentlich nichts Besseres, als ganz früh raus, das Pferd satteln und in die Kühle des Morgens zu reiten. Vorm Frühstück. Sontags war das manchmal zu machen. Die Reiter daher immer ein wenig beargwöhnt, weil man sie selten in der Kirche sah. Die machten sich ihre Moral im Sattel. Albin griff nach dem Müseler im Regal überm Bett. Wenigstens mal im Kopf die Übungen durchreiten: Für den jungen Reiter besteht die Schwierigkeit darin, dass er in den ersten Reitstunden meist etwas Falsches hat lernen müssen – nämlich sein Pferd durch Ziehen am Zügel zu parieren, weil er die Einwirkung des Kreuzes noch nicht kannte und weil er, wenn er zur richtigen Ausführung der Parade unter Anwendung von Kreuz und Schenkel aufgefordert worden wäre, eine solche Parade noch nicht hätte geben können. Das hatte er oft genug im Kino gesehen, in den Western, dass die Cowboys an den Zügeln rissen wie verrückt, so als säßen sie am Steuer eines Rennautos. Oder auf einem Hexenbesen. Die Leute bekamen eine ganz falsche Vorstellung. Wenn man's mit Worten erklärte, war es auch kaum zu verstehen: Es ist ja auch paradox, eine Bewegung durch eine treibende, vorwärts wirkende Kraft aufzuhalten. So schrieb Herr Müseler das. Sich immer ans ganze Pferd wenden, nie nur ans Maul. Albin hatte sich zum Lesen auf die Bettkante gesetzt. Die Sätze kamen ihm völlig verständlich vor, er hätte das selbst nie so ausdrücken können, das Wort paradox kannte er nicht, aber er hatte das Gefühl, dass hier das beschrieben wurde, was er auch dachte. Wie er bei Hühner-Behr auf dem Kutschpony gesessen hatte beim Kleeholen, fiel ihm ein: irgendwie auf den Rücken des Pferdes geklettert. Später auf Mandub bei Herrn Heinemann an der Longe: Er hätte die Hände in die Taschen stecken können. Aber wenn man die Leute so reden hörte: Da müsse mal jemand die Zügel anziehen! Die hatten keine Ahnung. Um sechs schellte der Wecker. Es half ja nichts (so hieß es immer). Es besser zu wissen, war auch keine Garantie – wenn sich erstmal alle in ihrer Hilflosigkeit eingerichtet hatten. Wurde einem aber auch erst hinterher klar. Sie hatten Angst, dass er wegflog. Und taten alles, dass das so blieb. Manchmal stellte er sich vor, wenn er morgens im Bus saß, dass der plötzlich woanders lang fahren könnte, bei Heepen einfach auf die Autobahn, einer geheimen Anweisung folgend, wie man sich das irgendwie zusammenreimte, eine Entführung besonderer Art. Wie einem die Gegend erst noch bekannt vorkäme; Wellbach und Meier zu Jellendorf, Tödtheide und die Bexter Höfe, und doch auf eine Art anders war, unbekannt, und er hätte ja rufen können: Halt!, das hätte man wohl erwartet, spätestens als es an Enger vorbeiging, am

Hof, von dem Großmutter Krone (geb. Höner zu Ohlsen) stammte. Er täte nichts. Es hätte alles sicherlich seinen tieferen Sinn. Nur, dass das Vorgestellte eben nicht passierte. Der Bus hatte hinten über den großen Seitenscheiben zwei schmale, die man zur Hälfte aufschieben konnte. Der laute Motor war da durch zu hören, wenn der Fahrer Gas gab und die Abgase der anderen Autos wehten herein. Es würde sich nichts ändern, jedenfalls nicht von alleine.

Mittwochs hatten sie Berufsschule, sechs Stunden Unterricht, nachmittags frei. 12 Arbeiter erhalten in 6 Tagen DM 633,60 Lohn. Wieviel Lohn würden unter gleichen Arbeitsbedingungen 15 Arbeiter in 8 Arbeitstagen erhalten? So Zeug. Rechnete man ja mit links. Oder: Mit einer bestimmten Kohlenmenge reicht eine Großküche bei Benutzung von 22 Kesseln 180 Brennstunden. Für wieviel Brennstunden reicht die gleiche Kohlenmenge, wenn zwei weitere Kessel beheizt werden? (Stand das da wirklich so?) Die Sinnfrage durfte man hier nicht stellen. Einfach kucken, ob man's rauskriegte. Im Rechnen hatte er immer eine Zwei. Wie sich da manche anstellten, kaum zu glauben. Fünf Mädchen waren in der Klasse, die sich aber nicht für ihn interessierten, nicht die Bohne, konnte man sagen. Die waren felsenfest davon überzeugt, nur in den besten Kreisen zu verkehren. Ansprüche bis zum dorthinaus. Besser, man hielt sich da raus. Die letzten beiden Stunden zogen sich. Ein Lehrer, der aus der Sowjetzone gekommen war, völlig leblos. Dass man im Geschäftsbrief nicht Ich sondern Wir schreibt, war die Erkenntnis des Tages. Albin war in Gedanken sowieso schon längst woanders. Um zwei stand er bei Dehlers in der Küche. Tante Frieda lachte. Das tat sie immer. Nebenan, in der Stube, lag der Major auf dem Sofa und hielt Mittagsschlaf. Wo kommst'n jetz wech? Und: Hast'n öwwerhaup schon was jejessen? Da is noch'n bisschen Erbsensuppe, die is noch warm. Hier, setz dich hin. Mit'm Pferd musste warten, bis Onkel August wach is. Und dann lachte sie wieder.

Ob er denn auch im Herbst zur Tanzschule gehen würde? Er könne doch mit Bibi zusammen gehen: so'n flotter junger Mann! Das musste man sich nun anhören. Reichte es nicht, dass seine Schwester mit Dehlers Rudolf ging? Er wartete nicht, bis der Major seinen Mittagsschlaf beendet hatte, man könne das Pferd auf jeden Fall ja schon mal putzen. Ab durch die Mitte. Die Tiere mochten es, wenn man sie striegelte. Ihnen den Staub aus dem Fell bürstete. Den Mist aus den Hufen kratzte. Die Menschen kamen sich ja eher näher, wenn sie gemeinsam im Dreck lagen. Mit ihren Reinlichkeitsbemühungen hielten sie sich auf Distanz (ich hab da grad jewischt, da kannste jetzt nich lang!). Die Fuchsstute hatte eine rosa Oberlippe und eine weiße Fessel vorne rechts. Schön konnte man sie nicht nennen. Der flache Widerrist gab dem Sattel wenig Halt und ließ ihn leicht nach vorne rutschen. Albin kämmte gewissenhaft Strohhalme aus dem Schweif: Wer das Pferd vernachlässigt, vernachlässigt sich selbst. Heikel waren die Ohren, da ließen sich die Pferde ungern anfassen, ja nicht einmal berühren. Sie waren mindestens ebenso Ohrentiere wie Augentiere, vielleicht noch etwas mehr. Wir hingegen, weil wir gehorchen gelernt hatten, hörten schlecht. An den Ohren konnte man sehen, wo das Pferd gerade mit seinen Gedanken war. Die Pferde sprachen nicht mit dem Mund sondern mit den Ohren. Sie mit der Bürste zu bearbeiten oder den Riemen des Halfters darüber zu streifen, machte sie für einen Moment taubstumm. Man musste daher ihr Vertrauen gewinnen – was nicht mal eben mit einem Stückchen Zucker zu bewerkstelligen war. Es bedurfte dazu eines kentaurischen Paktes. Nicht, dass Albin just in dem Moment daran gedacht hätte, als er der Stute mit dem Lappen über die Ohren fuhr, an dieses vorchristliche Fabelwesen, halb Mann, halb Pferd: den Kentaur; aber er hatte davon gelesen, im Müseler war's nicht, irgendwo anders, musste man noch mal nachkucken. Aber sicher, dass diejenigen, die sich auf die Seite der Pferde geschlagen hatten, den übrigen Menschen merkwürdig vorkommen mussten, verrückt sogar, nicht mehr ganz dazugehörig – ein Preis, den sie hatten zahlen müssen, um die Ohrentiere zu verstehen. Albin sattelte auf und legte der Stute die Trense an: Erst die Zügel übern Hals, dann das Halfter runter, dabei die rechte Hand von hinten auf den Nasenrücken legen. Immer mit dem Pferd in Kontakt bleiben. Das empfindliche Maul: Kucken, dass da nichts drückte. Er saß auf und ritt langsam übern Hof, am Wohnhaus vorbei, lugte ins Küchenfenster, Tante Frieda winkte: Geh nur, der Major hat's erlaubt. Der lange Feldweg hinter der Mistgrube war eine wahre Rennstrecke. Albin trieb die Stute zum Trab an, dann halbe Parade, so stand es im Buch: Kreuz anziehen und kurz die Zügel annehmen, dann linken Schenkel hinter den Gurt und rechte Hand vor. Er brauchte drei Versuche, bis die Stute angaloppierte. Dann geradewegs herunter auf das kleine Wäldchen zu. Rechter Hand die Bieke, die in Sierdissens Ententeich floss. Es waren vielleicht zweihundert Meter bis zum Wäldchen, davor knickte der Weg rechts ab, eine kleine Brücke führte über den Bach. Mal versuchen, das Hindernis im Military-Stil zu nehmen? Er lenkte die Stute auf den Graben zu, in dem der Bach floss, hatte schon genau das Gefühl abzuheben, zu fliegen, dachte gar nicht daran, dass es nicht leicht sein könnte – und wurde dann vom abrupten Halt des Pferdes derart überrascht, dass er die Balance verlor und kopfüber herunterflog, sich instinktiv abrollte, sofort den Blick der Stute suchte. Die Zügel hatte er glücklicherweise noch in der Hand. Mit einem Bein in die Bieke gerutscht, das war nun nass und voll Dreck. Die Stute schlug ein paarmal mit dem Kopf, schnaubte und stand dann bloß da und kuckte in die Gegend. Gut, dass das keiner gesehen hatte (hoffentlich!). Albin klopfte dem Pferd zur Beruhigung auf den Hals, zog den Sattelgurt nach und saß wieder auf. Man würde es noch einmal versuchen müssen, eigentlich jetzt gleich, aber da war nichts zu machen, die Stute sträubte sich bei jedem Versuch, Richtung Graben zu reiten, also ritt er auf den Weg zurück und dann links am Wald vorbei, erst einmal im Schritt. Hinter das Geheimnis war noch zu kommen. Im leichten Trab bis runter nach Ellerbrok? Dass sich im Kopf da nicht irgendetwas festsetzte. Freundlich winken, wenn jemand auf dem Hof war. Dann wie gewohnt übers Sierdissener Vorwerk wieder zurück. Hinter dem Wäldchen, schon in Sichtweite von Dehlers Hof, musste er nun über die kleine Brücke, dort, wo er zuvor den Sprung versucht hatte. Kurze Bedenken? Die Stute trottete aber wie ein Schaf hinüber. Es ging dem Stall zu, keine Frage. Man hätte es wissen können (und las es später im Buch): Nie vom Stall oder von anderen Pferden wegspringen. Das Pferd war ein Herdentier und über die Jahrtausende, die es mit dem Menschen verbracht hatte, ein Haustier geworden, ein durchaus häusliches Tier. Dass ihm die eigene Sippe gegen den Strich gehen und es die Freiheit suchen könnte, das waren bloß menschliche Vorstellungen. Aber die Pferde machten diese menschlichen Dinge mit, diese Flucht- und Flugversuche, so als wüssten sie um den kentaurischen Pakt (wie ähnlich sich diese Worte waren: Flucht und Flug). Albin ritt mit hingegebenem Zügel zurück auf den Hof. Hose, Hemd, Schuhe: Auf allen sah man die Spuren des Sturzes. Man gut, dass du nicht vollends in den Bach geflogen bist. Zuhause war Gezeter zu erwarten: Die viele Wäsche, neenee-nee, und die Hemden zu bügeln, mit den guten Sachen aufs Pferd, tut das denn not? Am besten, er schlich sich unbemerkt auf sein Zimmer, zog sich schnell um und versteckte die dreckigen Sachen im großen Wäschekorb. Jeder Mensch braucht seine Aufgaben.

Im Juni waren in Stockholm die olympischen Reiterspiele (der Rest der Olympiade sollte in Australien stattfinden). Da waren sie nun alle hingereist mit ihren Pferden, sogar aus Japan und aus Kambodscha waren welche dabei. Das Pferd war einst aus den Steppen Asiens gekommen, der Mensch aus den Savannen Afrikas, im alten Persien hatten sie zusammengefunden, hatten zusammen Europa besiedelt und reisten nun um die ganze Welt. Für einen Wettbewerb, der vielleicht nur ein paar Minuten dauerte. Berichtet wurde abends im Radio und tags drauf in den Zeitungen (die Eröffnungsfeier mit allerlei königlichen Hoheiten gab es natürlich in voller Länge im Fernsehen). Sie hatten sich abends bei Utz getroffen, der ein eigenes UKW-Radio besaß (Ruthe war dabei und Glietz, der die Pferde seines Vaters ritt). Die Große Vielseitigkeitsprüfung: Dressur, Rennbahn, Geländeritt (das Kernstück!), Jagdspringen. Immer wieder einen Sender suchen, der nicht völlig daneben war. Im NDR spielte ab neun das Tanzorchester ohne Namen: Ich küsse Ihre Hand, Madame und Roter Mohn, lauter so Zeugs. Auch bei der Musik gab es eine Welt hinter der Welt, deren Zugang mit einer Art Zeitschloss gesichert war und in der fremde Mächte herrschten. Man musste bis elf warten, dann spielten die Engländer im BFN die neusten Platten. British Forces Network, so hieß das. Bei Herford hatten sie ihre barracks, wie sie zu den Kasernen sagten und man dachte natürlich an irgendwelche Baracken und konnte es sich nicht so richtig vorstellen. Militärisches Sperrgebiet. BFN zu hören, war also eine Art Auslandsspionage. Um viertel nach zehn gab es einen Bericht aus Stockholm: Nach dem ersten Tag mit der Dressurprüfung lag Otto Rothe, der Tierarzt aus Ostpreußen, mit seiner Sissi vorn. Als fünfundvierzig die Russen kamen, war der mit einer Handvoll Trakehnern in den Westen geritten, tausend Kilometer (war nicht der einzige). Und wir: Halten wir aus bis Mitternacht? Utz musste jeden Morgen um halb sechs mit dem Rad nach Sylbach fahren, sein Vater hatte ihn zur Ausbildung auf dem großen Hof Schafmeister untergebracht: Was willste machen? Sie redeten alle ständig davon, wegzugehen, aber dass sich mal einer mit sechzehn nach Hamburg durchgeschlagen hätte und auf einem Schiff angeheuert, das gab's dann auch nicht. Ich mach die Ausbildung noch zu Ende und dann bin ich wech. So ging das die ganze Zeit. Und der lange Ruthe: Kannst ja Seekühe züchten. Der sagte lange nichts – und dann sowas. Glietz würde mal den elterlichen Hof übernehmen (dieser schmale Junge mit dem kindlichen Gesicht). Man wusste es eben nicht. Und du?, wurde Albin gefragt: Werden sie dir den Laden und die Gastwirtschaft aufs Auge drücken? Lass uns von was anderem reden. Morgen wieder hier?

Der Geländeritt: Siebeneinhalb Kilometer durch den Wald, dreiunddreißig feststehende Hindernisse, da musste man überhaupt erst einmal heile durchkommen, Können allein reichte nicht, da war sich die Fachwelt einig, man musste mindestens genauso mutig sein; wenn eigentlich alles sagte: Du packst es nicht! dem ein trotziges Doch! entgegenhalten. Und dann los. Kleidervorschriften gab es im Gelände nicht, nur die Offiziere ritten in ihren Uniformen, die Zivilisten bloß im weißen Hemd mit aufgekrempelten Ärmeln. August Lütke-Westhues hatte in einem Interview gesagt, er würde bei so einem Ritt zwei Kilo abnehmen. Wenn man sich so umkuckte: Das könnte sich der eine oder andere mal zu Herzen nehmen. Es wurde ja gefuttert wie blöde – und dann ganzseitige Anzeigen für Schlankheitskuren (ich verlor 18 Pfund!). Manche konnten den Hals nicht vollkriegen. Andererseits: Wenn die Leute nichts kauften, wo sollte das Geld dann herkommen? Er hatte Rücklagen gebildet. Sie boten überall Ratenzahlung an, aber da hörte man immer noch Handelslehrer Richter: Nie Anschaffungen über kurzfristige Kredite finanzieren. Überlebensregel des Kaufmanns. Nehmen Sie das auch fürs Private, hatte er dann noch hinzugefügt. Albin wollte niemandem etwas schulden, so von jemandem abhängig sein. Man musste warten können. Bei den ersten wurde schon wieder gepfändet: Eben noch den großen Zampano markiert und jetzt hockten sie bei der Armenspeisung. Aber immer waren die anderen schuld.

Wenn du wirklich abhaust, sag Bescheid, hatte er noch zu Utz gesagt.

Es war Donnerstag, also Großreinemachen bei Rendsburg. Den ganzen Tag schon war man getriezt worden: Kucken Sie hier, kucken Sie da, wenn jemand mit nassen Schuhen das Geschäft betrat (es ging ab und an ein Schauer nieder), musste man gleich mit dem Wischer drüber, und immer wieder die Waren zurechtrücken, als seien sie ein Haufen undisziplinierter Kinder, und die Kaufmannswelt war ja ohnehin nur dann in Ordnung, wenn ordentlich eingekauft wurde. Der Kaufmann kämpfte die ganze Zeit gegen sich selbst, mit den Waren gegen die Kunden und mit den Kunden gegen die Waren, ohne dass er jemals einen befriedigenden Zustand hätte erreichen können. Kaum war eine Sache verkauft, rückte die nächste nach. Als wollten sie einen verhöhnen. Und dann eben noch: Meine Herren, Sie wissen, was heute zu tun ist. Und das am Tag des großen olympischen Geländeritts. Man griff zu Eimer und Schrubber, Abzieher und Fensterleder. Wenn des Lebens freche Fratze dich angrinst, grins zurück. Albin band sich ein Geschirrtuch um den Kopf (so wie Wittwe Bolte), pfiff einen Ragtime (die ideale Putzmusik) und tanzte eine Choreografie für Besen und Wischmob (man muss immer gegenhalten). Der alte Rendsburg, dem alles Laute sonst fremd war: Sofort, sofort beenden Sie das! Wenn ich Sie nochmal so sehe, schmeiße ich Sie raus. Und einen Moment später, einen Moment zu spät dachte Albin: Ja, das wäre es gewesen. Es ging dann aber weiter, wie gehabt (einer flüsterte noch: Mensch, der traut sich was) und wie üblich wurde der Acht-Uhr-Bus gerade noch erreicht.

Bei Bollhöfer warteten sie schon auf ihn: Mensch, wo bleibste denn? Henno Bünemann (Textilfabrik Bünemann, sonst in Bielefeld auf dem Internat) war diesmal auch dabei, sie hockten auf dem Bett und auf dem Teppich um das Radio herum. Die Stimme des Reporters Isenbarth: ... unvergessliches Erlebnis und: brachte den bislang zähesten Kampf in der Geschichte der Reiterwettbewerbe ... und: dürfte weder im sportlichen Gehalt noch in der Atmosphäre so bald übertroffen werden. ... Königin Elisabeth II. von England und Prinzessin Margaret: Trotz strömenden Regens hielten sie stundenlang im Gelände aus. ... eine wahrhaft gnadenlose Zerreißprobe für Reiter und Pferd. ... Ritte nach schweren Stürzen fortgesetzt ... Kleidung zerfetzt. ... bleibt im Grunde für alle Zeit verborgen. Mut, Können, Selbstzucht und Geistesgegenwart hier und da schlagartig an einem Hindernis ebenso sichtbar wie Ohnmacht und Verzweiflung zu anderer Zeit und an anderem Ort. Und: Das Drama des Schweden Asker und seines treuen Pferdes Iller, die am Trakehnergraben so schwer stürzten, dass Iller mit gebrochenem Bein erschossen werden musste. ... Die Worte versagen sich, Zurückhaltung scheint gerade angesichts der kaum wägbaren Summe von männlicher Tapferkeit, Bereitschaft und beispielloser Haltung in dieser Prüfung geboten.

Isenbarth (dem die Worte nicht versagten) schien von seiner eigenen Rede ganz mitgenommen zu sein, aber dann war die Sendung auch schon zuende, eine Viertelstunde nur (am Ende war Lütke-Westhues Zweiter geworden und die Deutsche Mannschaft hatte Silber geholt). Es folgten Lokalnachrichten (zwischen Rhein und Weser). Schalt das mal ab, das will ja keiner hören. Oder gibt's irgendwo Musik? Der lange Ruthe drehte am Knopf des Radios, Rauschen und Knistern und dann Fußball (Europapokal, Reims gegen Madrid, als ob das nun wichtig war, ohne eine deutsche Beteiligung? Aber seit sie vor zwei Jahren Weltmeister geworden waren, die Deutschen, spielten alle verrückt). Komm, mach aus. Wird bei euch gekuckt? Utz fragte Albin und meinte den Fernseher im Alten Krug. Wir könnten ja auch. Die Fußballer, das war Arbeiterschicht, aber der Fernseher ein Kapital von erheblicher Anziehungskraft. Ja, meinetwegen – man musste das Leben schließlich kennenlernen. Und in der vollen Gaststube gäb's bei Onkel Theo bestimmt ein Bier. Draußen war es noch hell, von Sierdissen zum Marktplatz ein guter Kilometer. Dass ein Pferd hatte erschossen werden müssen?, sagte Henno Bünemann. Man könne das Tier ja nicht leiden lassen, sagte Utz (auf den Höfen musste immer mal wieder ein krankes oder altersschwaches Pferd getötet werden, manche sagten dazu kaputtmachen). Albin sagte dazu nichts (aber schon insgeheim gespürt, dass die Liebe und der Tod oft nahe beieinander lagen). Sie redeten dann noch über das schlechte Abschneiden der Amerikaner in Stockholm: Das könnten die eben nicht, bei denen sei ja alles nur Schau. Die hätten keine Tradition. Henno, der vom Reitsport am wenigsten verstand, fragte zaghaft nach den Indianern: Die könnten doch reiten? Ja, sagte Glietz, im Film. Eine Ausbildung hätten die aber auch nicht und die Weißen würden's ihnen verwehren. Man ritt nicht besser mit einer Pistole am Gürtel. Bessere Musik hätten die Amis. Die käme aber von den Schwarzen, sagte Albin, der Jazz und der Blues (Scott Joplin war auch ein Schwarzer gewesen). Ich sag's euch: alles nur geklaut.

Die Fenster der Gaststube standen offen und man hörte schon von weitem die lauten Stimmen. Bier und Zigarettenqualm. Es war packevoll, alle Tische besetzt und am Tresen standen sie und einige lehnten sogar an der Wand, das Glas in der Hand. Männer, die aufeinander einredeten: Und dann hab ich ihm jesacht: so! Und: Weißte Bescheid. Die Jungen bekamen von Onkel Theo jeder ein kleines Pils (er machte fünf Striche auf einem Deckel). Prost, meine Herrn! Sie stellten sich an die Wand gegenüber dem Fernseher, von wo aus auf der Mattscheibe eigentlich kaum noch etwas zu erkennen war. An den Tischen wurde debattiert, für wen man denn nun sein sollte: die Franzosen oder die Spanier? Einer sagte, im Krieg sei er mal in Reims gewesen, die berühmte Kathedrale. In Madrid war noch niemand gewesen, nicht einmal in Spanien. Die Spanier, hieß es, spielten beständiger, mit System. Die Franzosen könnten so ein Spiel nicht gewinnen. Hitzige Köpfe mit Hautfalten im Nacken. Frauen waren kaum welche da. Ein Raum voller Besserwisser: Es sei doch mal so … Auf der Mattscheibe lief das Spiel, die Spieler so winzig, als würden sie auf einer Handfläche abgebildet, aber alle starrten hin. Dann und wann ging ein Stöhnen durch die Gaststube oder einer rief: Klares Foul! Reims ging in Führung, die Spanier holten auf, lagen wieder zurück und gewannen am Ende mit 4:3. Theo, ich nehm noch eins! Das ging noch eine Weile so, während der Fernseher längst dunkel war. Sendeschluss. Glietz, der lange Ruthe und Henno Bünemann sagten: Wir gehn dann mal. Utz half Albin noch Gläser abräumen. Dafür war das Bier umsonst. Die Männer, die noch dasaßen, hatten rote Köpfe. Die Fußballer waren rohe Naturen, das hatte man schon öfters sehen können, zwischen den Anhängern gegnerischer Mannschaften gab es immer wieder Schlägereien. Was sind das nur für primitive Menschen, sagte Margarete Kortmeyer dazu. Die hatten selber nichts und mussten deshalb immer auf andere draufhauen. Wäre so etwas unter Reitern vorstellbar? Und tanzen konnten die Fußballer auch nicht. Sonnabends auf dem Saal saßen sie nur am Tresen.

Die Reiter wussten mehr als alle anderen, dass sie es mit einem beseelten Wesen zu tun hatten. Und er selbst? Natürlich. Die Gräfin bemerkte seine Begeisterung. Du weißt, was ich vom Turniersport halte, sagte sie. Den Leuten geht es nur ums Gewinnen. Ruhmsucht ist aber Gift. Wenn du weiter dranbleibst, willst du dich auch einmal messen wollen. Dann tu's in der Vielseitigkeit. Die reitet keiner um des Gewinnens willen. Sprach's und schwang sich in den Sattel. Das Jagdspringen am Sonntag sah Albin mit diesen Worten im Kopf. Thiedemann und Winkler, die Stars. Fernsehtauglich; alles oder nichts in anderthalb Minuten. Wollte man sich darauf einlassen?

Höre nun, da dich das Pferd trägt, nicht so sehr auf mein Wort als auf das Pferd. Das Pferd ist der beste Reitlehrer. Es ist der Meister, der straft und belohnt: Er verschließt sich dir, wenn du auf andere Lehren hörst als auf die seinen. Lerne vom Pferde.

Es noch mal mit der Stute übern Graben versuchen? Auch in der Dressur hatte die deutsche Mannschaft Silber geholt: Unsere drei Frauen! Linsenhoff, Weygand und Küppers. Beim Reiten spielte das Geschlecht keine Rolle; wo gab es das sonst? Albin hörte hier zum ersten Mal den Namen Otto Lörke. Die weiche Hand. Es schien viel mehr Geheimnisse zu geben, als ihm bislang bewusst war.

6

Die Gedanken gehörten Gott. Das, was man wirklich dachte und vor allen Dingen das, was man selbst kaum verstand: Ich bringe mein Leben vor Dich, Herr. So waren nicht alle. Ein kleiner Kreis, der sich immer noch donnerstags traf, um acht jetzt, denn viele waren ja in der Lehre. Ein Raum, hinten drangebaut an der Herforder Straße, Stühle, ein paar Sessel und die Tischtennisplatte. Ich geh noch zu Herrn Brand, sagte Albin, wenn er sich nach dem Abendbrot noch mal Schuhe und Jacke anzog. Nicht CVJM; so sagten nur die, die nicht hingingen. Als sei das irgendein Merkmal (was es auch war): Der ist beim CVJM. Wenn man nicht schon von Natur aus irgendwo dazugehörte. Die von den Höfen kamen nicht zu Herrn Brand, die Dehlers, Glietzens, Eckardtsteins, auch Utz nicht. Die Halbstarken mit ihren frisierten Mopeds auch nicht. Die brachten es aber fertig, vorm Haus ihre Motoren aufheulen zu lassen, eine Viertelstunde lang, wenn nichts passierte, davonzubrausen, um nach einer halben Stunde das Spiel von Neuem zu beginnen. Denen fiel absolut nichts ein, was sie mit sich hätten anfangen können (einige kamen dabei aus gar nicht mal so schlechtem Hause). Man kannte sie dem Namen nach. Herr Brand sagte, er habe den einen oder anderen einmal direkt angesprochen: Komm doch donnerstags mal zu uns. Da gab es schon einige, denen das Wilde und Rohe gar nicht so zu eigen war. Aber die trauten sich nicht. Manchem galt jede Form von Eigensinn schon als Verrat. Am Evenhausener Berg veranstalteten sie Rennen mit ihren Mopeds. Man hörte die kreischenden Zweitaktmotoren und wie sie plötzlich verstummten. Schon zwei tot, in nicht einmal einem halben Jahr. Alkohol war im Spiel. Wir müssen auch für die beten, sagte Herr Brand. Gerade für die. Es war plötzlich ein Überschuss an Leben da, der sich sinnlos vergeudete. Und es kamen welche her und wollten ihren Teil abhaben, von denen hatte man vordem nichts gesehen oder gehört. Und führe uns nicht in Versuchung: Jetzt verstand man das. Wer offen sprechen wolle, sagte Herr Brand, der könne das tun (immer noch dieser olle Strickpullover). Man konnte aber auch ganz still mit seinem Gott reden. Gott, der Vater: eine ferne Vorstellung. Vielleicht kam das daher. Abwesend, aber doch irgendwie da (es war ja nun sicher, dass sein Vater nicht mehr käme). Auf den Höfen, unter den anwesenden Vätern, wurde anders geglaubt. Bei den Proletariern gar nicht (hieß es). Die dächten nur ans Habenwollen. So sagte das Herr Brand: Denkt nicht so viel ans Habenwollen. War gar nicht so einfach. Schlachtermeister Stratmann hatte sich vom vielen Habenwollen der Leute einen Mercedes gekauft. So ging das. Schon redete man davon, dass der eine oder andere auf die schiefe Bahn geraten sei. Jeder Mensch sei einzigartig, sagte Herr Brand. Das hatte er immer gesagt, eigentlich seit man denken konnte. Im Habenwollen, besonders im Wasalleanderenhabenwollen, würden sich die Menschen verlieren. Immer das neueste Dies und das neueste Das, so ginge es ja jetzt. Aber du halte fest an dem, was du hast. Das Vertrauen nicht verwerfen. – Wurde hier zu menschlich geredet?

Zum Geburtstag (dem sechzehnten) hatte es noch einmal ein wenig Geld gegeben, wir wissen ja, was du dir wünschst, hatte seine Mutter gesagt (ist das nun der richtige Weg?). Albin war nach Salzuflen gefahren, mit den Ersparnissen aus den sonnabendlichen Tresendiensten (nehm Se doch noch'n Glas), jedenfalls einem größeren Teil davon, zu Schuhhaus Tiemann und hatte sich ein Paar Reitstiefel gekauft. Marke

Rieker, einhundertzwanzig Mark. Dazu Stiefelspanner und Stiefelknecht, die brauchte man ja auch. Und bei Besley in Verden aus dem Katalog eine Reithose bestellt. Seit zwei Jahren lag der Katalog bei ihm, immer der aktuelle (Schutzgebühr 50 Pf.). Und immer wieder durchgeblättert. Sechzig Mark. Er nahm eine dunkelgraue, die würde man nicht so oft waschen müssen. Die Gräfin ja stets nur in den hellen Breeches, die am Oberschenkel so weit geschnitten waren. Onkel Albrecht hatte in Wendemark auch solche getragen. Das war jetzt aber aus der Mode. Alles sollte schmal geschnitten sein. Es gab ja auch Fortschritte beim Material. Als Albin dann die Sachen das erste Mal zusammen anzog, die Hose und die Stiefel, sich damit im Spiegel betrachtete, der im Flur hing, war ihm irgendwie komisch zumute. Es sah gut aus, zweifelsohne, aber war man noch derselbe? Ein richtiger Reitersmann, sagten die Tanten und Onkel, aber gerade das hatte er nie sein wollen: einer, der so aussah. Sie verstanden ihn nicht, und das war dann doch wieder ein beruhigendes Gefühl. Er war einen Schritt weiter gekommen, einen Schritt weiter hin zu denen, die Pferde besaßen. So konnte man sich sehen lassen. Er ritt bei nächster Gelegenheit (abends war es jetzt schon wieder dunkel) mit Dehlers Stute nach Sierdissen, sich bei Utz zeigen und der Gräfin. Die sagte: À la bonheur, junger Mann, was er nicht direkt verstand, aber es musste wohl etwas Gutes gewesen sein. Seit er sechzehn geworden war, siezte sie ihn: Albin und Sie. Zeigen Sie mal, ob Sie was gelernt haben: Das Pferd nach links stellen und nach rechts sitzen, links mehr Schenkeldruck und mit der Hand nachgeben. Spüren Sie das? Sie wartete die Antwort nicht ab: Machen Sie weiter. Utz begutachtete die Stiefel: gutes Material. Albin merkte, dass mit den Stiefeln seine Unterschenkel ruhiger am Pferd lagen, er zugleich aber auch Gefühl einbüßte. Die Indianer, die ohne Sattel ritten und in Mokassins? Die Dinge waren nun einmal so, wie sie waren und erforderten Anpassung. Aber konnte man nicht doch? Halte fest an dem, was du hast. Nicht dem Drang nachgeben, so wie alle sein zu wollen. Wir Christen, hatte Herr Brand gesagt, wir müssen einen Unterschied machen. Sei der, der du bist: Ganz leicht war das nicht.

An einem der Sonntage im Oktober fand eine Fuchsjagd statt. Einem Reiter wurde ein Stück Pelz ans Jackett geheftet (ob es wirklich ein Fuchsschwanz war, wusste man nicht), der bekam einen Vorsprung und die anderen jagten ihm dann über die abgeernteten Felder nach. Eine Schnitzeljagd zu Pferde. Mit Hundemeute, wie in England, das kannte man nur aus den Illustrierten. Im Müseler war ein Foto davon. Der Baron von Soundso, hieß es, würde solche Jagden veranstalten: Da gehören wir nicht zu. Schwarze Röcke überwiegend und ein paar Rote, das waren die Springreiter. Warum es eigentlich Rock hieß und nicht einfach nur Jackett, das wusste auch niemand. Helle Hosen dazu. Die Jugend und was sonst nicht zu den Jagdreitern gehörte, ritt mit Abstand hinterher. Lilly von Eckhartstein war dabei (Henry ritt schon im Feld mit), die blonde Friederike Johannmeier und Ulrich. Albin nun auch in Reithose und Stiefeln. Die Kinder mit ihren Ponys ganz am Ende. Es gab auf der Strecke ein paar Gräben zu überwinden und einige Koppelricks (ohne die oberste Stange, damit die Sprünge nicht zu steil wurden). Albin hatte diesmal Dehlers Stute bekommen, er hatte mit ihr geübt und sie ging sauber über den Bach. Das wollte man ja nun vermeiden, vor versammelter Mannschaft in die Grütze zu fliegen. Irgendeinen erwischte es aber immer. Der stand dann später beim Bier im verdreckten Dress da und sagte: So'n schönes Abzeichen habt ihr nicht. Und man klopfte ihm auf die Schulter. Was im Feld mitritt, musste Mitglied im Reiterverein sein oder von einem solchen als Gastreiter eingeladen. Die von den Höfen waren fast alle im Verein. Es hätte vielleicht nicht der Reithose und der Stiefel bedurft, um Aufnahme in den Reiterverein Lützow von 1926 zu finden, aber man wäre sich schon komisch vorgekom-

Hoya

Hoya.

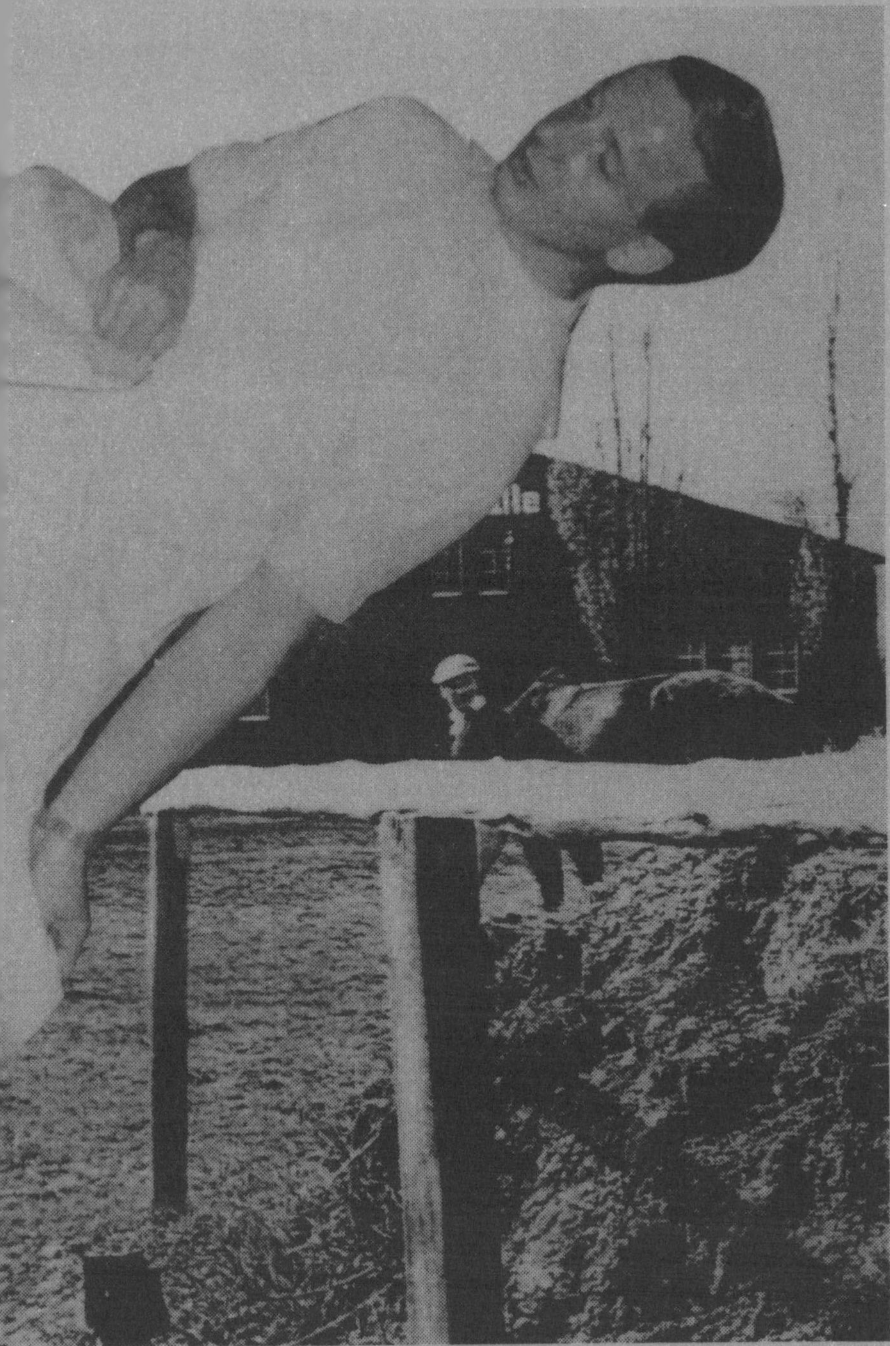

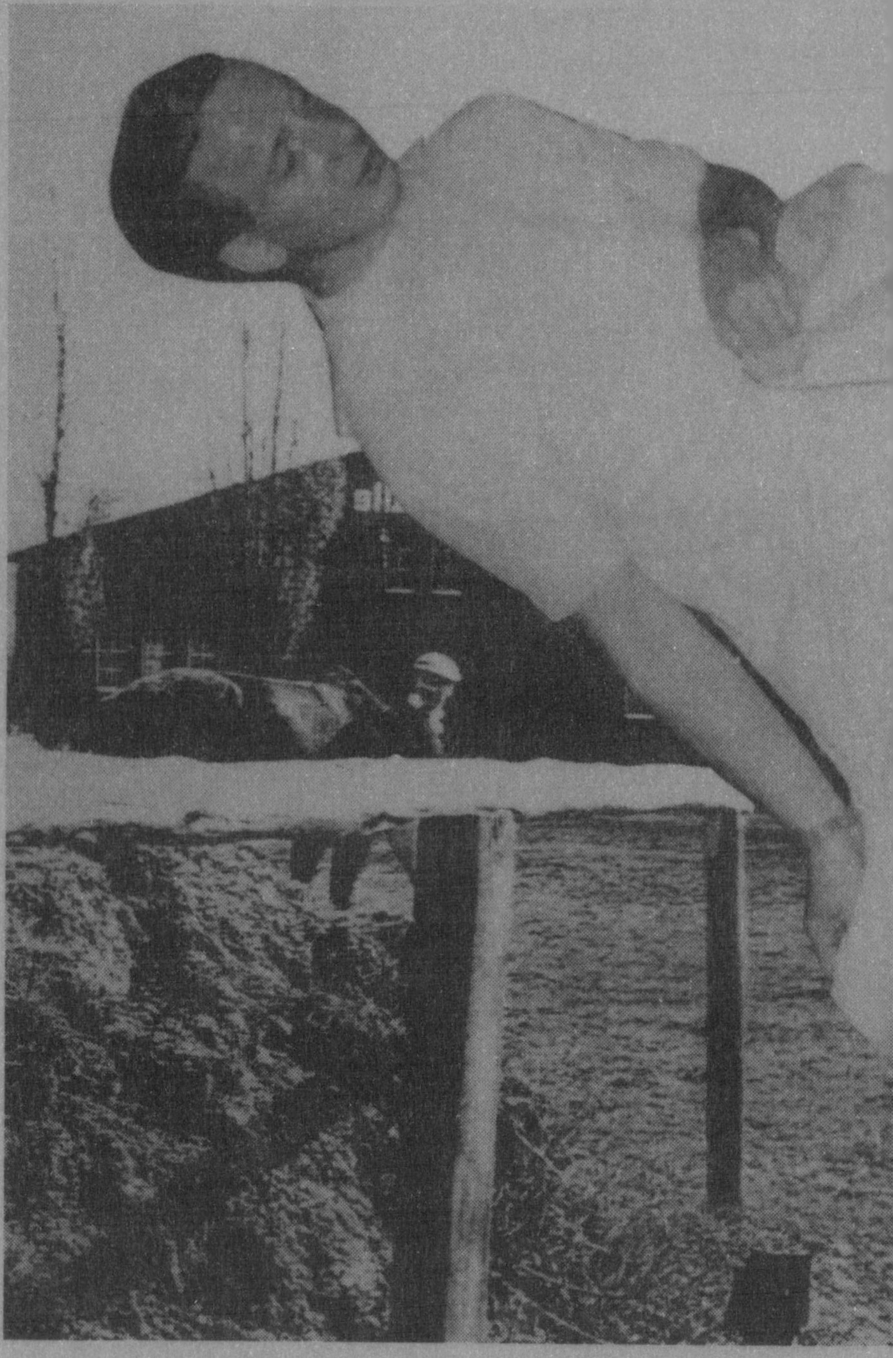

men. Er gehörte ja nicht zu dem, was man die Reiterkreise nannte, und auch wenn das Äußere noch nicht das Innere war, so stand es dazu wenigstens nicht in Widerspruch. Der Entschluss fiel auf dem Hof von Johannmeier, wo die Fuchsjagd ihr Ende fand, einem Hof, so groß, dass dreißig Pferde dort bequem Platz fanden. Herr Johannmeier, ich möchte dem Reiterverein beitreten (wie sich das anhörte!). Und der Hofbesitzer und Vereinsvorsitzende, von großer westfälischer Statur, mit hoher Stirn und blauen Äderchen unter den geröteten Wangen schaute so an Albin Kortmeyer herunter und sagte erst einmal nichts und Albin stand ein bisschen da wie Pik Sieben und nachdem diese Prüfung beendet war, hieß es dann einfach: Jau, denn komm am Montach mal vorbei. Wir sitzen bei Dehlers hinten in der Stube. Und Herr Johannmeier kuckte so, dass Albin nicht wusste, ob er damit schon entlassen sei, aber etwas schien in dem Mann noch zu arbeiten und dann kam eben noch die Frage: Wo hast'n reiten jelernt? Und die Frage wäre sicherlich nicht jedem gestellt worden, aber Albin Kortmeyer wurde sie gestellt, weil er nun nicht aus Reiterkreisen kam, man fühlte sich ja auch verpflichtet (so hätte man es ausgedrückt) und Albin, dem in dem Moment nichts Besseres einfiel, was also insofern das Beste war, sagte einfach: Auf'm Pferd. Und in dem großen roten westfälischen Kopf von Herrn Johannmeier ging wieder etwas vor, was wohl so oder so hätte ausgehen können, aber dann sagte er: Wie wir alle – und reichte Albin die große Bauernhand. Womit die Sache besiegelt war. Albin ritt die Stute zurück zu Dehlers, über die Felder, was nicht weit war, im Schritt keine Viertelstunde von Johannmeiers Hof, und dachte darüber nach, ob bei Frau Möller nicht auch noch ein Reitjackett zu erwerben sei, auf Ratenzahlung.

Es ging nun wieder auf Weihnachten zu. Dass man zu den Erwachsenen gehörte, merkte man daran, dass man nicht mehr nach seinen Wünschen gefragt wurde. Als wenn es die plötzlich nicht mehr gäbe. Du verdienst doch jetzt Geld, sagten sie. Das Lehrlingsgehalt? Die Sonnabende bei Onkel Theo waren nach wie vor einträglich. Ohne die hätte es mau ausgesehen. In Bielefeld hatten sie jetzt eine regelmäßige Sperrmüllabfuhr eingeführt (so stand's in der Zeitung), die Leute warfen alles weg, ganze Wohnzimmereinrichtungen, Betten, Badewannen. Und kauften neu. Die Wünsche blieben, sie waren nur andere geworden, bei ihm zumindest. Andere konnten vielleicht in ein Kaufhaus gehen und sich wunschlos kaufen, man mochte das glauben, er besaß nun Reithose und Stiefel und hatte trotzdem das Gefühl, nichts habe sich geändert. Die Dinge, die Sachen waren immer nur ein Ersatz für etwas, was sie nie wirklich sein konnten. Der Filmprojektor, den er vor vier Jahren bekommen hatte, wie lange war der jetzt schon nicht mehr benutzt worden? Man hätte neue Filme kaufen müssen. So war das: Wenn man dies kaufte, musste man auch das kaufen, die Dinge spannten ein Netz aus unsichtbaren Fäden. Nicht wenige, die sich darin verfingen. Aber kaufen taten die Leute, gerade jetzt vor Weihnachten, man müsse sich auch mal was gönnen, sagten sie und wenn sie's dann hatten: Das hab' ich mir gegönnt. Pass mal auf, sagte einer der älteren Kollegen bei Rendsburg: Dieses Jahr kommt's zur ganz großen Gönnung. Und so mussten sie dann auch ran, die Stifte (wie die Älteren zu den Lehrlingen sagten) vorneweg, weil die Bielefelder Industrie orderte, kleine Aufmerksamkeiten für die geneigte Kundschaft im In- und Ausland. Was da jetzt wieder für Geschäfte gemacht würden, sagten die, die bei Onkel Theo am Tresen hockten und davon am allerwenigsten verstanden, weil sie einen gänzlich anderen Begriff von Wirtschaft hatten, aber Glimke oder der lange Ruthe hatten einen Onkel zweiten Grades in leitender Stellung bei Dürkopp oder Anker, der das Gefühl bestätigte. Man konnte die Zahlen ja auch in der Zeitung lesen. Hörmann-Tore, Benteler, Bertelsmann und Seidensticker schickten nun also das Westfälische Frühstück in die Welt: Klümperer Knochenschinken, Pumpernickel und eine Flasche Steinhäger, schön verpackt in einer kleinen Kiste mit Holzwolle. Zum Frühstück Schnaps? Im Westfälischen konnte man das; wie es die Beschenkten aufnahmen, war ungewiss. Sechs Wochen vor Weihnachten ging das Kistenpacken los, damit Schnaps und Schinken noch rechtzeitig nach England oder gar Chicago kamen. Alles nach Ladenschluss, denn dafür wurde niemand extra eingestellt. Bis elf Uhr abends standen sie oft da und packten ein. Nicht mehr dran zu denken, noch nachhause zu kommen, der letzte Bus fuhr um neun. Albin schlief dann bei Tante Kessler auf der Couch: Noch'n Bierchen, junger Mann? (Frieda Kessler war ein Ziehkind seines Großvaters gewesen und betrieb jetzt das feine Restaurant Rauchfang am Niedernwall. Bei Krones war man der Meinung, hier noch etwas gutzuhaben.) Ein Glas Wein wäre ihm lieber gewesen. Am nächsten Morgen ging die ganze Schose dann zur Post, mit dem Fiat Kastenwagen, Rendsburg und darunter: Feinkost war seitlich auf das Blech gemalt. Er fuhr manchmal mit, einer aus dem dritten Jahr saß am Steuer, ein Wagner oder Hoffmann, der Albin auf dem Rückweg dann auch mal fahren ließ: Komm, kriegst 'ne Fahrstunde von mir. Extra bezahlt wurde die abendliche Packerei nicht: Das steckt sich der Alte so in die Tasche. Aber wehe, man ließ sich etwas anmerken am nächsten Morgen, das bekam Frau Mahlzahn sofort spitz: Jetz' kucken Se nich so, als hätte man Sie durchs Spülwasser jezogen! Am vierundzwanzigsten gab es dann doch für jeden eine Kleinigkeit, eine Flasche Wein und belgische Schokolade, das konnte der Alte alles von der Steuer absetzen. Bis dreizehn Uhr war Heiligabend geöffnet, danach noch alles putzen und schrubben und spülen und abwischen, vor halb drei war man da nicht raus. Fröhliche Weihnachten! Mit dem letzten Bus um vier nachhause, waschen, umziehen und dann läuteten auch schon die Glocken. Alles war für Heiligabend im Hause Krone blitzblank gescheuert worden, und dann sicherheitshalber überall noch einmal mit dem Lappen drüber, so als sei der Stall zu Bethlehem mit seinem Heu und Stroh und Ochs- und Eselmist, in dem das Jesuskind geboren wurde, eine Art Ewigkeitsdreck, der fortwährend weggewischt werden musste, damit die Christenheit nicht verwahrloste. Messerscharfe Bügelfalten – und die Kissen auf dem Sofa alle mit einem Knick in der Mitte. Allein der Gedanke, da jetzt den ganzen Abend mit den Onkeln und Tanten sitzen zu müssen, die dann dieses Weihnachten mit dem davor verglichen und jenes mit dem davor und wie lange man noch im Laden gestanden habe und wie lange noch saubergemacht. Und in der Musiktruhe das Licht angeknipst überm Erzgebirgsengelorchester. Es hätte Albin nicht gewundert, wenn er einen Anfall bekommen hätte, aber das Asthma blieb aus, vielleicht hatte das auch sein Müssen und sein Dürfen, hinter das man allerdings noch nicht gekommen war. Vor Weihnachten ließ sich nicht weglaufen und eigentlich müsste das, was man nicht fliehen kann, Angst machen, er hatte diese Angst schon in den Augen der Pferde gesehen, wenn sie nicht wegkonnten, weshalb er sie so gut zu verstehen glaubte, aber vielleicht war der Mensch am Ende kein Fluchttier und er, Albin Kortmeyer, auch nicht. In der Kirche sangen sie Vom Himmel hoch dreistimmig, das war dann doch wieder schön und er sang richtig mit, in der Tenorlage, und vielleicht ging es auch nur um diesen Moment. Bei Stille Nacht dann etliche aber schon wieder zu hoch. Der Major saß mit seiner Familie wie immer vorne in der Kirche, so dass man sie gut sehen konnte (manche hatten ja so ihre Zweifel, wie er es mit dem christlichen Glauben hielt). Und gekuckt wurde, wer einen neuen Mantel hatte und wo ein Pelzkragen dran war und Tante Paula sagte: Jar nich um kümmern, dabei gab es kaum etwas, das sie mehr bekümmerte als das Geld anderer Leute. Albin dachte schon an Kartoffelsalat und Würstchen und das Bier dazu. Man musste Weihnachten auch irgendwie hinter sich bringen.

Anderes war jetzt wichtiger geworden und auch mit viel mehr, um nicht zu sagen: großen Erwartungen verknüpft. Es war noch am Heiligabend gewesen, als sie aus der Kirche gingen und man auf diesen und jenen traf und die Mutter Doktor Wittmann gesegnete Weihnachten wünschte, dass Albin Monika Wittmann, die in seinem Alter war, am Arm streifte und sie sich kurz in die Augen sahen und sie dann mit ihrem Kopf nah an sein Ohr kam und fast im Flüsterton sagte: Silvester ist Hausball bei uns. Und: Albin, du kommst. Sie fragte das nicht, sie sprach auch nicht von einer Einladung, sondern bestellte ihn her, so wie ihr Vater seinen Patienten etwas verordnete. Bevor er irgendetwas erwidern konnte, hatte sich die Menge der aus der Kirche Strömenden schon weitergeschoben und Monika Wittmann mit ihr und er hätte nicht sagen können, ob er gerade nur geträumt hatte. Über die Feiertage dann ein ständiges Hin und Her zwischen Vorfreude und wieder aufkeimendem Zweifel: Wenn sie das jetzt nur so gesagt hatte und gar nicht ernst gemeint? Ihn vielleicht verwechselt hatte? Aber nein, sie hatte ihn mit Namen angesprochen. Er bemühte sich, so zu tun, als sei gar nichts. Am 27. kam es dann noch einmal schriftlich, in Form einer Karte, die ihm die Mutter abends überreichte (kuck mal, das wurde für dich abgegeben); er hatte ja wieder zu Rendsburg gemusst, während die Schüler Ferien hatten. Es war also nicht geträumt, mit blauer Tinte schön auf weißen Karton geschrieben: Lieber Albin, ich würde mich freuen, Dich auf unserem Silvester-Hausball begrüßen zu können. Bring gerne einen kleinen Beitrag für das Büffet mit. Um festliche Garderobe wird gebeten. Deine Monika. Darunter die Adresse, die man ja kannte und: Beginn 20:00 Uhr. Das hieß es also, zur Gesellschaft zu gehören? Und ja: Monika ging aufs Gymnasium, da waren die Geschlechter getrennt, sie konnte ja nun nicht einen Hausball veranstalten, zu dem nur Mädchen kamen. Er fing an, sich den Abend auszumalen, wer noch alles da sein würde und vor allem, welche

Mädchen, und sah sich in lässiger Pose in einem Sessel sitzen, ein Glas Wein in der Hand und das Licht halb dunkel und alles hatte sehr viel Stil, eine gewisse Eleganz, man hätte direkt eine Filmszene daraus machen können, und wie er so dieses Bild von sich malte, stieß er auf die Frage der festlichen Garderobe und fand keine Antwort. Der Anzug, den er beim Schlussball getragen hatte? Unmöglich, sich damit noch einmal sehen zu lassen. Diese breiten Hosen mit dem Saumaufschlag, als wenn man sein eigener Großvater wäre, und das Jackett zweireihig, wie in einem Hans-Albers-Film (Flieger, grüß mir die Sonne?). Der steife Stoff, zum tanzen völlig ungeeignet, das hatte er schon auf dem Schlussball gemerkt, und die aus den besseren Häusern um ihre schmal geschnittenen, leichten Anzüge beneidet, die zweihundert Mark kosteten (oder mehr). Es saß auch ein Geruch darin, der nicht herauszubekommen war. Seine Mutter fand, er sähe in dem Anzug seinem Vater so ähnlich, wenn auch schmaler, das habe er ja von ihr, das Schmale. Es war zum verzweifeln. So sehr sich Albin über die Einladung gefreut hatte, so sehr lastete sie jetzt auf ihm, sein Geld hatte er für die Reitsachen ausgegeben und was für die eine Gesellschaft passte, ließ ihn in der anderen außen vor. Es mussten andere, eigene Wege gefunden werden. Das karierte Jackett, das ginge vielleicht, wenn auch etwas zu hell, und die dunkle Hose, wenn er die zu Frau Möller gäbe, um sie am Bein enger machen zu lassen? Er stellte sich auf einen Hocker und seine Mutter steckte Stecknadeln in den Stoff: Pass beim Ausziehen auf, dass du dich nicht stichst. Und erst fand sie, dass die Hose so viel zu schmal sei, man sähe ja die Socken, aber dann doch, dass ihm das stand und sie ginge gleich morgen früh zu Frau Möller (die halbe Woche war schon herum wegen der Feiertage). Und Frau Möller nahm die Hose nur deshalb noch an, weil's für Albin war, die Leute ständen mit ihren Änderungen ja Schlange, die Frauen, die jetzt drei Tage vor Silvester merkten, dass sie in ihr altes Kleid nicht mehr hineinpassten und ob man da aus dem Saum links und rechts nicht noch was herauslassen könne, man lebte ja allgemein in zunehmenden Zeiten. Grad noch so: Wild bewegen dürfen Sie sich dann aber nicht.

Nach den Feiertagen wurde gleich wieder eingekauft, als hätte es drei Monate lang nichts gegeben. Kalt war es geworden, ein bisschen Schnee lag und Albin fuhr wieder mit dem Lastenrad die Bestellungen ins Johannistal, mit Pudelmütze und dicken Handschuhen, das Jackett gegen einen Strickpullover getauscht, darüber die wattierte Jacke. Seine Nase leuchtete rot in der trüben Luft. Frau Benteler gab wieder die üblichen fünf Mark, auf dem Rückweg kaufte er schnell bei Teichmann am Jahnplatz davon ein Taschenbuch, Buslektüre, nichts, was einem in Erinnerung blieb und abends bei Onkel Fritz noch eine Tafel Schokolade zum Einkaufspreis. Er hätte jeden Abend eine ganze Tafel essen können, was er aber für sich behielt, und hatte sich stattdessen eine Grenze von zwei Riegeln gesetzt (maximal!). Von der süßen Vollmilchschokolade war er zur dunklen übergegangen, die bitterer schmeckte, aber der edlere Genuss war, und wo man sonst auf seinen Stil achtete, so auch hier. Die Schokolade nahm die Spannung, auch die Anspannung, seit er damals, als die Amerikaner in Paulskirchen einrückten, sich etwas erfragt und eine halbe Tafel erhalten hatte. Das musste sich tief in die kindliche Seele eingegraben haben und hatte seitdem dort einen festen Platz: Wo Schokolade war, war keine Gefahr, drohte nichts; wenn ihn einmal wieder das Gefühl der Enge überkam, dann half manchmal schon ein Stück, und wenn eines half, dann auch zwei, man konnte das als Vorbeugung betrachten, es war auf eine Art Medizin und die ließ sich noch spät abends im Bett einnehmen, auch wenn man die Zähne schon geputzt hatte (bloß ein Stückchen!). Er hatte diese innere Unruhe seit Wochen, dieses Gefühl, dass etwas passieren müsse, das sich seit Heiligabend, seit Monika Wittmann ihm das Du kommst! zugeraunt hatte, zu einem kaum noch haltbaren Zustand gesteigert hatte. Immer wieder malte er sich diesen Abend aus, diesen Silvesterabend, bis zu dem es jetzt nur noch drei Tage waren, wie er das Haus des Doktors betreten würde: Guten Abend, gnädige Frau, und sah sich in der schmalgeschnittenen Hose (hoffentlich wird sie noch rechtzeitig fertig) und am Finger den Siegelring aus der goldenen Uhr des Vaters, sah sich ab und an nach einer Salzstange angeln und am Wein nippen und wenn ein gutes Lied gespielt werden würde, sich elegant erheben und die Hand eines Mädchens greifen und dabei angelächelt werden und dann tanzen, so dass sich die Becken leicht berühren. Es war kaum auszuhalten. Immer und immer wieder ging er den Abend im Geiste durch, kam bis zur Mitternacht, wo man miteinander anstieße aufs neue Jahr und er würde ein Mädchen küssen. Weiter kam er mit seinen Gedanke nicht. Silvester fiel auf einen Montag, am Sonnabend davor war bei Onkel Theo entsprechend wenig los, nur die paar üblichen Stammtrinker; da war kein Geld zu verdienen, alles sparte sich für den Silvesterball auf und wer sich nicht aufsparte, von dem sagte man, er erwarte vom Leben nicht mehr viel. Am Einunddreißigsten wurde er schon morgens um halb fünf wach, obwohl er am Abend zuvor ewig nicht hatte einschlafen können. Er musste ja noch den halben Tag zu Rendsburg, da würden Pasteten und Waldorfsalat auszuliefern sein und noch die eine oder andere Flasche Champagner: Wenn er das bloß erst hinter sich hätte. Er knipste das Licht an und zog die Vorhänge ein Stück zurück. An der Fensterscheibe hatten sich Eisblumen gebildet, richtig warm wurde es in seinem Zimmer nicht. Er schlief trotzdem nur unter einer leichten Steppdecke. Ein schweres Federbett? Da fühlte er sich wie in einer Zwangsjacke. Er konnte sich noch daran erinnern, wie das war: schweißgebadet aufgewacht und nach Luft gejapst. An die Kälte konnte man sich eher gewöhnen, zog man halt noch ein langes Unterhemd drunter (Junge, ist dir das nicht zu kalt?). Um fünf hörte er die ersten Türen gehen und Wasser laufen und jemanden die Treppe heruntergehen, die Frauen waren früh auf, seine Mutter und die beiden Tanten, es mussten Krapfen gebacken werden (zweihundert Stück!) und für den Abend Ragoût fin gekocht, von dem die Leute sagten: Adelheid, das kann keine so wie du. Zwei Kilo Kalbszunge und Stuckmann machte hinten im Backhaus die Blätterteigpasteten dazu (wie das wieder duftete: dieses etwas Saure und dann die Butter!). Dass er davon jetzt einen kleinen Topf voll zu Wittmanns mitnehmen wollte und fünfzehn Krapfen und noch eine Flasche Wein dazu? Als er nachmittags aus Bielefeld zurückkam: Mutti, ich brauche. Andererseits: Wenn er allzu bescheiden daherkäme, was würden die dann denken? Ob er denn wisse, wer noch alles eingeladen sei (aber den Wein zahlst du selbst!). Und noch schnell die Hose von Frau Möller holen: passt. Dass man so dem Abend entgegenfieberte? Margarete Kortmeyer konnte es ein bisschen verstehen, obwohl sie sich öfter wünschte, er bliebe mal zuhause, und spürte doch, dass sie machtlos war: Kuck, ich hab' dir da frische Wäsche und ein weißes Hemd hingelegt. Was sollte sie sonst sagen? Albin lief nervös im ganzen Haus herum, es war gerade sechs Uhr, draußen schon stockfinster, fast zwei Stunden waren noch totzuschlagen, man durfte schließlich nicht zu früh kommen. Sonst wurde einem die Zeit immer knapp und jetzt dehnten sich die Minuten ins Unendliche. Die Uhren schienen überall gleich zu gehen, aber vielleicht war das auch ein Geheimnis, ein Mysterium, über das im Hintergrund Gott wachte. Um halb acht kam Ulrich Bollhöfer. Auf dem Weg zu Wittmanns musste er ohnehin am Hause Krone vorbei, da konnte man dann auch zusammen gehen, so hatten sie es abgemacht: Und, was haste ausgeheckt? Einen kleinen Sketch, sie hatten überlegt, einen kleinen Sketch vorzubereiten (wir wollen ja zu den interessanten Gästen gehören). Utz hatte ein dunkelbraunes Jackett an mit tiefgezogenem Revers und eine schwarze

Hose und spitze Schuhe, er war immer etwas besser angezogen als Albin, oder sollte man sagen: selbstverständlicher? Das dunkle, volle Haar fiel ihm spannenlang ins Gesicht und musste immer wieder mit einer lässigen Handbewegung herausgestrichen werden: Weiß man, welche Mädchen dort sein werden? Albin erklärte ihm den Sketch: Ein Liebespaar und so weiter, und die Pointe geht so (...). Er hatte sich dazu einen Hut seiner Mutter ausgeliehen (wovon die nichts wusste), sie spielten die Sache einmal durch: Alles klar. Sie zogen ihre Mäntel an und gingen runter in die Küche, das Ragoût fin holen und die Krapfen und den Wein, Utz hatte auch eine Flasche dabei und eine Schüssel mit Nudelsalat (da machst du nix mit verkehrt!). Wir müssen unseren Müttern dankbar sein, sagte er. So zogen sie los. Sie mussten ja bloß einmal über den Marktplatz. Der dreieckige Paulskirchener Marktplatz, mit einer dünnen Schneedecke wie mit feinem Sand überzogen, von drei Straßenlaternen, die jeweils mittig an den Seiten standen, matt erleuchtet. Eine Sache von ein, zwei Minuten. Und kamen sich doch plötzlich vor wie das Volk Israel beim Auszug aus Ägypten und der bevorstehende Abend das gelobte Land, angefüllt mit den unklarsten und zugleich deutlichsten Vorstellungen. Wie werden wir leben? Indem er sich die Pose des lässigen Partygastes ausgemalt hatte, hatte Albin das Eigentliche, das Darunterliegende verdrängt, das, wonach das Gefühl verlangte. Aber es war offensichtlich nicht so einfach, von einem Terrain ins andere zu wechseln. Die Pose war ein Indiz für fehlende Könnerschaft, da brauchte man sich nichts vorzumachen, beim Reiten hatte er ja inzwischen einen Blick dafür, wenn jemand nur so auf Haltung ritt und gar nicht richtig eins mit dem Pferd war. Was war das mit dem Seitenwechsel vorletzten Sommer in Inzell gewesen? Übersiedeln in das Land der Liebe. Hatte man etwas dazugelernt? War in den anderthalb Jahren seitdem etwas passiert? Eine Woche Zeltlager im Harz (bei Rendsburg hatte er ja nur noch vierzehn

Tage Urlaub), ohne Mädchen (dafür mit Nachtwanderung), und die ersten Tanzstunden bei Teubner-Schneider in Bielefeld. Mit irgendeiner kichernden Barbara am Arm zur Straßenbahnhaltestelle. Mehr nicht. An die Töchter der Bauern war nicht zu denken (Rieke Johannmeier, die so gut reiten konnte?), da durfte man Guten Tag sagen und das war's. Wie Utz vorhin nach den Mädchen gefragt hatte: wie nach'm Kinoprogramm. Als wenn man die freie Auswahl hätte. Was er dort auf der anderen Seite des Marktplatzes, den sie wie die Wüste Sinai durchquerten, was er im Land der Verheißungen, dem ersten Silvesterhausball in Wittmanns Wohnzimmer erwartete, war nichts weniger als der erste Kuss, ein richtiger Kuss wohlgemerkt, hinter den es dann kein Zurück mehr gab, nicht bloß so ein schnell hingedrückter, wo zwischen den beiden Körpern noch ein Schaf hätte durchlaufen können. Wäre hier auf Utz zu zählen? Albin hatte bemerkt, dass sie in letzter Zeit etwas in Konkurrenz zueinander geraten waren, jetzt, wo sie von der Schule runter waren, gab es nicht mehr nur gemeinsame Wege. Es kam so eine Ahnung in ihm auf, der andere könne ins gelobte Land einziehen, während ihm (Albin) nur der Blick vom Rand bliebe. Mit roten Nasen und klopfenden Herzen klingelten sie bei Wittmanns: Guten Abend, gnä' Frau. Monikas Eltern standen im Flur und begrüßten die Gäste (wie höflich, dachte man, aber die wollten in erster Linie in Augenschein nehmen). Der Doktor im Smoking und seine Frau im eleganten Kleid; er mit der hohen Stirn und den krausen schwarzen Haaren, sie etwas beleibt (und lachte, wenn sie nicht weiterwusste). Man sei auf dem Sprung, sagten sie und wünschten den jungen Leuten einen vergnüglichen Abend und mit einem Blick auf ihre Tochter noch: Dass ihr's nicht übertreibt. Und dann verließen sie tatsächlich das Haus, fuhren zu einem Ball nach Bielefeld und wollten nicht vor zwei in der Nacht zurücksein. War das nun zu fassen? Ein junges Volk alleingelassen, auf sich gestellt und ein Abend voller Möglichkeiten:

Wenn dein Herz leicht ist, treibt es dich vorwärts; aber dein Auge muss offen sein und deine Sinne dürfen dich nicht verlassen? Stellt die Esssachen mal in die Küche und den Wein tun wir auf die Terrasse, da bleibt er kalt. Monika im bunt gemusterten Kleid mit Glockenrock, eine Stola umgelegt. In der Küche standen schon einige Schüsseln auf dem Tisch mit Kartoffelsalat und Nudelsalat (noch einer?) und kleine Frikadellen und ein Korb mit Brötchen und im Wohnzimmer waren die Möbel an die Wand gerückt und eine Papiergirlande quer durch den Raum gespannt. Salzstangen steckten in hohen Gläsern. Abgesehen von der Gastgeberin kein bekanntes Gesicht. Wo kamen die nun alle her? Vier Mädchen saßen im Wohnzimmer und zwei Jungen, auf dem Sofa, in den Sesseln: Macht euch mal bekannt. Utz schenkte zwei Gläser Wein ein: Die Durststrecke ist vorüber! Und: Guten Abend, die Herrschaften. Man begrüßte sich mit Handschlag, die Mädchen (erst die Damen!) hatten einen weichen und teils feuchten Händedruck, die beiden anderen Jungen schlugen kräftig ein: Alte Schule, was? Das war der Sohn vom Hof Lücking, wie man erfuhr, und ein Freund vom Bielefelder Gymnasium (mit dicker Hornbrille). Und die Mädchen vom Mädchengymnasium (die waren schon um sechs mit dem Bus gekommen). Steckten in Kleidern, die sie mit ihrem flachen Busen und schmalen Hüften nicht ganz ausfüllten und trugen die Haare schulterlang und bei zweien verdeckte der Pony erfolglos rötliche Pickel auf der Stirn. Auf einem niedrigen Tisch neben dem Wohnzimmerschrank stand ein Kofferplattenspieler und dazu eine kleine Plattensammlung in einem Gestell aus Messingdraht: Brennend heißer Wüstensand und Tiritomba (ich kann's nicht mehr hören!) und Franzl Lang: Komm, jodeln wir (ist das dein Ernst?). Auf dem Plattenteller drehte sich eine Langspielplatte mit Swing. Und nun? Die Gymnasiasten unterhielten sich über Bücher, ob sie den Steppenwolf von Hesse gelesen hätten, fragte der Bielefelder (vorstehendes Kinn und eine

Tolle wie'n Ami), das sei ja nun ein Muss und im Englischunterricht läsen sie jetzt T. S. Eliot und Albin sagte, er hätte den Seewolf gelesen. Sie schauten ihn fragend an. Was als Tanzfläche gedacht war, blieb einstweilen noch Ödland; Utz schaukelte mit den nächsten zwei Gläsern Wein durchs Wohnzimmer wie ein Kamel (sich erstmal eine Grundlage schaffen?). Monika Wittmann sagte: Schön, dass ihr alle da seid! und dann gingen sie in die Küche ans Büffet. Einige aßen im Stehen, andere versuchten auf der Couch sitzend den Teller auf den Knien zu balancieren (wo soll ich denn jetzt mit dem Besteck hin?). Nach den Frikadellen verlangte Jürgen Lücking nach einem Schnaps. Die Berliner und die Krapfen hob man sich für später auf. Dann mussten Lose gezogen werden, das heißt die Jungen zogen jeweils einen Zettel, auf dem der Name eines Mädchens stand, das sie zum ersten Tanz auffordern mussten. Eine blieb übrig. Albin hatte den Namen Sigrun gezogen (die mit den roten Pusteln unterm Pony) und es wurde natürlich Tiritomba aufgelegt und er begann gleich mit Gefühl und Sigrun hinkte immer dem Takt hinterher und verhedderte sich mit ihren Füßen. Dass es nun ausgerechnet die sein musste? In dem Messingdrahtgestell gab es acht Schallplatten mit jeweils einem Lied auf der Vorder- und auf der Rückseite, das machte sechzehn Lieder, die abwechselnd gespielt wurden, aber meist legte man nur die Vorderseite auf und konnte die Texte schon auswendig und nach zwei Liedern tauschten die Tanzpartner, das ging aber auch nur dreimal so, dann saßen die Gymnasiastinnen wieder beieinander und redeten über einen Schriftsteller und als später ein Slow gespielt wurde, wurde neu ausgelost, aber Lücking und der Bielefelder hatten schon etwas ausgemacht, Utz erzählte von der Seefahrt und Albin bekam wieder Sigrun. Aber nicht zu eng!, sagte die. Das verheißene Land rückte in weitere Ferne, je mehr man sich darauf zu bewegte. Bier auf Wein, das lass sein. Und irgendwann wurde dann das Radio eingeschaltet und

Sektgläser bereitgestellt und er hoffte noch (schon ziemlich duhn), dass mit dem Glockenschlag gleichsam ein halbes Dutzend Engel herabschwebe und alles noch einmal wendete, aber nichts dergleichen, und in der Küche fand sich noch eine angebrochene Flasche Steinhäger, dazu Heringssalat und irgendwann war auch das vorbei und sie zogen ihre Mäntel an und stapften über den schneebedeckten Sinai, Utz mit dem Fez von Doktor Wittmann auf dem Kopf, jeder den Blick vor die eigenen Füße gerichtet, es war eine klamme Kälte, vom Sternenhimmel nichts zu sehen und Utz sagte Ahoi und verschwand in der Dunkelheit. Albin spürte Übelkeit in sich aufsteigen und konnte sich nicht dagegen wehren. Der Heringssalat landete an der Wand des Backhauses.

Fünfter Teil: Die Jagd

1

Von Anfang an muss der Reiter daher fühlen lernen. Er muss sich Gefühl erwerben dafür, ob er bequem und losgelassen zu Pferde sitzt und sich wirklich nur durch die Balance im Sattel hält, Gefühl dafür hat, ob er in die Bewegungen des Pferdes einzugehen versteht und wie er mit Kreuz, Gewicht, Schenkeln und Zügeln einzuwirken hat. Wer nicht für all dies ein Gefühl bekommen hat, kann unmöglich gut, das heißt losgelassen und schmiegsam zu Pferde sitzen. Er klemmt vielmehr in irgendeiner, ihm irgendwie angewöhnten Haltung zu Pferde, und das hat mit Reiten nichts zu tun. Solch ein Sitz wäre falsch, grundfalsch und schlecht, und wenn er manchem auch noch so korrekt und vorschriftmäßig erscheinen mag. Er kann nicht gut sein, weil er gefühllos und steif ist.

Dehlers Stute stand, die Beine fest in die Erde gestemmt und den Kopf hoch erhoben, so als müsse sie dauernd Umschau halten und durch die Nüstern Witterung aufnehmen. Die Ohren aufgerichtet und in alle Richtungen lauschend. Und wenn irgendwo nachzulesen war, dass alte Völker die Pferde für göttliche Tiere hielten, dann vielleicht wegen dieser Haltung, die anzeigte, so viel mehr von der Welt zu wissen. Der Mensch fing immer wieder viel Unsinn an, weil er eben nichts wusste. Ein wissendes Pferd und ein unwissender Reiter. Und doch war es eben so eingerichtet, dass der Reiter das Pferd lenken sollte. Vertrauen hieß, etwas zu tun, von dem man allenfalls ahnte, es könne richtig sein. Die Verbindung von Reiter und Pferd schien flüssig, das gegenseitige Voneinanderwissen ein Hinein- und Hinüberfließen obskurer Symbole. In den Büchern war abgebildet, was man für richtig hielt. Bei Müseler: Herr O. M. Stensbeck auf Auer im Mitteltrabe. Der gewölbte Hals, der ausgeprägte Untertritt der Hinterbeine: Das Pferd schien wirklich unter dem Reiter zu gehen, der es mit leichter Hand dirigierte. Dehlers Stute trug Albin eher wie einen Rucksack. Ein Sack weiß ja nichts. Wie war solch ein Bild wie in den Büchern zu erzeugen? Er versuchte, die Hände mit den Zügeln möglichst tief zu halten, was aber nur dazu führte, dass die Stute den Kopf noch höher nahm und die Vorderhufe noch mehr in den Boden stemmte. Man musste sie vielleicht einfach laufen lassen. Ihm fiel ein, wie er als Schüler immer den Ranzen in die Ecke geschleudert hatte, kaum dass er zuhause war. Wie kam man drauf? Das Pferd sagte es einem, auf seine Art. Er ritt seine Runde. An die Hilfen stellen, hieß es im Buch und es gab Fotos und Zeichnungen dazu, und im Buch taten die Pferde dann auch genau das, was sie sollten. Weil sie es wussten? Vom Pferd lernen, hieß es immer, aber wie sollte das gehen, wenn der Reiter etwas vom Pferd lernen sollte, was dieses erst von ihm lernen musste? (Oberbereiter Pollak auf Strouella in der Levade. Spanische Hofreitschule, wie aus einer anderen Welt!) Er hatte ein Bild im Kopf und versuchte, es nachzustellen. Er machte sich von sich ein Bild und ließ davon ein Bild machen Es war noch ein Film im Fotoapparat. Als er es später sah, merkte er, wie wenig sich die Bilder glichen. Er sah die Fehler: Ein zu weit ausgestelltes Bein, eine eingedrehte Schulter. Es war nicht der falsche Augenblick, sondern der Augenblick als solcher war falsch. Alles in einem Moment festhalten wollen? Die Bilder waren immer falsch, aber sie waren mächtig, man konnte sich ihnen nicht leicht entziehen. Es war eine Kopfsache. Die Gedanken sind frei – und landen doch immer wieder an denselben Stellen. Es ging so nicht weiter, er kam so nicht weiter und spürte, wie er seine Zeit vergeudete, indem er Bildern nachjagte. Er brauchte einen Lehrer.

Er ritt zurück auf den Dehlerschen Hof. Da kommt ja unser Reitersmann. Albin hätte ihn dafür umbringen können. Und dieses Lachen dazu: hö-hö. Gar nicht echt. So ein künstliches Lachen – von einem, der vieles nicht glauben kann. Jeden Tag auf'm Pferd (Peert sagte der, au'm Peert – ob mit Absicht, wusste man nicht). Immer dieselben Sätze. Rudolf Dehler, sein Schwager in spe. Der verstand es einfach nicht. Der verstand nur, was gerade das Neuste war: das neuste Auto, das neuste Fernsehgerät, das neuste Tipp-System. Wie er im Wohnzimmer im Sessel saß, immer so zurückgelehnt, und wenn man sich gegenüberstand, sah er einem nie in die Augen, immer so ein bisschen dran vorbei. Albin verstand seine Schwester nicht. Sie ihn ja auch nicht. Dem Leben tat's keinen Abbruch, aber so war man nun verbandelt und musste sich das anhören: unser Reitersmann. Seine Schwester war siebzehn gewesen, als Rudolf Dehler das erste Mal bei ihnen auftauchte. Er würde den Hof in Speckenbaum nicht erben (den bekam Friedrich als der älteste Sohn, obwohl der schon gut hundert Hektar in Oldentrup erheiratet hatte), für ihn, das dritte Kind, war die Gastwirtschaft vorgesehen, die sein Onkel Alfred, der Bruder des Majors, betrieb (Asta hatte gewusst, wie man kinderlos blieb). Der große Saal, in dem so viele Hochzeiten gefeiert wurden und der Reiterverein seinen jährlichen Ball abhielt. Die Kegelbahn, die sie angebaut hatten, brachte zusätzlichen Umsatz. Natürlich besaß Rudolf Dehler ein Auto (mit dem er Romy jeden Tag abholte). Abends stand er hinterm Tresen und zapfte Bier. Die Küche und das Bedienen machten die Frauen. Kontakte nach hierhin und dorthin (sagte er).

Der Junge braucht einen Lehrer, sagte Herr Johannmeier an einem dieser Montage, als der Reiterverein in Dehlers Gaststube in Speckenbaum saß. Er hatte Albin nicht nur auf der Stute gesehen, sondern auch bei der Gräfin. Ihn einmal eines seiner eigenen Pferde reiten lassen – und die Passion gesehen: Güse, kannst du dich dem nich mal annehmen?

Aber Güse, der erfolgreichste Springreiter des Vereins, der den Eckhartsteinschen Kindern vor Jahren Unterricht gegeben hatte, winkte ab: Einmal die Woche für 'ne Stunde, das brächte doch nix, der solle man zu Otto Meyer nach Hoya, er kenne den ja ganz gut, oft zusammen in der Flachsheide gestartet: Ich schick da mal 'n paar Zeilen hin (sagte das so, als wenn es ihn sonst was anstrengen würde, das Sprechen oder das Schreiben, zwei tiefe Furchen liefen beiderseits der Nase zu den Mundwinkeln und darüber hinaus). Und zu Albin gewandt: Da kriegste Schliff (was hieß das: dass gebrüllt wurde?). Ja, danke, sagte er, und wie das denn ginge; zwei, drei Wochen Lehrgang eben, im Herbst oder im Frühjahr, musste dir freinehmen. Das ging nun alles ganz schnell. Albin bestellte noch ein Glas Estremadura.

Nach nicht ganz zwei Wochen kam dann Post: Landesreitschule Niedersachsen. Ein Lehrgangsplan, dazu eine Postkarte. Auf der Karte war ein langgestrecktes einstöckiges Gebäude zu sehen, roter Backstein, offene Fenster zur Straße hin, und auf einem zweiten Bild darunter ein Reitplatz, eher eine Wiese, ein Hindernis, ein springendes Pferd. Im Hintergrund, durch eine Reihe Pappeln verdeckt, ein größerer Bau, an dessen Giebel mit weißer Farbe Reithalle geschrieben stand (man konnte nur Reith lesen). Bis auf den Reiter auf dem Springpferd war keine Menschenseele zu sehen, es sah ein wenig wie eine verlassene Filmkulisse aus. Der Lehrgangsplan war ein Blatt Papier, Matrizendruck (dieser typische Ethanolgeruch): Grundlehrgang Jugendreiterprüfung, Reitabzeichen Bronze und Silber, Ausbildung zum Pferdewirt und Reitwart. Unterricht in Theorie und Praxis. Ein paar Zeilen mit der Schreibmaschine getippt. Drei Wochen Grundlehrgang kosteten hundertsechzig Mark (inklusive Unterbringung und Verpflegung). Man konnte ankreuzen, ob man ein eigenes Pferd mitbringt oder ein Schulpferd benötigt. Er zeigte Johannmeier das Papier. Wenn de da im Oktober hinwillst, dann musste dich jetz anmelden. Mach das ma. Und dann noch: Otto Meyer sei ein Lörke-Schüler. Da lernste was. Es könnte also tatsächlich klappen? Er hatte sich noch nie zu einem Lehrgang angemeldet. Das ganze Vorhaben kam ihm umso verwegener vor, je mehr er es sich ausmalte und je mehr es aus dem Reich der Vorstellungen ins Reich der Wirklichkeit übersiedelte. Ein bisschen Angst schwang schon mit: Wenn die nun nichts von ihm hielten? Was galt das Urteil der Gräfin oder das von Johannmeier? Vielleicht war ja alles falsch – oder wenn nicht falsch, so doch zumindest sonderbar, das Treiben eines Sonderlings, so wie er als Kind einfach mit seiner Schwester in die Schule gegangen war und die Lehrerin ihn mit ein paar Wachsmalstiften in die Ecke gesetzt hatte. Oder sie schickten ihn gleich wieder zurück. Sollte es am Ende so einfach sein: Hundertsechzig Mark und man brauchte nicht mal ein eigenes Pferd? Bei Minderjährigen Unterschrift eines Elternteils. Lehrgangsgebühr nach Eingang der Anmeldebestätigung zahlbar per Postscheck oder Banküberweisung. Es kam ihm fast vor, als würde er sich heimlich zur Armee melden (und lag damit nicht ganz falsch). Er brauchte die Unterschrift seiner Mutter. Das Geld, das für die jährliche Fahrt mit dem CVJM gedacht war. Ja, ist es das, was du willst? Es war ja längst klar. Wo aus ihm nun sicher kein Pianist mehr würde (das hatte Nebelsiek auch ihr gesagt: die Talente lägen woanders). Er würde den Sommer durcharbeiten (Rendsburg würd's freuen). Und dann drei Wochen! Es kam ihm vor, als müsse er sein ganzes bisheriges Leben da hineinlegen und als sei es ausgemacht, dass er danach in dieses bisherige Leben nicht wieder würde zurückkehren. Wenn er nachts im Bett lag, stellte er sich das schon so vor: Mit weißer Reithose und weißem Hemd und einer Startnummer auf Brust und Rücken, inmitten der anderen Reiter (Mädchen wären dabei). Konnte man Heimweh haben nach einem Ort, an dem man noch nie war? Es war kein Urlaub und keine Kur, nichts, wo man die Rückkehr schon immer im Gepäck hatte.

Es war ein Schritt ins Offene und nicht unmöglich war der Gedanke, dass die Sache einen ergriff und mit forttrug. Seinen Vater hatte die Kunst auch fortgetragen. Die Anderen waren geblieben. Seine Tanten und die Onkel hatten nicht einmal das Elternhaus verlassen, seine Mutter hatte es bloß ins acht Kilometer entfernte Lage geschafft. Und selbst von dort zurück gemusst. Aber auch Tante Gertrud und Onkel Albrecht, die weit weg gegangen waren, hatten zurückgemusst. Als wenn die Fremde einen ausspuckte wie einen unangenehmen Geschmack. Wer würde es einmal schaffen?

Im September wurde er achtzehn. Noch drei Jahre bis zur Volljährigkeit. Aber wenigstens konnte man schon den Führerschein machen. Sechs Fahrstunden bei Klocke in Bielefeld, mehr oder weniger der Form halber, er wusste ja, wie es geht (nach der ersten Fahrstunde bei Friedhelm Fink immer wieder schwarz gefahren, hier und da, Henno Bünemann schloss den Opel Olympia seines Vaters kurz). Und gerade deswegen beim ersten Mal durchgefallen, mit Schwung. Onkel Fritz zahlte. Und nun nach Hoya. Erwin Krullmann sollte ihn fahren, Krullmanns (Haushalts- und Eisenwaren, gegenüber dem Krug) hatten ein Auto. Über Bundesstraße, Auffahrt Herford. In Vennebeck hinter Oeynhausen mussten sie schon wieder runter. Ab da Landstraße, immer die Weser entlang, Hausberge (wo sie damals von der Schule aus mit dem Fahrrad hingefahren waren), Kaiser-Wilhelm-Denkmal und in Minden musste man immer an Melitta denken. Albin hatte die Straßenkarte auf dem Schoß: Eigentlich brauchen wir die gar nicht, geht ja immer nur geradeaus. Von einem hohen Baum hätte man schon die Nordsee sehen können (also fast). Das Land war jetzt vollständig flach. Petershagen und Windheim und Münchenhagen. Rechts ging es zum Steinhuder Meer: Warste da schon mal? Das war eine andere Geschichte. Man war viel zu schnell daran vorbei, um lange darüber nachzudenken. Links ging es nach Uchte. Nie gehört. Alle Häuser in den Dörfern, durch die sie kamen, waren aus rotem Backstein. Die Gehöfte links und rechts der Straße, Ställe, Scheunen, alles aus den gleichen Steinen. Wie nannte man das nochmal: ein Streifendorf? Das hatten sie irgendwann einmal in der Schule gehabt. Dass ihm das nun gerade einfiel – dabei war es doch völlig belanglos, ob man's wusste. Und das andere? Streudorf. Im Lippischen lagen die Höfe in der Gegend verstreut. Für die Kinder war das Erstere besser, für die Eigenbrötler das Letztere. Man sagte den Lippern ja eine gewisse Kontaktscheu nach. Such mal 'nen neuen Sender. Im Radio war die Musik mehr und mehr hinter Knacken und Rauschen verschwunden. Jetzt musste bald Nienburg kommen. Wenn man das alles hätte mit Bus und Zug und nochmal Bus und fünfmal Umsteigen machen müssen? Mit ihrer Erreichbarkeit rückten die Dinge in die Ferne. Wenn man hinter einem Trecker herzuckeln musste oder einem vereinzelten Gespann (die sah man jetzt ja kaum noch) und nicht überholen konnte. Nach zwei Stunden, hinter Eystrup (Herkunft des berühmten Grafschafter Goldsaftes), ging es dann links ab nach Hoya. Fast hätten sie das Schild übersehen. Hier haste dir ja 'ne Gegend ausgesucht. Aber sicher: Fürs Fliegen ohne Flügel bedurfte es eines weiten Landes, man musste den Himmel sozusagen auf die Erde holen und die niedersächsische Ebene schien fast eine perfekte Spiegelung des Himmels über ihr, mit hier und da einem Wäldchen als Wolken. An dem flachen Backsteinbau vorm Ortseingang fuhren sie dann glatt vorbei (und merkten's an der Weserbrücke).

Ein Koffer, eine Tasche und die Reitstiefel mit einem Bindfaden durch die Schlaufen am Schaft lose in der Hand. Andere rückten auch ein: Altgediente und Frischlinge. Man sah's an der Haltung: Die einen um Lockerheit bemüht, dabei aber unwillkürlich angespannt, die anderen mit nachlässiger Aufmerksamkeit. Auf dem Hof wurden Pferde abgeladen. Sie gingen in das flache Gebäude, vorne gleich ein kleines Büro: Stube vier, den Gang runter rechts, Abendessen im

Essraum um sechs. Wegen Ihres Schulpferds melden Sie sich morgen früh um sieben beim Stallmeister. Also dann: Bis in drei Wochen. Erwin Krullmann setzte sich wieder in den Wagen, noch zweimal gehupt und war dann weg. Jetzt war man also da – und es gab kein Zurück. War schon ein merkwürdiges Gefühl. Als er die Stube betrat, lag schon einer auf einem der unteren Betten, an der Wand links vom Fenster, Buch vor der Nase und eine Zigarette zwischen den Fingern: Moin. Der beachtete ihn weiter gar nicht, was sollte man da sagen? Und: Das andere untere Bett nehmen oder eins von den oberen? Gegen unten sprach, dass der Obere immer an einem vorbei musste und wenn der einen unruhigen Schlaf hatte, wackelte das ganze Bett (das wusste er noch aus den CVJM-Freizeiten). Gegen oben sprach die Leiter mit den dürren Sprossen, die man barfuß hinauf und hinunter musste. Andererseits, wenn man erstmal oben war, hatte man seine Ruhe. Er stellte seine Tasche auf das untere Bett. Zu jedem Bett gehörte ein Spind mit einer Nummer. Er begann, seine Sachen einzuräumen. Stiefel kommen in die Stiefelkammer, lautete es von hinter dem Buch. Wir wollen hier noch atmen können. Das erste Mal hier? Ja. Wie heißen Sie? Albin Kortmeyer. Thomas Gloth, sagte der andere und streckte ihm vom Bett aus die Hand entgegen: Auf gute Kameradschaft. Eine lange, schmale Hand, Albin sah in ein ebenso langes und schmales Gesicht mit wulstigen Lippen. Blonde Haare, die glatt zu einer Seite fielen, im Nacken raspelkurz rasiert. Er drückte die Hand: Tach. Von welchem Verein kommt er? (Wie der redete?) Lützow Speckenbaum. Aha. Und vertiefte sich wieder in sein Buch. Die Beine angewinkelt, ganz spitze Knie. Albin versuchte, den Titel des Buches zu lesen, konnte aber nichts erkennen. Nun denn. Wer würde noch dazu kommen? Einer mit Namen Hüster, bisschen stämmig, rundes Gesicht, breites Grinsen: Hallo Kameraden! Und so mit Schmackes durch die Tür. Nur noch oben was frei? Sie könnten ja tauschen, sagte Albin. Wird gemacht, Firma dankt. Der holte tatsächlich aus seiner Tasche einen Marmorkuchen, in ein Küchentuch gewickelt (von Muttern!), schnitt ihn mit einem Taschenmesser in Stücke und bot jedem eins an. Auch Gloth griff zu, ohne groß von seinem Buch aufzusehen (sagen Sie 'nen Gruß an die Frau Mutter). Albin konnte immer noch nicht erkennen, was der da las und was ihn offensichtlich so in Anspruch nahm. Oder war es nur Pose? Darf ich fragen, was Sie da lesen? Xenophon, Über die Reitkunst. Peri Hippike, sagte er und hielt das Buch hoch, Albin konnte immer noch nichts lesen, das sei Altgriechisch, sagte der andere (aber so selbstverständlich, dass man es nicht wirklich für eine Pose halten mochte). Der Vierte kam. Ein dunkelhaariger Junge, nicht sehr groß, dünn, eine Lücke zwischen den Schneidezähnen. Braungebrannt: Hartwig. Er gab jedem die Hand: Hartwig Steenken. Damit war die Stube komplett.

Bis zum Abendessen waren es noch zwei Stunden. Ich kuck mir mal die Ställe an, sagte Albin. Die vor ihm liegenden drei Wochen nahmen ihn völlig in Beschlag, er dachte keinen Moment lang an zuhause, Paulskirchen verschwand in einer wie abgeschnittenen Vergangenheit. Hätte ihn jemand nach seinem Beruf gefragt, nach seiner Familie, er hätte darauf nichts zu sagen gewusst. Draußen schien noch die Sonne, die Bäume warfen lange Schatten. Er ging über den gepflasterten Hof, einige Autos standen da. Es roch nach Stroh und Heu und Pferdemist. Wer mit etwas beschäftigt war, nahm keine Notiz. Morgen früh würde es losgehen. Im Stall standen die Pferde in Einzelboxen. Die Schulpferde kannten sich. Die Gastpferde nicht (man spürte ihre Unruhe). Auf schwarze Tafeln waren die Namen mit Kreide geschrieben, ab und an noch ein Hinweis, wenn es beim Füttern etwas zu beachten galt. Na ihr? Was hieß es, hier zu sein? Er zog den Geruch der Pferde in die Nase. In Gedanken ging alles immer ganz leicht, vielleicht sollte man nicht allzu viel: denken. Worüber? Über die Kreise. Über die Welt hinter der Welt. Die von den Höfen waren natürlich mit eigenen Pferden angereist. Was manche für ein Auftreten hatten. Die Pferde ließen sich davon nicht beeindrucken. Man sollte nicht nur als Reiter, sondern auch als Mensch von ihnen lernen. Aber wo verlief die Grenze? Auch wenn er jetzt hier war, was hieß das schon? Die Nähe der Tiere war beruhigend. Einerseits. Denn darum ging es ja nicht. Es ging um das Dunkle und Geheimnisvolle. Es ging um die Gefahr. Keine Alten Meister, kein Reiterstandbild. Er sah sich stürzen, immer wieder stürzen. Und er merkte, wie er Gefallen daran fand. Mit einer blutenden Platzwunde würde er weiterreiten, mit einer gebrochenen Hand. War das nicht ein kurioser Gedanke: Besser gut zu stürzen als krampfhaft oben bleiben zu wollen? Er tätschelte einigen Tieren den Kopf, denen, die sich ihm zuwandten (Pferde sind keine Hunde). Der Mensch hat eine ausgeprägte Bereitschaft, falsch zu verstehen. Aber daran dachte man ja nicht: Gelangt der Reiter nicht zur Sicherheit in der Balance, so wird er nie eins mit dem Pferde. Die Angst bestand darin, mittelmäßig zu sein. Das saß in seinem Kopf, ohne dass er sich dessen voll bewusst war. Oder vielleicht doch, auf eine Art? Waren nicht die meisten mit dem Mittleren zufrieden? Wenn man sich's leisten konnte. Fürs Mittlere brauchte man die Mittel. Die er nicht besaß. Ein Sturz war etwas ebenso Reelles wie ein Sieg. Ein Mittelmaß war Verschwendung. Er hatte nichts zu verschwenden. Hinter der großen Reithalle lagen Felder. Die Koppeln für die Pferde: Stabile Holzzäune mit abgeschrägten Ecken, damit sich kein Pferd in die Enge treiben ließ. Musste man auch wissen. Die Getreidefelder waren abgeerntet und umgepflügt, bereit fürs nächste Jahr. Mit der Rübenernte ging es jetzt los. Er ging ein Stück einen Feldweg entlang. Wie weit das Land hier war. Links ein Wäldchen, dahinter musste die Weser sein. Da noch hin und dann zurück? Er schaute auf seine Armbanduhr: Fünf. An der Weser lag ein Park, mit alten hohen Bäumen und verschlungenen Wegen, dazwischen gepflegte Rasenflächen. Sitzbänke. Hatte sicher ein Graf vor hundert Jahren angelegt. Ein Schloss war nicht zu sehen. Der Fluss war breit, bald doppelt so breit wie in Vlotho (von dem man immer dachte, es gehöre noch zum Lippischen, war ja nur einen Steinwurf von Finkens Hof entfernt). Eine mächtige Eisenbrücke führte auf die andere Seite, wo erst eigentlich die Ortschaft Hoya lag. Das hatte noch Zeit. Er ging die Straße entlang zurück. Vor der Reitschule lag das Parkhaus, so nannte sich die Gastwirtschaft, und daneben ein schönes Wohnhaus mit einem Glasbild überm Eingang, das den Kopf eines Schimmels zeigte. Residenz des Meisters.

Im Essraum gab es sechs Tische mit vier bis sechs Plätzen, drei links an der Wand, drei rechts. Gemusterte Tischdecken aus Wachstuch, grünes Linoleum bis auf Brusthöhe und darüber eine lindgrüne Tapete. An den Wänden ein paar Kunstdrucke mit Landschafts- und Reitermotiven (man bemerkte das Bemühen). Das Essen holte man sich von zwei Servierwagen: Brot, Butter, Wurst, Käse. Lauwarmer Tee. Sie saßen stubenweise und man schielte von Tisch zu Tisch: Jetzt konnte man mal alle sehen. Zwei Tische, an denen Mädchen und junge Frauen saßen. Wollen wir uns den Damen später mal bekannt machen? Unbedingt. Fragen nach dem Woher (wenn sie noch nicht gestellt worden waren), dem Beruflichen, dem Familiären. Es war Albin Kortmeyer durchaus unangenehm: Jetzt holt einen das doch wieder ein. Alle kamen aus Niedersachsen, alle waren Bauernsöhne. Bassum, Visselhövede, Winsen an der Aller. Er tat so, als stammte er direkt vom Hof der Großmutter, Meier zu. Und wie ist es hier so? Sie werden's erfahren (Gloth). Der blieb beim Sie. Wie der sein Brot aß: Als hielte er ein Puppenstubenbesteck in der Hand. Ganz feingliedrige Hände (wann sagte man das schon mal: feingliedrig?). Wenn er die Gabel zum Mund führte, fielen ihm die Haare ins Gesicht. Er wolle sich hier noch etwas Schliff holen, bevor's zum Studieren nach Bonn ginge, sagte er. Das bekommen Sie hier: Schliff. Er war schon das dritte Mal hier und wollte das bronzene Abzeichen machen. Er strich sich Butter aufs Brot, genau die richtige Menge. Warten Sie ab, bis Sie Otto Meyer kennenlernen. In die Gespräche an den Tischen fuhr plötzlich eine schrille Stimme: Wer hat Saaldienst? Sie gehörte einer Frau in Kittel und Schürze, füllig, vielleicht um die fünfzig, dunkle, fast schwarze Haare, eingedrehte Locken. An einem Tisch wurden die Hände gehoben, wie in der Schule. Also Herrschaften, Sie wissen, was Sie zu tun haben, wir wollen hier heute nochmal fertig werden. Das ist Mutti, sagte Gloth. Man tut, was sie sagt. Im Übrigen gingen die meisten abends rüber ins Parkhaus. Das wurde dann am ersten Abend schon ein Überdiesträngeschlagen, noch hielt sich ja jeder für den Größten (nicht wenige zumindest), und was man alles konnte und wer was wusste und: Wartet's ab, Kameraden. Es fanden sich Wortführer und immer lauter wurde nach Bier gerufen und nach Schnaps und wehe, einer setzte eine Runde aus: Du willst wohl morgen beim Meister glänzen? Das wollte er, Albin Kortmeyer, der keinen Hof hatte und kein Pferd, in der Tat und setzte daher manche Runde aus und ging auch etwas früher als die anderen. Pass auf, sagte Gloth, ich weiß, wie das hier läuft. Später im Bett, die ganzen Eindrücke des Tages, man hätte ja noch ewig drüber nachdenken können – er nahm die ersten Stufen der Leiter.

Sie wurden um halb sechs geweckt, es war noch dunkel. Jemand ging mit einer Glocke über den Flur. Er stand sofort auf, über ihm schnarchte Hüster, er machte das Licht im Zimmer an. Gloth war schon wach, lag auf dem Rücken, die Arme hinter dem Kopf verschränkt und starrte auf die Bettunterseite über ihm. Morgen! Mit Handtuch und Seife über den Flur zum Waschraum. Anziehen und das Bett machen. So stand es in der Hausordnung: Wir erwarten, dass Sie Ihre Stube in Ordnung halten. Die braune Wolldecke und das weiße Laken sauber unter die Matratze schlagen. Wer's noch nicht konnte, lernte es hier. Sich selbst disziplinieren – das würde der eine oder andere hier noch zu hören bekommen: Wie wollen Sie ein Pferd ausbilden, wenn Sie sich selbst nicht im Griff haben? Wie wollen Sie überhaupt etwas erreichen (mancher dachte, er hätte schon alles)? Zum Frühstück zwei Scheiben Brot mit Marmelade, etwas Wurst- und Käsereste vom Abend, schwarzer Tee aus einer Blechkanne. Der Kaffee war eine fürchterliche Plörre. Um halb sieben mussten sie im Stall sein: füttern, ausmisten, putzen. Wer da schon die Reitstiefel anhatte, konnte anschließend gleich nochmal in die Stiefelkammer zum Nachwienern. Wurde alles kontrolliert: Ob die Schuhcreme auch in die Nähte geschmiert war. Um fünf vor acht mussten sie mit ihren Pferden in der Halle stehen, um Punkt acht erschien Otto Meyer: Blank polierte Stiefel, Breeches und Jackett Ton in Ton, weißes Hemd, Krawatte. Die Haare militärisch kurz, schwarzer Schnauzer. Eine kurze Gerte in der Hand (wie der Taktstock eines Dirigenten): Guten Morgen! Die Stimme des Reitlehrers, der es gewohnt war, sich auf dem Platz Gehör zu verschaffen. Die Reiter grüßten zurück. Dann schritt er die Abteilung ab, kontrollierte hier den Sitz der Zäumung, dort den Sattelgurt, beim Nächsten die Hufpflege. Wenn er nicht einverstanden war: Wo haben Sie das gelernt? Betretenes Schweigen. Was sollte einer dazu schon sagen? (Bei Albin war alles in Ordnung – die Gräfin hatte immer darauf geachtet.) Wo nicht: Absitzen, korrigieren, dann stellen Sie das Pferd wieder vor. Geht alles von Ihrer Zeit ab, sagte er. Oder noch schlimmer: Geht alles von deiner Zeit ab. Wenn die Zahl der Mängel in der Abteilung ein gewisses Maß überschritt, wobei niemand dieses Maß genau hätte benennen können, der Meister also den Eindruck hatte, dass hier insgesamt geschludert worden war (ihm entgingen die abendlichen bis nächtlichen Trinkereien im Parkhaus ja nicht), dann holte er einen weißen Handschuh aus der Jackentasche, den er mit großer Bedachtsamkeit über die rechte Hand streifte, ging auf einen Reiter und sein Pferd zu, scheinbar zufällig, aber doch instinktsicher, und strich am Bauch oder Hals des Tieres gegen den Strich durchs Fell. Dazu kam die Frage an den Reiter (seltener die Reiterin): Was verstehen Sie unter Losgelassenheit? Selbst wenn einer eine Antwort parat hatte (war bei Müseler nachzulesen: unter Losgelassenheit wird verstanden, dass die Gelenke gelockert und die Muskeln nicht steif, d. h. unwillkürlich angespannt gehalten werden), kam gleich die Gegenfrage: Warum sitzen Sie dann so verspannt? Der Grund ließ sich dann am weißen Handschuh ablesen: War die Fingerspitze dunkel, weil nicht gründlich genug geputzt worden war, dann stellte sich Herr Meyer vor der Abteilung auf, hielt die behandschuhte Hand in die Höhe: Wissen Sie, was das ist? Er wartete keine Antwort ab. Man sollte Ihnen eine Schaufel Sand in die Hose schütten und Sie dann bis Bremen reiten lassen, damit Sie's begreifen. Ganze Abteilung absitzen, zurück in den Stall, nachputzen. Wer es derart verpatzte, konnte noch so gut reiten, die Anerkennung des Meisters blieb aus. Und fürs Mittagessen war dann später auch keine Zeit. Wenn es alle betraf, nahmen sie es zwar murrend, aber doch im Geiste einer gewissen Gleichgültigkeit gegenüber der Strafe hin (ham wa wieder einen druff gekriegt). Scherte ein Einzelner aus der Reihe, zog er sich unweigerlich den Zorn der Übrigen zu. Es gab Charaktere, die zu Strafaktionen gegen Abweichler ausrückten. Albin Kortmeyer würde davon auch noch erfahren (wenn auch aus anderem Anlass).

Der Reiter kann mittels Schenkeln, Zügeln, Gewicht und Kreuz auf das Pferd einwirken. Ihrer Natur nach wirken in erster Linie die Schenkel treibend, die Zügel verhaltend, das Gewicht wendend, während das Kreuz die notwendige Brücke bildet, welche die verschiedenen Einwirkungen miteinander verbindet. Wie lernt der Reiter fühlen? Meyer ließ die Abteilung immer wieder antraben und durchparieren (halten Sie die Abstände ein!). Dann sollte jeder seinen Sitz kontrollieren: Saß man gerade oder auf einer Seite etwas tiefer? Oft stellt das Pferd nämlich einen Hinterhuf aus, so wie auch wir nicht immer in Hab-Acht-Stellung stehen, sondern nur ein Bein belasten und in der Hüfte ein wenig einknicken. Die Neigung zu Bequemlichkeit ist bei allen Arten verbreitet. Ein wenig Schenkeldruck – und das Pferd stellt sich gleichmäßig auf alle vier Beine. Spüren Sie's? Wer im Kopf schon ein Turnier ritt, merkte es nicht. Meyer ließ die Abteilung auf dem Zirkel reiten, aus dem Zirkel wechseln, das Schenkelweichen üben. Nach und nach pickte er sich jeden einzeln heraus. Kortmeyer, was wissen Sie über das Gleichgewicht? Tja, wenn man's gelernt hätte. Albin zögerte, Meyer gab die Antwort: Jede Bewegung des Pferdes, und sei es nur das Vorstrecken des Kopfes, jedes Seitwärtsbiegen links oder rechts, verschiebt den Schwerpunkt des Pferdes. Der Reiter muss seinen Schwerpunkt immer in Übereinstimmung mit dem des Pferdes bringen, das heißt, er muss balancieren (balang-ssieren). Es reicht nicht, dass Sie etwas tun, Sie müssen auch wissen, warum. Und das alles auf einmal? Wo kommen Sie her Kortmeyer? Albin gab Auskunft. Ah ja. Er sprach das Ja mit ganz kurzem, geschlossenem A aus, eher so wie Jam. Nordmann hat Sie hierher gebracht, richtig? Und ohne die Antwort abzuwarten: Bei wem haben Sie gelernt? Die Frage kam so unerwartet, dass er fast Rendsburg gesagt hätte, aber das war ja nun ganz und gar unsinnig und doch nichts anderes, als ein schnell hingehaltener Strohhalm über der Leere. Es gab keinen Namen. War nun jedes Können nichts oder allenfalls ein halbes ohne einen Namen, ohne eine Referenz? Otto Meyer brachte es fertig, untenstehend auf den, der auf dem Pferd saß, herabzuschauen. Albins Schulpferd stand teilnahmslos (eine Fuchsstute namens Elise). Schnell etwas sagen, aber jede Lüge würde sofort durchschaut. Auf einem Pony der Gräfin zu Eckhartstein, sagte er schließlich. Auf ihrem Araberhengst an der Longe, kuck mal, ob du oben bleibst, hätte der Stallwart gesagt. Und dann habe ich gekuckt, wie es die anderen machen. Die Gräfin hätte ihm auch das Buch von Müseler geschenkt, da habe er einiges gelesen. Man glaubt's ja nicht! Meyer schrie, als habe sich Albin eine Ungehörigkeit zuschulden kommen lassen. Eine Unzugehörigkeit: Andere kommen nach jahrelangem Unterricht hier her, um sich den letzten Schliff zu holen und Sie laufen hier auf ohne eine einzige Reitstunde, oder was? Wie stellen Sie sich das denn vor? Ich glaube, es wird gehen, sagte Albin. Was hätte er auch sonst sagen sollen. Ein Autodidakt, sagte Meyer (mehr zu sich), ein Autodidakt, ich fasse es nicht. Und dann wieder lauter: Sie sind dreist, aber Sie werden merken, dass das allein nicht reicht. Reiten Sie zurück in die Abteilung. So setzte sich der Unterricht fort. Beim Mittagessen löffelten sie schweigend Kartoffelsuppe mit Würstchen, alle waren schon ziemlich erschöpft (kann ich noch 'ne Scheibe Brot haben?). Und der Tag war ja noch lange nicht vorbei. Gewöhnen Sie sich dran, sagte Gloth. Abends im Parkhaus wurde spekuliert, Meyer sei in Russland gewesen, Kriegsgefangenschaft in Sibirien, ein harter Hund. Was man so sagte. Und dass die Offiziere wohl etwas besser behandelt worden wären. Kavallerieschule, sagte einer. Und: Da sei es ja noch ganz anders zugegangen. Das Bier kam in kleinen Gläsern und auf den Deckeln häuften sich die Striche. Albin merkte, dass man ihn irgendwie mied, vielleicht war es auch nur eine Einbildung, es waren hier wieder welche unter sich, gleich von Herkunft und Sprache.

Das waren die ersten Tage. Und dann hieß es, gegen Ende der Woche: Sie machen das Jugendreiterabzeichen, Kortmeyer. Irgendetwas schien also richtig gewesen zu sein (er war eigentlich schon ein bisschen alt fürs Jugendreiterabzeichen, aber irgendwo musste ja einmal angefangen werden). Dafür müsse er springen können. Üben Sie das. Auf dem Platz hinter der Halle waren ein paar Hindernisse aufgebaut, rot-weiß und blau-weiß gestreifte Stangen, verschiedene Höhen von hüfthoch bis brusthoch (die untrainierte Kuh auf der Weide überspringt einen Meter zwanzig; sollte ein Pferd da nicht mit Leichtigkeit über eins vierzig kommen?). Im Sprunge mitgehen. Das sagte sich so – wenn neun oder gar zehn Zentner unter einem abhoben, wirklich flogen und bei der Landung wieder eingefangen werden mussten. Er galoppierte an, im leichten Sitz auf eines der niedrigen Hindernisse zu (muss ich dem Pferd sagen, dass es springen soll?), die Stute suchte sich den Absprung selbst. Mit den Händen am Hals abstützen. Es ging so. Für die Prüfung, rief Meyer, müsse er aber da rüber, und zeigte auf einen blau-weißen Sprung, der etwas (aber nicht viel) höher war. Er ritt gegen das Hindernis an, merkte, dass das Pferd unwillig wurde, trieb mit Kreuz und Schenkel, und dann nahm Elise mit zwei Bocksprüngen nach links Reißaus, so dass es ihn aus dem Sattel warf und er im Dreck landete (Gott sei dank noch die Zügel in der Hand). Sand abklopfen, aufsitzen und erneut versuchen. Mit mehr Schwung? Es ritt jetzt natürlich schon der Zweifel mit. Er sah das Hindernis auf sich zukommen, war in Gedanken schon im Absprung, fand sich dann aber allein in der Luft, weil die Stute vor der blauen Stange wieder einen rabiaten Satz zur Seite machte, und krachte (mit Schwung) ins Hindernis. Und in die große Pfütze, die sich nach nächtlichem Regen darunter gebildet hatte. Nass und verschlammt rappelte er sich wieder hoch. Fing das Pferd wieder ein, das bloß ein paar Schritte weitergetrabt war. Das würde ein paar schöne blaue Flecken geben. Hatte er etwas übersehen? Beim ersten Hindernis war es doch ganz leicht gegangen. Er ritt noch einmal auf dieses zu, damit ihm die Sache nicht völlig entglitt. Die Stute sprang willig. Also dritter Anlauf. Er versuchte, den Moment abzupassen, wo Elise die ersten beiden Male ausgebrochen war, um dann energisch dagegenzuhalten. Das Ergebnis war eine halbe Pirouette nach rechts. Was soll das werden? Hohe Schule? Meyer brüllte das über den ganzen Platz. Das sei ein achtzig Zentimeter Sprung. Und Sie packen das nicht, Kortmeyer? Sie packen das nicht? Da käme doch jede Kuh rüber. Außerdem: Wie sehen Sie aus? Seine Sachen waren zur Hälfte nass, das dreckige Pfützenwasser war ihm ins Gesicht gespritzt und in den Kragen gelaufen. Es war kalt und gleichzeitig schwitzte er. Eigentlich hätte er jetzt vom Platz reiten wollen. Aber hatte Meyer ihn nicht für würdig befunden, die Reiterprüfung abzulegen? Es wäre zu verkraften gewesen, alleine für sich an der Sache zu scheitern, aber jemanden enttäuschen? Und es hatten ja auch andere seinen Sturz gesehen: Denen den Triumph lassen? Sie packen das nicht!, rief Meyer noch mal. Ein vierter, ein fünfter Anlauf, scharf gegen das Hindernis geritten, doch statt sich zum Sprung zu heben, duckte sich die Stute weg und Albin flog wieder in die Stangen und die Pfütze. Es würden weitere blaue Flecken dazukommen. Er sah inzwischen erbärmlich aus. Es war jetzt auch egal. Es hatte ihn gepackt, eine Wut, eine Wut auf sich selbst und auf die Welt: Sich so geschlagen geben zu müssen? In den Dreck im Gesicht mischten sich Tränen, seine Knochen schmerzten, die Muskeln dort, wo er auf die Stangen gekracht war. Aufstehen, aufsitzen. Er ritt ein paar Runden auf dem Zirkel, wechselte ein paar Mal die Hand, um den Gehorsam des Pferdes wiederzuerlangen (soweit davon die Rede sein konnte). Sechster, siebenter, achter Anlauf. Inzwischen hatte sich sogar eine kleine Gruppe von Zuschauern gebildet. Von Meyer war nichts mehr zu sehen. Mit jedem Versuch, den er unternahm, und mit jedem Misslingen rückte mehr und mehr die Erkenntnis in sein Bewusstsein, dass er das nicht für andere unternahm, auch nicht für den großen Reitlehrer oder das Abzeichen, dass es auch gar nicht darum ging, das Pferd zu bezwingen, sondern sich selbst. War ihm nach den ersten Fehlversuchen, nach jenem: Sie packen das nicht, das Herz noch schwerer geworden (wie man so sagte), dann wurde es jetzt, nachdem die Wut einmal ihren Zenit überschritten hatte, mit jedem

Scheitern leichter. So, als würde ein Stein nach dem anderen abgetragen. Bei jeder Verweigerung der Stute, bei jedem abrupten Stopp vor dem Hindernis, der ihn aus dem Sattel warf und in den Dreck, dachte er nun: Noch nicht leicht genug. Er ging wieder ein paar Runden auf den Zirkel, im Trab, rechte Hand, linke Hand, es ging ihm dieser eine Satz im Kopf herum (wer hatte ihn gesagt?): Wirf dein Herz übers Hindernis und spring hinterher. Er sprach zu sich selbst, nahm das Drumherum gar nicht mehr wahr, galoppierte aus dem Zirkel an (der wievielte Versuch war das jetzt? – ein Dutzend mochte voll sein), warf die letzten Steine ab und setzte nun leichten Herzens (ich bin es doch, der springen muss – nicht das Pferd!) über die blau-weißen Stangen. Die Erleichterung hatte vor der Herausforderung kommen müssen, nicht danach. Er hatte es gepackt, nicht einmal eine Stange abgeworfen. Die Stute blieb nach einem leichten Durchparieren stehen, er saß ab und führte sie Richtung Stall. Hat das Pferd seine Aufgabe erfüllt, soll man es belohnen. So hatte er sich noch nie angestrengt, er spürte, wie seine Knie zittrig waren. Fast wäre er noch in Herrn Meyer gelaufen, der plötzlich vor ihm stand: Kortmeyer! Gleich war die Verunsicherung wieder da. Das Urteil war noch nicht gesprochen. Sie sind dreist, hatte Meyer am Anfang zu ihm gesagt und: Das reicht nicht. Nun also? Musterung. Und dann: Gratuliere, Kortmeyer. Sie haben etwas geschafft, was hier noch kein Schüler geschafft hat. (Was meinte er: Zehnmal vorm selben Hindernis vom Pferd zu fliegen?) Meyer schaute etwas an ihm vorbei, so als müsse er noch anderes im Blick behalten, um ihm dann wieder direkt in die Augen zu sehen: Sie haben mit der Pfütze Bekanntschaft gemacht. Elise ist wasserscheu. Sie ist noch nie über ein Hindernis gesprungen, das über Wasser stand. Sie sind der Erste, der das geschafft hat. Reiben Sie sie gut mit Stroh ab und dann ziehen Sie sich saubere Sachen an. Sprach's, wandte sich ab und schritt zur nächsten Aufgabe.

Da kommt ja unser Neger, sagten sie (na, nicht alle) abends im Parkhaus. Mit dem Pfützendreck im Gesicht und auf der Kleidung hatte er durchaus wild ausgesehen. Gelächter und manche applaudierten und man wusste nicht genau, ob das jetzt ernst gemeint war. Es war so ihre Art, mit seiner Leistung fertig zu werden, sich selbst dabei nichts zu vergeben. Dass einer so hartnäckig öffentlich scheiterte und es am Ende dann doch noch packte? Ich zeig dir morgen mal, wie man's richtig macht. Meyers Lob landete in einer Bierpfütze. Er musste Schnaps trinken. Sie ließen ihn nicht los. Vielleicht wäre er lieber durch den Park gegangen? Mit einem der Mädchen? Manche Mädchen soffen mit, andere blieben in der Schule (eine Dänin, sehr süß!). Es war nichts zu machen. Immer außen vor. Noch'n Jägermeister? Er trank. Trank, bis es sich nicht mehr schlecht anfühlte. Torkelte irgendwann zurück, kletterte in sein Bett, bekam nichts mehr mit. Konnte sich nicht wehren, als sie kamen, als sie ihn mit ein paar Stricken fesselten und ihm schwarze Schuhcreme ins Gesicht schmierten. Hört auf mit dem Quatsch, sagte Gloth. Sie rückten mit Urwaldgeräuschen ab. Es dauerte eine Stunde, bis er mit Seife und Bürste sein Gesicht wieder sauber hatte. Es brannte wie verrückt. Na, sagte Otto Meyer am nächsten Morgen, hat man Sie in den erlauchten Kreis aufgenommen? Es war nicht ohne des Meisters Duldung geschehen.

2

Das Land lag unter einer Schneedecke. Mindestens ein halber Meter. Was im Emsland sofort wieder wegtaute, blieb im Lippischen liegen: die Feuchtigkeit aus dem Westen, vom Atlantik, aus der Deutschen Bucht, die Kälte aus dem Osten. Im Wetterbericht hatte der Osten nie einen Namen, man kannte ein Hoch über Skandinavien, ein Tief über der Biskaya (wo war das nochmal?), über Island. Der Osten war aber nur der Osten. Manchmal fiel der Name Moskau. Janz weit wech. Auf jeden Fall wurde das Wetter immer woanders gemacht. Ein milchig-grauer Himmel hing tief und vereinigte sich am Horizont übergangslos mit dem Land. Auf den Straßen wurde Salz gestreut, die Autos spritzten den Matsch auf die Bürgersteige, wenn sich ein Laster näherte, ging man in Deckung. An den Kotflügeln, hinter den Rädern, gefror der Matsch zu Klumpen, zu Eiskeilen, und wenn man nicht aufpasste, konnte man irgendwann nicht mehr lenken. Der Busfahrer trat die Klumpen mit kräftigen Tritten von seinem Fahrzeug. Laufender Motor. Brennende Zigarette zwischen roten Fingern. Ein Mütterchen wartete geduldig darauf, eine Fahrkarte kaufen zu können. Albin Kortmeyer saß hinten und kuckte vor sich hin. Das Licht des Busses spiegelte sich in den Scheiben, so dass man draußen im Dunkel nichts sah. Zum Lesen war es aber auch nicht hell genug. Es fiel ihm nicht schwer, früh aufzustehen, auch wenn es abends spät geworden war (manchmal nach Mitternacht). Andere dösten, hatten die Augen geschlossen, den Kopf an die Scheibe gelehnt und hinterließen dort fettige

Flecken. Im Dunkeln aus dem Haus und im Dunkeln zurück. Vom Tag bekam man nur durch Rendsburgs Schaufensterscheiben etwas mit. Wenn die Damen im Pelz die kalte Luft durch den Windfang hereinbrachten. Vor neun kam kaum jemand, man nutzte die Zeit, um hier etwas aufzufüllen und da etwas herzurichten, zu dekorieren. Ein Geschäft, das sich für eine Weile im Appetitlichen aufhielt. Rendsburg konnte es nicht leiden, wenn man nur herumstand und wauf Kundschaft wartete. Auch eine von diesen Widersprüchlichkeiten: Man musste etwas tun, das in dem Moment seine Wichtigkeit verlor, in dem es etwas anderes zu tun gab. Und umgekehrt. Aber nichts konnte wichtig genug sein. Wo gab es das sonst? Der Handel ging allein auf Umsatz, die hübsche Dekoration der Waren, überhaupt ihr bloßes Vorhandensein waren eine Täuschung. Am Ende konnte sich der Kaufmann nur in Geld ausdrücken, er konnte nichts besitzen. Wenn einer nur ein angestellter Verkäufer war? Von der Flüchtigkeit der Waren ständig bedroht. Wenn der Strom versiegte, war man weg (und dazu das Gekeife der Alten). Aber alle wollten in diesem Strom mitschwimmen. Wie leicht es war, sich Illusionen hinzugeben. Wenn man kein Geld hatte, hatte man immer noch einen Körper. So, wie der Kaufmann sich in Geld ausdrückt, drückt sich der Sportler in Siegen aus. Am Ende waren es beides Zahlen, bloß Zahlen, nackte Zahlen. Dem Bauern waren die Zahlen suspekt. So auch der Gräfin. Was nicht an mangelndem Verstand lag. Jemand sei ein Zahlenmensch, sagte man ja. Aber es ging noch um etwas anderes, etwas, das auch nicht festzuhalten war, aber dennoch nicht bloß Zahl. Vielleicht so etwas wie der Wind, von dem auch nichts bleibt, der aber das Segelschiff vorwärts treibt. Man will es besser machen. Er musste bis zum Sonntag warten. Der Bus brummte in den dunklen Morgen. Schneereste waren den Leuten von den Schuhen geschmolzen und bildeten auf dem Boden kleine Pfützen, vermischt mit Split. Es roch feucht und nach Heizung und verdarb ihm die Laune. Nichts tun zu können. So durch die Gegend geschaukelt zu werden. Würde das irgendwann einmal aufhören? Es kam ihm vor, als träte er auf der Stelle. Man denkt, man hat einen Schritt nach vorne getan und dann ist es doch wieder dasselbe. Bis Sonntag musste er warten, und dann ein paar Stunden fahlen Lichts, in das man alles hineinpacken musste. Augen zu und durch. Er hatte sich einen Hut gekauft, einen Trilby, das war jetzt so eine Mode, den schob er sich ins Gesicht, auch eine Art zu verschwinden. Meier zu Dingerdissen hatte ihm Pußta gegeben, eine braune Trakehnerstute von nicht gerade großem Wuchs: Kuck mal, ob du damit zurechtkommst (im Reiterverein saßen etliche alte Bauern). Ein Flüchtlingskind, Eltern aus Ostpreußen. Es gab nicht wenige, die generell meinten, die Trakehnerpferde hätten einen Hau weg. Aber sie waren da und mussten bewegt werden. Eine mühsame Arbeit, man hatte das Gefühl, immer wieder von vorne anzufangen. Er wusste, dass er durchhalten musste, auch wenn ungewiss war, was und ob überhaupt etwas am Ende damit zu erreichen war. Wer aufgab, hatte gar nichts, wer durchhielt wenigstens das. Manchen kam das sinnlos vor. Es war im Sinne der Gräfin, dieses Durchhalten, das wusste er, eine Art Pakt, wenn auch nicht ausdrücklich ausgesprochen, eher erfühlt: Halte durch, dann. Ein nicht-versprochenes Versprechen. Sonntagsmorgens aufs Pferd, wenn die anderen in der Kirche waren (ich bete für mich allein), nachmittags zum Tanzen. Beides waren Lebenselixiere. Manche waren tief im Boden verwurzelt, sogen sich voll mit dem, was Generationen abgelagert hatten, er, Albin Kortmeyer, dagegen ließ sich nicht feststellen, lebte auf losem Grund. Zuhause blieb ihm die Luft weg. Er ging zu Fuß nach Dingerdissen, mit dem Fahrrad war bei dem Schnee nichts zu machen, über die Anhöhe bei Speckenhof und dann runter zur Windwehe. Die Pferde hatten ein Winterfell, dick und weich wie bei einer Katze. Auf dem Hof war niemand zu sehen (waren alle in der Kirche?). Er holte

Pußta aus dem Stall, band sie an einem der Eisenringe fest, die außen an der Wand angebracht waren, holte den hölzernen Kasten mit dem Putzzeug, er wusste ja, wo alles zu finden war. Der Atem des Pferdes kondensierte in der kalten Luft.

Am Nachmittag fuhren sie nach Bielefeld zu Teubner-Schneider. Henno, der lange Ruthe, Utz und er. In Bünemanns Opel Rekord und ganz offiziell (Kinder, was haben wir Stil). Hier legten sich die Bilder ganz leicht übereinander: Schnieke sein – das war ja wohl ganz selbstverständlich. Wir schulden der Damenwelt: So fing Henno fast jeden zweiten Satz an und eigentlich ließ sich damit auch alles begründen. Anzüge und weiße Hemden und Krawatten. Und Schuhe mit einer Spitze und einer guten Ledersohle. Die Firma Mäurer & Wirtz hatte die Herrenseife erfunden. Der Mann wird, sagte Henno, so zum Konsumgegenstand. Und Ruthe: Wenn du bei Rendsburg mal weg willst, stell dich einfach ins Schaufenster. (Wie'n Staubsauger? Der Traum jeder Schwiegermutter.) Die reinste Spinnerei. Henno sagte, wenn er erstmal die Firma übernommen habe, würde er Hemden machen mit 'nem Preisschild dran, also richtig fest draufgenäht oder am besten gleich eingestickt, vielleicht ein Pferd mit Reiter für die teuren und eine Schildkröte für die billigen, da wisse die Damenwelt gleich, woran sie ist. Du bist vom Wahnsinn ergriffen. Im Vergleich zu dem, was es inzwischen sonst so alles gäbe, sei die Idee doch aber nachgerade vernünftig. In der Zeitung habe gestanden, dass welche mit 'nem Kochtopf auf dem Kopf schliefen, aus Angst vor außerirdischer Strahlung. Als wenn es noch eines Beweises bedurft hätte. Aber die Frauen wüssten schon Bescheid, was einer wert sei, ob reell oder Schmu. Nicht unterschätzen! Und: Wenn sie's nicht wüssten, seien sie selber schuld. Eine, der man alles erzählen könne? Wo bleibt da die Wahrheit? Sie hätten doch allesamt keine Ahnung, sagte Utz. So schoben sie in Madame Teubners Tanzsaal, mit Hallo und Küss die Hand, was natürlich auch übertrieben war. Aber wenn's alle taten? Ein Wienerwalzer zum Warmwerden? Albin hatte bei Frau Möller einen neuen Anzug gekauft, so und so solle der aussehen, hatte er gesagt, dunkelblaues Glencheck auf Dunkelgrün, so ähnlich hatte er es irgendwo gesehen gehabt (dezent, aber besonders), mit Bewegungsfreiheit und Einstecktuch und Ratenzahlung (das musste aber niemand wissen). Konnte er mithalten? Sich nicht blenden lassen, hatte Herr Brand beim CVJM gemahnt (der veränderte sich nun gar nicht). Aber man konnte doch nicht in alten Cordhosen zum Tanzen gehen. Ein bisschen einen Sinn fürs Schöne? Einen eigenen Stil finden.

Was war das Geheimnis des Tanzens? Dass der Körper des Anderen einem sagte, was er im nächsten Moment tun würde. Es sich nicht kurz vorher noch einmal anders überlegte. Konsequente Bewegungen. Selbst dann, wenn man etwas Unvorhergesehenes tat. (Und das musste man unbedingt tun, etwas Unvorhergesehenes, sonst war es ja nicht interessant.) Er tanzte immer noch mit Bibi Dehler. Weil sie beide wussten, was als Nächstes kommt, konnten sie jede Bewegung etwas länger ausdehnen und erst im allerletzten Moment die nächste einleiten. Wie eine Band, die vorm nächsten Akkord die Melodie für ein paar Sekunden in der Luft hängen ließ. Gerade beim Tango (bei manchen sah es ja eher aus, als liefen sie vor der Musik davon). Man hatte es oder man hatte es nicht. Kannst auch gerne mal mit 'ner anderen tanzen, sagte Bibi (dass hier nicht einer auf die Idee käme, sie hätten etwas mit einander!). Und sie verkehre jetzt ja in Studentenkreisen, sagte sie, als man mal am Tisch pausierte. Was in Bielefeld entweder die Pädagogische Akademie bedeutete (wo man die Volksschullehrer ausbildete) oder die Werkkunstschule. Sie meinte natürlich die Künstler (an der Pädagogischen läsen sie ja Gertrud von le Fort oder gleich die Bibel). An der Werkkunstschule hingegen Sartre und Albert Camus. Und man träfe sich einmal die

Woche im Bunker, ganz konspirativ und da würden Sachen diskutiert! (Als wenn der Rest des Tisches aus dem letzten Winkel der Welt käme.) Nach der Hauswirtschaftsschule hatte Bibi eine Ausbildung zur Erzieherin angefangen, in den von Bodelschwingh'schen Anstalten und ein möbliertes Zimmer im Wohnheim bezogen. Da wehe noch so ein alter Geist, sagte sie. Die Kunststudenten hingegen, da gebe es auch welche, die Gedichte schrieben – und das könne sie vielleicht auch, wenn sie schon nicht zeichnen könne. Aber tanzen, sagte der lange Ruthe, tun sie nicht, deine Künstler? Ach ihr! Wir gehen da mal hin, sagte Utz, mal kucken, ob das eine reelle Sache ist. Da müssten sie, sagte Bibi, aber erstmal Sartre lesen. Haben wir alles, sagte Albin (die Pose war ja schnell durchschaut). Nach dem Tanztee gingen sie dann noch ins Café Europa am Jahnplatz (mal mit dieser, mal mit jener): Sechsmal heiße Schokolade bitte. Natürlich waren sie die Jüngsten dort. Drehsessel und die Beine so lässig übereinandergeschlagen, dass der rechte Fuß fast auf dem linken Knie lag. Wippen im Takt: Es gab Musik vom Band. Worüber wurde geredet? Ach, Mutter! Sie waren, wie es so schön hieß, eingeschränkt geschäftsfähig. Es fragte aber niemand nach. Die ersten aus ihrem Jahrgang wurden zur Bundeswehr eingezogen, Albin sagte, er müsse nicht, weil sein Vater gefallen sei. Und Henno: Bevor er nicht das Abitur habe, könnten sie ihm nichts. Und danach sei er dafür zu intelligent. Was man so hörte: Eins der Mädchen hatte einen älteren Bruder, von Schleifen war die Rede und von Marschieren bis zum Umfallen (der würde nur noch davon hermachen, die ganze Sprache: fürchterlich). Also er, sagte Utz, würde zur Marine gehen, das sei ja schon immer ein ganz anderer Stil gewesen. Bevor er irgendwo Rübenbauer werde. Erzähl von was anderem. Versuch mal, die heiße Schokolade durch die kalte Schlagsahne zu trinken: Ein Genuss. Und welche Pläne man für Silvester hätte? Kuck mir nicht so in die Augen. Zehn Mark im Portemonnaie

(Portmornäh) und die Schokolade kostete eins fünfzig (die Damen sind selbstverständlich eingeladen). Ein Gin-Fizz kostete fünf. Es würden noch manche Tresendienste bei Onkel Theo zu absolvieren sein (das Lehrlingsgehalt von Rendsburg war schon zur Monatsmitte aufgebraucht). Sie fuhren zu sechst in Bünemanns Opel Olympia nachhause (wir sind ja schlank).

Die Reiterkreise und die Tänzerkreise deckten sich nicht. Man konnte im Sommer zu den Reitturnieren gehen und im Winter zu den Tanzturnieren. Und dann gab es noch die Geldkreise. Die gab es überall. Wer zu den Geldkreisen gehörte, war auch automatisch in den anderen Kreisen (ohne etwas weiteres können zu müssen), alle Kreise öffneten sich den Geldkreisen. Außer die Kirchenkreise, das musste man sagen. Im CVJM war niemand aus den Geldkreisen, auch deswegen ging er immer noch einmal die Woche hin. Man brauchte einen Ausgleich. Die Kirchenkreise tanzten aber nicht (die spielten Tischtennis). Zuhause saß seine Mutter und betete. So Gott will, das sagte sie immer. Und: Dass sich alles fügt? Sie hatte sich gefügt. Es würde niemand mehr kommen. Manchmal tat sie ihm leid, diese kleine alte Frau am Stock, die nicht einmal fünfzig Jahre alt war. Er erzählte ihr ja wenig, es hätte auch nichts genutzt. Man musste die Dinge selber in die Hand nehmen. Man durfte es Gott nicht zu schwer machen. Wenn Sie können, hatte Rendsburg gesagt, lernen Sie noch andere Häuser kennen. Der Kaufmann dürfe nicht, zumal wenn er jung ist, wie ein Bauer auf seiner Scholle hocken. Die Namen der bekannten Häuser im Lande hatten sich herumgesprochen: das KaDeWe in Berlin natürlich, Dallmayr und Käfer in München, Böhm in Stuttgart, Michelsen in Hamburg. Er wollte zu Dallmayr, möglichst weit weg, von den Bielefelder Fabrikantenkreisen zu den Film- und Theaterkreisen? Mach das man, sagte Utz, als sie darüber sprachen. Mach das man: Das bedeutete so viel wie: Es nicht zu tun, kommt nicht in Frage. Er brauchte ein gutes

Zeugnis und ein Empfehlungsschreiben von Rendsburg. Es müsse ja nicht für immer sein.

Er hatte Bibi gefragt, ob sie ihn zum Silvesterball des Reitvereins (Lützow gibt sich die Ehre), weiter war er gar nicht gekommen: Im Leben nicht, hatte sie gesagt. Diese Bauern, das sei ihr alles zu alt. Wo wir doch so gut zusammen tanzen, hatte er noch sagen wollen, aber sie wehrte das ab. Sie ginge nach Bielefeld, die Kunststudenten würden einen Hausball veranstalten und außerdem: Du weißt ja. Es sollte sein erster richtiger Ball werden (eben nicht nur ein Schlussball der Tanzschule). Und schon stand man wieder halb alleine da. Es war dann Rieke Johannmeier, die Tochter des Vorsitzenden, die sich anbot (oder selbst ein Angebot suchte), sie wolle, hatte sie gesagt, auf keinen Fall jemanden, der den ganzen Abend nur am Tresen stünde. Also dann, gnä' Frau? Wir müssen ja nicht gleich heiraten. Das hatte sie schon bei einer Gelegenheit gesagt: Ich heirate doch keinen Angestellten, ich bin doch nicht verrückt. Dann sitze ich den ganzen Tag zuhause, muss die Kinder im Zaum halten und dann kommt der Göttergatte abends und ist der tolle Papa. Im Leben nicht! Wir Friedrichsmeiers, sagte sie, seien eh nicht dafür gemacht, uns die Nägel zu maniküren. Lieber hart arbeiten, sich dafür aber noch in die Augen kucken können. Er würde also am Tisch der großen Höfe und der engeren Reiterkreise sitzen, Niehage, Glietz und Blessing (von Gut Hibbentrup, hinter Biemsen, fast schon in Herford). Utz mit Ulla Meise am Tisch daneben. Jungentische und Altentische. Manche trugen tatsächlich einen Smoking. Ein Platz am Tisch war noch unbesetzt, von einem der Altentische kam ein Mädchen herübergeilt, quer über die Tanzfläche. Und es war gar nicht so sehr das weiße Kleid mit den kleinen schwarzen Punkten, das ihm auffiel, sondern das Gesicht, das er sofort erkannte, aus dem Augenwinkel, obwohl er es noch nie gesehen hatte. So, als hätte er auf etwas gewartet oder etwas gesucht, von dem er gar nicht wusste (oder nur unbestimmt), und es jetzt plötzlich entdeckte. Man sah es – und wusste Bescheid. Sekunden oder auch nur Bruchteile von Sekunden, in denen einen eine Energie erfasste, elektrisierte. Sofort kamen aber auch Zweifel auf, ein ebenso unbestimmtes Nein, ein kleiner, schmerzhafter Stich. Sie hatte ein jungenhaftes Gesicht, rund, einen etwas zu kurz geschnittenen Pony über weit auseinanderstehenden Augen, einen schmalen, breiten Mund. Und setzte sich mit einer schnellen Bewegung auf den freien Stuhl neben Hugo Blessing: Darf ich vorstellen, meine Schwester Elisabeth (eine Kette mit winzigen Perlen um den Hals und am rechten Handgelenk ein silberner Armreif). Sie lächelte ein wenig, wie sollte man sagen: unbeholfen?, in die Runde, so wie wenn man das erste Mal ein fremdes Land betritt. Albin lächelte zurück, ein, zwei Sekunden zu lang, was sie bemerkte (und etwas verlegen machte). Riekes Vater trat hinters Mikrofon, um den Ball zu eröffnen: Das nun zu Ende gehende Jahr und so weiter, wir blicken zurück und nach vorn, zum ersten Tanz bitte ich unseren erfolgreichsten Reiter und unsere erfolgreichste Amazone der vergangenen Saison, Kurt Güse und Marlies Sander (er mehrere Placierungen in M-Springen und sie Dritte in der Vielseitigkeit auf der Flachsheide – unvergessen, wie Güse einmal im Suff mit dem Pferd die breite Treppe hoch bis in den Saal geritten war). Zwei Runden Walzer, dann applaudierte die Ballgesellschaft und weitere Paare füllten die Tanzfläche. Albin mit Rieke Johannmeier (wo kuckst'n immer hin?). Sie war ein Stückchen größer als er, mit Absätzen sowieso. Nach dem Walzer ein Foxtrott (mit einem Solo des Pianisten am elektrischen Klavier), Elisabeth Blessing, wie sie mit ihrem Bruder tanzte (ein wenig steif, ein wenig so wie ihr unbeholfenes Lächeln). So, als habe sie sich noch nicht entschieden, ob sie Jägerin oder Reh sein wollte (er hatte sie in Gedanken längst Jägerin genannt; der Tanz war eine Jagd, bei der sich die Rollen tauschen ließen). Als man sich wieder setzte, nach drei Tänzen, bot er ihr von der Flasche Wein an, die er bestellt hatte (Bernkasteler Riesling): Aber nur ein halbes Glas! (Wie alt mochte sie ein?) Darf ich Sie um den nächsten Tanz bitten? Jetzt gleich? Sie wartete, bis er um den Tisch herum war und ihr den Stuhl zum Aufstehen zurückzog (Gelegenheit, ein Kavalier zu sein?). Die Band spielte einen Cha-Cha-Cha, oh, sagte sie, den könne sie nicht so gut – und dann tanzten sie aber doch gleich wie ein eingespieltes Paar: Wo hast du das gelernt? Pardon, haben Sie? Unter Reitern sei man per Du, sagte Albin. Tanzen auf Tuchfühlung. Wie sie sich anfühlte: Ganz schlank und leicht und doch kräftig. Führen konnte man ja nur gegen einen gewissen Widerstand. Und so ein ganz natürlicher Geruch. Noch glaubte er, auch Jäger zu sein, aber vielleicht folgte er schon einer Fährte wie ein wildes Tier. Nach drei Tänzen zurück an den Tisch. Sie kuckten abwechselnd sich an und den anderen beim Tanzen zu und sagten nichts (seine Schwester und Rudolf Dehler: na ja). Nur so eine Art geheimer Zeichen. Wie so etwas in einen hineinfahren konnte? (Wenn später einer sagte: Wir haben uns auf einem Ball kennengelernt, dann sagte das über diesen Moment ja überhaupt nichts.) Es blieb den anderen nicht verborgen: Nu lass mich hier mal nich sitzen, sagte Rieke Johannmeier (die Sorge war unbegründet). Hugo Blessing war froh, sich nicht um seine kleine Schwester kümmern zu müssen. Es ging alles in Musik über, Schlagzeug, Bläser, Klavier, als wenn die Musik und der Rhythmus und der Tanz den Menschen überhaupt erst hervorbrächte (und nicht bloß seine Erfindung waren). Neu ist der Mensch, der liebt (stand das nicht auch in der Bibel?). Wie man so ganz Wahrnehmung wurde, Fühlen, Riechen, Schmecken – alles das, was in den Filmen nicht gezeigt werden konnte (und was man eigentlich auch überhaupt nicht beschreiben konnte). Ein Jo-Jo, ein Kreisel, der die Fäden von Vergangenheit und Zukunft zu einem einzigen Augenblick aufspulte. Noch ein Glas Wein? Lass uns mal 'ne Pause machen, sonst fahren wir noch gegen die Wand. Darf ich Ihnen meine Tochter mal entführen?: Ihr Vater. (Ich hab dich ja so noch gar nicht tanzen sehen.) Hugo Blessing bestellte kurz vor Mitternacht eine Flasche Sekt. Dass nun mit dem neuen Jahr überhaupt ein neues Leben anfinge? Man konnte sich das andere, den alltäglichen Dienst plötzlich gar nicht mehr vorstellen. Korkenknallen und Luftschlangen (krieg ich 'n Kuss?). Und die Band machte noch einmal richtig Tempo, ein Quickstepp, mit kleinen Synkopen drin, die man vorausahnen musste, um rechtzeitig innezuhalten: Jun-ge Leu-te brau-chen Lie-be. Schlagzeugsolo. Und wirbelte sie noch einmal herum. So ein ganzes Glück: Ihr habt's ja drauf. Um halb zwei signalisierten die alten Blessings Aufbruch (zwei Tänze noch!). Man konnte die Erschöpfung auch einfach vergessen. Aber dann war es doch vorbei (fürs Erste?). Er half ihr in den Mantel und begleitete sie vor die Tür. Und in der Dunkelheit des Parkplatzes, während ihr Vater den Mercedes aus der Parklücke rangierte (wartet mal, das wird sonst zu eng), drückte sie ihm einen flüchtigen Kuss auf die Wange: War schön! Sie können, sagte die Mutter, uns ja mal besuchen kommen. Als der Wagen gefahren war, spürte er die kalte Luft auf seinem durchgeschwitzten Hemd, blieb noch stehen, bis er anfing zu zittern, ging dann wieder hoch. Mit den Verbliebenen noch ein, zwei Bier. Morgens um drei oder danach durch die Kälte zu Fuß nachhause. Obwohl eigentlich erschöpft und todmüde, konnte er nicht gleich einschlafen. Dieses Gefühl, wenn einem der Kopf, der Geist (oder was auch immer es ist) vorauseilt, als bedeute es eine unmittelbare Lebensgefahr, für einen Moment innezuhalten; wenn die Vorstellungskraft jegliche andere Kraft (und sei dies auch eine große Mattheit) übersteigt, am Körper zerrt und zehrt und den Puls nicht zur Ruhe kommen lässt. So, als sei die Liebe schon in dem Moment wieder verloren, ins Nichts aufgelöst, da man die Geliebte auch nur für eine Sekunde aus den Augen lässt. Und er hatte sie nun davonfahren lassen müssen, seine Jägerin, die nun sicher in der Nacht seine Spur verlöre, und wenn er jetzt einschliefe, dann wäre vielleicht oder ganz bestimmt am nächsten Tag über alles Schnee gefallen, und er würde allein bleiben mit seiner Erinnerung und genau deswegen, um dieser Angst willen, hielten die Gedanken den Körper wach, würden ihn so lange wachhalten, bis dieser Körper in dem anderen Körper seine Ruhe fände. Er zitterte ein wenig und wäre fast noch einmal aufgestanden (aber wohin dann?), zögerte, und durch diese kleine Spanne des Zögerns schlüpfte dann die Bewusstlosigkeit.

Am Morgen fand er sich im Alten wieder. Manchmal war es, als wollten hundert Arme einen irgendwo festhalten: Nun bleib doch noch ein bisschen sitzen. Neujahrsmorgen im Hause Krone (dort war es auch recht lang gegangen), mit der Mutter und Tanten und Onkeln am Küchentisch: Soll ich dir noch'n Ei machen? Wie war's denn gestern? Seine Mutter – und Tante Paula: Wir haben hier ja noch bis halb vier gemacht. Romy war in Speckenbaum geblieben. Und nun hier bei Marmeladenbrot den halben Tag vertrödeln? Ich fahr nach Dingerdissen, sagte er (und im Aufstehen noch eine Scheibe Bierschinken in den Mund). Den Kopf frei kriegen (das sagte er nicht). Reithose an und die Stiefel, die eiskalt waren, weil sie auf der Kellertreppe gestanden hatten, mit dem Fahrrad über Speckenhof ins Tal der Windwehe. Dieses Gefühl, dass jede Minute zählte, jeder unnütz irgendwo abgesessene Moment anderswo Zweifel gedeihen ließ. Er stellte sich vor, wie ihm seine Jägerin davoneilte. Bei Meiers zu war auf dem Hof niemand zu sehen. Er kuckte im Stall nach Pußta. Die Tiere waren gefüttert worden. In der Küche traf er die alte Frau zu Dingerdissen: Albin, so früh schon auf? Hier lägen sie noch alle in den Federn. Ich dreh mal 'ne Runde. Etwas Gewohntes tun. Es war ihm, als habe sich am Abend zuvor eine zweite Haut um ihn gelegt, oder vielleicht auch gerade umgekehrt, als habe er etwas

abgestreift oder etwas verloren? Das Pferd aus dem Stall zu holen, zu striegeln, zu satteln und über die winterlichen Felder zu reiten, war der Versuch, seiner selbst wieder habhaft zu werden. Was war da passiert? Er galoppierte durch den Schnee. Die kalte Luft im Gesicht, in den Lungen. Er ritt gegen eine Kraft an, so kam es ihm vor, die ihn zurückzog in eine Erde, die hinter ihm wegbrach. Tatsächlich schaute er sich ab und zu um. Da war natürlich nichts, außer der Spur des Pferdes im Schnee. Man wusste, dass die Vorstellung absurd war, aber sie war da. Es blieb schwer, er kam nicht an den Punkt, wo das Pferd leicht und das Reiten zum Schweben wurde. Er hätte loslassen müssen (immer denken: ich habe Zeit) – aber er konnte es nicht. Jetzt, wo alles so greifbar schien. Nach einer halben Stunde ritt er zurück. Wenn einen etwas bewegt, sind immer zwei Kräfte am Werk, eine, die treibt und eine, die verhält, Hoffnungen ebenso wie Zweifel. Konnte nicht alles bloß geträumt sein? Man denkt ja immer gleich so groß: Ich muss. Neujahr war ein Donnerstag, Freitag und Sonnabend Dienst bei Rendsburg, drei Tage musste er also noch warten, bis Sonntag. Er wollte sich eigentlich von Kronshage den Fiat 500 ausleihen (man konnte ja nicht in Gummistiefeln über die Felder bis Biemsen laufen), Kronshage war der Erste aus ihrer Runde, der ein eigenes Auto besaß, aber das gab der natürlich nicht einfach so her: Komm, ich fahr dich grade rum. Albin holte aus dem Laden noch eine Schachtel Hachez feinste Schoko ladentäfelchen (trug den Preis ins Buch ein: Eigenentnahmen). Sie fuhren über Nienhagen, Sudheide und den Maikamp (das neue Industriegebiet), übern Sepp (das hieß wirklich so). Das große Gutshaus, überm Werretal gelegen. Denn mal viel Erfolg (Erfolch), und Kronshage knatterte mit seiner kleinen Kiste wieder von dannen. Bei den Bauernhäusern ging man ja einfach so rein, durch die Deele und kuckte, ob jemand in der Küche war. Hier musste er schellen. Die schwere Eingangstür aus dunkler Eiche, zweiflügelig und oben mit ovalen Glasscheiben. Hugo Blessing öffnete: Ah, Kortmeyer, da ist aber einer fix bei der Hand! Komm rein. Und nach oben: Elizabeth, du hast Besuch (er sprach's englisch aus, mit ti-äitsch). Hugo Blessing nahm die Schachtel Hachez und legte sie auf eine Konsole im Flur (Spitzendeckchen auch hier), die Eltern hielten noch Mittagsruhe, sagte er. Man hörte eine Tür gehen und dann kam sie die Treppe herunter. Fast gehüpft. Hellblauer Rollkragenpullover und ein brauner Rock. Und blieb dann so einen halben Meter vor Albin stehen, streckte ihm die Hand hin (das war nun so gar nicht wie im Film). Ich lass euch mal, sagte ihr Bruder. Sie führte ihn ins Wohnzimmer: Die großen Fenster zum Garten raus, Blick ins Werretal, alter Obstbaumbestand. Jetzt nur kahle Äste im Schneeweiß. Heizkörper hinter Blenden aus lackiertem Holz, ein wuchtiges Sofa, alles sehr gediegen. Er fühlte sich auf einen Schlag fremd. Ich mache uns Tee, sagte sie. Schränke aus gedunkelter Eiche, ein Bücherregal (Schiller und Gottfried Keller), daneben das Klavier (barock, mit gedrechselten Füßen), an den Wänden Stiche mit Jagdszenen. Einfach so tun, als habe man gar nichts anderes erwartet? Und dann saß man da und nippte aus zartem Porzellan. Erzähl mir was von dir. Er setzte sich ans Klavier: Die Träumerei von Schumann, die konnte er noch auswendig (immer noch etwas hart im Anschlag). Du bist verrückt. Sie war, wie er erfuhr, erst sechzehn. Zehnte Klasse Mädchengymnasium in der Ahornstraße in Salzuflen (Englisch und Französisch). Meine Drangsal, sagte sie, und dass sie nach diesem Schuljahr abgehen wolle. Ich will frei sein. Und du? Wie sie das sagte. Er hatte sofort Angst, sie könne ihm wieder davonfliegen. Hasch mich, wenn du kannst. Was sollte er ihr antworten? Sie hatte ihn mit einem Satz zu einem Standpunkt genötigt. Dabei wollte er einfach nur mit ihr zusammen sein. Und du? Er konnte nicht sagen, dass er es nicht wusste (oder eher gar nicht wissen wollte). Die Pläne nach München zu gehen. Im März sei die IHK-Prüfung, sagte er, und dann müsse man mal schauen. Er konnte das Feld, das er gerade betreten hatte, ja nicht schon wieder verlassen. Einen Ragtime spielen aus Verlegenheit (meinst du's ernst?). Man traf die Eltern noch (Herr Blessing? Gnädige Frau?): Na, ihr habt ja Silvester getanzt. Und: Klavierspielen können Sie auch? Dann aber so ein Blick: Wir kucken uns das genau an. Wie lange saß er da? Eine Stunde vielleicht. Der Tee wurde kalt. Man hätte Konversation betreiben müssen (wie es immer so schön hieß), was nicht seine Sache war. Trotzdem hätte er nicht nicht hingehen können. Sie einfach mitnehmen? So einfach war es eben nicht. Er musste einen Kilometer bis zur Bushaltestelle laufen, in Nienhagen noch einmal umsteigen. Komm, ich bringe dich noch mit raus. Zuhause dann kein Wort (nun erzähl doch mal 'n bisschen?).

Er fuhr jetzt jeden Sonntagnachmittag hin. Und wie sich diese Tage, diese Stunden glichen. Sie saßen in ihrem Zimmer und hörten Radio, wenn abends der Vater vorm Fernseher saß, kuckte man noch ein bisschen mit (die Mutter: ich mach euch noch ein paar Schnittchen). Ihr Vater machte Geschäfte mit den Engländern in Herford, Kartoffeln, Kraut, Rinderhälften für die Soldaten fern der Heimat. Es war ein komisches Gefühl, wie wenn man zwischen Tag und Nacht hing, zwischen aufgebrauchten und frischen Kräften. Manchmal fuhren sie mit Henno oder Kronshage nach Bielefeld zu Teubner-Schneider, zu fünft in dem kleinen Fiat, wenn Kronshage Lust hatte oder man ihn überreden konnte, er war Mechaniker und kein Tänzer. Seltener noch anschließend ins Kino. Alfred Hitchcocks Vertigo: spannend. Freigegeben ab sechzehn (ich darf, sagte sie). Glaubst du, er hat sie ganz ausgezogen? James Stewart Kim Novak, nachdem er sie aus dem Meer gefischt hat. Sie war doch ohnmächtig. Oder mit nasser Unterwäsche ins Bett gelegt? Was hättest du getan, wenn ich Kim Novak wäre? Tja. Also Kim Novak natürlich niemals angerührt, aber bei ihr sei er sich da nicht so sicher. (Und dann den Arm um den Hals gelegt und ihr leicht ins Ohr gepustet. Lass das.) Dazwischen der Dienst bei Rendsburg. Zwei Monate noch: Gnädige Frau hier, gnädige Frau da, Herr Doktor Oetker – probieren Sie doch, probieren Sie! Probieren Sie. Sie ins Hause Krone mitzunehmen undenkbar: Neben Onkel Fritz auf'm Sofa sitzen und Wagner hören? Hast du ein nettes Mädchen kennengelernt?, hatte seine Mutter gefragt. Und weiter? Zuhause fehlte ja jegliches Vorstellungsvermögen. Elisabeth hätte allenfalls die Stelle seiner Schwester einnehmen können (und das hätte man erwartet!), Romy würde im Mai heiraten und dann fehlte eine Kraft. Die Liebe musste anderswo stattfinden. So sehr die Liebe einen eigenen Raum aufspannte, so sehr hielt sie an diesem Raum allerdings auch fest, in diesem Raum, verlangte etwas, verlangte, eine neue Sprache zu lernen, eine neue Kultur. Die kleinen Pousseleien, Flirts, Küsschen, Händchenhalten, hier und da mal auf Küche gehen (wie sie sagten, wenn sie ein Mädchen spontan besuchten): Das war so mitzunehmen. Das Ernste aber erfordert Veränderung. Die Liebe war ein Land, das sich nicht einfach kolonialisieren ließ (wenn wir allein sind, bist du so ganz anders?). Niemand hatte ihm eine Karte oder einen Kompass mitgegeben. Die Bücher halfen nicht: Dort waren die Schwierigkeiten ja nur dazu da, damit es am Ende gut ausgehen konnte. Wer es nicht erfühlt … (Aber da mach mal was). Dass er nun auf Gut Hibbentrup verkehrte: Alles andere als eine sichere Lage. Der alte Blessing war immer noch zurückhaltend, wusste wohl, dass das letzte Wort noch nicht gesprochen war. Sonntags auf'm Sofa sitzen, wie lange sollte das so gehen?

Es war Anfang Februar, an einem jener berüchtigten Donnerstage, Großreinemachen abends bei Rendsburg, dass er auf dem Weg zum Kesselbrink Bibi Dehler traf: Du willst doch nicht etwa schon nachhause? Komm mit, ich zeig dir was (und tat so geheimnisvoll). Sie fuhren drei Stationen mit der Straßenbahn, Jahnplatz, Niedernwall, Ulmenwall.

Der Bunker. Bibis Künstlerkreise. Sie stiegen hinab, in dem kahlen Beton hatte man sich mit Teppichen und gebrauchten Möbeln häuslich eingerichtet und betrieb eine kleine Bar. Zigarettenrauch hing in der feuchten Luft, man trank Kaffee und Wein und ab und an legte jemand eine Platte von Dizzie Gillespie oder Thelonius Monk auf, oder etwas gänzlich Unbekanntes, wenn es nur Jazz war. Inmitten dieses Kreises oder eher: Haufens von Zwanzigjährigen, in feiner, modischer, vielfach nachlässiger Kleidung und Frisur, die auf einigen Stühlen und auf Kissen auf dem Fußboden lagerten, saß nun diese elegante Frau, lang wallendes braunes Haar, dezent geschminkt, ein sicherlich teures Kleid, dessen breiter Gürtel ihre weiblichen Formen (die jungen Männer sprachen von Kurven) betonte. Zweifelsohne eine Frau von Welt, deren Erscheinung überhaupt nichts Aufgesetztes oder Überzogenes hatte (wie man es jetzt ja bei vielen beobachten konnte), sondern die im Gegenteil eine große Selbstverständlichkeit, ja Wärme ausstrahlte, so, wie sie sich die Meinungen und Positionen der Studenten anhörte und rücksichtsvoll kommentierte. (Es war schon ein bisschen, das müssen wir zugeben, wie im Theater.) Diese Dame war Albin Kortmeyer nur allzu bekannt. Asta Wehmhöner, geschiedene Dehler, in einem familienrechtlichen Sinn also einstmals Bibis Tante, unvergessener Star in Krones Garten während der Besatzungszeit (Herr Krone, passt das denn zu einem christlichen Hause?). Sie musste jetzt wohl so Ende dreißig sein, und während andere in diesem Alter zur konturlosen Hausfrau neigten, ließ sie sich von Zwanzigjährigen jungen Männern begehren. Und das taten die, eine Frau begehren, die fast doppelt so alt war wie sie. Das war das, was Albin sah, als er diesen Raum im Bunker betrat. Ich erklär es dir, sagte Bibi, aber erstmal holen wir uns was zu trinken. Sie begrüßte diesen und jenen und gab einem großgewachsenen, dunkelhaarigen Mann, der etwas älter schien als die übrigen, einen Kuss. Von der Bar kehrte sie mit zwei Gläsern Wein zurück. Asta habe, sagte sie und zündete sich eine Zigarette an, nach der Trennung von Onkel Alfred (ist ja auch schon über zehn Jahre her) in Schötmar einen Wäscheversand eröffnet (was soweit bekannt war). Aber (und Bibi zeigte, die Zigarette zwischen den Lippen, mit dem Finger auf Albin, als wolle sie ihn erschießen): Es ist nicht bei Frotteeschlüpfern und Unterhemden, Doppelripp und ähnlichen Ungeheuerlichkeiten geblieben, sondern der Paradies-Versand, wie ihre Firma inzwischen heiße, sei auf E-ro-tik-ar-ti-kel spezialisiert, was, wie Asta sage, nicht nur ganz und gar unchristlich und ein enormes Geschäft, sondern eben auch ein Akt der Aufklärung sei. Viele hatten sich in ihrem Nichtwissenwollen eingerichtet, wenn auch nicht unbedingt behaglich. Die Dinge des Lebens, diese Dinge wurden nicht in der Schule gelehrt. Albin hatte gesehen, wie auf Gut Sierdissen die Fohlen gezeugt wurden, das war alles. Kinderwissen. Andere kannten nicht einmal das. Es wurden Gerüchte gehandelt. Komm, wir setzen uns mal 'n Stündchen zusammen, sagte Asta zu den jungen Mädchen (da kursierte die Adresse). Das war der Preis, den die Mütter für ihr eigenes Schweigen bezahlen mussten: Dass ihre Töchter bei Tante Asta mehr erfuhren, als für eine christliche Lebensführung in ihren Augen eigentlich notwendig gewesen wäre. Komm, sagte Bibi (mit so einer Entschiedenheit). Und Asta, die in einem Sessel saß: Mein kleiner Kortmeyer. Schön, dich hier zu sehen! (Was sie für makellose Haut hatte. Und die hohen Wangenknochen und die geschwungene Nase.) Es war nun eine ganz und gar, wie sollte man sagen: verblüffende?, unerhörte?, am besten: ungezogene Situation, zu der es auf dem Wege gekommen war, dass jener etwas ältere junge Mann, den Bibi mit Kuss begrüßt hatte, Erik Wehmhöner, ein Neffe brüderlicherseits von Asta war, Student an der Werkkunstschule und der finanziellen Unterstützung bedürftig, die ihm seine Tante großzügig gewährte – unter der Bedingung: Dass du mich mit den Künstlerkreisen bekannt machst (was hier so Künstlerkreise zu nennen war, es waren meist Möbelgestalter und Grafiker und Modezeichnerinnen; immerhin konnte man auch Bildhauerei studieren, bei Herbert Volwahsen, der einen Brunnen in Hannover gemacht hatte). Nun war sie inzwischen selbst Mittelpunkt eines solchen Kreises, was sie sichtlich genoss, vor allem, weil sie hier mit dem Gegenstand ihrer Geschäftstätigkeit nicht hinterm Berg halten musste. Für die Rechte der Frauen, sagte sie, und dass sie die Mädchen davor bewahren wolle, Dummheiten zu machen, minderjährig zu heiraten, ohne das Leben, die Welt (und sich selbst) kennengelernt zu haben – weil man ihnen eingeredet hat (sagte sie), dass zwar ein Mann eine Frau, also männlich, die Frau aber ganz allgemein die Liebe liebe, also weibisch. Was die ganze Verlogenheit zum Ausdruck brächte. Überhaupt zu heiraten, sie wisse, wovon sie rede, es ginge auch anders und welche es wissen wolle (von euch Löchlein), der würde sie es verraten. Jetzt kuck nicht so wie'n Dackel. Albin brauchte einen Moment, um zu verstehen. Er wusste nicht, was er sagen sollte. Ihm fiel ein, dass er das mit den zwei Lieben so in dem kleinen Band von Spitteler gelesen hatte, den Nebelsiek ihm zur Konfirmation geschenkt hatte. Es war ihm nicht richtig vorgekommen. Damals in Inzell hatte er anders gefühlt. Und jetzt mit Elisabeth? Außerhalb des Augenblicks schien alles unklar. Sich immer sagen: Ich habe Zeit? Auch wenn das ganz gegen das Begehren war? Vielleicht, dachte er, sollte ich lernen, männlich zu lieben. Er holte sich noch ein Glas Wein, jemand bot ihm eine Zigarette an, er griff zu. Asta Wehmhöner hielt sie alle an diesem Abend aus. Einer sprach vom Massenmenschen und dass schon wieder alle hinter den Gardinen stünden und glotzten. Der erste, der nicht flieht, sei ein Idiot, das habe Sartre gesagt. Es war eine andere Welt. Man könne auch ohne Angst ein anständiger Mensch sein, sagte Bibi (mit dem Arm von Erik Wehmhöner um ihrer Schulter).

Und Sie, junger Freund? Auch Künstler? Man fühlte sich ja gleich wieder genötigt, etwas sagen zu müssen: In zweiter Generation (das kann ich auch!). Sollten sie denken, was sie wollten. Es wurde spät und es wurden noch einige Gläser Wein, den letzten Bus hatte er längst verpasst. Komm uns doch mal wieder besuchen, sagte Asta, wir sind eine illustre Gesellschaft. Sie (dabei zeigte sie in die Runde der Studenten) nennen es Der gelungene Donnerstag Abend. Er ging den Niedernwall runter zu Kesslers, im Rauchfang saßen noch letzte Gäste: Frieda, kann ich bei euch übernachten? Er bekam noch einen Teller Gulaschsuppe. Als er auf der Couch lag, dachte er darüber nach, was es bedeutete: Das Leben kennenlernen. Dass hinter allem noch etwas sei, was er noch nicht entdeckt hatte (man war ja immer vom Gegenteil überzeugt). Konnte ein Gefühl falsch sein? Habe ich nicht ein Recht? Mit diesem Gedanken schlief er ein und mit diesem Gedanken wachte er auf: Im Recht zu sein.

3

Er ging abwechselnd zu Astas Donnerstagabend (sie war nicht immer da) und zu Herrn Brands CVJM. Das eine war eine sichere Sache, das andere eine verruchte (wobei diese Verruchtheit auch mehr dazugedacht war als alles andere). Sonntagsnachmittags saß er bei Blessings auf dem Sofa und trank Tee (zu dem er jedes Mal eine Tafel Hachez-Schokolade mitbrachte). Die Jagd war eine Illusion geworden, wenn sie es nicht schon von Anfang an gewesen war. Er schenkte ihr ein kleines Porzellan-Reh (an seiner statt?). Manchmal nahm er Henno, der es von seinem Internat nicht weit hatte, mit in den Bunker. Utz kam unter der Woche kaum aus Paulskirchen weg. Henno versuchte bei den Modezeichnerinnen zu punkten, indem er von der Textilfabrik seines Vaters erzählte, was die aber wenig beeindruckte: Sie lesen wohl zu viel Ibsen? Ich mache später mein eigenes Atelier auf! Albin war in Gedanken schon im April und in Hoya, Meier zu hatte ihm Pußta angeboten: Warum das Pferd nicht mal richtig ausbilden? Wurde erwartet, dass er sich auf eine Seite schlüge? Auf die Seite der Kunst oder auf die Seite des Glaubens? Er wagte weder, Herrn Brand zu fragen, der früher so lebendig von der Liebe in den Abenteuerromanen A. E. Johanns erzählt hatte, noch Asta Wehmhöner. Er fürchtete, nicht verstanden zu werden, abgewiesen zu werden. Dass sie ihm sagten, er mache etwas falsch. Oder sogar alles. Er redete mit Utz. Du bist achtzehn, sagte der, sie ist sechzehn. Ihr müsstet fünf Jahre warten. Sechzig Monate, zweihundertundfünfzig Sonntage, ebenso viele Tafeln Hachez. Du müsstest häuslich werden, mein Freund, sagte er. Ich habe kein Haus, sagte Albin. Wenn ich einen Hof hätte. Hängt davon die Liebe ab? Vielleicht schon. Zumindest das Wartenkönnen. Wer nichts besitzt, kann nicht warten. Dann sei wenigstens ehrlich, sagte Utz.

Sie veranstalteten einen kleinen Faschingsball bei Kochs in der Post (Wittmanns Keller war für so etwas dann doch zu klein). Wir kriegen den Saal, hatte Sieglinde gesagt, ihr müsst aber Getränke kaufen. Und mindestens zwanzig Leute sollten es schon werden. Elisabeth kam mit ihrem Bruder im Mercedes des Vaters. Sie hatten sich eigentlich vorgenommen, sich mal richtig zu verkleiden, als Afrikaner, mit schwarzer Schminke im Gesicht. Elisabeth im Baströckchen? Machten sie dann aber doch nicht, nur ein paar alberne Hütchen auf dem Kopf, ansonsten Taftkleid und Anzug. Zieh doch das weiße Kleid mit den Punkten an, hatte Albin gesagt. Sie tat es ihm zuliebe: Das hatte ich doch schon Silvester an. Man konnte nicht einfach radikal anders sein, in Paulskirchen nicht. (Um sich dann später zu sagen: Wir hätten's gekonnt?) Bloß nicht ins Vulgäre abgleiten. Nach fünf Tänzen das Jackett ausziehen, das Höchste der Gefühle. Aber auch bei den Drehungen, wenn der Saum ihres Kleides hochflog (bei den anderen Mädchen genau so): Hingekuckt. Und zum Schluss ihr kleiner Busen an seiner Brust (beim Slow, ganz frei interpretiert). Noch kurz so gedacht: War nicht die Erde ein Ball und konnte nicht das Leben ein fortwährender Ball sein? Aber sofort war die Frage wieder da: Was wirst du tun? Gestellt in einer kalten Februarnacht (wir müssen uns mal 'n bisschen abkühlen). Umarmte sie von hinten, schlang seine Arme um sie, drückte seine Lippen an ihren Hals, der Duft ihrer Haut, ihrer Haare (leicht verschwitzt): War das eine Antwort? Drück nicht so. Bei Lohengrin hieß es: Nie sollst du mich befragen. Aber der schweigsame Ritter verliert die Geliebte. Im April, sagte er, würde er wieder drei Wochen nach Hoya gehen. Und dann im Sommer auf die Turniere (mit dem alten Opel Blitz von Meier zu – noch von vorm Krieg). Von München erzählte er nichts. Diese vage Vorstellung, dass es oben, in der Ferne oder sonst wo, rausginge. Aber auch (unbewusst): Der Künstler begeht immer Verrat.

Ende März rief Utz alle zusammen: Männer, es ist soweit. Er hatte sich nichts anmerken lassen, an sein dauerndes Ich-hau-ab hatte man sich ja fast schon gewöhnt. Aber dass er nun Ernst machte? Am ersten April würde er sich in Kiel bei der Marine melden, sagte er, Unteroffizierslaufbahn, vier Jahre, es sei alles unterschrieben. Er zeigte den Gestellungsbefehl. Kein Scherz. Und hatte dabei dieses breite Grinsen im Gesicht. Ja, Mensch! Ob es eine gute oder schlechte Entscheidung war, würde sich noch zeigen müssen, jetzt bescherte sie ihm aber erst einmal einen einzigartigen Auftritt: Ihr werdet mich 'n Weilchen nich sehen. Übermorgen geht mein Zug. Und nun Bier und Schnaps für alle. Der Erste war also weg, tatsächlich. Bei den übrigen, bei Henno, Glietz, dem langen Ruthe, Kronshage und Albin löste dies ungeheure Wallungen aus (die sich auf den Bierwogen auch ordentlich aufschaukelten): Nun müsse man doch selbst und überhaupt, und die Pläne und Behauptungen überschlugen sich. Albin erzählte von München und von Dallmayr. Die Prüfung hatte er gut bestanden (kaufmännisches Rechnen, Buchführung, Bilanzierung, Warenkunde und Werbung), es war kein Aufsatz zu schreiben gewesen, der Kaufmann reduzierte alles auf das Verhältnis zweier Werte. Der lange Ruthe machte wieder von der Schweiz her (der Molkereifachmann). Henno und Glietz? Die Erben in spe: Wir werden verkaufen (hier war nun Besitz einmal ein Hindernis). Kronshage sagte: Ich hab 'n Auto. Hast du dich also gegen die Häuslichkeit entschieden, fragte Utz, als sich die Wogen wieder etwas geglättet hatten. Ich kann doch nicht fünf Jahre dasitzen, sagte Albin. Zweihundertfünfzig Tafeln Hachez. Ob er ihr's schon gesagt habe? Nein. Der Rest ging im Bier und im Steinhäger unter, sie versenkten die Schnapspinneken in den Biergläsern und kippten das Ganze in einem Zug herunter, bei der Marine mache man das so, das heiße U-Boot. Später kotzten sie in Kloschüsseln (wenn's gut ging), in Straßengräben oder nebens Bett. Das also war der erste Auszug.

Kronshage fuhr ihn mit Dingerdissens altem Opel Blitz, Pußta auf der Ladefläche, nach Hoya. Hinter Minden fing das Pferd an zu schlagen, sie mussten abladen: Die kloppt uns sonst alles innen Darß. Halbe Stunde über eine Wiese neben der Straße führen, bis sie sich wieder beruhigt hatte. Mit Möhren und altem Brot das Tier wieder auf den Laster gelockt. Bind sie gut an. Und dann beim Fahren immer in den Spiegel gekuckt, ob sie noch da stand (als wenn sich zehn Zentner einfach so auflösen könnten). In Nienburg mussten sie vor der Eisenbahnbrücke anhalten: Passen wir da unter durch? Pferd auf Fahrgestell, drei Meter hoch. Albin stellte sich sicherheitshalber mit auf die Ladefläche. Auf dem Hof der Reitschule sprang sie mit einem Satz von der Pritsche. Kronshage fuhr gleich wieder zurück (unbeladen geht der Blitz ja Hundert): Bis in drei Wochen. Vielen Dank, du. Albin bezog seine Stube. Jemand Bekanntes da? Ein, zwei Gesichter vielleicht. Steenken war wieder dabei, gleich mit zwei Pferden: Ich greif jetzt an. Und: Nachher ins Parkhaus? Dass man's am ersten Abend gleich immer so übertreiben musste. Um halb sechs wurden sie geweckt, Nachlässigkeiten, die sich übers letzte halbe Jahr eingeschlichen hatten, wurden in den nächsten Tagen von Otto Meyer aufgedeckt: Achten Sie (gefälligst!) auf jedes Detail. Kavallerieschule. Korrigieren Sie sich gegenseitig. Meyer ließ eine Übung oder eine Figur zehnmal reiten, zwanzigmal. Und jeden Tag raus ins Gelände: Kampagneschule. Bei jedem Wind und Wetter. Manchmal völlig durchnässt zurück, aber wehe einer wagte sich umzuziehen, bevor die Pferde versorgt waren: Es gab da einen Fabrikantensohn, der so ein bisschen auf Herrenreiter machte, den schmissen sie in die Zinkwanne mit der veralgten Brühe, die vorm Stall stand. Die Stiefel mit Zeitungspapier ausstopfen, damit sie am nächsten Tag wieder halbwegs trocken waren. In der Stiefelkammer stand ein kleiner Gasofen, das Fenster auf Kippe, wenn man reinkam, verschlug es einem den Atem. Wie machte der alte Meyer das: Immer wie aus dem Ei gepellt. Jeden Tag ein frisches Hemd und die Stiefel spiegelblank. Steenken wollte immer nur springen, der hatte so eine fixe Idee im Kopf: Ich will der beste Springreiter werden, der weltbeste. Die reine Ungeduld, mit der er den anderen bald auf die Nerven ging (sie würden ihn später deshalb Cassius Clay nennen). Vor allem, wenn es nicht so lief, wie er sich das vorstellte. Ihn traf das Dilemma der Spezialisten: Ohne die Generalisten konnten sie ihr Können nicht zeigen, zugleich waren ihnen die Mühen der Ebene aber zuwider. Sie brauchten die anderen, um sich dann abzusondern. Kortmeyer, kannst du nicht?, fragte er ihn einmal. Er hatte gesehen, mit welcher Geduld Albin die Dressurübungen absolvierte. Otto Meyer verlangte die Gymnastizierung des Pferdes, bevor er jemanden auf den Parcours ließ: Sie machen die Tiere sonst kaputt und werden nie Großes erreichen. Wer sich auflehnte, konnte nachhause fahren (war auch schon vorgekommen). Meyer wollte sehen, wer Durchhaltevermögen hatte: Sie können scheitern, aber Sie dürfen niemals aufgeben. Vielleicht war das die einzige Überzeugung, die er besaß. Jede Aufgabe eine Nummer zu groß, mindestens: Sie packen's nicht. Manchmal hielt man es kaum aus. Du meinst, es zu können, du bist dir sicher, aber man lässt dich nicht. Es kam einem vor, als wolle Meyer seine Schüler eine metaphysische Niederlage durchleiden lassen. So, als glaubte er selbst nicht daran, aus Bauern Offiziere machen zu können. Jeder, der aufgab, der es nicht packte, gab ihm Recht. Ich kann das nicht, sagte Steenken. Man musste die Pferde beim Meister vorführen, ob sie durchlässig waren und an den Hilfen standen, ob sie ausbalanciert waren und sich selbst trugen. Es war ihm (Steenken) natürlich nicht entgangen, dass ein gut gearbeitetes

Pferd im Parcours williger und fähiger war. Er war, wenn man das von einem gerade einmal Achtzehnjährigen sagen konnte, ein Mann des Augenblicks, einer, der sich maximal zwei Minuten konzentrieren konnte. Alles darüber hinaus löste geradezu heftigste Reaktionen aus: Alles im Übermaß, Wut, Verzweiflung. Was für andere halsbrecherisch aussah, war für ihn der Punkt, an dem er zur Ruhe kam. Das schien sich auf die Pferde unter ihm zu übertragen, auch sie wagten mehr. (Hören Sie auf, hätte Meyer hier gesagt, Pferde nach menschlichen Kategorien zu beurteilen!) Aber ein Pferd eine Stunde lang geduldig arbeiten? Immer wieder das Gleiche: Schenkelweichen, Schulterherein, Travers, Renvers, Zirkelarbeit? Warum sich Albin darauf einließ? Es musste etwas mit den Kreisen zu tun haben. Ich zeig dir dafür, wie's mit'm Springen geht, sagte Steenken (ach, komm!). Anfang der zweiten Woche kam eine Postkarte von Elisabeth: Du hattest schreiben wollen. Hatte er nicht, nicht geschrieben. An sie gedacht schon, morgens vielleicht, wenn er mit schwerem Kopf aufwachte. Und dann aber wieder verdrängt, gar nicht mit Absicht, hätte er wohl gesagt, die Tage waren so voll, das Neue verlangte Aufmerksamkeit. Abends dann die Runden mit den Kameraden (und Kameradinnen – das ja nun auch). Aber vielleicht auch um einer Peinlichkeit willen: Niemand sprach von seinen Bindungen, alles drehte sich nur um die Reiterei. Jede Liebe hat ihren Ort. Und ohne einen Ort, an dem es gegeben, ohne einen Ort, an dem es eingelöst wird, ist ein Versprechen nichts. Die Liebe war kein Ort zum Mitnehmen – und in Gedanken hatte er sie ja auch schon längst verlassen. Er schrieb eine Karte an die Gräfin: Es ist sehr hart hier. Am Ende stand das Reitabzeichen in Bronze.

Als er Ende April zurückkam, war alles kaputt. Im Dutt, wie man hier sagte. Ein Brief von Elisabeth, den ihm die Mutter gab: Kuck, das ist für dich angekommen. Er hatte ein Bild von ihr gemacht und versucht, sie diesem Bild anzugleichen. Sie in diesen Rahmen zu zwingen. Er hatte sich etwas ausgemalt. Und sie nie gefragt. Das stand in dem Brief: Du hast mich nie wirklich gefragt, was ich eigentlich will. Und ja, ich war in dich verliebt. Aber ich hatte es mir anders vorgestellt. Ehrlicher. Du bist vor den wirklichen Fragen weggelaufen. Hast mir Geschenke gemacht, mich eingeladen. Aber das reicht eben nicht. Es tut mir leid. Du hast ein Bild von mir gemacht und wolltest unbedingt, dass ich ihm entspreche. So ist der Mensch aber nicht. Ich habe es zu Anfang versucht, weil ich Angst hatte. Die Liebe ist so ein großes Gefühl. Aber sie verträgt die Angst nicht. Ich habe mich, so hart es klingt, zuletzt vor mir selbst geschämt. Was bedeutet Hingabe? Ich glaube nicht, dass du das verstehen kannst. Für dich war ich ein Spielzeug. Ich will nicht behaupten, du habest mich nicht geliebt, zu Beginn ganz sicher. Aber du hast die Liebe kontrollieren wollen, oder besser: dressieren wollen. Das habe ich bald bemerkt: Wie unsicher du eigentlich warst. Ich will mich da nicht ausnehmen, natürlich gehören immer zwei dazu, und ich habe wohl auch meinen Teil dazu beigetragen. Doch es nützt nichts. Man kann eine Liebe nicht zur Änderungsschneiderei geben, wie ein Kleid, das man unpassend gekauft hat. Während du in Hoya warst, war ich mit Vater bei einem Offiziers-Dinner in Herford (du weißt, er macht Geschäfte mit den Engländern). Wir haben mit einem Major zusammengesessen und der hat mir angeboten, mich in seinem Haus in England ein Jahr als Au-Pair zu nehmen. Er hat da zwei kleine Kinder. Und vielleicht könnte ich dort sogar noch weiter zur Schule gehen. Vater war sofort einverstanden (er sagt ja immer, es gebe nichts Verlässlicheres als einen britischen Offizier). Sei mir nicht böse, aber ich werde schon im Mai abreisen. Und ich gebe zu: Ich freue mich sehr. Ich glaube, man muss erst ein wirklich selbständiger Mensch geworden sein, bevor man sich auf einen anderen ganz einlassen kann. Dass nur der Mann in die Welt zieht und die Frau zuhause sitzt, das ist doch ganz falsch. Ich weiß ja, wie wichtig dir die Freiheit ist. Und es wäre so eben nicht gegangen. In einem kleinen Buch von Gertrud von le Fort habe ich diesen Satz gefunden (sie schreibt überhaupt viele kluge Dinge): Alles, was reifen soll, braucht langes Ruhen. Alles, was zur Tiefe drängt, braucht die Behütung eines gütigen Abseits. Nun, vielleicht passt es doch nicht so ganz, aber auf jeden Fall brauche ich noch Zeit. Ich lege dir einen Abzug von dem Foto bei, das du von mir mit der Bambi-Figur gemacht hast. Als Erinnerung. Ich wünsche dir alles Gute. Elisabeth.

Eigentlich hatte er sich längst innerlich (und vielmehr noch äußerlich) von ihr getrennt gehabt, aber es so zu hören? Und das war noch nicht alles. Frau Haupt habe gekündigt, sagte seine Mutter, ihr Mann, habe sie gesagt, verdiene jetzt so viel. Von einem Tag auf den anderen?. Romy sei in Speckenbaum. Fritz schafft es nicht mehr, sagte sie (der war nun auch schon fast sechzig, und das Hüftleiden, hatte sich in Behandlung begeben müssen, konnte keine Viertelstunde mehr stehen). Und ich bin ihm keine Hilfe. Du musst den Laden übernehmen. Wir wissen sonst nicht, wie es gehen soll. Als hätte man es die ganze Zeit geahnt: Das Haus stürzte nun über ihm zusammen. Sich aus den Trümmern retten? Er wusste ja, dass er irgendwann einmal für die Alten würde aufkommen müssen, aber jetzt schon? Er war achtzehn Jahre alt. Ach, Mutti. Er würde doch so gerne nach München gehen. Zwei Jahre? Wenn ich's könnte, sagte sie (und legte dann seinen Arm um ihre schmale Schulter). Erstmal raus.

Sie hatten nicht an die Zukunft gedacht, nicht ans Altwerden, diese vier Geschwister, die eigentlich ewige Kinder geblieben waren, Kinder von Fritz Krone sen., und Albin sollte nun alles zugleich sein: Großvater, Vater und Sohn. Wie nennt man das, wenn einen etwas befällt, eine Schwere, eine Bewegungslosigkeit? Wenn man den ganzen Tag nur noch irgendwo sitzen und niemanden um sich herum haben möchte. Eine Niedergedrücktheit. Er blieb öfter abends in Bielefeld, ging ziellos durch die Straßen, kehrte spät in den

Rauchfang ein und schlief bei Kesslers auf der Couch. Man war es in diesen Zeiten nicht gewohnt nachzufragen. Rendsburg hatte ihm tatsächlich eine Empfehlung für Dallmayr geschrieben. Es war eigentlich alles vorbereitet. Und wenn er nun einfach alles stehen und liegen ließe? Er war noch nicht volljährig. Er würde sich nicht einmal ein Zimmer mieten können. Er traf sich mit Henno. Wenn sie wollen, dass du's machst, dann müssen sie es dir geben. Ganz einfach. So sagte er das. Angestellter im eigenen Hause: Wie tief willst du sinken? Es muss dir gehören. Sag ihnen, du machst es, wenn sie's dir zum Einundzwanzigsten überschreiben. Alles. Henno würde einmal Herr über fünfzig Arbeiter und Angestellte sein.

Im Mai stand die Hochzeit seiner Schwester mit Rudolf Dehler an. Ob es eine gute Idee war, sich mit dem Hause Krone zu verbinden? Gedanken des alten Majors. Die älteste Tochter zu Finkens nach Exter, über einhundertfünfzig Hektar, Friedrich, den Zweiten, nach Oldentrup, auch weit über hundert Hektar. Und nun heiratete sein Dritter eine Halbwaise. Er, Major Dehler, hätte hier lieber eine Tochter der Bad Salzuflener oder gar Bielefelder Hoteliers gesehen. Der Lippische Hof im Staatsbad, das wäre was gewesen. Aber so weit reichten seine Beziehungen nicht. Vielleicht schwanden auch einfach seine Kräfte. Er ging auf die Siebzig zu. Immerhin war sie eine tüchtige Kraft, seine künftige Schwiegertochter, da konnte man nichts sagen. Und vielleicht war es so auch gar nicht schlecht: Jemand aus dem Ort, sich sozusagen auch nach unten absichern, so behielt seine Stimme auch da Gewicht. Seine Jüngste, Brigitte, machte ihm Sorgen. Trug Hosen und rauchte (was Hanna auch tat, allerdings ohne Hosen), verkehrte in Bielefeld in dubiosen Kreisen. Dass sie sich mit Asta traf, seiner ehemaligen Schwägerin? Wie schnell konnte von dieser Seite Böses kommen. Plötzlich stand man mit einem schlechten Ruf da. Er hätte sie gerne mit Glietz verheiratet oder einem der

Paulskirchener Fabrikanten. Nun, sie war erst achtzehn, man würde sehen: Mach wenigstens mit Albin Kortmeyer das Brautführerpaar. Ihr habt doch zusammen getanzt (Henno Bünemann und Annemarie Biehler gaben das andere Paar). Sie zog ihre typische Schnute, als sie den Mittelgang der Kirche hinabschritten: Dass hier bloß keiner auf die Idee kommt, ich könnte die Nächste sein. Richtig auf Krawall gebürstet. Nach der Trauung ging man zum Essen ins Salzufler Forsthaus: Zeigen, dass man es sich leisten konnte und um zu kucken, wie es die anderen machen. Hans Landers, Schwager des nicht vorhandenen Brautvaters, hielt die Rede (schnell vergessen). Später Tanz auf Dehlers Saal: Die ganze Gesellschaft also wieder retour, da konnte man schön vergleichen, wer welches Auto besaß. Bibi sagte, Frauen sollten solange nicht heiraten dürfen, bis sie nicht mindestens fünf Jahre in einem Beruf gearbeitet hätten. Dass viele zu Hausangestellten ihrer Männer verkämen, liege daran, dass man es ihnen zu leicht mache. Im Sozialismus, sagte sie, sei man da schon viel weiter. Im Sozialismus, sagte Friedhelm Fink (der hatte das so mit halbem Ohr mitgekriegt), hätten sie euch den Hof enteignet (gut, dass Biehlers weiter weg saßen). Ich habe keinen Hof, sagte Bibi. Und ob man das gelesen habe, letztens in der Landeszeitung: Brief einer Unpolitischen. Diese Frau, die da geschrieben habe, sie fände neben dem Haushalt keine Zeit, sich für die Gleichberechtigung einzusetzen und das würde ihr auch niemand bezahlen. Das muss man sich mal vorstellen, sagte Bibi, wohin wir gekommen sind. Die Leute hätten tatsächlich Angst, nochmal aufs falsche Pferd zu setzen, da machten sie lieber nichts und blieben zuhause. Sie habe einen Brief zur Zeitung geschickt (ich war so wütend!): Das Elend der letzten Jahrzehnte sei ja wohl kaum von Frauen verursacht worden und jetzt überließen sie schon wieder alles den alten Männern und ihren kommerziellen Interessen. Falsche Politik entstehe nicht aus Unkenntnis, sondern aus Bequemlichkeit. Und noch einiges mehr, sagte Bibi, habe sie geschrieben, und die Zeitung habe gesagt, sie wollten es drucken. Vielleicht, sagte sie, würde sie ganz in den Journalismus wechseln. In pädagogischer Absicht. Die Menschen erziehen, man könne die Weltgeschichte ja nicht einfach sich selbst überlassen. Und Erziehung, das sei Frauensache. Sie rauchte eine nach der anderen. So, jetzt wisst ihr Bescheid. Es regte sich kaum Widerspruch am Tisch. Ich, sagte Albin, bin ganz und gar unpolitisch (und grinste übers ganze Gesicht). Man müsste ihn glatt umbringen, sagte Bibi, wenn er nicht so ein guter Tänzer wäre. (Und Henno, später: Also mit der möchte ich nicht verheiratet sein.) Romy und Rudolf Dehler klapperten noch am selben Abend, leere Büchsen an der Stoßstange hinterm Auto herschleifend, Richtung Kärnten.

So lagen die Dinge. Und das Elend war, dass sie weder gut noch schlecht waren, weder richtig schlimm, noch das reinste Glück. Immer so ein bisschen. Dass man immer dachte, es könne sich noch etwas ändern. Und nicht gleich die Flucht ergriff. Sie hatten ihm den Laden aufs Auge gedrückt, aber sie gingen auch auf seine Forderungen ein. Als erstes musste Fritz Krone ein Auto kaufen. Bei Herrn Weege in Sylbach einen Fiat 1100, drei Jahre alt, grau lackiert, tausendachthundert Mark. Betriebsvermögen. Als Kaufmann, sagte Albin, könne er ja nun nicht mit dem Fahrrad durch die Gegend fahren. Und sonnabends frei, damit er auf die Turniere fahren konnte. Das waren die Bedingungen. Man willigte ein. Und das Dorf: Ob das gut gehe? Der Junge habe doch beim feinen Rendsburg in Bielefeld gelernt – und nun hier? Ich kauf doch deswegen nich gleich Gänseleberpastete. Durch ihn bekam das Geschäft aber dennoch neuen Schwung. Einfach weil er jung war. Er machte Werbung: Diese Woche im Sonderangebot. Eine Arbeit, die man nicht leiden konnte, konnte auch dadurch gewinnen, dass man sie gut machte. Und es blieb ja noch das Übrige: Die Freunde, die Abende in Bielefeld oder in Wittmanns Keller, den sie mit Strohmatten an den Wänden ausgekleidet hatten, darauf eigene Kreationen von Werbeplakaten (Byrell – sofort spürbare Wirkung), ausgeschnittene Portraits ausschließlich ungeliebter Schlagerstars, alles so ein bisschen extra. Um achtzehn Uhr schloss der Laden, um Viertel nach sechs hatte er die Reithose an und fuhr mit dem Fiat nach Dingerdissen oder Sierdissen. Onkel Fritz führte das Kassenbuch. Eine Tür schloss sich und eine andere tat sich auf: Die Gräfin hatte ihm Muschik gegeben, den letzten Sohn Mandubs, der vor knapp drei Jahren geboren worden war. Er sollte ihn anreiten. Einige Tage, vier oder fünf, an der Longe mit Kappzaum. So lange, bis er das Gefühl hatte, das Pferd habe ihn akzeptiert. Sich ins Tier hineindenken. Sattel auflegen und aufsitzen: Es ging. Raus ins Gelände mit englischem Reithalfter und Wassertrense. Keine Hilfszügel, gar nichts. Das waren die Auflagen der Gräfin. Im Sommer stellte er den Wallach, halb Trakehner, halb Araber, auf der Materialprüfung beim großen Turnier am Siekkrug vor. Und gewann.

4

Er hatte sich arrangiert, sich eingefunden in das Dagebliebensein. Im Jahr darauf (oder war es noch im selben Herbst gewesen?) war auch der lange Ruthe gegangen, zu einer großen Käserei in die Schweiz, nach St. Gallen. Man verdiene dort das Doppelte, hatte er gesagt, und es sei das Weiteste, was mit der deutschen Sprache noch zu erreichen sei (was nicht ganz stimmte). Auch die Neutralität: Man wäre einfach aus allem raus. Ein Abschiedsabend, ein Kasten Bier, ein paar Flaschen Wein: Wie zuvor bei Utz. Schreib mal 'ne Karte mit der neuen Adresse. Albin sagte: Wir kommen dich besuchen (Bad Ragaz, Davos: irgendetwas war da noch, das es ihm wie eine Selbstverständlichkeit erscheinen ließ). Die Gymnasiasten waren weg zum Studieren, es wurden weniger. Henno Bünemann ging nach Lage aufs Technikum, die Ingenieursschule. Er hielt sich jetzt mehr an ihn. (Man hatte kurz geglaubt, dass er mit Annemarie Biehler – aber da hatte jeder andere Pläne.) Sie fuhren nachts heimlich mit dem großen Opel seines Vaters durch die Gegend, nach dem Winter, als es warm geworden war.

Vor ihnen das gelblich-weiße Licht der Scheinwerfer, das sich wie eine trockene Flüssigkeit auf den Asphalt der Straße goss, hinter ihnen die schwarze Nacht. Im Innern die schwache Beleuchtung des Tachometers und, kaum ein Glimmen, die Skala des Radios. Ein Orchester spielte langsame Tanzmusik, die sich mit der stakkatohaften Atmung des Motors und dem Surren der Reifen vermischte. Der Wagen war zugleich ein Hort der Gefahr und der Geborgenheit. Einer ins Offene hin eingeschriebenen Geborgenheit, die sich über jegliches mulmige Gefühl zu legen wusste. Henno hielt das Lenkrad locker mit zwei Fingern. Opel, hatte er gesagt, gehöre ja zu General Motors: Wir sitzen also eigentlich in 'nem Amischlitten, was? Der hellblaue Lack, der Chrom: Das war schon so, wie man es aus den Filmen kannte. Opel habe das bessere Design. Mercedes, das sei 'ne Schrankwand auf Rädern. Bloß Status. Und Status, das heiße Stillstand auf deutsch. In Amerika, sagte er, gingen die Straßen oftmals hunderte Meilen geradeaus. Man könne die ganze Nacht so durchfahren. On the Road, sagte er. Und Musik hören. Die Tachonadel zeigte sechzig. Hinter der Kreuzung am Lindenkrug (rechts frei?) gab er etwas mehr Gas: siebzig, achtzig. Man musste das Radio lauter drehen. Drifting and Dreaming. Links die offenen Felder nach Bexten und Wülfer zu, auf denen das Scheinwerferlicht versickerte wie auf einem Löschpapier, rechts huschten Bäume vorbei wie eine finstere Bande, ein paar unachtsame Gestalten, die sofort wieder im Dunkel verschwanden. Der Opel Rekord war erst ein halbes Jahr alt (sie hatten schon wieder einen neuen gekauft) und verströmte im Innern noch den Geruch des Neuen. Henno kurbelte die Seitenscheibe ein wenig herunter, Albin tat es ihm nach. Kühle Nachtluft wirbelte herein, zerzauste ihre Haare, sie drehten das Radio noch lauter: Take it. Sie waren hellwach. Alles andere war Ausrede. Albin hatte den Ellbogen lässig auf den Türrahmen gestützt, saß halb ausgestreckt, wippte mit den Füßen im Takt. Und sie merken nichts?, fragte er. Wer merkt nichts? Henno kuckte weiter auf die Straße. Deine Eltern, dass du heimlich den Wagen nimmst. Vielleicht merken sie nichts, sagte Henno, vielleicht merken sie was, was macht das für einen Unterschied? Mein Vater trinkt jeden Abend zwei, drei Kognak, fällt ins Bett und hofft, dass nichts passiert. Im Generellen, meine ich. Die Straße machte einen Knick nach links und Henno schaltete in den Dritten runter. Ich werde irgendwann die Firma übernehmen, dafür zahlen sie das Technikum. Solange ich das nicht vor die Wand fahre. Was sollen sie machen, mich enterben? Wäre ja nicht in ihrem Sinne.

Sie fuhren über die Kuppe bei Wülferlieth und sahen auf die Lichter Mesopotamiens herunter. Die paar Lichter. Schötmar, nicht einmal eine Kreisstadt. Sie fuhren herunter, über die große Kreuzung (Handelsstraßen!), rechts und links die kleinen Betriebe und Fabriken, dazwischen die Bürgerhäuser. Elke Lindenböker wohnte dahinter, vorm Tivoli links rein, gediegene Gegend. Eine halbe Stunde vor Mitternacht lag Mesopotamien im Schlaf; kaum dass noch irgendwo Licht brannte, ein paar Schwermütige unterm Dach, denen das Trinken nicht half. Unter den Straßenlaternen hingen schwindsüchtige Röcke milchigen Lichts. Fast dachte man, sie wehten wie Gaze davon, wenn man hindurchfuhr. Sag nichts. Sie rollten im zweiten Gang. Elke Lindenböker, hatte Albin dann gesagt, wir fahren zu Elke Lindenböker. Irgendwann war sie einmal dabei gewesen, im Kino vielleicht oder beim Schlussball der Schötmaraner, jemand musste sie mitgebracht oder wenigstens eingeladen haben, jeder hätte vermutlich eine andere Geschichte erzählt. Es gab die, bei denen man genau wusste, woher sie kamen, woher man sie kannte, noch aus der Grundschule oder Haus und Hof hatten einen Namen, so oder so. Elke Lindenbökers Herkommen lag im Nebel. Eine tatsächliche oder bloß vermutete Wurzellosigkeit, aus der sich eine besondere, das heißt über das Maß des Üblichen hinausgehende Beweglichkeit ableiten ließ. Wir sagen das mal so: Wenn man überhaupt mitten in der Nacht irgendwo aufkreuzen konnte, dann bei Elke Lindenböker. Davon war Albin überzeugt. Wir kommen mal vorbei, in der Nacht, Señorita, hatte er zu ihr gesagt und sie hatte sich an die Stirn getippt: Im Leben nich. Man musste sich etwas trauen. Einfach vor der Tür stehen. Nächsten Freitag? Sie wohnte mit ihrer Mutter zur Miete, eines dieser neuen Mehrfamilienhäuser, die sie vor ein paar Jahren auf der Asper Seite gebaut hatten. Zweizimmerküchebadbalkon. Der Vater, so hieß es, sei immer in Handelssachen unterwegs, niemand hatte ihn je zu Gesicht bekommen, die Mutter arbeitete in einer Schuhfabrik (Schmidtpott & Langejürgen?). Elke lernte für die Aufnahme an der Fachschule für technisches Zeichnen. Ihr winziges Zimmer: eine schmale Liege, ein Brett auf zwei Böcken als Schreibtisch, die Kleider auf einer Stange. Henno parkte den Wagen am Bürgersteig. Meinste, sie kommt runter? Sie stiegen aus, drückten die Türen zu (nicht gleich die ganze Straße aufwecken!). Was es bedeutete, wach zu sein zwischen all dem Schlaf. Die Zeit war nachts eine andere, sie schien keine Richtung zu haben, der Morgen immer in weiter Ferne. Man dachte nicht darüber nach. Nachts wurden Kinder gemacht und Morde begangen; der Verdacht färbte ab. Daran änderte auch eine einsame Straßenlaterne nichts, sie rückte es im Gegenteil vielmehr ins Bewusstsein. Ihr seid verrückt. Sie trug einen Morgenmantel, einem Mausfell nicht unähnlich, darunter schmale Hosen, die überm Knöchel endeten, und an den Füßen Pantoffeln mit Kunstpelzbesatz. Oder doch eher eine Katze? Schönes Fräulein, dürfen wir Sie zu unserer kleinen Party einladen? Henno sagte Pohrdy. Sie hielt einen Teller in der linken Hand, irgendetwas darauf, man konnte es nicht genau erkennen, Apfelkuchen, sagte sie, der sei noch übrig gewesen, und dann noch einmal: Ihr seid echt verrückt. Albin nahm ihr den Teller ab, verschlang gleich ein halbes Stück. Darf ich bitten? Mit vollem Mund? Sie gingen über die Straße auf den Wagen zu. Ist das euer Ernst?, fragte Elke und: Wo habt ihr den denn her? Henno öffnete ihr die Beifahrertür; Verbrechen muss sich lohnen, sagte er, wenn gnä' Frau bitte einsteigen wollen? Der Opel hatte vorne eine durchgehende Sitzbank, Elke rutschte in die Mitte (noch'n Tucken!), Albin mit dem Kuchenteller daneben, Henno stieg von der Fahrerseite ein: Zu Dritt ganz schön enge. Er spürte ihre Hüfte an seiner Hüfte, ihren – ach was, das hätte keiner gesagt: Oberschenkel. Ihre Schultern berührten sich, ihre Arme. Das Weiche und das Feste unter dem Stoff, dem Morgenmantel (ein verwaschenes Blumenmuster). Sie strahlte Hitze aus, die Wärme des Bettes, in dem sie eben noch gelegen hatte, er roch ihre Haut am Hals und ihre Haare. Sie war kräftig gebaut, eine Neigung zu Doppelkinn und eine kleine Falte im Nacken, wohl eine Folge nächtlichen Kuchengenusses, während sie über ihren Zeichnungen saß? Die braunen Haare strubbelig, eine Bettfrisur eben, vielleicht würde das einmal Mode werden. Henno schaltete das Radio ein: Woody Herman and his Orchestra. Scheinwerfer an. Als er die Handbremse löste, kam er nicht umhin, ihr Knie zu streifen. Wo fahren wir hin? Mal kucken. Er fuhr die Straße hoch, an den letzten Häusern vorbei, und bog dann auf die Bundesstraße ein, die sie den Zubringer nannten, weil er die Autos zur Autobahn brachte. Nach Dortmund und Köln in die eine Richtung, nach Hannover in die andere. Dahinter weiter bis Berlin. Sofort hatte man dieses Ich-werde-mal im Kopf. Ich werde mal nach Berlin gehen, sagte Elke. Irgend so eine Idee von Berühmtheit – oder völligen Verlorengehens. Als technische Zeichnerin könne sie dann auch noch Architektur studieren. Ein Atelier unterm Dach mit Oberlicht. Und ein Diwan. Oder ein Hausboot auf der Spree. Und dann nach New York. Im Radio spielte Duke Ellington den Autobahn-Blues. Sie hielt den Kuchenteller auf ihren Knien. Henno bog nach links ab, die Straße stieg leicht an, nach gut anderthalb Kilometern erreichten sie die Asper Heide. Henno wendete den Wagen und fuhr ein Stück in einen Feldweg hinein. Durch die Windschutzscheibe hatte man jetzt einen Panoramablick ins Werretal und Salzetal. Die Straßenlaternen und einzelne beleuchtete Fenster lagen als glitzernder Teich unter ihnen. Für ein Lichtermeer bedurfte es besonderer Vorstellungskraft. Aber vielleicht war das auch gar nicht nötig: Weil ich noch jung bin, möchte ich träumen … Bitte bedienen Sie sich, Gentlemen, sagte Elke und bot Kuchen an. Und das Beste, sagte Henno und zog einen Flachmann aus der Tasche. Man glaubt es nicht – an alles gedacht. Schwach glomm das Innenlicht, und wie er nach einem Stück Kuchen auf dem Teller auf Elkes Knien griff, sah Albin, dass sie unter dem Morgenmantel ihr Schlafanzugoberteil trug. Und darunter? Darunter wäre nichts mehr, die nackte Haut, der Busen, der Bauch? Er nahm einen Schluck aus Hennos Flachmann (Vaters Kognak?), der scharfe Alkohol vermischte sich in seinem Mund mit dem süßen Apfelkuchen: Kann man sich dran gewöhnen. Elke fielen ein paar Krümel in den Schoß: Wer nie sein Brot im Bette aß … Wie kam man eigentlich auf solche Sprüche? Henno knipste das kleine Licht über dem Rückspiegel aus und sagte etwas von Batteriesparen. Und Albin befreite seinen linken Arm und legte ihn auf die Rückenlehne, wo er also quasi um Elkes Schulter lag und Sekunden später lag auf Albins Arm auch Hennos Arm (der hatte nun nicht mehr zurückziehen können) und Elke sagte: Aber meine Herren! Was soll nur aus uns werden? So saßen sie zu dritt, schauten in die Nacht, lauschten dem Rythm des Duke und ab und an drückte Albin sein Knie gegen Elkes und sie drückte zurück. Konnte man sie selig nennen? Was wusste einer vom anderen? Sie waren wie in eine Kugel gehüllt, eine große Blase, durchsichtig und eigentlich gar nicht da. Aber solange sie so zusammen waren, konnten sie nichts voneinander wissen. Die Blase müsste erst platzen. Die Nacht denkt an ihr eigenes Ende nicht. Er hätte bis zum Morgen so sitzen können und hätte sich auch nicht gewundert, wenn sich der Wagen in die Luft erhoben hätte und mit ihnen über die Landschaft geschwebt wäre, und er war froh, nicht allein zu sein, und auch nicht zu zweit und das ging wohl den beiden anderen auch so. Außerhalb der Nacht liefen die Uhren weiter. Aus dem Radio kam ein Piepton: Es ist ein Uhr. Zum Sendeschluss noch einmal Nachrichten. Schade Kinder, sagte Elke, es war grade so schön. Henno drehte noch am Knopf, fand aber keinen Sender mehr. Nur der RIAS Berlin würde die ganze Nacht durch senden, sagte er, den kriegte man hier aber nicht. Er schaltete das Radio aus. Nächstes Jahr in Berlin?, sagte Elke. Auf'm Hausboot? Sie teilten sich den letzten Rest Kognak. In Berlin, da gingen die Lichter nie aus und jeder sei ein Künstler und geschlafen würde auch so gut wie nie. War das eine Frage? Leben in der großen Stadt. Konnte man sich das vorstellen? Elke würde wirklich gehen. Mit Nichts ins Ungefähre. In diesem Morgenmantel und sagen, das gehöre jetzt so. Henno startete den Wagen: Dann woll'n wir die Dame mal nachhause bringen. Er setzte zurück auf die Straße. Das Fahren war jetzt anders, ohne Musik, irgendwie trauriger. Albin hatte immer noch seinen Arm um Elkes Schulter gelegt. Über den Zubringer in die Neubausiedlung. Ihr seid schon so zwei, sagte Elke. Vergiss den Teller nicht. Sie schauten ihr nach, wie sie im Morgenmantel den Plattenweg zur Haustür ging und im Dunkel verschwand. Willst du?, fragte Henno und deutete mit einer Kopfbewegung zum Auto. Der Motor lief. Albin setzte sich hinters Lenkrad. Er fuhr langsam zurück auf die Oerlinghauser Straße. Dritter Gang, vierter Gang. Es war halb zwei durch, sie waren die einzigen weit und breit, die einzigen, die die gelben Fühler ihrer Maschine in die Nacht lenkten. Wo könnte man noch alles hin? Sie ließen das Tal der zwei Flüsse hinter sich. Einfach den Scheinwerfern folgen: Man dachte das so und wusste zugleich mit einem halben Gedanken, dass es nicht stimmte. Sie sprachen nichts. Der Fahrtwind zog durchs handbreit offene Fenster hinein. Albin musste an Herrn Oetker denken, den seine Schiffe nicht forttrugen. Würde Elke ihn mitnehmen? Man musste es schon selber tun. Wülfer, Bexten, Heipke. Nächstes Jahr in Berlin? Es war vorstellbar und unvorstellbar zugleich. Schon war die Paulskirchener Höhe wieder erreicht. Am Ende war es ein kurzer Flug gewesen. Er lenkte den Wagen vorsichtig in die Bünemannsche Firmeneinfahrt. Stell ihn da ab, sagte Henno und deutete auf einen Platz vor der weißen Wand. Zuhause, im Bett, nahm er die ersten paar Sprossen der Jakobsleiter und schlief sofort ein.

Es kamen erste Erfolge. Mit Pußta Zweiter in einer A-Dressur (A wie Anfänger). Mal ein dritter oder vierter Platz. Mit Johannmeiers Nixe oder Brakensieks Condor (Maschinenfabrik Brakensiek, der hatte sich jetzt in die Reiterkreise eingekauft). Über lange Strecken aber nichts. Jeden Sonntag aufs Turnier, im Lippischen und darüber hinaus, zwanzigmal in der Saison. Und dann vielfach doch nur unter ferner liefen. Das war es eben, dass man nicht ganz scheiterte, nicht kolossal unterging. Dann wäre es leicht gewesen. Aber so? Die kleinen Erfolge unterdrückten jeden Impuls, doch noch alles hinzuschmeißen und abzuhauen. Wenn man placiert war, konnte man seinen Namen anschließend in der Zeitung lesen. Und die anderen lasen's auch. Die Gräfin gab telefonisch ihre Einkaufsliste durch, und er lieferte abends aus (oder in der Mittagspause zwischen eins und drei). Blieb gleich da, um Muschiks Ausbildung fortzusetzen. Manchmal lud sie ihn zum Tee ein: Dass die ganz großen Erfolge bislang ausgeblieben waren, vielleicht war das ein Grund, dass hier eine Beziehung hielt. Sie sah ja, wie er sich mühte. Mit den mittelmäßigen Pferden der Bauern. Wäre es leicht gewesen, er wäre längst davongeflogen. In diesem Jahr bestand er in Hoya die Prüfung zum silbernen Reitabzeichen: Reiten auf Kandare und einfache Galoppwechsel (die fliegenden natürlich auch schon geübt).

Wir sind die Letzten, sagte Glietz, ist das nicht verrückt? Wir sind die Ersten (er öfter, weil er die besseren Pferde hatte) und wir sind zugleich die Letzten. Die letzten Apostel. Nach uns kommt keiner mehr. Wir sind grade erst einundzwanzig (er sah immer noch aus wie sechzehn) und schon klafft hinter uns eine Lücke. Die paar Fabrikantentöchter, sagte er, die schließen das nicht. Und wenn wir nicht mehr sind, dann ist das alles Geschichte, glaub das. Das letzte Jahrhundert der Pferde. Er hatte ja recht: Von den Zwölf-, Dreizehnjährigen interessierte sich niemand mehr für die Reiterei. Die interessierten sich nur noch für Autos und Motorräder. Es war kurios. Kaum war er nun also in die Reiterkreise eingetreten, hatten sie ihn aufgenommen, den jungen Mann ohne Hof, da zeigten sich schon Tendenzen der Auflösung. Wenn sie montags bei Dehlers in der Gaststube saßen, die Alten und die paar Jungen. Selbst die Kinder der Gräfin hatten aufgegeben. Was sollen wir tun?, fragte Johannmeier. Es sei inzwischen ja alles immer gleich und sofort zu haben, und deshalb wollten es die Leute auch gleich und sofort, man bräuchte aber die Langmütigen. Und die Kinder kriegten ja keinen Kontakt mehr zu den Pferden, jetzt, wo sie aus der Landwirtschaft bald endgültig verschwunden seien. Kortmeyer, du hast doch gelernt, wie man Werbung macht, wie man Sachen verkauft (nun wurde die Last auch noch auf ihm abgeladen). Und da hatte er gar nicht lange drüber nachdenken müssen: Wir machen eine Voltigierabteilung auf, sagte er. In Hoya hatten sie auch Voltigierunterricht gehabt. Das sei Kavallerieschule, hatte Otto Meyer gesagt, auch der Körper des Reiters sollte trainiert werden. Wer auf einem galoppierenden Pferd freihändig stehen konnte, musste beim Sitzen nicht über sein Gleichgewicht nachdenken. Man konnte leicht Erfolge erzielen und brauchte für ein Dutzend Mädchen und Jungen nur ein Pferd. Meier zu Dingerdissen gab Pußta: Das brave Tier, die macht wirklich alles mit. Wir machen einen Tag der offenen Tür, sagte Albin, setzen es in die Zeitung, laden alle ein. Mittwochs nachmittags haben die Geschäfte zu, da habe ich Zeit, da mache ich das. Ein bisschen verblüfft kuckten die Alten schon, aber eine bessere Idee hatten sie auch nicht. So stand er dann einmal die Woche auf dem Reitplatz von Johannmeiers im Zirkel, das Pferd an der Longe, und versuchte, so ein bisschen wie Otto Meyer zu sein (unabdingbar dazu ein korrekter Dress).

5

Es war das vierte oder fünfte Mal, dass er nach Hoya fuhr, jetzt mit einem Mercedes-Transporter und richtigem Pferdeanhänger. Brakensiek Maschinenfabrik Paulskirchen üb. Bielefeld stand in weißer Schrift auf den Seiten des kleinen Lasters. Wenn er damit an den Wochenenden aufs Turnier fuhr (Winterberg, Silixen, Barntrup, Berlebeck), kam eine Matratze hinten rein, neben Sattel, Zaumzeug, Putzkiste und Hafersack. Ein Zwanzigliterkanister mit Wasser und ein kleiner Spiegel, um sich morgens zu rasieren und die Krawatte zu binden. Brakensiek hatte auch das Pferd gekauft, den Schimmelwallach Romeo, mit dem er jetzt zu Otto Meyer gefahren war, um ihn für die Saison auszubilden. Ein Apfelschimmel, ein schönes Tier, das musste man sagen, Schimmel waren ja nicht so häufig. Aber von den Gängen her dann doch wieder nur Durchschnitt. Das musste man eben auch sagen (oder besser nicht). Brakensiek gab selten mehr als tausend Mark für ein Pferd aus (es ist ja nicht nur die Anschaffung!) und dennoch sollten Erwartungen erfüllt werden. Vielleicht im Springen? Manchmal glaubte man ja an Wunder, wie in der Geschichte vom hässlichen Entlein oder bei Aschenputtel: Dass ein Pferd, das gar nicht danach aussah, noch ungeahnte Fähigkeiten entwickelte. Manchmal fühlte es sich für einen kurzen Moment so an. Am Ende musste man sich selbst ermahnen, gegen die Realität war nichts zu machen. Romeo würde maximal in Klasse L mithalten können. Es konnte vielleicht einmal zwanzig oder dreißig Prozent über das Vorhandene, über die Anlagen hinausgehen, aber niemals hundert Prozent. Bei Otto Meyer ging es um diese Dreißig, weshalb sich der Aufwand halbwegs lohnte (wenn man nicht so genau drüber nachdachte). Aber er lernte natürlich immer noch dazu. Es war ja auch jedes Pferd anders. Es war ein Unterschied, ob man eine Sache mit Ernst betrieb oder mit Ehrgeiz. Der Ehrgeiz war der Boden für Enttäuschungen. Manche waren nachgerade verbissen, den Lehren der Alten Meister zum Trotz (sich immer sagen: ich habe Zeit). Man sah die Verbissenen und wie ihre Pferde hart im Maul wurden. Wie ihnen selbst die Losgelassenheit abhanden kam. Das zog auf, die Zeiten schienen so zu sein. Wer wollte sich noch den Mühen der Ebene unterziehen? Ich finde niemanden mehr, der Geduld hat, hatte die Gräfin gesagt. Was manche als Gewinn betrachteten, war eigentlich ein Preis, den man zahlen musste. Er begriff es nach und nach: Die kleinen Erfolge, die Etappen, das waren Übungen in Geduld. Wer einen Blick dafür hatte, sah es.

Ich sehe Ihnen schon die ganze Zeit zu, sagte die junge Frau: Sie haben einen Sinn für Schönheit (so ganz trocken und nüchtern gesagt). Eine Stunde lang hatte er Romeo auf dem Sandplatz in den Seitengängen trainiert, Schulter herein, Travers, Renvers. Mit hoher Zügelführung: Der Nasenrücken des Pferdes muss immer vor der Senkrechten sein! Ohne eine gründliche Dressurausbildung bekam man kein gutes Springpferd. Jetzt ließ er das Pferd sich am langen Zügel strecken. Da könnten Sie Recht haben, sagte er und sah sie so an, dass ihr Lob etwas Doppeldeutiges bekam (jetzt habe ich Sie in Verlegenheit gebracht!). Sie war groß und blond, die kurzen Haare unter einem breiten Stirnband, trug eine Reithose aus Cord und einen Pullover, der schon etwas aus der Form war. Na, wenn Sie meinen, sagte sie (und warf zum Lachen den Kopf in den Nacken). Ein glattes Gesicht, eine kleine Nase (wie man sie bei den Mädchen aus dem Norden häufiger sah), ein runder Mund. Es war ja nicht so, dass sie ihm noch gar nicht aufgefallen war, natürlich kuckte man sich immer nach den Frauen um. Und nun war sie es gewesen, die ihn angesprochen hatte. Stoßen wir heute Abend darauf an? Auf die Schönheit? Er saß ab, sie streckte ihm die Hand hin: Karen Ahlborn, aus Hamburg.

Es waren vier Jahre vergangen, seit die – ja, wie sollte man sagen: Sache? mit Elisabeth sich aufgelöst hatte (in die Brüche gegangen war, wenn man ehrlich war). Er war das Schuldgefühl nie ganz losgeworden und ein paarmal war es über ihn gekommen, dass er meinte, nun alles stehen und liegen lassen zu müssen und nach England zu reisen, um sie dort zu suchen. (Man wird morgens wach und denkt: Heute breche ich auf.) Als wenn das Leben ein Kinofilm wäre. (Da hätte es natürlich einen stinkreichen Lord gegeben, der ihn auf seinem Landsitz gleich zum Ausbilder seiner edlen Vollblüter gemacht hätte und Elisabeth wäre inzwischen eine beliebte Lehrerin in dem kleinen Ort und hätte die ganze Zeit auf ihn gewartet.) Manche Sachen bekam man nur schwer aus dem Kopf raus. Es wurde ja alles Mögliche über die Liebe geschrieben, helfen tat es nicht. Jeder machte seine eigenen Erfahrungen. Aber konnte man in der Liebe überhaupt besser werden? So Illustrierten-Kram: Vermeiden Sie die zehn größten Fehler in der Liebe (zum Schießen!). Der bessere Liebhaber wäre derjenige, der schnell vergisst? Über so etwas wurde nicht geschrieben. Es war ja auch ganz albern, man lernte die Liebe nicht aus Büchern. Aus Büchern konnte man nur das lernen, was man schon wusste. Mit dem Reiten war es genauso. Ich will nicht daran denken, an die zerbrochene Liebe, sagte er sich. Ein paar lose Liebschaften seitdem, nichts Ernstes (denn dafür hätte sich eine Tür auftun müssen oder wenigstens ein Spalt, um hindurchzuschlüpfen). Vielleicht hing auch noch etwas anderes nach, etwas, das mit der Musik zu tun hatte, ein verborgenes Schuldgefühl, das nicht gepackt zu haben, nicht ein bisschen etwas vom Vater zu haben (für seine Mutter). Bleiben Sie der Musik gewogen, hatte Nebelsiek gesagt (ab und an spielte er ja noch, leichte Sachen nach Gehör). Und nun dies: Sie haben einen Sinn für Schönheit. Also konnte es doch Kunst sein. Für ihn hatte da nie ein Zweifel bestanden. Was es hieß, auf der gleichen Wellenlänge zu sein (das habe ich sofort gespürt, würde er später sagen). Sie war erst vor ein paar Tagen angereist, mit zwei Pferden: Ich möchte mal Ihre Meinung hören. Er setzte sich beim Abendessen an ihren Tisch (hatte vorher bei den Alten gesessen, die schon seit Jahren nach Hoya kamen, allesamt Träger des silbernen Reitabzeichens, Steenken und Deselaers, Niehage und noch ein paar andere). Das ist Albin Kortmeyer, sagte sie in die Runde, er reitet mit hoher Hand, wie man es auf den Fotos der Alten Meister sieht (Oberst Bürkner oder Müseler selbst). Und er reitet auch Trakehner, sagte sie. Sie war ebenfalls mit zweien angereist, vom Gestüt in Rantzau in Holstein, sagte sie, dort hätten sie mit ein paar Überlebenden aus der Rominter Heide wieder angefangen (es sei eine Frage der Liebe). Sie war zweifellos der Mittelpunkt des Tisches. Auf dem Weg zum Parkhaus fragte sie ihn, ob es hier sehr schlimm zuginge, sie habe so etwas gehört. Ein bisschen militärisch, sagte er (was man sich so darunter vorstellte?). Otto Meyer behandle alle gleich: Wer etwas erreicht hatte, bekam die nächste Aufgabe, die ihn überforderte (das packen Sie nicht!). Sie stießen mit Bier an, auf die Kameradschaft – und auf die Schönheit. Beim zweiten Bier dann per Du: Ich hab ja bloots so'n Allerweltsnamen. Und ein paar Lieder auf der Quetschkommode? Spiel uns doch was! Es fährt ein Schiff durch den Golf von Biscaya. Und: Keine Bange, Lieselotte (wenn man schon ziemlich angeschickert war). Oder auf dem Klavier: Wie schön muss Liebe im April sein? Alles nach Gehör. Und anderntags um halb sechs raus. Hier weht ein rauer Wind, sagte sie, aber das sei ihr gerade recht. Eine Stunde Zirkelarbeit und dann Pferdewechsel. Pferde sind immer Pferde, Reiter sind nicht immer Reiter (das würde hier deutlich). Und: Korrigieren

Sie sich gegenseitig! Man musste den Mut haben, das auszusprechen, was man für falsch hielt: Sag mir ruhig die ungeschminkte Wahrheit. Sie sei nicht nachträgerisch, sagte sie. Sie hatte so ein paar merkwürdige Wörter, nachträgerisch war eines davon, oder dass sie bloots statt bloß sagte. Beim Springen blieben die meisten hinter der Bewegung des Pferdes zurück, aus Angst, bei der Landung aus dem Sattel katapultiert zu werden (Sie sind besser geworden, Kortmeyer, aber kucken Sie sich mal an, wie Steenken das macht). Der schien einfach nicht drüber nachzudenken: Wenn du rüber bist, bist du rüber, fertig aus. Der brachte es fertig, im Sprung gar nicht nach vorne zu schauen, sondern unter sein Pferd, wie viel Luft da noch war zwischen Stange und Huf. Und legte dann nochmal zehn Zentimeter mehr auf. Im Gelände konnte man so nicht reiten. Der sei schon verrückt, sagte Karen (sind wir das hier nicht alle?). Komm, wir drehen noch 'ne Runde um den Teich. Südlich der Schule lag der kleine Wiedesee, im Oktober hatten sie noch manchmal drin gebadet, die Jungs, ohne Badehose. Mal ohne Bügel reiten, ohne Sattel? Ohne Trense? Wie hast du's gelernt? Sie sei als Kind mit ein paar Rübenschnitzen in den Taschen zu den Weiden raus, auf den Zaun geklettert, die Pferde angelockt und habe sich dann einfach auf eines draufgesetzt. In der Mähne festgehalten. Das Absteigen sei dann jedes Mal einem Sturz gleichgekommen. Mit dreckigen Knien nachhause. Ihre Mutter habe sie immer wieder gewaschen und ihr saubere Kleider angezogen, sei aber nichts (nüscht) zu machen gewesen. Jahre später hätte Papa (sie sagte Papa mit Betonung auf der zweiten Silbe) es dann eingesehen und ihr das erste Pferd gekauft.

Werden wir in zehn Jahren andere sein? Werden wir uns verändern oder bleiben wir gleich? Er hatte noch nicht darüber nachgedacht, jedenfalls nicht so allgemein; er wusste nur, wie er nicht werden wollte: Wie Rendsburg (ein Ladenbesitzer), wie die Paulskirchener Sippschaft (so sagte er hier), auch nicht wie Brakensiek oder die Bielefelder Haute Volée. Vielleicht wie die Gräfin. Dass er als Kind immer Bauer werden wollte (oder Schauspieler). Da musste sie dann auch lachen: Weil es so ernst war. Also sie träume ja von einem Reiterhof, so'n richtiger Familienbetrieb. Ob er sich sowas vorstellen könnte? Das habe sie nun von ihrer Mutter gelernt, dass man sein Leben in die Hand nehmen müsse. Es gebe keine vorgezeichneten Wege Sie, also ihre Mutter habe jetzt angefangen, Groschenromane zu schreiben – stell dir vor, die verdient damit richtig Geld. So Sachen erzählte sie (wie schnell sie vertraut waren?). Und dass sie das mit dem Reiterhof wirklich ernst meine, er solle mal drüber nachdenken. Gehen wir mal ins Kino? Oder Tanzen? Man vergäße hier ja sonst die Errungenschaften der Zivilisation (sie waren ja auch auf eine Art kaserniert). In Nienburg lief Lawrence von Arabien: Da haben wir uns dann zweieinhalb Stunden die Hände gedrückt. Nachts im Bett dachte er drüber nach: Natürlich hatte sie Recht. Wir müssen andere werden. Er war damals zu jung gewesen, um das zu verstehen – bei der ersten Liebe. Vielleicht war deswegen jede erste Liebe zum Scheitern verurteilt: Weil man sie sofort festhalten wollte (alles andere war Schlagerromantik).

Was wirst du tun, wenn du zurückgehst? Und du? Und ihr? Und was hieß überhaupt: zurück? Fragen am Ende eines Lehrgangs, im Parkhaus, am großen Tisch so zwischen die halbvollen Biergläser gestellt. Jaaa ... Er würde die meisten lange Zeit nicht wiedersehen, wenn überhaupt. Auf den ländlichen Turnieren waren oft nur Reiter des eigenen Landesverbandes zugelassen – und selbst wenn: Wer führe schon von hier nach Extertal oder Kalletal, Schieder, Bösingfeld oder Hardissen? Wenn man Glück hatte, gewann man mal ein neues Halfter (Ehrenpreis der Firma Jobstharde, überreicht von der Tochter des Firmengründers). Auf unsere künftigen Siege, Kameraden. Ob man das gewusst habe, Kamerad käme von Kammer, italienisch camera. Vier Mann auf einer Stube (manchmal sogar sechs oder acht). Hol doch mal die Camera (zuhause haben sie ja keine Ahnung). Und Karen: Du kommst mich auf jeden Fall in Hamburg besuchen. Das musste er versprechen. Nimm doch nochmal das Akkordeon: In deinen Augen seh' ich Tränen, und: Fahr'n Sie nicht zum Nordpol. Was 'ne herrliche Nacht! Und später, als sie rausgingen: Lass die andern mal. Es war ein besonderer Geruch oder Duft, wenn man aus dem Bier- und Zigarettendunst ins Freie trat. Man roch den Frühling (es war die letzten Tage richtig warm geworden). Endlich, sagte man. Die Weiden, die Tiere, die Bäume, vielleicht die Erde selbst: Als wenn die Natur zurückatmete – so, wie man sie einsog, sog sie einen selbst ein. Ich bin noch gar nicht müde. Denkst du das Gleiche wie ich? Wollen wir? Noch nicht ins Bett gehen? Ich zieh mir schnell noch die Reithose an (abends trug sie Rock). Ein bisschen unruhig wurden die Pferde schon. Nach hinten raus, damit sie nicht über den Hof mussten. Ohne Sattel, nur mit Trense. Durch den Park bis zur Weser runter, flussabwärts kam man zum Segelflugplatz: die weißen Vögel im Mondlicht. Weißt du eigentlich, was das heißt: Fliegen ohne Flügel? Weiter bis kurz vor Drübber und dann runter zum Wiedesee (die Pferde können mit den Ohren sehen). Wenn sie nebeneinander ritten, berührten sich manchmal ihre Beine. Die Körper, die sich unter ihnen bewegten. Was wirst du tun? Und wenn man jetzt einfach gar nicht mehr zurückkehrte? Eine halbe Stunde durch die Felder bis zum See. Es gab eine kleine Insel, über einen schmalen Landsteg mit dem Ufer verbunden. Vorsichtig tasteten die Pferde hinüber. Wenn das Wasser wärmer wäre, könnten wir schwimmen. Im Gras schlafen. Wir hätten eine Decke mitnehmen sollen. Nächstes Mal, sagte sie.

Dann kamen die Briefe: Mein lieber Romeo (sie tat immer so, als ob sie dem Pferd schriebe). Ich hoffe, Du bist viel an der frischen Luft. Und wie es in Hamburg ginge: Ich arbeite jetzt bei Papa im Kontor. Bei jeder Gelegenheit draußen in Bergstedt, wo die Pferde stünden. Hältst Du es in deinem Geschäft noch aus? Jede Woche kam ein Brief. Er schrieb zurück, immer nur ein paar Zeilen. Wie es mit der Voltigierabteilung laufe (jetzt schon eine Fortgeschrittenengruppe am Sonnabend – das hatte ihr ja schon imponiert, dass da ein Mann so gut mit Kindern konnte). Und mit Muschik bereite er sich auf die Stubbendorff-Prüfung am Siekkrug vor (Vielseitigkeit Klasse L). Dein Romeo. Unser Leben in Briefen? Wenn es so einfach wäre. Anfang Juni: Sie hätten Karten für das Hamburger Derby, ob er nicht kommen wolle? Gerüchteweise gehört hatte er ja schon davon, weil in Hoya natürlich alle davon hermachten, die das schon mal gesehen hatten, das Hamburger Spring-Derby in Klein-Flottbek. Schwerstes Springen der Welt: Der berüchtigte Große Wall, Pulvermanns Grab (nach dem Erbauer des Parcours) – die kannte nun jeder. Thiedemann hatte hier fünfmal gewonnen und Alwin Schockemöhle einmal (auf Bachus, dem Pferd von Otto Meyer), Winkler und der Italiener D'Inzeo. (Die Italiener hatten überhaupt das moderne Springreiten erfunden – wer D'Inzeo einmal gesehen hatte, wie der überm Hindernis fast waagerecht auf dem Pferd lag.) Das war jetzt mal eine Einladung! Kannst bei der Gelegenheit gleich meine Eltern kennenlernen, schrieb sie. Wenn man erstmal soweit war? Er schrieb gleich zurück (P'kirchen, d. 10.6.), wie sehr er sich freue (und malte sich alles Mögliche aus). Schreib doch bitte, wie ich fahren muss. Und grüße Deine Eltern von mir. Am Sonntag zwei Wochen darauf dann um sechs Uhr los (den Abend davor noch bei Wittmanns im Keller gewesen, bestimmt bis zwei). Seine Mutter kochte ihm Kaffee. Anzug und weißes Hemd, die Perlmutt-Manschettenknöpfe. Welche Krawatte? T2-Rasierwasser (klar und männlich). Den Wagen vorher noch vollgetankt (auf der Autobahn ist es teuer). Wir treffen uns um halb zehn in Planten un Bloomen, hatte sie geschrieben, dort sei das Dressur-Finale, danach ginge es dann rüber nach Klein-Flottbek zum Derby-Park. In drei Stunden nach Hamburg, war das zu schaffen? Ist das denn was Festes?, hatte seine Mutter gefragt. Wie die Briefe hin- und hergingen, das hatte sie ja nun auch bemerkt. Dass der Junge so ausdauernd schreibt? Ja, Mutti (so schnell gesagt). Und dann auch schon im Auto. Er wusste es ja selbst nicht, oder ließ sich einfach so mitnehmen. Vom Gefühl. Befrage dich: Bist du bereit, dauerhaft überzusiedeln? Wirf dein Herz übers Hindernis und spring hinterher. Alles hinter sich lassen? Nach Hamburg gehen? Andere hatten es auch gemacht (Utz und der lange Ruthe und Elke Lindenböker, die tatsächlich nach Berlin gegangen war). Porta Westfalica und Hannover, die norddeutsche Tiefebene, Felder und Weiden rechts und links der Autobahn, Kühe und ab und an ein paar Pferde. Die Lüneburger Heide mit ihren Kiefernwäldchen (ideal für Ausritte). Nach zweieinhalb Stunden war er an den Elbbrücken (auf dem Beifahrersitz der Brief mit der Wegbeschreibung: Hinter den Brücken links halten Richtung Hauptbahnhof). Der Hafen mit den Kränen und den großen Pötten. Die breiten Straßen hießen hier Chaussee. Am Hauptbahnhof vorbei und über die Lombardsbrücke, die die Außen- von der Binnenalster trennte, das Hotel Vier Jahreszeiten (da mal absteigen, für tausend Mark die Nacht?). Geradeaus und dann rechts in die Jungiusstraße, man sah schon das Publikum sich vorm Eingang sammeln. Er stellte den Wagen ab. Es war gerade neun Uhr durch. Wie würde man sich hier finden? Er kannte ja nur Karen vom Aussehen her und stellte sich ihre Eltern irgendwie vor, und dann war es natürlich so, dass man sie gerade deswegen nicht sah – eben weil man sie sich vorgestellt hatte. Bis halb war es ja noch etwas hin. Bestes Turnierwetter.

Karen überragte ihre Eltern um einen halben Kopf (sie war auch größer als Albin), cremefarbene Bluse und eine ebensolche kurze Jacke überm blauen Rock, die Haare perfekt frisiert (Donnerwetter!). Die Mutter im hellblauen Kleid, schlank und gerade: Wir freuen uns, sie kennenzulernen, Herr Kortmeyer. Der Vater im braunen Anzug, schwarzer Haarkranz, sonnenbraun: Ahlborn (kräftiger Händedruck), angenehm. Und das ist Ferdinand, sagte Karen mit einer Geste auf einen jungen Mann, der die drei begleitete. Er reichte die Hand mit einer knappen Verbeugung: von Essen. Ferdinand von Essen, F vorm E. (Blauer Blazer, graue Hose, blond, ein schmales Gesicht und eine aristokratische Nase, Siegelring mit Familienwappen, mehr Hanseat ging kaum; die Haare fielen ihm vorne ins Gesicht, wuchsen über die Ohren und lagen hinten auf dem Kragen auf – so eine Lässigkeit. Er sprach so'n bisschen durch die Nase.) Ein Freund unseres Hauses, sagte Karen, der überhaupt nichts von Pferden versteht: Deswegen haben wir ihn mitgebracht (nur deswegen?). Gehen wir? (Hinter dem Rücken der Eltern tauschten sie dann schnell zwei Küsse). Alles gut gefunden? Wie war die Fahrt? Sie zeigten ihre Billets vor. Karen kaufte noch ein Programmheft: Das ist ja ein ganzes Buch!. Ins Finale kamen die vier besten Reiter mit ihrem besten Pferd aus den Vorprüfungen, die am Freitag und Sonnabend stattgefunden hatten, und mussten dann – das war das Besondere – nicht nur ihr eigenes Pferd reiten, sondern auch das der drei anderen. Reiner Klimke hatte im Vorjahr gewonnen und war auch diesmal wieder im Finale, Willi Schultheis und der schwedische Olympiasieger Major St. Cyr (wie spricht man das aus?) und Rose Springer (frisch geschieden vom großen Verleger Axel Springer). Man hatte einen Sandplatz aufgeschüttet und eine hölzerne Tribüne drumherum gebaut, einige hatten sich Sitzkissen mitgebracht. Einreiten im versammelten Rechtsgalopp. Halten, Gruß. Anreiten im versammelten Trab. Pirouetten und fliegende Galoppwechsel, Traversalen, Piaffe und Passage. Sechzehnmal die gleiche Vorführung: Wurde das nicht langweilig? Nicht, wenn man den richtigen Blick hatte (oder eben verrückt war). Das Spannende war natürlich, wie sich die Reiter und die Reiterin auf den fremden Pferden schlugen. Der junge Klimke (der ist erst siebenundzwanzig!), ein baumlanger Schlaks, dessen Füße weit über den Pferdebauch hinausragten, beherrschte es am besten. Frack und Zylinder und Segelohren, die Augen zusammengekniffen und die Lippen schmal. Mit welchem Ernst der das anging. Gegen Schultheis und St. Cyr, die Erfahrenen. Sein Fuchswallach Dux (v. Duellant) war das beste Pferd. Der Schritt würde doppelt bewertet, sagte Albin: Ein Pferd zusammenziehen, das könne schließlich jeder, aber das, was am einfachsten aussehe, das sei das Schwierigste. Einmal ein Pferd mit solchen Anlagen reiten? Man musste ja nicht gleich Springer heißen oder Neckermann. Mittags dann rüber nach Klein-Flottbek: Da kommen wir dann gerade richtig zur Bratwurst – ich hab schon solchen Hunger. Zwanzigtausend Zuschauer wurden erwartet (hab ich dir zu viel versprochen?). Der Springsport war natürlich leichter zu verstehen als die Dressur (was ist ein fliegender Galoppwechsel?). Um den Rasenplatz waren Wälle aufgehäuft, aus Schutt vom Krieg, darauf an zwei Seiten die Tribünen, sonst Stehplätze. An der kurzen Seite gegenüber dem Einritt die Logen (Mindestbestellung eine Flasche Champagner – und die haben die schlechteste Sicht). Damen mit Hut. Manche lagerten auf Decken, einige hatten Stockschirme mit ausklappbarem Sitz. Sie hatten Tribünenplätze. Oben die Fernsehkameras und die Kabinen der Reporter. Albin saß zwischen Karen und von Essen, die Eltern links. Man hatte die Sonne im Rücken. Fünfundvierzig Paare hatten sich qualifiziert, es würde zwei Durchgänge geben, danach eventuell noch ein Stechen. Der Stadionsprecher erklärte den Parcours, siebzehn Hindernisse mit vierundzwanzig Sprüngen. Dann ritt der Erste durch den Torbogen in der Teilnehmertribüne ein.

Wer den drei Meter hohen Wall packte, wo die Pferde fast auf dem Hinterteil hinunterrutschen mussten, um dann gleich einen einmetersechzig hohen Steilsprung zu nehmen, bekam Szenenapplaus. Winkler scheiterte hier ebenso (er riss das halbe Hindernis um) wie Jarasinski, den seine Stute in hohem Bogen auf den Rasen warf (er blieb nicht der Einzige, der den Platz zu Fuß verließ). D'Inzeo meisterte die Sache, patzte dann aber am Trakehnergraben. Auf den Irischen Wällen, die eigentlich ganz harmlos aussahen, rutschten etliche Pferde aus. Er brauche jetzt erstmal eine Zigarette, sagte von Essen und zog sie aus einem silbernen Etui – was der für lange schlanke Finger hatte? Karen drückte Albins Hand. In der Pause nochmal Bratwurst und Bier. Die ganz feine Gesellschaft am Stand der Sektkellerei Geldermann: Kuck dir die Perlenketten an! Eine ältere Dame mit einem feinen Schleier mit großen schwarzen Punkten überm weißen Haar: Sieht aus wie 'ne Krankheit. Komm, wir gehen mal ein bisschen. Er reichte ihr den Arm. Auf dem Abreiteplatz bereiteten sich die nächsten Paare vor: Der Lange da, mit dem dunklen Teint, das sei Nelson Pessoa aus Brasilien, der habe hier im Jahr zuvor gewonnen. Sieh dir mal die Zügelführung an, der reitet quasi einhändig. Und dort: Alwin Schockemöhle. Er (Albin) hieße ja ganz ähnlich, hatte Karens Mutter gesagt, was denn die Namen bedeuteten? Es sei wohl etwas Germanisches, man müsse es einmal nachschlagen.

Die Glocke schlug für den nächsten Reiter: Pessoa mit Gran Geste, einem prachtvollen Schimmel, der das erste und jetzt auch das zweite Hindernis fehlerfrei überfliegt. Guter Einsprung drüben am Irischen Wall und auch korrekter weit fliegender Aussprung von Gran Geste. Nelson Pessoa, der sich jetzt dem Wassergraben nähert, ihn weit überspringt, Staub wirbelt hoch, aber kein Wasser sprüht auf – jetzt die Palisadenwand, die grün gestrichen ist und die flankiert ist von Bäumen, von Tannen und von Birken. Jetzt der große Wall – auch hier kann man sich leicht verschätzen beim Einsprung, aber nicht so Pessoa, nimmt das Rick in der Mitte, lässt sich dann herunterfallen (aus drei Metern Höhe) und springt auch gut über die weiße Bretterplanke und ebenfalls fehlerfrei über das achte Hindernis, über das Koppelrick, macht das Pferd jetzt schnell, dreht es nach rechts, nimmt das Tor in der Mauer an, auch hier noch kein Fehler. Als nächstes die beiden Ochser, zunächst der Birkenochser, fehlerfrei gesprungen, sehr kurz herumgenommen Gran Geste jetzt von Nelson Pessoa – der Buschochser – eine kleine Hilfe, und fehlerfrei fliegt Gran Geste über das Hindernis. ... die beiden Eisenbahnschranken: Einsprung, Rhythmus dazwischen gut, und Aussprung, immer noch fehlerfrei –. Das Holsteiner Tor – jetzt kommt Pulvermanns Grab, und Pessoa macht das sehr richtig, indem er das Pferd versammelt – springt ein und springt fehlerfrei aus. Die Mauer ist überflogen, jetzt kommt der Holsteiner Wegesprung – Einsprung, Aussprung, ebenfalls noch fehlerfrei –. Es wird der bisher beste Ritt werden, denn er hat nur noch die Mauer, die letzte Hürde zu nehmen, und die müsste Gran Geste eigentlich fehlerfrei schaffen – setzt herüber und fehlerfrei!

Pessoa schaffte es sogar noch, mit seinem zweiten Pferd, Esparatco, fehlerfrei zu bleiben und belegte so nicht nur den ersten, sondern auch den zweiten Platz (hatte es so etwas schon mal gegeben?). Und bei der Siegerehrung dann aber ganz teilnahmslos, so als wüsste er gar nicht, was er da sollte. Wenn Sie ein Turnier reiten, hatte die Gräfin einmal gesagt, vergessen Sie, dass Sie ein Turnier reiten. Ob er sich das auch zutrauen würde, fragte Herr Ahlborn. Mit dem richtigen Pferd und fünf Jahren Zeit? Arbeite an deiner körperlichen und charakterlichen Schulung, hatte es in Hoya immer geheißen. Lehrsätze alter Meister. Die Vielseitigkeit, also Springen und Dressur, die Geländeritte, das liege ihm mehr, sagte Albin. Gehen wir noch was essen? (Papa lädt uns bestimmt ein!). Und: Sie fahren heute noch zurück? Es hilft ja nichts. (Ich muss morgen früh wieder auf der Matte stehen.) Also höchsten ein Glas Wein und hinterher noch eine Tasse Kaffee, zum Wachbleiben. Ferdinand von Essen sagte, der Tag sei ja wohl von Goethe gewesen: Das Dramatische und das Populäre. Man kehrte noch in den Gasthof Klein Flottbeker Park ein. Um halb zehn machte sich Albin auf den Weg: Wird 'ne kurze Nacht. Es war immer noch hell. Ich schreib dir. Es kam ihm gar nicht so vor, als träte er eine Rückreise an.

6

Man erinnerte sich an die großen Reiter. Glietz hatte recht gehabt: Das Meiste war Vergangenheit. Lörke und Bürkner waren gestorben, Wätjen über siebzig – und das waren nur die, die den Krieg überlebt hatten. Stubbendorff, der auf seinem Trakehner bei den Olympischen Spielen in der Vielseitigkeit sowohl Einzel- wie Mannschaftsgold geholt hatte, war schon einundvierzig an der Ostfront gefallen. Jetzt benannten sie die Prüfungen nach ihm. Albin hatte sich vorbereitet, mit Muschik für das Turnier am Siekkrug im Juli, nach Flachsheide das größte im Lippischen. L-Dressur und Geländeritt und Springen. Nach der Dressur lag er auf Platz drei (der Trakehner-Araber-Mischling hatte diese natürliche Eleganz), nach dem Geländeritt (mit Schmackes durch die Werre, da gab es ein tolles Foto, wie sie aus dem Wasser herausschnellen, fast wie Poseidon) war er Erster. Und er hätte fast, wäre da nicht eine kleine Unaufmerksamkeit gewesen, die sein Pferd an einem Sprung verweigern ließ (drei Fehlerpunkte), die Sache insgesamt gewonnen. Aber auch so: Mensch, Kortmeyer – mit dem Pferd? Muschik war ja erst sechs Jahre alt. Ihr könntet ganz oben mitspielen. Von der westfälischen Landesreitschule in Warendorf war plötzlich die Rede (wie schnell das gehen konnte?). Die Gräfin bot ihm das Pferd an: Tausend Mark. Durfte man träumen? Er schrieb gleich nach Hamburg: Du Glücklicher!, schrieb Karen zurück. Tausend Mark: Es wäre vielleicht zu machen gewesen. Es war aber eben nicht nur das. Er hätte sich viel öfter aus dem Laden befreien müssen, und nicht nur, dass er selbst dann kein Geld verdiente, man hätte ja auch zusätzlich jemanden bezahlen müssen. Man hätte das Pferd unterbringen müssen und die Turniereinsätze bezahlen. Er rechnete es durch: Es ging nicht. Der Laden hielt das Haus Krone gerade so über Wasser. Er hätte sich wie ein Dieb davonstehlen müssen. Wenn man nur einen Hof gehabt hätte! Er schrieb seine Enttäuschung nach Hamburg. (Hatte sich das schon so vorgestellt: Wie er da einreitet, als Sieger. Und nun hätte man alles gerade so fortwerfen können.) Es war dann Brakensiek, der Muschik kaufte. Das Tier als Anlagegut mit Renditeversprechen (manche nannten ihn ja schon den Neckermann von Paulskirchen; er war selbst aber allenfalls ein mäßiger Reiter).

Komm uns doch besuchen, hatte Karen daraufhin geschrieben, wir sind den ganzen August auf Sylt. Mal ein bisschen durchatmen? Pack die Badehose ein (es wurde noch einmal Frau Haupt engagiert, um ihn im Laden zu vertreten). Die erste Augustwoche, heiß und hell. Die See war in guter Erinnerung. Das Weite, Offene (er sah sich schon beim Krabbenpuhlen im Sonnenuntergang). Bei Wöhrl in Bielefeld hatte er extra noch eine beige Baumwollhose (amerikanischer Schnitt) und zwei kurzärmelige Hemden gekauft (da war das Geld auch schon wieder weg). Mit dem Fiat nach Hamburg (fahr vorsichtig! – immer noch diese Ermahnungen, als wenn es darum ginge). Im Dunstkreis der Tanten hieß es: Der feine Herr fährt nach Sylt (dass die Insel als mondän galt, hatte sich inzwischen auch bis Paulskirchen herumgesprochen). Das alles nur, weil sie selber nicht wegkamen. Seine Schwester und sein Schwager wiederholten jedes Jahr ihre Hochzeitsreise, zwei Wochen Kärnten. Onkel Fritz seit man denken konnte jeden Sommer in Braunlage im Harz. Das hatte seine Mutter nie gesagt: Bring sie doch mal mit. Man hatte ja nicht einmal ein Esszimmer, weil alle in diesem Haus aufeinander hockten. Mit einem Mädchen bei Tante Paula am Küchentisch? Un-denk-bar. Und nun?

Scheibe runterkurbeln und Radio an. Ab und an musste man den Sender nachstellen. Norddeutscher Rundfunk. Er hätte sich kaum besser fühlen können. Wie unkompliziert alles schien. Vielleicht hatten da doch höhere Mächte ihre Finger im Spiel? Klopfet an, so wird euch aufgetan. Er war sich nun sicher, dass es einen richtigen Weg gab und dass sich dieser Weg ihm jetzt offenbarte (wem Gott will rechte Gunst erweisen). Was er beim letzten Besuch, beim Derby, schon insgeheim gehofft hatte, das schien sich nun zu bewahrheiten: Auch er konnte gehen. Eigentlich war es nichts Besonderes: Jemand besaß ein Haus und lud einen anderen ein. Es fühlte sich für ihn nicht so an, als ob er wegführe, sondern als ob er zurückkehrte. Ich fühlte, würde er später einmal sagen, dass ich in diesem Moment meinen Vater nicht mehr brauchte. Irgendwo zwischen Walsrode und Soltau. Wenn du die erste Augustwoche kommen kannst, hatte Karen geschrieben, kannst du mit uns von Hamburg weiterfahren. Ende Juli dann noch eine kurze Karte: FvE würde auch dabei sein. Nur, damit du gewarnt bist. Er hatte schon beim Derby eine gewisse Vertrautheit zwischen den beiden bemerkt, kleine Codes, halb ausgesprochene Sätze, an denen sich die Hamburger Kreise erkannten. Von Essen bewohnte eine kleine Wohnung an der Hoheluftchaussee, die ihm sein Vater gekauft hatte (und besaß einen Hosenbügelautomat, wie Karen einmal unter Luftanhalten mitgeteilt hatte). Hemden mit eingesticktem Monogramm, aber die Manschetten immer offen. Elbbrücken und links der Hafen (schon ganz vertraut). Große, weite Welt. Karen hatte ihm den Weg nach Wellingsbüttel noch einmal genau aufgeschrieben.

Sie fuhren in Hamburg nach dem Frühstück los. Zweieinhalb Stunden würde die Fahrt nach Niebüll dauern, Frau Ahlborn und Ferdinand von Essen fuhren im Cabriolet (Karmann Ghia, rot mit schwarzen Ledersitzen) voraus. Karen und Albin mit dem Vater im Mercedes (vergesst den Hund nicht!). Im Jahr zuvor war das Haus in Wenningstedt auf

Sylt fertig geworden: Wissen Sie, hatte Herr Ahlborn gesagt, wie um ein wenig den Luxus eines Ferienhauses auf der Insel zu rechtfertigen, was soll ich mit einem großen Haus in Hamburg? Sie schienen ihn ernst zu nehmen. Oder, aber der Gedanke kam ihm erst später: Sie konnten es sich leisten, so zu tun. In Niebüll kamen die Autos auf den Zug (Papa, darf ich drauffahren?), den eine Diesellok in gemächlichem Tempo über den Hindenburgdamm zog. Amrum und Föhr waren ja nur mit der Fähre erreichbar. So sieht die Zukunft aus, sagte ihr Vater, und meinte den Autozug. Als Kind sei er mal auf Amrum gewesen, sagte Albin, wegen des Asthmas. Und sie nach dem Krieg zum Aufpäppeln im Kinderheim in Rantum (da hätten wir uns ja fast schon kennengelernt haben können). Freuste dich? Kurbel mal die Fenster runter, ich will Seeluft atmen (der Hund auch). Phä-no-me-nal. Sie fuhren von Westerland (was da jetzt gebaut wird!) nach Wenningstedt, zwei Kilometer vielleicht. Nicht so viel Trubel, sagte ihr Vater, und es läge geschützter. Eine schmale Straße durch ein Wäldchen, noch nicht geteert. Dann ein weißes Haus, im friesischen Stil, das Dach bis zum Erdgeschoss heruntergezogen. So, da wären wir. Von Essens Cabriolet stand schon in der Einfahrt. Frisch eingesäter Rasen und hinterm Haus die Kiefern. Der Hund sprang gleich aus dem Wagen. Eine Mauer trennte das Grundstück vom Wald. Alle Türen und Fenster standen auf (erstmal ordentlich durchlüften). Ein großer Wintergarten über Eck, viel Glas mit weißen Sprossen. Acht Zimmer. Komm, ich führ dich mal rum. Alles war neu und leicht und hell. Weiß lackierte Fensterrahmen, weiß gestrichene Wände, helle Vorhänge. Hier ist dein Zimmer. Ein Bett auf schlanken Füßen (ohne Kopf- und Fußteil), ein passender Nachttisch, ein schmaler Kleiderschrank (Spiegel innen an der Tür), ein von zwei Bügeln an der Wand gehaltenes Brett als kleiner Schreibtisch, ein Stuhl. Weiße Bettwäsche: Das ist ja wie im Hotel. Hier ist das Bad. Was mochte das gekostet haben? Ich geh mich mal ein bisschen frisch machen. Später Abendessen auf der Terrasse (wir haben schon mal ein wenig eingekauft, sagte von Essen): Bier und Brot und Räucherfisch ('n Tomätchen dazu?). Bestimmt bis elf dort gesessen (John, mach uns doch noch eine Flasche Wein auf). Und wie sehr sie sich freue, sagte Karens Mutter, dass er habe kommen können.

In der Nacht kam dann die Enge (er hatte es schon ein bisschen gemerkt, die ganze Zeit). Schon beim Betreten des Zimmers, als wenn sich eine unsichtbare Hand um seinen Hals legte, erst andeutungsweise (das noch ignoriert: es ist doch so schön hier!), dann mit Kraft. Das Asthma kam wie ein Verbrecher, der hinter der Tür gelauert hatte (gerade hier?). Sie hatten die Fenster inzwischen geschlossen, wegen der Mücken. Lippen zusammenpressen. Er machte es wieder auf. Aufstützen auf der Fensterbank: Versuch es. Das Fiepen, wenn es ein Luftzug in die Lunge schaffte. Und wieder heraus. Man würde es hören, zweifellos. Lieber Gott. Er zog sich den Stuhl ans Fenster, er musste den ersten Anfall, dieses Anfallen unter Kontrolle bringen. Bevor überhaupt an irgendetwas zu denken war. Der Inhalator war im Kulturbeutel im Badezimmer. Er ärgerte sich über sich selbst. Ärgerte sich über sein Leiden. Wusste, dass mit Wut nichts zu machen war (im Gegenteil). Gegen die Zeit konnte man nicht gewinnen. Lippen zusammenpressen. Fiep. Fiep. Fiep. Nach ein paar Minuten konnte er aufstehen. Holte sich aus dem Bad den Inhalator. Ging nach unten. Nahm sich eine Decke vom Sofa und legte sich, so wie er war, draußen auf der Terrasse auf die Klappliege. Es war vielleicht zwei Uhr, als er einschlafen konnte. Um vier Uhr wurde er wieder wach und konnte nicht mehr einschlafen (es wurde ja schon hell). Er stand auf und lief herum. Er hatte Angst, ins Haus zu gehen. Auch das noch. Es war ihm unangenehm, peinlich. Beim Frühstück (drei Tassen Kaffee) ganz kleine Klüsen. Und von Mücken zerstochen. Geht es dir gut? Man musste es sagen, es half ja nichts. Hatte man sich nun auch anders vorgestellt. Der Schlaf wurde am Strand nachgeholt. Nach zwei Tagen ging es dann, als man das Federbett gegen eine leichte Wolldecke ausgetauscht hatte.

Es folgten Tage am Strand (zwei Strandkörbe gemietet und Burgwälle drumherum errichtet und mit Anlauf in die Brandung), Spaziergänge (zu dritt), Ausritte (zu zweit), eine Wattwanderung (alle fünf). Klaffmuscheln und die Ausscheidungen des Wattwurms. Der Wattführer mit weißer Skippermütze. Oder Karen im Strandkorb oder auf der Liege auf der Terrasse mit einem dicken Buch: Edward Morgan Forster, Wiedersehen in Howard's End. Ein englisches Landhaus: So wolle sie mal wohnen. Und ohne jegliche Konventionen, ganz emanzipiert. Abends belegte Brote, Kartoffelsalat, Rollmops (sie sei so eine schlechte Köchin, sagte Karens Mutter), Vorsicht Kamera! im Fernseher (mit Chris Howland). Am Freitag lud Papa in den Friesenhof ein (John, wir müssen auch mal ausgehen). Das Feine und das Legere, so etwas ging erst in einem Seebad richtig zusammen. Kutterscholle mit Bratkartoffeln oder Aal in Dillsoße? (Man kann hier auch 'nen ganzen Hummer kriegen.) Die Weinkarte bitte: Fisch muss schwimmen. Wie ausgesucht höflich man hier bedient wurde? Und dass man jetzt in Versicherungen investieren müsse, sagte von Essen, die Nationale habe zuletzt sechzehn Prozent Dividende ausgeschüttet: Sechzehn! – was, Herr Ahlborn? Erdöl sei eher schwierig, bei der DEA nur zehn Prozent. Albin berichtete von Turniererfolgen und seiner Voltigierabteilung (die Kinder kämen sogar aus Bielefeld). Arbeiten Sie gern mit Kindern? (Karens Mutter). Und: Noch'n Nachtisch? Also ich kann nicht mehr. Langsam Richtung Aufbruch? Von Essen schlug einen Nachtspaziergang vor. Die Serviette ordentlichst gefaltet und neben dem Teller abgelegt, das Kinn jetzt auf die Hände gestützt: Was haltet ihr davon? Das sei eine ganz außerordentliche Idee, sagte Karen (wieder einer von diesen Codes). Und die Eltern: Also wir gehen ins Bett (Mama, lass mir doch noch die Decke da –

Karens Mutter hatte immer eine Decke dabei: Falls es kühl wird). Die Rechnung bitte (ganz diskret). Nachts flaut der Wind ab. Das Licht eines tiefstehenden Mondes (nimmt der jetzt ab oder zu?), dünne Streifen von Wolken, dazwischen vereinzelte Sterne: Wie in einem kitschigen Roman, sagte Karen. Von Essen meinte, diese Art von Literatur würde notorisch unterschätzt (der sagte also auch notorisch). Als sie ein paar Schritte gegangen waren, gegen die Dünen zu, hörte man schon das Meer. Die reinste Anziehungskraft, woher das wohl kam? Die Treppe hoch, den hölzernen Steg durch die Dünen (seht ihr was?), die Treppe hinunter zum Stand: Wartet, wir ziehn uns die Schuhe aus. Albin und von Essen krempelten sich die Hosen hoch, Karen trug ein Kleid (ein Kleidchen). Der Sand fühlte sich kühl an, am Spülsaum knackten die Muschelschalen unter ihren Füßen (aua!). Die Vorstellung, in eine angeschwemmte Qualle zu treten, sagte von Essen: Un-an-ge-nehm. Karen hüpfte ein wenig zur Seite, stieß dabei an Albin. Sie fassten sich an den Händen. Gelegentlich schwappten die Ausläufer einer Welle über die Füße. Das Wasser war fast wärmer als die Luft. Sie zogen den Strand entlang Richtung Norden, von Essen vorneweg. Gib mir mal 'nen Kuss (ganz leise). Schwer mit den Schätzen des Orients beladen, ziehet ein Schifflein am Horizont dahin: Von Essen hatte angefangen zu singen. Frag doch das Meer, ob es Liebe (Liehibe) kann scheiden (scheiheiden), frag doch das Meer, ob es Treue brechen kann. Wisst ihr was?, rief Karen (und ließ Albins Hand los): Hier gibt es einen Nacktbadestrand! (Dass eine andre er auserkoren hat.) Wusstet ihr das? Treue brechen kann, sang von Essen. Der müsse genau hier sein (der Nacktbadestrand). Sie blieb stehen. Ich verlange auf der Stelle, ins Wasser zu gehen! (Ob sie vielleicht ein bisschen viel getrunken hatte? Oder kam das von dem Buch, das sie gerade las?) Aber Gnädige Frau! (von Essen). Nichts da! Wir werden diskret sein. Von wegen – ihr kommt mit! Ich wüsste nicht, sagte sie (und das sei eine emanzipatorische Frage), warum die Frauen sich immer bedeckt halten sollten, während die Männer (Ihr Männer!) machen könnten, was sie wollten. Also los, runter mit den Hosen. Und wenn uns jemand sieht? Dies ist ein Nackt-ba-de-strand, ganz of-fi-zi-ell (auf die Stelle des Bademeisters habe es sechshundert Bewerbungen gegeben und selbst der würde sie nicht sehen, der habe nämlich Feierabend). Sie löste den Gürtel ihres Kleides (ein Wickelkleid), der Wind (landseitig leicht) wehte es auseinander: Ich warte (schade, dass man in der Dunkelheit die Gesichter nicht sehen konnte – Mondlicht hin oder her). Also ich, rief Albin, bin gleich drin (und musste auf einem Bein hüpfen, um die aufgekrempelten Hosenbeine über seine Reiterwaden zu bekommen). Unterhose und zuletzt das Hemd: Juhu! Und stürzte sich in die Wellen (is' mal 'n ganz neues Gefühl). Schwamm gleich bis dahin, wo man nicht mehr stehen konnte. Als er sich umdrehte, zog Karen gerade ihren Schlüpfer aus (soweit das zu sehen war) und kam tatsächlich (und ganz gemächlich) auf ihn zu ins Wasser. (Ob sie zwischen den Beinen auch blond war? Die Achseln hatte sie immer rasiert.) Sie drehte sich zum Strand um (Albin sah ihren Po – oder Podex oder Hintern?): Herr von Essen! Sie ließ sich von der nächsten Welle erfassen, tauchte ein und schwamm zu Albin raus. Es ist gar nicht kalt! Merk dir, in welcher Richtung der Strand liegt. Man wurde immer wieder von einer Welle überrascht und dann ging der Kopf unter Wasser. War der von Essen jetzt auch endlich drin? Ferdinand, ich will Sie nackt sehen! (Die waren wirklich immer noch per Sie.) Ihre Haare klebten nass am Kopf (sonst hatte sie immer eine Bademütze aufgesetzt). Arme ausbreiten und versuchen, sich allein vom Wasser tragen zu lassen (warst du das grade oder ein Fisch?). Und: Treiben wir eigentlich ab? Sie schwammen ein Stück zurück, bis sie wieder Boden unter den Füßen spürten. Von etwas weiter weg war von Essen zu vernehmen: Karen, Sie sind unglaublich! (Nun war der also auch endlich drin.) Sie bewegten sich langsam Richtung Ufer. Von der Seite sah er ihre Brüste, zwei Kegel, fest, die kaum wippten. Große Brustwarzen (jetzt kuck nicht zu lange hin). Sie strich sich das Haar zurück. Siehst du unsere Kleider? Man war tatsächlich ein Stück abgetrieben. Herrlich! Der Wind musste das Handtuch ersetzen. Sie zogen sich an (den BH hätte sie eigentlich gar nicht nötig) und setzten sich auf die Decke in den Sand. Ferdinand, sind Sie schon ertrunken? Er sei ein guter Freund, sagte sie. Aber als Mann könne sie ihn sich nicht vorstellen (Betonung auf Mann). Nun war das also auch geklärt. Gib mir 'nen Kuss. Und von irgendwo aus den Wellen: Wo seid ihr? Von Essen kam aus dem Wasser: Sind meine Sachen noch da? (Nein, die hat 'ne Seekuh gefressen.) Er schlüpfte in seine Hose, zog das Hemd über (das er offen ließ) und setzte sich auf sein Jackett (Futter nach unten) neben sie in den Sand: Ein unvergessliches Erlebnis! Wie spät haben wir? So ein Uhr durch.

So ging es also auch. Die letzten zwei Tage auf der Insel waren, ja, wie sollte man sagen?, von dieser Nacht infiziert. Schubartiges Fieber. Und Pläne wurden wie Bälle hin- und hergeworfen (oder wanderten heimlich von Hand zu Hand). Alles spielt sich vor einem Hintergrund ab, jedes Bild erscheint vor einem Hintergrund und je nach dem verändert sich das, was es vorstellt. Figuren, die man in einem Papiertheater in verschiedene Kulissen schiebt. Natürlich dachten sie über diese Mechanismen nicht weiter nach, es erschien ihnen alles selbstverständlich. Die ganze Freiheit, sich sein Leben auszumalen: Und dann machen wir es so, und dann so. Albin kam es vor, als würde sein bisheriges Leben (oder zumindest bestimmte Teile davon: der Alte Krug, der Laden, der Putzfimmel der Frauen, die Freunde, die gegangen waren) – als träte dies alles jetzt selbst in die Kulissen zurück, würde Hintergrund für ein neues Bild (oder übermalt?). Wenn wir erstmal unseren Reiterhof haben. Manches scheint nur so lange real zu sein, wie es eine Illusion ist: Glaubst du's wirklich? Er war eingeladen worden in ein Haus – fühlte sich das nun richtig an? Als wenn man nochmal in die Lehre ginge. Ab wann gehörte man dazu? Der Pakt mit den Pferden, der kentaurische Pakt, war geschlossen worden in dem Drang, gemeinsam abzuhauen. Der Pakt zwischen Albin Kortmeyer und Karen Ahlborn war der Pakt zweier Kentauren. Zweier Pferdemenschen. Dem Pferd war der Fluchtinstinkt angeboren; ein Mensch konnte aber nicht sein Leben lang auf der Flucht sein. Karen blieb auf Sylt, er fuhr zurück nach Paulskirchen. Ferdinand von Essen nahm ihn bis Hamburg mit, in seinem Karman Ghia. Und redete die ganze Zeit: Es sei ja nun offensichtlich, dass Bölls Clown an Salingers Caulfield angelehnt sei (nie gehört), ob er die Kritik von Baumgarten gelesen habe, also er können mit Böll ja nichts anfangen, auch mit Arno Schmid nicht, dieses ewige Genörgel, er habe Bernhard für sich entdeckt (Sie müssen unbedingt Frost lesen), so müsse man in unserer Zeit schreiben und ansonsten in Versicherungen investieren, und dass das Frühstück in amerikanischen Hotels ja viel besser sei als in deutschen und dass der Mensch auf Magnetismus reagiere, wie Forscher jetzt herausgefunden hätten. Er war froh, als er wieder in seinem eigenen Auto saß. Der Weg aus der großen Stadt, über den Fluss, irgendwo zwischen Soltau und Walsrode, es kam ihm fast lächerlich vor: Dass er einmal geträumt haben konnte von einem Vater, der in Persien weiterlebte. Er hatte das Gefühl, dass sich die verschiedenen Bilder in der Bewegung, in der Fahrt übereinanderlegten und zu einem wurden.

7

Es war November geworden. Die letzten Turniere lagen nun schon länger zurück, bis in den September hinein ging die Saison, da aber nur noch sporadisch, kleinere Veranstaltungen. Die Fuchsjagden kamen zum Schluss, man brauchte den Platz der abgeernteten Felder. Auch der Reitverein Lützow hatte zur Jagd geblasen, sechsundvierzig Reiter, darunter ein Dutzend Amazonen, standen auf Johannmeiers Hof in Ehrdissen und warteten auf das Signal. Manche nahmen die Sache bierernst (wo kommt der Spruch eigentlich her?), anderen ging's ums Vergnügen und den Schnaps hinterher (und zwischendurch). Vielleicht waren das die Gesetze der Jagd: Dass es eigentlich um etwas ging und doch um nichts. Um einen Rausch: Rasch und Rausch – wie dicht das beieinander lag. Die Meute rauschte vorbei. Im Rausch, im Flug. Die Reitkappen auf dem Kopf, die im Zweifel nichts nützen würden. Sie zeigten nur an, dass eine Gefahr bestand (niemand benutzte einen Kinnriemen, wenn man stürzte, flog die Kappe als erstes in den Dreck). Wer auf sich hielt, trug eine alte Kappe, deren schwarzer Samtbezug von der Sonne schon ins Grünliche hinein ausgebleicht und die am Schirm abgegriffen war. Die alten Sachen mit den Zeichen der Vergänglichkeit waren die Ornamente des Jägers, der neue, glänzende Dress wäre hier fehl. Die Jagd ist eine Erinnerung. Schon immer gewesen. Eine Erinnerung und eine Erneuerung einer alten Sache, eines alten Paktes, vor Urzeiten zwischen Mensch und Tier geschlossen (wie es wirklich war, wusste niemand mehr). Manche sagten, ein einseitiger

Pakt. Karen hatte geschrieben: Papa will mit Dir über das Geschäft reden. (Mein lieber Romeo!) Es lief nun also auf etwas zu, etwas Festes, etwas wirklich Festes, in jeder Hinsicht, das – obwohl man ja genau dies wollte – jener Leichtigkeit zuwiderlief. Dabei war das Flüchtige doch genauso wahr, genauso real wie das Feste. Der Mensch konnte nur deshalb vom Fliegen träumen, weil er es längst konnte, längst gekonnt hatte. Es war nur in Vergessenheit geraten. Es waren die ängstlichen Naturen, die einem das Gegenteil einreden wollten. Es waren nicht wenige, vielleicht sogar die meisten. Und nun? Johann C. Ahlborn KG, Tuchhandlung. Aktiva und Passiva, Immobilien und bewegliches Vermögen (wie man sich das so vorstellte). Eine Tochter. Gute Gesellschaft. Ohne die Freiheiten, die ihr der Vater ließ, auch und gerade in finanzieller Hinsicht, hätten sie sich nie kennengelernt. Das Leichte war aber mit Geld nicht zu bezahlen gewesen, im Gegenteil. Man konnte sich ein Pferd kaufen. Man konnte sich sogar einen Reiter kaufen. Albin hatte immer wieder gesehen, wie schwer die Geldleute an ihrem Besitz trugen (Brakensiek, das Kinn immer so auf die Brust gedrückt, auch wenn er auf dem Pferd saß). Die Jagd war die Erinnerung daran, dass wir einmal fliegen konnten. Er war einer von den sechsundvierzig. Rieke Johannmeier ritt mit und ihr Vater und Kurt Güse als Master (für'n Schnaps). Albin hatte Pußta gesattelt (die im Gelände ebenso gut ging wie an der Longe unter den Voltigierkindern). Weiße Reithose und das schwarze Turnierjackett mit den Goldknöpfen. Weißes Hemd und weißes Halstuch. Ein herbstlicher Sonntagmorgen, dünner Nebel über den brachen Feldern. Wer den Fuchs holen wollte, musste nicht nur Können mitbringen, sondern auch Mut. Sechs Kilometer war die Strecke lang, von Ehrdissen runter zur Windwehe (da musste man drüber oder eher: durch), Dingerdissen (da gab's den ersten Reiterschluck), Bechterdissen, dann hoch nach Nienhagen, durch das Große Holz und über den Mühlbach, zuletzt auf langer gerader Strecke wieder zurück zum Hof Johannmeier. Frühestens vorm Holz würde man den Fuchs stellen können, die beste Gelegenheit bot sich hinterm Bach (wenn man mit vollem Tempo drüber ging). Auf der Geraden war eigentlich kaum mehr Boden gutzumachen. Albin hatte im Sommer mit Pußta drei Militarys geritten, das Tier hatte Kondition. Die Pferde der Springreiter mussten ja immer nur anderthalb Minuten durchhalten. Stimmen und das Geklapper der Hufeisen auf dem Hofpflaster. Nochmal nachgurten? Gleich würde das Signal kommen: Der Fuchs ist los! Man musste zusehen, dass man gleich vorne weg kam, sechsundvierzig Pferde, das würde ein ganz schönes Gerangel geben. Obwohl Herdentier, mochten die meisten das Gedränge nicht, schnappten nach links und rechts, brachen aus. Im Zweifel ging's immer ums eigene Fell, da waren die Pferde dem Menschen nicht unähnlich (weshalb man sie aber noch lange nicht verstand – die einen wie die anderen). Lose Beziehungen. Der Jäger ist kein Mensch. Am allerwenigsten ist er ein Tier. Das Pferd ist ein Pfeil, auf dem man sitzen kann. Ein Pfeil, dessen Flugbahn nicht vorbestimmt ist. Man jagt zum Spaß. Der Jäger ist kein Mensch, weil er den Ernst des Lebens verneint (verlacht?). Die Liebe der Jäger endet immer tödlich. Mach den Kopf frei. Die Jagd ist eine Übung im Loslassen. In den Jahren zuvor war er schon dabei gewesen, aber nie ganz vorne. Glietz und Blessing hatten's meistens unter sich ausgemacht. Die Alten hielten sich zurück (außer es stach einen der Hafer). Elisabeths Bruder (kein Wort davon! – sie war immer noch in England, hatte dort ihr Abitur gemacht). Marlies Sander war dabei, die wie immer ohne Sporen ritt. Heide Schirnecker. Den Frauen war einiges zuzutrauen. Die erzählten zuhause auch nicht alles. Mit Heide hatte er sogar mal im Stroh übernachtet, in Barsinghausen beim Turnier (da gab es ja sonst nichts). Morgens waschen mit kaltem Wasser neben der Milchkammer (halt mal 'n Handtuch hoch, damit nicht alle kucken). Kameradschaftlich verbunden. Als das Signal kam, hatte er gerade eine ungünstige Position und kam nicht auf den Weg, der zwischen der großen Scheune (in der er bei schlechtem Wetter die Voltigierstunden gab) und dem Reitplatz vom Hof führte. Er ritt kurzentschlossen außen um den Platz herum und schloss direkt zum Master auf. Mach den Kopf frei.

Die Jagd macht den Menschen zum Imitator, der Jäger ist dem Schauspieler verwandt. Der Jäger zu Pferde verwandelt sich in einen Löwen oder Leoparden; nicht äußerlich, aber der Art nach. Ein Schauspieler könnte nur einen schlafenden Löwen spielen, der Reiter kann einen jagenden Löwen spielen. Sein Speer, sein Bogen ersetzen ihm Klauen und Zähne. So muss es früher einmal gewesen sein. Und nun klagten einige, dass das Pferd durch das Auto ersetzt worden sei. Sie hatten nicht verstanden. Die Motorleistung in Pferdestärken zu messen hat zu einem großen Missverständnis geführt. Die Pferde freute es, dass eine Maschine ihren Dienst tat: Sie waren nun keine Ochsen mehr. Die Gräfin hatte das erkannt: Kuck dir die Bauern an, wie sie reihum Mercedes kaufen; daran erkennst du ihren Pferdeverstand (sie selbst ja nur im VW Käfer). Der Automobilist bleibe am Ende ein Ochsenkarrenlenker. Und das Flugzeug (wir sprachen davon) konnte nur nach gründlichem Vergessen erfunden werden. Der Reiter drohte, dieser Welt verloren zu gehen. Wobei es ja nicht eigentlich eine Drohung war. Einfach nur ein notorisches Anderssein. Der Sport imitierte die Jagd, die Welt holte sich die Reiter als Sportler zurück. Auch in diesem Punkt hatte die Gräfin Recht gehabt. Albin hatte es zu spüren bekommen, die Pferdebesitzer wurden ungeduldig, wenn er von einem Turnier keine Schleifen mitbrachte. Der Sport macht vergessen, er ist eine große Vergessensmaschine. Ein Volk, das vergessen will, gibt sich ganz dem Sport hin. Er ist eine Imitation ohne Erinnerung.

Ein Pferd sieht das weite Feld, aber nicht das Kaninchenloch. Pußta trat hinein, knickte in den Vorderläufen ein, der eigene Schwung katapultierte Albin aus dem Sattel zwischen den Ohren hindurch (wie die Artisten, die sich im Zirkus aus einer Kanone schießen lassen), sein Kinn ratschte über den Riemen des Reithalfters, die Gefahr dehnte die paar Sekundenbruchteile, so dass er noch überlegen konnte, zu welcher Seite er sich am besten abrollen sollte, dann überschlug er sich auch schon auf dem Ackerboden. Er stand gleich wieder auf (nix passiert!), sein erster Blick galt dem Pferd, jemand hatte sie eingefangen (sie schien wirklich nur gestolpert zu sein), Albin sprang sofort wieder in den Sattel. Er hatte sich das Kinn aufgerissen, aus dem nun das Blut rann. Nichts zu machen. Die Spitzengruppe natürlich längst in weiter Ferne, aber wenn man's nicht versuchte? Was war schon vernünftig? Reite, solange du kannst. Pußta hatte noch Kondition, sie würde galoppieren, solange er sie sicher übers Feld lenkte. Sein Arm und seine Hüfte taten weh, aber was spielte das für eine Rolle? Vielleicht gab es auf der letzten Geraden doch noch eine Chance?

Niemand erinnert sich an die Siege eines Sportlers, niemand erinnert sich an die Niederlagen. All die Plaketten und Medaillen, Schleifen und Pokale: Staubfänger. Der Soldat stirbt, der Sportler wird vergessen. Man hebt ein paar Zeitungsberichte auf – aus Verzweiflung. Man hat nicht dazugelernt. Die Gräfin schrieb Spottverse darauf. Aber alles fortwerfen? Das ging nur, wenn man nichts besaß. Am schlimmsten war das Wenige, sich ein wenig Beachtung erarbeitet zu haben. Einmal etwas geschmeckt zu haben. Nicht für völlig verrückt gehalten zu werden. Konnte man einem deswegen Vorwürfe machen? Das Fortlaufen musste doch einmal ein Ende haben? So geriet aber jegliche Liebe in Gefahr. Denn das war die Liebe doch: Die Möglichkeit, oder eher noch: die Idee, jederzeit fortgehen zu können. Sich vom Acker zu machen. Das war die Liebe zu den Pferden, die deshalb ebenso wenig bloß Tiere waren (wie Kühe oder Schweine), wie der Jäger bloß Mensch war. Wer es nicht erfühlt, der wird es nicht erjagen: Man brauchte lange, um die Klarheit und die Tragweite dieses Satzes zu verstehen.

Es war natürlich nichts zu machen gewesen, Albin und Pußta konnten den Abstand nicht wieder aufholen. Auch wenn sie noch ziemlich dicht herankamen. Es war diesmal Glietz, der dem vorauseilenden Kameraden den Fuchsschwanz vom Jackett riss. Erst als sie wieder auf Johannmeiers Hof waren, bemerkte Albin, wie stark er eigentlich blutete, das Hemd und das weiße Halstuch (das würde man wegschmeißen müssen) dunkelrot getränkt. Pflaster drauf. Eine Narbe würde bleiben. Trink erstmal einen Schnaps.

Ahlborns hatten zum Grünkohlessen eingeladen. (Der Kohl sollte einmal Frost gekriegt haben, damit er seinen typischen süßlichen Geschmack entwickelte.) Eine kleine Gesellschaft, fünfzehn Leute vielleicht, was so in das Wellingsbütteler Haus passte (eine Auswahl des Hamburger Mittelstandes). Kohlwurst und Bier aus Steinkrügen, und Brot und Sülze (falls es nicht reicht). Eine rotkarierte Tischdecke, es sollte rustikal aussehen (die blauen Kerzen passten dazu nicht, ebenso wenig wie die Perlenketten einiger Damen). Ein Grünkohlessen, das war ein Rahmen, der zu nichts verpflichtete. So war es wohl gedacht, und das merkte man der Sache an: eine gewisse S-teifheit. Hier wurde noch kein Schwiegersohn in spe präsentiert. Keine Gelegenheit, eine Verlobung bekanntzugeben. Er saß mit Karen über Eck. Zum Wohl und greift zu. Er trug den guten Anzug, weißes Hemd mit Manschettenknöpfen, die schmale weinrote Krawatte (ein bisschen beaucoup vielleicht), Karen im blauen Cocktailkleid (es war eben ein Hamburger Grünkohlessen). Eine junge Dame fiel etwas aus dem sonst so gediegenen Bild: Roter Rollkragenpullover und die halblangen Haare unfrisiert. Unsere Intellektuelle, sagte Karen. Sie hieß Aurelia und machte ein Volontariat beim Hamburger Abendblatt. War er unterhaltsam? Zwischen den Leuten, die er nicht kannte. Ein bisschen Bewährungsprobe war es schon. Er sprach über die Reiterei (zeig doch mal deine Narbe), zwei bis drei Sätze hörte man zu: Und der Vater ist Pianist gewesen? Spielen Sie auch? Irgendwelche Halbwahrheiten aus der Bielefelder Gesellschaft (manchmal trat Karen ihn gegens Schienbein, wenn er es übertrieb). Glänzende Stirn, und er spürte, wie er unter den Achseln schwitzte. Dabei stand das Eigentliche ja noch bevor. Papa, hatte Karen geschrieben, will mit dir Geschäftliches besprechen. Natürlich: Welches Leben hätte er zu bieten gehabt? Mit ihr überm Alten Krug einziehen, wie damals mit Mutter und Schwester? Er konnte sie unmöglich nach Paulskirchen holen (jede Frau wäre schreiend davongelaufen). Er hatte den Gedanken daran immer wieder verdrängt, aber es war unvermeidbar: Er hatte nichts außer sich selbst, kein Haus, keinen Hof, kein Erbe. Kaufmännischer Angestellter. (Noch immer Bibi Dehler im Ohr: Ich heirate doch keinen Angestellten!) Wie stellen Sie sich das vor, junger Mann?: Die Frage hing immer im Raum. Und nun Karen: Wie sie da neben ihm saß und der Runde zuprostete. Dieses Selbstverständliche: Das konnte er ihr eben nicht bieten. Aber sie war die Erste gewesen, die ihn verstanden hatte. Sie ließ sich nichts anmerken. Messer zerteilten Kohlwürste, aus denen der Saft troff, ihr Vater aß beinahe schweigend, ab und an ein Blick unter den schwarzen Augenbrauen hervor, so als erwarte er noch jemanden. Der Rücken ein wenig krumm (diese typische Kaufmannshaltung). Hatte er sich seine Sätze schon zurechtgelegt? Das Hamburger Derby im Juni, das war eine Reitersache gewesen, aber die Tage auf Sylt hatten etwas verändert. Er gehörte nun dazu. Aber eben noch nicht ganz. Es wurde Aquavit ausgeschenkt (Aalborger Jubiläums). Er kannte die Enttäuschungen, eine Prüfung nicht zu bestehen, zu Genüge. Mit Karen hatte er nie darüber gesprochen, über das Berufliche. Es bedeutete ihm nichts (und ihr scheinbar auch nicht). Sie hatten von ihrem Reiterhof geredet. In Gedanken war er immer schon von Paulskirchen weg, war alles, nur kein Einzelhandelskaufmann. Wenn er nur hätte sagen können: Wir haben einen Hof im Lippischen (und wenn es nur fünfzehn Hektar gewesen wären). Er hatte das Glas in einem Zug geleert (nehm' Sie noch einen?). Man kam nicht fort, wenn man's nur um derer willen tat, die blieben. Er fischte noch eine Scheibe Sülze vom Teller, bevor abgetragen wurde (in der Hinsicht sich immer treu geblieben). Er ertrug das Sitzen und die Gespräche nur schlecht. Was wollte er überhaupt? Er hatte für das bevorstehende Gespräch überhaupt keine Strategie. Sich nicht überlegt, was er täte, wenn. Wir sind doch keine einfachen Leute, hatte es zuhause immer geheißen. Sie wussten es nicht besser. Es war trotzdem nicht zu verzeihen. Man setzte sich in den Salon. Auf dem Tisch die Schatulle mit Zigaretten, der Barwagen mit Kognak und Whisky. Johann Cort Ahlborn goss zwei Gläser ein, Whiskygläser mit schwerem Glasboden (ein bisschen wie im Film): Kommen Sie, Albin, ich zeig Ihnen mal was. Nun ging es also los (Karen war in die Küche gegangen, ihr Vater hatte den Moment abgepasst). Sie gingen in den ersten Stock hoch (schon ein wenig schwerfällig, wie der Alte die Treppe nahm, eine Hand am Geländer, eine Hand am Whiskyglas), am Ende des Flurs lag ein kleines Arbeitszimmer (zum Garten raus, aber jetzt war alles dunkel). Ahlborn knipste das Licht an: Kommen Sie. Der Schreibtisch unterm Fenster, rechts und links an den Wänden halbhohe und hohe Regale, dazwischen Bilder, der eine oder andere Stich, ein Segelschiff in Öl. Die Regale voll mit Büchern, die gebundenen Ausgaben und die Taschenbücher gesondert, neben der Tür zwei kleine Sessel um ein niedriges Tischchen: Nehmen Sie Platz. Ahlborn stellte sein Glas auf dem Tischchen ab und zog ein Fotoalbum aus einem der Regale (unten, wo die großen Bildbände standen). Setzte sich neben Albin und schlug auf: Sehen Sie, das ist Karen, kurz nach ihrer Geburt (sie war ein halbes Jahr jünger als Albin), hier mit ihrem Großvater, meinem Vater. Der habe die Firma Ahlborn 1905 gegründet (da waren meine Schwester und ich schon auf der Welt). Hier das erste Kontor in der Wendenstraße. Ist im Krieg zerstört worden. Wir waren immer kriegswichtig, das hat uns gerettet. Baumwolle, Baumwolle, Baumwolle. Er sagte das mit so einem verdeckten Stolz; dass sein Vater da schon einen Riecher gehabt und er dann davon zum zweiten Mal profitiert hatte. Jetzt könne man sich ja Gott sei Dank wieder den schönen Dingen zuwenden. Sein Vater in den Zwanzigerjahren: elegant, nicht? Feine Wollstoffe aus Italien würden jetzt verstärkt nachgefragt, sagte er. Und hier: Karen bei der Einschulung. Er habe ja gedacht, dass sie mal studiert. Aber jeder müsse seinen Weg selbst gehen (in ihrem Fall war es dann eine Ausbildung zur Groß- und Außenhandelskauffrau – sie hatten kaum darüber gesprochen). Die Whiskygläser standen unberührt auf dem Tischchen und Albin wagte es nicht, einen Schluck zu nehmen. Wir sind eine Kommanditgesellschaft, sagte Ahlborn, aber das wissen Sie ja. Dieses und jenes Foto noch. Seine Schwester in Dänemark hielte zwanzig Prozent, seine Frau ebenfalls. Karen habe er zum einundzwanzigsten Geburtstag zehn Prozent überschrieben. Sehen Sie, sagte er, nun habe ich gegen die Frauen gar keine Mehrheit mehr (und musste lachen). Er sei jetzt einundsechzig Jahre alt – da müsse man langsam ans Aufhören denken. Er stelle sich vor, demnächst öfter auf Sylt zu sein (wissen Sie, das tut mir gut). Aber sehen Sie, fuhr er fort (nur um dann wieder eine kleine Pause zu machen): Ist meine Tochter denn eine gute Partie? Mit zehn Prozent sicher nicht. Er glaube auch nicht, dass es ihm (Albin) darum ginge (ging es denn jemand anderem darum?). Es sind die Pferde – Sie haben etwas, das andere nicht haben (immer noch das Fotoalbum auf den Knien). Richtig? Ahlborn machte so eine Handbewegung: Lassense man. So eine gemeinsame Liebe zu etwas, das sei nicht die schlechteste Grundlage. Bei vielen ist es ja nur das Geld. Er verstünde nichts von Pferden, sagte er, er habe nur schon immer verstanden, was seiner

Tochter wichtig sei: Das ist nicht bloots eine Jugendlaune. Es sei nun aber so, fuhr er fort (und klappte das Album zu und legte es neben das Tischchen auf den Teppich), mit Pferden sei nun mal kein Geld zu verdienen. Vers-tehen Sie mich nicht falsch (er fuhr mit dem Finger über den Rand seines Glases): Meine Tochter ist selbständig. Er habe nicht nötig, für sie einen Versorger zu finden (wir leben ja nicht mehr in den Zeiten der Buddenbrooks). Ich will, sagte er, dass sie glücklich wird. Und er würde das nach Kräften unterstützen. Aber (und da kuckte er wieder so unter seinen Augenbrauen hoch) – was ist Ihr Anteil daran, Herr Kortmeyer? Ich kenne Ihre Verhältnisse nicht im Detail (mehr hätte er eigentlich nicht sagen müssen), bei vielem könne man ja nicht dafür. Er habe sich deshalb überlegt (wenn's euch beiden wirklich ernst ist), ihn als Substituten in seine Firma aufzunehmen. Er müsse natürlich noch lernen. Das internationale Tuchgeschäft sei schon etwas anderes. Vielleicht fürs erste im Vertrieb. Ob er Englisch könne? Ahlborn griff zum Glas und nahm einen Schluck. Was eingeschenkt wurde, musste ausgetrunken werden. Denken Sie darüber nach. Und ohne eine Antwort abzuwarten, erhob er sich aus dem Sessel: Dann woll'n wir mal wieder runtergehen, die wundern sich sonst noch. Im Gehen, hinter Ahlborns Rücken, stürzte Albin den Whisky hinunter (brannte wie verrückt). War das nun die Chance, die ihm geboten wurde? Die Hand, die man ihm hinhielt? Er hatte immer Bilder im Kopf gehabt und nun schien sich so ein Bilder in eine Wirklichkeit zu verwandeln – und wurde dabei ganz anders. Man konnte sich leichter das Unmögliche vorstellen als das Mögliche. Auf der Treppe wurde ihm fast schwindelig (der Alkohol und eine halbe Stunde fast bewegungslos gesessen): Sagen Sie, ich komme gleich. Er ging auf die Toilette und wusch sich das Gesicht mit kaltem Wasser. Er sah im Spiegel die feinen Äderchen unter der Haut, die Sommerbräune war längst verblasst. Die Haare waren verdammt dünn geworden im letzten Jahr.

(Wenn er sich hätte von hinten sehen können: am Hinterkopf schon fast kahl. Mit Anfang zwanzig. Das hatte er nun definitiv von seinem Vater geerbt.) Im Salon saßen sie, einige rauchten, einige hatten Kognak in den Gläsern. Komm, hol dir noch 'n Stuhl. Und: Alles gut? Wir reden morgen. Der Abend war in Auflösung begriffen, die Gäste gingen nach und nach (vielen Dank für die Einladung!) und auch die Eltern Ahlborn zogen sich zurück (macht nicht mehr zu lang). Aurelia, die sie die Intellektuelle nannten, zündete sich noch eine Zigarette an: Ich mach noch ein Foto von euch (sie entwickelte die Bilder selbst). Vielleicht so, du hinter ihr, leg deine Arme um ihre Hüften und dann kuckt mal ordentlich in die Zukunft.

Es dauerte, bis er einschlafen konnte (auf dem schmalen Bett im Gästezimmer). Am Morgen frühstückten sie spät (es war Sonntag). Karen hatte natürlich längst gewusst, was ihr Vater ihm anbieten würde. Sie standen lange vor der Haustüre. Und, wirst du? Wenn's nur nach mir ginge. Ich kann sie nicht allein lassen (er meinte seine Mutter). Jedenfalls nicht einfach so. Er hatte ihr immer verschwiegen, dass sie in Paulskirchen auf ihn warteten. Wie Kinder darauf warteten, dass er den Laden übernehme und für sie sorgte. Küss mich. Dann setzte er sich ins Auto.

Es mochte in den Augen einiger Leute schon Sünde sein, ein Bild von sich zu machen. Aber was hieß das? Die Wirklichkeit, das waren die Vorstellungen der anderen – auch bloß Bilder. Und denen konnte man genauso gut die eigenen entgegenhalten. Aber was galten die Bilder eines einzelnen, was die Bilder von zweien? Wenn die Wirklichkeit ein Bild war, dann war sie eine Täuschung. Eine mächtige Täuschung, das wohl. Und wenn es genügend andere gab, mit anderen Vorstellungen? Man konnte vielleicht vor der Wirklichkeit davonlaufen, aber nicht vor den Bildern, den Vorstellungen. Es schien ihm ebenso unmöglich, ein Künstler zu sein, wie es ihm unmöglich schien, in die Firma Ahlborn einzutreten.

Als Angestellter. Er dachte an die Jagd. Mit Muschik hätte er es gepackt gehabt. Tausend Mark wollte die Gräfin für Mandubs letzten Sohn haben, eigentlich eine lächerliche Summe (wenn man Anzüge für zweihundert besaß und ein Auto). Er hatte Grund, sich vor sich selbst zu schämen: Irgendeine ebenso tief sitzende wie unbewusste Angst vor den Vorstellungen der anderen. Mach den Kopf frei. Es half nichts. Er hatte das Fortlaufen trainiert, aber ebenso das Zurückkommen. Es war ein Leben im Transit. Was sich nie richtig findet, kann sich nie richtig lösen. Unser Reiterhof, hatte Karen damals in Hoya gesagt, in der Nacht. Und so real war es ihm sofort erschienen: Ein großes Fachwerkhaus (wie auf dem Hof, von dem die Großmutter stammte?), der langgestreckte Stall (die Gästezimmer vielleicht darüber?). Jedes Wochenende aufs Turnier. Und Reiterferien für Kinder. Das Bild hatte er immer noch im Kopf – und hatte sich darein verliebt. Es kam ein Brief aus Hamburg, mit dem Foto, das Aurelia von ihnen gemacht hatte: Entscheide dich. (Henno riet natürlich zu: Mensch, so 'ne Frau! Mit Firma! Worauf wartest du?) Und doch spürte er, wie mit jedem Schritt, den er auf das Bild zu machte, das er von sich entworfen hatte, eben dieses Bild blasser wurde. Es war Dezember geworden und erster Schnee bedeckte die Felder. Die Landschaft, so als wollte sie ihm Recht geben, verschwand im Ungefähren. Er fuhr nach Dingerdissen, ging zu Pußta in den Stall (vorher am Küchenfenster klopfen!), bürstete ihr Winterfell, zäumte auf und sattelte. Ich dreh mal 'ne Runde. Im Galopp über die Felder. Im leichten Sitz. Die Jagd, das war die Erinnerung daran, dass wir einmal fliegen konnten. Irgendwann würde sie nur noch eine Erinnerung sein.

Als *mandūb* bezeichnet man im Islam Handlungen, deren Tun nach der religiösen Auffassung empfohlen und deshalb erstrebenswert sind. Mandub hieß der Araberhengst, auf dem Albin Kortmeyer reiten lernte.

Muschik ist das russische Wort für einen (leibeigenen) Bauern. Auf dem Sohn Mandubs feierte Albin Kortmeyer seine ersten reiterlichen Erfolge.

Als Allah das Pferd erschaffen wollte, sagte er zum Winde: Von dir will ich ein Wesen gebären, das geeignet ist, meine Verehrer zu tragen. Dieses Wesen soll geliebt sein von allen meinen Untertanen, es soll aber gefürchetet sein von allen, die meinen Geboten zuwiederhandeln.

Und er schuf das Pferd und rief ihm zu: Dich habe ich geschaffen ohnegleichen. Alle Schätze dieser Erde ruhen zwischen deinen Augen. Meine Feinde sollst du treten unter deinen Hufen, meine Freunde aber sollst du tragen auf deinem Rücken; dieser soll zugleich Sitz sein, von dem Gebete zu mir aufzusteigen. Auf der ganzen Erde sollst du glücklich sein und vorgezogen allen Geschöpfen dieser Erde; denn dir gehört die liebe des Herrn der Schöpfung. Du sollst fliegen ohne Flügel, du sollst siegen ohne Schwert.

Überlieferung der Berber

Die Deutsche Bibliothek verzeichnet diese Publikation in der Deutschen Nationalbibliografie; detaillierte bibliografische Daten sind im Internet über http://dnb.ddb.de abrufbar.

1. Auflage, Februar 2018

© 2018 Matthias Gronemeyer
Alle Rechte vorbehalten

Herausgeber Matthias Gronemeyer
Illustrationen Isabelle Hannemann
Lektorat Angelika Brunke
Grafisches Konzept & Gestaltung Demian Bern
Satz Christina Schmid
Herstellung Friedrich Pustet, Regensburg
Schrift Méridien von Adrian Frutiger
Papier 90 g/m² Alster bläulich-weiß 1,5-faches Volumen

www.matthias-gronemeyer.de

Printed in Germany
ISBN 978-3-00-057671-3